신여성

운명과 선택

목차

작가 소개 7인의 여성작가

백신애

(白信愛, 1908.5.20~1939.6.23)

경상북도 영천에서 포목점과 정미소를 경영하는 내로라하는 부유한 집안에서 1남 1녀의 막내로 태어났다. 어릴 적 이름은 백무잠(白武岑). 호적에 올린 본명은 백무동(白戊東)이다. 어릴적부터 향교와 집안 어른들에게 한학을 배웠으며 영천 공립보통고등학교 졸업반에 편입하여 1923년부터 2년간 대구사범학교 강습과에서 수학하였다. 1924년 영천 공립보통학교와 1925년 경산 자인보통학교 교원으로 근무하면서 경북 공립학교 여성 교사 1호이기도 했으나 조선여성동우회와 경성여자청년동맹에서의 여성주의 활동이 문제가 되어 얼마 지나지 않아 반강제적으로 교직을 그만두고 상경하여 해당 단체의 상임위원을 지낸다.

1927년 시베리아 지방을 여행했고 귀국길에 일본 경찰에 붙잡혀 밀정 혐의로 심한 고문을 당하기도 했다. 1929년 조선일보 신춘문예에 필명 박계화(朴啓華)로 응모한 단편소설 〈나의 어머니〉가 1등 당선되면서 신춘문예 최초의 여성 작가가 되었다. 1930년 일본으로 건너가 니혼대학교 예술과에 입학하고 문학과 연극 활동에 몰두했으나 집안의 강요에 못 이겨 1932년 귀국하여 일본 은행원 출신 이근채와 맞선을 보아 1933년 대구에서 결혼했고 이후 소설창작에 전념하여 스무 편이 넘는 작품들이 이 시기에 완성되었다.

1938년 남편과 별거에 들어간 후 중국 상하이로 건너가서 대리인을 시켜 정식으로 이혼 수속을 밟았다. 1939년 봄부터 경성에 머물며 자신의 병 치료를 받았으나 급격히 악화되어 경성제국대학 병원에서 췌장암으로 만 31세에 사망. 시신은 화장하여 고향의 가족묘지에 안장되었다. 같은 해에 유작 산문집 《여행은 길동무》와 유작 소설 《아름다운 노을》이 간행되었다.

불과 10년이라는 짧은 기간이었지만 소설 22편과 수필 및 기행문 33편을 남겼으며 탄생 100주년을 기념하여 2008년 고향 경상북도 영천에 문학비가 세워지고 '백신애문학상'이 제정되었다.

이선희

(李善熙, 1911.12.17~?)

함경남도 함흥에서 태어나 성장기 대부분을 원산에서 보냈다. 그녀에게 항구도시 원산은 추억의 장소이면서 도시적 감수성을 형성하는 배경이 된 곳이다. 이선희 소설의 도회적 감성 저변에는 바로 원산의 영향이 자리잡고 있다. 1928년 원산 루씨고등여학교를 졸업하고 경성으로 상경하여 이화여전 성악과에 입학했지만 후에 문과로 전공을 바꾸었고 약 3년간의 수학 끝에 중퇴한다.

1933년부터 《개벽》의 기자이자 《신여성》 편집자로 일했고 그 후 잠깐 카페 여급 생활도 했다. 1938년 조선일보 학예부 신문기자를 거쳐 1940년에는 《신세기》 기자로 활동했다. 1934년 12월 《중앙》에 단편소설 〈가등〉을 발표하면서 약 10년간 소설가로 활동을 했다. 1935년에 같은 고향 출신인 극작가 박영호와 결혼하였다. 1946년 남편에 이어 같은 해에 월북하였다. 월북 이후 이선희의 사망년도는 확실하지 않다.

작사가로도 활동하였으며, 작품으로는 〈유선형 만세〉, 〈생초목 사랑〉, 〈미운 사랑 고운 사랑〉, 〈눈물의 탄원서〉 등이 있다. 등단작 〈가등〉 외에, 중편소설 〈처의 설계〉, 장편소설 《여인명령》 등 10편의 단편소설과 2편의 중편소설, 1편의 장편소설, 수십 편의 산문과 기사 글 등을 발표하며 1930년대 대표적인 여성작가로 자리매김하였다. 식민지 근대화 시기의 도시에 생성된 가부장적 이념들과 자본주의적 가치관의 결합을 백화점 여점원이나 카페 여급 같은 도시 서비스직 여성의 내면 묘사를 통해 탁월한 형상화를 이루었다고 평가받는다.

나혜석

(羅蕙錫, 1896.4.28~1948.12.10)

경기도 수원의 손 꼽히는 부잣집에서 2남 3녀 가운데 둘째 딸로 태어났다. 1913년 진명여자고등보통학교를 최우등으로 졸업한 후 일본 도쿄여자미술학교 유화과에서 5년간 서양화를 공부했다. 1914년 도쿄의 조선 유학생 학우회에서 펴낸 잡지 《학지광》에 〈이상적 부인〉을 발표하였다. 1918년에는 단편소설 〈경희〉를 《여자계》에 발표했는데, 이 작품은 나혜석의 대표작으로 평가받는다. 그 외에도 단편소설 〈회생한 손녀에게〉(1918), 〈모(母)된 감상기〉(1922), 〈원한〉(1926), 〈이혼고백장〉(1934), 〈현숙〉(1936), 〈신생활에 들면서〉(1935) 등이 있다.

귀국하여 화가, 작가로 활동하였으며 잠시 정신여학교 미술교사를 지냈다. 1918년 12월부터 박인덕 등과 함께 만세 운동을 준비, 1919년 3·1 만세 운동에 참가하여 5개월간 서대문형무소에 투옥되었다가 풀려났다. 그 뒤 1920년 김우영과 결혼, 1927년 유럽과 미국 시찰을 가게 된 남편을 따라 여행길에 올라 '조선 최초로 구미 여행에 오른 여성'이라는 칭호를 얻게 됐다. 그러나 귀국 후에는 남편과 이혼한다.

그림, 글, 시 등 다방면에 재주를 갖춘 근대의 유명한 신여성이었으며, 한국 최초의 여성 서양화가로 꼽힌다. 여성 해방, 여성의 사회 참여 등을 주장하며 식민지 조선사회의 가부장제가 가지는 모순을 비판했기에 남성 중심 사회에서 '이혼녀'라는 낙인 속에 냉대를 받았고 작가로서 기회를 얻지 못해 경제적 어려움을 겪으며 점점 소외되었다. 1948년 서울시립자제원(지금의 서울시립남부병원) 무연고자 병동에서 행려병자로 쓸쓸히 인생을 마감한 것으로 알려졌다.

강경애

(姜敬愛, 1906.4.20~1943.4.26)

황해도 송화군 출신으로 1911년 부친을 일찍 여의고 모친이 재혼하면서 그를 따라 황해도 장연으로 이주하여 그곳에서 성장했다. 편모 슬하에 가난 등의 요인으로 유년기의 기록은 별로 남아 있지 않다.

평양 숭의여학교에 입학했다가 1922년 동맹휴학에 가담했다는 이유로 이듬해 퇴학 처분을 받았다. 그 후 경성의 동덕여학교 4학년에 편입하여 1

년여간 수학하였다. 1924년 단편소설 〈파금(破琴)〉으로 문단에 데뷔했지만 여성 작가에 대한 편견 속에서 외면을 당했다. 같은 해 가을에 고향으로 돌아가 무산 계급을 위한 야학 교사로 일하며 학생과 농민들을 가르쳤다.

1927년에는 신간회, 여성조직 근우회에 참여하였고, 1929년에는 근우회 황해도 장연군 지회의 간부로 활동했다. 1929년 말부터 1931년 초까지 약 2년간 조선일보에 독자투고 형식으로 4편의 글을 게재하였고, 1931년부터 이듬해 1932년 10월까지 잡지 《혜성》, 《제일선》에 장편소설 《어머니와 딸》을 발표하였다. 그리고 같은 해 장하일과 결혼하여 만주로 이주, 1936년에는 안수길, 박영준 등과 함께 잡지 《북향(北鄕)》의 동인을 결성하지만 건강 문제로 깊이 개입하진 않았다.

1934년 동아일보에 연재한 장편소설 《인간문제》로 작가적 명성을 얻었다. 1939년 조선일보 간도지국장을 역임했으나 과로와 지병 등이 악화되어 1942년 남편과 함께 귀국, 고향 장연에서 요양했으나 1943년에 사망했다.

김명순

(金明淳, 1896.1.20~1951.6.22)

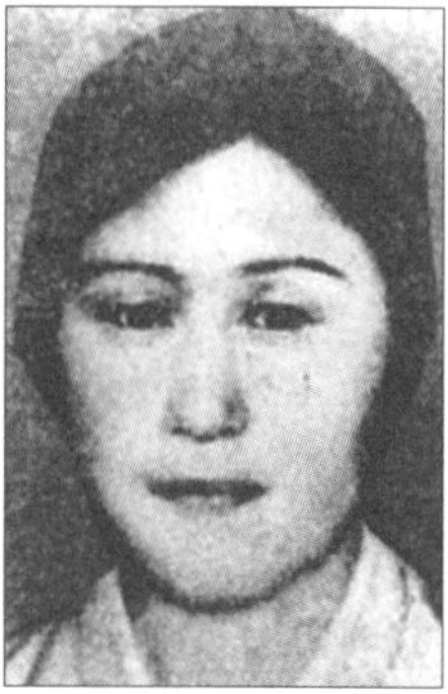

평안남도 평양의 부유한 가정에서 서녀(庶女)로 태어났다. 1913년 진명여학교를 졸업하고 일본 시부야 국정여학교에 편입하였으나 중퇴했다. 필명이자 호로 탄실(彈實)을 사용했다. 1917년 잡지 《청춘》의 특별현상문예에 단편소설 〈의심의 소녀〉가 3등으로 선정되면서 등단했으며, 1915년 첫 번째 일본 유학을 떠나 근대 신문물과 신학문을 접했다. 다시 1919년 일본 유학, 도쿄에 체류 중 전영택의 소개로 당시 일본에 유학 중인 문학가들이 창간한 종합문예 동인지 〈창조〉의 동인으로도 참여했고 일본 유학생 기관지 《학지광》 등에도 작품을 발표했다.

1925년 시집 《생명의 과실》을 간행한 한국 최초의 여성 시인이며, 그 외에 많은 산문과 희곡 및

극본을 남겼다. 1927년 영화 〈광랑(狂浪)〉의 주연으로 활약했고 이후 〈아름다운 시절〉, 〈꽃장사〉 등 몇 편의 영화에도 출연한 바 있다. 또한 칼럼니스트와 언론인으로도 활동하였다. 주요 작품은 소설 〈의심의 소녀〉, 〈칠면조〉(1921), 〈외로운 사람들〉(1924), 〈탄실이와 주영이〉(1924), 〈돌아다볼 때〉(1925), 〈뭇는 날 밤〉(1925), 〈손님〉(1926), 〈나는 사랑한다〉(1926), 〈모르는 사람같이〉(1929) 등이 있으며, 시 〈동경〉(1922), 〈표현파의 시〉(1922), 〈창궁(蒼穹)〉, 〈옛날의 노래여〉(1922), 〈시로 쓴 반생기〉(1938), 시극 〈조로의 화몽〉(1920) 등이 있다.

당시 희귀한 여성 유학생이자 여성 작가로서 한국문학 최초로 에드거 앨런 포를 번역하여 소개하였고, 동인지의 첫 여성 동인이자 여성작가 최초로 창작집을 출간했으며 매일신보 기자로까지 활동 반경을 넓히는 등 전방위적으로 활약하였다. 시, 소설, 수필, 희곡을 가리지 않고 수많은 작품을 남겼지만 개인적인 생활고와 성폭력 후유증, 여성의 자유연애론에 대한 사회적 배척으로 인해 불우한 삶을 살았다. 1930년대 말에 일본으로 떠나 광복 후에도 돌아오지 않고 1951년 도쿄의 아오야마 뇌병원에서 사망했다고 전해진다.

임순득

(任淳得, 1915.2.11~?)

전라북도 고창에서 태어났다. 1929년 이화여고보에 입학하면서 사회주의 운동에 투신한다. 1931년 이화여고보 재학 시절 항일의 한 방법으로 동맹휴학을 주도해 퇴학당한 뒤, 독서회 활동에 몰두했고 1933년 동덕여학교에 입학했으나 조선공산당 재건 사건으로 퇴학당했다. 같은 해 9월에 일본 유학을 간 것으로 추정된다. 1937년 〈조선문학〉에 단편소설 〈일요일〉로 등단했다. 그 후 몇 년간 평론과 산문만 발표하다가 침묵을 깨고 1942년 12월 《문화조선》에 〈대모(名付親)〉 이후 소설 〈가을의 선물〉, 〈달밤의 대화〉를 발표했다.

그는 대다수 문인들이 친일로 돌아서거나 침묵해야 했던 엄혹한 1940년대 일제 말기의 파시즘 속에서도 성, 계급, 민족을 아우르는 여성 해방론을 외친 소설가이자 문학평론가였고 지속적으로 반일 저항문학을 발표했다. 특히 '여류작가'라는 호칭에 이미 차별적 의미가 들어있다고 비판하면서 '부인작가'라는 명칭을 써야 한다고 주장하는 등 여성과 남성이 동등한 '인간'으로 대우받을 것을 강조하고 여성 작가들이 이를 문학 속에 담아내기를 기대했다.

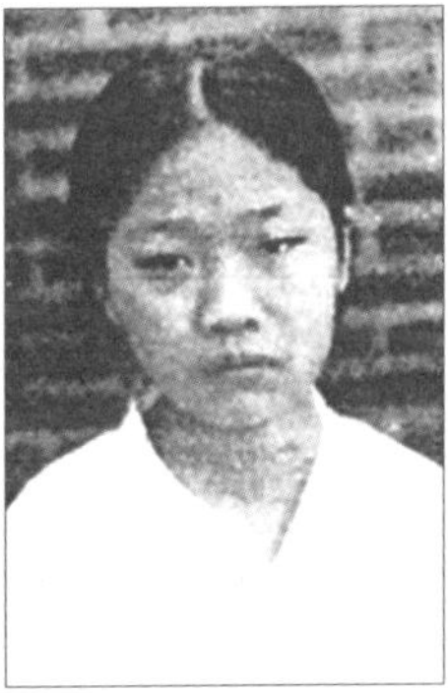

그 밖의 주요 작품으로 소설 〈솔밭집〉, 〈우정〉, 〈딸과 어머니와〉, 〈어느 한 유가족의 이야기〉, 평론으로 〈여류작가의 지위〉, 〈창작과 태도〉, 〈여류작가 재인식론〉, 〈불효기에 처한 조선 여류작가론〉, 산문 〈타부의 변〉, 〈처음 글 쓰는 분들을 위하여〉, 〈늪의 쐐기풀에 부침〉 등이 있다. 1945년 광복 이후 월북하여 북한에서 《조선여성》을 중심으로 활발히 활동을 이어나갔으며 사망 시기는 정확히 알려져 있지 않으나 1950년대 중후반에 숙청되었다고 추정된다.

지하련

(池河蓮, 1912.7.11~?)

본명은 이숙희(李淑姬), 또 다른 필명은 이현욱(李現郁). 경상남도 거창에서 태어났다. 경남 일대의 대지주 가문의 서녀라는 부유한 집안 환경 속에서 성장하였으며, 당시에 여성으로서는 드물게 일본 도쿄 유학을 가서 도쿄 쇼와고녀에서 중등교육과정을 마치고 도쿄 여자경제전문학교(현재 도쿄문화단기대학)에서 공부했으나 졸업하지 않고 귀국하였다. 1936년 시인이자 문학평론가 임화(林和)와 결혼하였다.

1940년 12월 단편소설 〈결별(訣別)〉을 《문장》에 발표하면서 등단하였다. 광복 직후 남편 임화와 함께 조선문학가동맹에 가담하였고, 1947년 함께 월북했지만 남편 임화는 1953년 박헌영 계열이 몰락하면서 미국의 스파이라는 누명을 쓰고 북한 당국에 의해 처형되었고 그 후 지하련의 행적은 정확히 알 수 없다. 1960년대에 격리 수용소에서 병사했다는 설이 있다.

등단작 〈결별〉을 포함해 〈체향초(滯鄕抄)〉(1941), 〈가을〉(1941), 〈산길〉(1942), 〈도정(道程)〉(1946), 〈광나루〉(1947), 〈종매(從妹)〉(1948), 〈양〉(1948) 을 발표하여, 총 여덟 편의 단편소설과 그 외에 몇 편의 산문과 시를 남겼다. 조선문학가동맹 기관지인 《문학》 창간호에 발표한 〈도정〉으로 제1회 조선문학상을 수상했다. 창작집으로 1948년 백양당(白楊堂)에서 간행된 《도정》이 있다.

백신애

꺼래이

《신여성》, 1934년 1월~2월

황량한 시베리아 벌판,
그 냉혹한 찬바람에 시달리며
세 사람은 추방의 길에 올랐습니다.
벌판을 지나 산등도 넘고
얼음길도 건너며 눈구덩이도 휘어가며
두 군인의 말굽소리를
가슴 위로 들으며 걷고 걸었습니다.
쫓겨가는 가엾은 무리들의 걸어간 자취 위에
다시 발을 옮겨 디딜 때
자국마다 피눈물이 고여 있었습니다.

끌려갔습니다. 순이(順伊)들은 끌려갔습니다. 마치 병든 거지 떼와도 같이……. 굵은 주먹만큼씩 한 돌멩이를 꼭꼭 짜박은 울퉁불퉁하고도 딱딱한 돌길 위로…….

오랜 감금의 생활에 울고 있느라고 세월이 얼마나 갔는지는 몰랐으나 여러 가지를 미루어 생각하건대 아마도 동짓달 그믐께나 되는가 합니다.

고국을 떠날 때는 첫가을이어서 겹저고리에 홑속옷을 입고 왔으므로 아직까지 그때 그 모양대로이니 나날이 깊어가는 시베리아의 냉혹한 바람에 몸뚱아리는 얼어터진 지가 오래였습니다.

순이의 늙으신 할아버지, 순이의 어머니, 그리고 순이와 그 외 조선 청년 두 사람, 중국인 쿨리(저임금 육체노동자) 한 사람, 도합 여섯 사람이 끌려가는 일행이었습니다.

'뾰족삿게(러시아식 모자)'를 쓰고 길다란 '빨또(망토)'를 입은 군인 두 사람이 총 끝에다 날카로운 창을 끼워들고 앞뒤로 서서 뚜벅뚜벅 순이들을 몰아갔습니다.

몸뚱아리들은 군데군데 얼어 터져 물이 흐르는데 이따금 뿌리는 눈보라조차 사정없이 휘갈겨 몰려가는 신세를 더욱 애끓게 하였습니다. 칼날같이 섬뜩하고 고추같이 매운 묵직한 무게를 가진 바람결이 엷은 옷을 뚫고 마음대로 온몸을 에어내었습니다. 모든 감각을 잃어버리고 마치 로봇같이 어디를 향하여 가는 길인지, 죽음의 길인지, 삶의 길인지 아무것도 모르고 얼어붙은 혼(魂)만이 가물가물 눈을 뜨고 엎어지며 자빠지며 총대에 휘몰려 쩔름쩔름 걸어갔습니다.

"슈다!" 하면 이편 길로, "뚜다!" 하면 저편 길로, 군인의 총 끝을 따라 희미한 삶을 안고 자꾸자꾸 걸었습니다.

길가에 오고가는 사람들이 발길을 멈추고 애련하다는 표정으로 바라보며, 어린아이들은 어머니 팔에 매달리며 손가락질했습니다. 그러나 순이들은 부끄러운 줄 몰랐습니다.

'나도 고국에 있을 그 어느 때 순사에게 묶여가는 죄인을 바라보고 무섭고 가엾어서 저렇게 서 있었더니……' 하는 생각이 어렴풋이 나기는 했습니다마는 얼굴을 가리며 모양 없이 웅크린 팔짱을 펴고 걷기에는 너무나 꽁꽁 언 몸뚱이였으며 너무나 억울한 그때였습니다.

그저 순이들은 바람이 불어오는 쪽에서 까물거리는 등불을 두 손으로 보호하듯 냉각된 몸뚱아리 속에서 가물거리는 한 개의 '삶'이란 그것만을 단단히 안고 무인광야를 가듯 웅크릴 대로 웅크리고 눈물 콧물 흘려가며 쩔름쩔름 걸어갔습니다.

걷고, 걷고 또 걸어 얼마나 걸었는지 순이의 일행은 거리를 떠나 파도치는 바닷가에 닿았습니다. 어떻게 된 셈판인지 순이의 일행은 커다란 기선 위에 끌려 올라갔습니다.

어느 사이에 기선은 육지를 떠나 만경창파 위에 술렁거리기 시작했습니다.

"아이구 아빠! 우리 아빠!"

"순이 아버지, 아이고 아이고, 순이 아버지."

"순이 애비 어디 있니? 순이 애비……."

순이는 할아버지와 어머니와 서로 목을 얼싸안고 일제히 소리쳐 울었습니다. 가슴이 찢어지고 두 귀가 꽉 먹어지며 자꾸자꾸 소리쳐 불렀습니다.

"여봅쇼, 울지들 마오. 얼어죽는 판에 눈물은 왜 흘려요."

젊은 사내 두 사람은 순이들의 울음을 막으려고 애썼으나 울음소리조차 내지 못하는 순이 할아버지는 그대로 털썩 갑판 위에 주저앉아 작대기 든 손으로 쾅쾅 갑판을 두들기며 곤두박질하였습니다.

"여보시오, 우리 아버지가 저기서 죽었어요."

순이도 발을 구르며 소리쳤습니다.

"죽은 아들의 뼈를 찾으러 온 우리를 무슨 죄로 이 모양이란 말이오."

할아버지는 자기의 하나 아들이 죽어 백골이 되어 누워 있다는 ○○○란 곳을 바라보며 곤두박질을 그칠 줄 몰라 했습니다.

그러나 기선은 사정없이 육지와 멀어지며 차차 만경창파 위에서 울렁거리기 시작했습니다. 그때 한 떼의 물결이 철썩하며 갑판 위에 내려덮이며 기선은 나무 잎사귀처럼 흔들리기 시작했습니다. 그 순간 일행은 생명의 최후를 느끼며 일제히 바람 의지가 될 만한 곳으로 달려가 한 뭉치가 되었습니다.

그때 중국 쿨리는 메고 왔던 보퉁이 속에서 이불 한 장을 꺼내어 둘러쓰려 했습니다.

이것을 본 젊은 사내 한 사람이 날랜 곰같이 달려들어 그 이불을 빼앗아 순이의 할아버지를 둘러주려고 했습니다.

중국 쿨리는 멍하니 잠깐 섰더니 갑자기 얼굴에 꿈틀꿈틀 경련을 일으키며 누런 이빨을 내놓고 벙어리 울음같이 시작도 끝도 분별 없는 소리로 "으어……" 하고 울었습니다. 그 눈에서 떨어지는 굵다란 눈물방울인지 내려덮치는 물결 방울인지 바람결에 물방울 한 개가 순이의 뺨을 때렸습니다.

순이는 한 손으로 물방울을 씻으며 한 손으로 이불자락을 당겨 쿨리도 덮으라고 했습니다.

"아이고, 우리를 데리고 온 군인들은 어디로 갔을까?"

누구인지 이렇게 말했으므로 일행은 고개를 들어 살펴보니 과연 군인 두 사람의 흔적이 없었습니다.

"모두들 추우니까 선실 안으로 들어간 게로군. 빌어먹을 자식들." 하고 젊은 사내는 혀를 찼습니다. 그 말을 듣자 순이는 벌떡 일어나 "우리도 이러다가는 정말 죽을 테니 선실 안으로 들어갑시다." 하고 외쳤습니다.

"안 됩니다. 들어오라고도 않는데 공연히 들어갔다 봉변당하면 어찌 하게." 하고 젊은 사내는 손을 흔들며 반대했습니다.

"봉변은 무슨 오라질 봉변이에요. 이러다가 죽기보담 낫겠지요. 점잔과 체면을 차릴 때입니까?" 순이는 발악을 하듯 외쳤습니다.

"쿨리에게 이불 빼앗을 때는 예사이고 선실 안에 들어

가는 것은 부끄럽단 말이오? 나는 죽음을 바라고 그대로 있기는 싫어요. 봉변을 주면 힘닿는 데까지 싸워보지요."

순이는 그대로 있자는 젊은이들이 얄밉고 성이 났습니다. 자기들의 무력함을 한탄만 하고 앉아 있는 무리들이 안타까웠던 것입니다.

순이는 기어이 혼자 선실을 향하여 달려갔습니다. 기선은 연해 출렁거리며 이따금 흰 물결이 철썩 내려 덮치곤 하였습니다. 일행의 옷은 물결에 젖고 젖은 옷깃은 얼음이 되어 꿋꿋하게 나뭇가지처럼 되었습니다.

선실로 내려가는 층층대를 순이는 굴러 떨어지는 공과 같이 내려갔습니다.

선실 안에는 훈훈한 공기가 꽉 차 있어 순이는 얼른 정신을 차릴 수가 없었습니다. 잠깐 두리번두리번 살펴보다가 한 옆에 걸터앉아 있는 군인 두 사람을 찾아내었습니다. 순이는 번개같이 달려가 군인의 어깨를 잡아 젖히며 "우리는 죽으란 말이오?" 하고 분노에 떨리는 소리로 물었습니다.

군인은 놀란 듯이 잠깐 바라본 후 웃는 얼굴을 지으며 제 나라말로 "모두 이리 내려오너라."라고 말했습니다.

순이는 선실 안의 사람들이 웃는 소리를 귀 밖으로 들으며 다시 갑판 위로 올라갔습니다. 풍랑은 사나울 대로 사나워 잠시라도 훈훈한 공기를 쏘인 순이 창자를 휘둘러 몸에 중심을 잡고 한 발자국도 내디디지 못하게 했습니다. 그러나 순이는 일행이 있는 곳을 바라보았습니다.

이제는 아주 얼음덩이가 된 이불자락에다 머리를 감추

고 모두 죽었는지 살았는지 움직이지도 않고 있는 것이 보였습니다.

순이는 "모두 이리 오시오." 하고 소리쳤습니다마는 풍랑 소리에 그의 음성은 안타깝게도 짓밟히고 말았습니다. 순이는 더 소리칠 용기가 없어 일행을 향하여 한 발자국 내놓자, 사나운 바람결이 몹쓸 장난꾼같이 보드라운 순이의 몸뚱이를 갑판 위에 때려누이고 말았습니다. 다시 일어나려고 발악을 하는 그의 귀에 중국 쿨리의 울음소리가 야밤의 곡 소리같이 울려왔습니다.

얼마 후 군인 한 사람이 갑판 위로 올라와보고 순이를 일으키고 여러 사람도 데리고 선실로 내려왔습니다.

선실 안에 앉았던 사람들은 일행의 모양을 바라보며 모두 조롱하듯 웃었습니다. 병든 문둥이 환자의 모양이 그만큼 흉할지, 얼고 얼어 푸르고 붉고 검은 얼굴로 콧물을 흘리며 엉금엉금 층층대를 내려서는 여섯 사람의 모양을 보고 웃지 않을 이 누가 있겠습니까.

일행의 몸이 녹기 시작하자 시간은 얼마나 지났는지 기선은 어느 조그만 항구에 닿았습니다.

쌓아둔 짐뭉치에 기대 누운 순이 할아버지는 뼈끝까지 추위가 사무쳤는지 한결같이 떨며 끙끙 앓기만 하고 순이 어머니는 수건을 폭 내려쓰고 팔짱을 낀 채 역시 웅크리고 앉아 있었습니다.

"여기서 내리는 모양이구려."

젊은 사내가 순이 곁에 오며 말했습니다. 순이는 그곳

에서 또다시 내릴 생각을 하니 다시 그 차가운 바람결이 연상되어 금방 기절할 것같이 소름이 끼쳤습니다. 그러는 중에 군인이 일어서 순이 할아버지를 총대로 툭툭 치며 무엇이라고 말했습니다.

"안 돼요. 여기서 내릴 수 없소. 이 추운 데 노인을 어떻게……."

순이는 군인의 총대를 밀치며 말했습니다. 군인은 신들신들 웃으며 어서 일어나라는 듯이 발을 굴렀습니다.

"아무래도 죽을 판이면 우리는 또 추운 데로 나갈 수 없소." 하고 할아버지를 가로막아 앉으며 손을 내저었습니다. 군인은 한번 어깨를 움쭉해보이며 무엇이라 한참 지껄대니까 선실 안에 가득한 그 나라 사람들은 순이를 바라보며 혹은 웃고 혹은 가엾다는 듯이 머리를 흔들고, 서로 고개를 끄덕이며 중얼중얼 했습니다. 순이는 그들의 중얼거리는 말소리에서 "꺼래이…… 꺼래이……." 하는 가장 귀 익은 단어가 화살같이 두 귀에 꽂히는 것을 느꼈습니다. '꺼래이'라는 것은 고려(高麗)라는 말이니 즉 조선 사람을 가리키는 것이었습니다.

'꺼래이'라는 그 귀 익고 그리운 소리가 그때의 순이들에게는 끝없는 분노를 자아내는 말 같았습니다.

"우리가 지금 웃음거리가 되어 있는 거로구나. 추위에 못 이겨, 또 아무 죄도 없이 죽음의 길인지 삶의 길인지도 모르고 무슨 까닭에 꾸벅꾸벅 그들의 명령대로만 따르겠느냐."라고 순이는 부르짖었습니다.

그러나 사람들과 군인들은 순이를 무지몰각한 야만인, 그리고 무력하고도 불쌍한 인간들의 표본으로만 보았는지 웃고 떠들고 '꺼래이'만을 연발하는 것이었습니다. 그때까지 웃으며 무엇이라 중얼거리기만 하던 군인 한 사람이 갑자기 정색을 지으며 총대로 순이 옆구리를 꾹 찌르고 한 손으로 기다랗게 땋아내린 머리채를 거머잡고 "쓰까래."라고 소리쳤습니다. 이것을 본 순이 어머니는 벌떡 군인의 턱 밑에 솟아 일어서며 지금까지 눌러두었던 분통이 툭 튕기듯이 군인의 멱살을 잡으려 했습니다.

"여보십시오. 공연히 그러지 마시오. 당신이 여기서 발악을 하면 공연히 우리까지 봉변을 당하게 됩니다." 하고 젊은 사내는 순이 어머니를 말렸습니다. 군인들이 그 당장에 자기들의 취한 태도를 얼른 생각해내지 못하여 눈만 커다랗게 뜨고 있는 것을 보자 순이는 히스테리 같은 웃음으로 꽉 입안을 깨물며 눈물이 글썽글썽하였습니다.

"할아버지, 일어나세요, 아버지 뼈를 찾지는 못했으나 아버지 영혼은 고국으로 가셨을 것입니다. 공연히 남의 땅 사람과 발악을 하면 무엇 합니까."

순이도 울고 할아버지, 어머니 모두 주르륵 눈물을 흘리며 그 조그마한 항구에 내렸습니다.

일행 여섯 사람은 또다시 군인을 따라 이슥히 걸어가다가 붉은기를 꽂은 ○○○○○에 이르렀습니다. 그곳에 이르니 군인 복색을 한 중국인 같은 사람이 일행을 맞았습니다. 같이 온 군인은 그곳 군인에게 일행을 맡기고 따뜻해

보이는 벽돌집 안으로 들어갔습니다.

순이들은 이제까지 언어를 통하지 못하여 안타깝고 서러운 생각이 일시에 폭발되어 그 중국 사람 같은 군인의 곁을 따라갔습니다.

"여보십시오!"

순이는 그 군인이 행여나 조선 사람이었으면…… 하는 기대에 숨이 막힐 듯이 군인의 입술을 바라다보았습니다.

"왜 이러심둥?"

의외에도 그 군인은 조선 사람, 즉 꺼래이의 한 사람이었습니다. 일행 중 중국 쿨리를 빼고는 모두 너무나 반갑고 기뻐서 "아이그, 당신 조선 사람이셔요?" 하고는 그 군인 팔에 매달리듯 둘러섰습니다.

"내! 나 고려 사람입꼬마."

그 군인은 이렇게 대답하며 순이를 바라보았습니다. 순이는 무슨 말을 먼저 해야 좋을지 몰랐으므로 잠깐 묵묵히 조선말 소리의 반가움을 어찌할 줄 몰라 했습니다.

"저 젊은이, 당신 남편이오?" 하고 군인은 아무 감동도 없는 무뚝뚝한 표정으로 순이에게 젊은 사내 둘을 가리켰습니다. 그제야 순이는 오랫동안 잊어버렸던 처녀다운 감정을 느끼며, 얼어붙은 얼굴에 잠깐 부끄러운 표정을 지었습니다.

"아니올시다. 이 애는 우리 딸이야요. 이 늙은이는 우리 시아버님이랍니다. 저 젊은이들과 중국 사람은 ○○○에서 동행이 된 사람인데 알지도 못하는 사람입니다."

순이 어머니는 지금까지 같이 온 젊은이들보다 자기들 세 사람을 어떻게 구원해달라는 듯이 이렇게 말했습니다.

"여기가 어데야요?"

순이만 자꾸 바라보는 군인에게 순이는 머뭇거리며 물었습니다.

"영기 말임둥? 영기는 ○○○○○라 합늬!"

"여보시오!"

곁에서 젊은 사내가 가로질러 말을 건네었습니다.

"우리 두 사람은 해삼위(블라디보스토크)에 있는……." 하고 말을 꺼내었으나 그 군인은 들은 체 아니하고 "어서 들어갑소. 영기 서서 말하는 것 안 임늬." 하며 일행을 몰아 마주 보이는 허물어져가는 흰 벽돌집을 가리켰습니다.

"여보십시오. 우리를 또 감금한단 말이오? 우리 두 사람 코뮤니스트입니다. 우리는 감금 받을 이유가 없습니다." 라고 두 젊은이는 버티었으나 군인은 들은 척도 하지 않고 앞서 걸었습니다.

"여보시오, 나으리, 우리 세 사람은 참 억울합니다. 내 남편이 3년 전에 이 땅에 앉아 농사터를 얻어 살았는데 지난봄에 그만 병으로 죽었구려. 우리 세 사람은 고국서 이 소식을 듣고 셋이 목숨이 끊어질지라도 남편의 해골을 찾아가려고 왔는데 ○○○에서 그만 붙잡혀 한마디 사정 이야기도 하지 못한 채 몇 달을 갇혀 있다가 또 이렇게 여기까지 끌려왔습니다. 어떻게든지 놓아주시면 남편의 해골이나 찾아서 곧 고국으로 돌아가겠습니다."라고 순이 어머니는 군인에게 애걸을 하듯 빌었습니다.

"여보시오, 나으리. 이 늙은 몸이 죽기 전에 아들의 백골이나마 찾아다 우리 땅에 묻게 해주시오. 단 하나뿐인 아들이오. 또 뒤 이를 자식이라고는 이 딸년 하나뿐이니 이 일을 어찌하오."

순이 할아버지도 숨이 막히며 애걸하였습니다.

"당신 아들이 왜 여기 왔심둥?"

군인은 울며 떠는 노인을 차마 밀치지 못하여 발길을 멈추고 물었습니다.

"네……. 휴우, 우리도 본래는 남부럽지 않게 살았습니다. 네……. 그런데 잘못되어 있던 토지는 다 남의 손에 가버리고 먹고살 길은 없고 하여 3년 전에 내 아들이 이 나라에서 돈 없는 사람에게도 토지를 꼭 나누어준다는 말을 듣고 저 혼자 먼저 왔습지요. 우리 세 식구는 오늘이나 내일이나 하고 우리를 불러들이기만 바랐더니 지난봄에 갑자기 죽었다는 소식이 오니……."

노인은 더 말을 계속할 수 없어 그대로 목이 메고 말았습니다. 군인은 체면으로 고개만 끄덕이더니 "영기서 말하면 안 되옵니……. 어서 들어갑소. 들어가서 말 듣겠으니." 하고 다시 뚜벅뚜벅 걸어 흰 벽돌집 안에 들어갔습니다.

조금 들어가니 나무로 만든 두터운 문이 있는데 그 문은 참새들 똥이 말라붙어 있고, 먼지와 말똥, 지푸라기 등이 지저분하게 깔려 있어 아무리 보아도 마구간이었습니다. 집 외양은 흰 벽돌이나 그 집의 말 못할 속치장에 다시 놀라지 않을 수 없습니다.

덜커덕, 하고 그 나무문이 열리자 그 안을 한번 바라본 일행은 하마터면 뒤로 넘어질 뻔했습니다.

그 문 안은 넓이 7~8평은 되어 보이는데, 놀라지 마십시오. 그 안에는 하얀 옷 입은 우리 꺼래이들이 '방이 터져라'고 차 있었습니다.

"아이그머니! 조선 사람들……."

순이 세 식구는 자빠지듯 방 안으로 뛰어 들어갔습니다.

"동무들, 방은 잉것 하나뿐입꼬마. 비좁드라도 들어가 참소."

맨 나중까지 들어가지 않고 버티고 서 있는 젊은 사내 한 사람의 등을 밀어넣고 덜커덕 문을 잠그고 군인은 뚜벅뚜벅 가버렸습니다.

순이들은 잠깐 정신을 차려 방 안으로 살펴보니 전날에는 부엌으로 쓰던 곳인지 한쪽 벽에 잇대어 솥 걸던 부뚜막 자리가 있고, 그 곁에 블리키 물통(양철 물통)이 놓여 있으며 좁다란 송판을 엉금엉금 걸쳐 공중침대를 만들어 두었습니다. 그 공중침대 위에는 빽빽하게 백의동포가 빨래상자의 속같이 옹기종기 올라앉아 있었습니다.

좌우간 앉아나 보려 했으나 가뜩이나 비좁은 터에 또 여섯 사람이나 새로 들어앉을 자리가 있을 리가 없었습니다. 대소변이 질벅하여 발 붙일 곳도 없었습니다.

문이라고는 들어온 나무문과, 그 문과 마주 보는 편에 커다란 쇠창살을 박은 겹유리문이 하나 있을 뿐이었습니다. 그 쇠창살도 부러지고 구부러지고 하여 더욱 그 방의 살풍경을 나타냈습니다.

"어찌겠오, 잉? 여기 좀 앉소. 우리도 다 이럴 줄 모르고 왔었꽁이."

함경도 사투리로 두 눈에 눈물을 흠뻑 모으며 목메인 소리로 겨우 자리를 비집어 내며 한 노파가 말했습니다.

가뜩이나 기름을 짜는 판에 새로운 일행이 덧붙이기를 해놓았으니 먼저 온 그들에게는 그리 반가울 것이 없으련마는 그래도 그들은 방이야 터져나가든 말든 정답게 맞아주며 갖은 이야기를 다 묻고 또 자기네들 신세타령도 하였습니다. 그래서 어떻게 조금씩 자리를 당겨내었는지 순이의 세 식구와 젊은 사내 둘은 올라앉게 되었는데, 이불을 멘 중국 쿨리는 끝까지 자리를 얻지 못하고, 아니 자리를 만들어낼 때마다 뒤에 선 젊은 사내들에게 양보하고 맨 나중까지 우두커니 서서 자기 자리도 내어주기를 기다리고 있었습니다. 순이들은 그래도 동포들의 몸과 몸에서 새어 나오는 훈기에 몸이 녹기 시작하자 노근노근하니 정신이 황홀해지며 따뜻한 그리운 고향에나 돌아온 것같이 힘이 났습니다.

"저…… 되놈은 앉을 자리가 없나? 왜 저렇게 말뚝 모양으로 서 있기만 해." 하며 고개를 드는 노파의 말소리에 순이는 놀란 듯이 돌아 보았습니다. 그때까지 쿨리는 이불을 멘 채 서 있었습니다. 순이는 갑판 위에서 이불을 나눠 덮던 그때 쿨리의 울며 순종하던 얼굴을 생각해보았습니다.

능히 자기가 앉을 수 있었던 자리를 조선 청년에게 양보해 준 그의 마음속이 가여웠습니다. 쿨리가 자리를 물려준 그 마음은 도덕적 예의에 따른 것이 아님은 뻔히 아는 일이었습니다. 그 자리에 자기와 같은 중국 사람이 하나라도 끼어 있었으면 그는 그렇게 서 있지는 않았을 것입니다.

그때 쿨리의 심정은 꺼래이로 태어난 이들에게는, 아니 더구나 보드라운 감정을 가진 처녀 순이는 남 몇 배 잘 살펴볼 수 있었습니다.

순이는 가슴이 찌르르해지며 벌떡 일어나 그 나무문을 두둘기기 시작했습니다.

이윽히 두들겨도 아무 반응이 없으므로 그는 얼어터진 손으로는 더 두들길 수가 없어 한편 신짝을 집어 힘껏 문을 두들겼습니다.

"왜 두들기오. 안 옵누마." 하며 방 안의 사람들은 자꾸 말렸습니다.

그러나 순이는 자꾸만 두들겼더니 갑자기 문이 덜커덕 열렸습니다. 순이는 더 두들기려고 울러 메었던 신짝을 그대로 발에 꿰어 신으며 바라보니 아까 그 조선 사람 군인이 서 있었습니다.

"어째 불렀음둥?" 하며 퉁명스럽게, 그러나 두들긴 사람이 순이였음에 얼마만큼은 부드러워지며 물었습니다.

"이것 보세요. 이렇게 좁은 자리에 어떻게 이 많은 사람이 앉을 수 있어요? 아무리 앉아봐두 다는 앉을 수가 없습니다. 다른 방으로 나누어주든지 어떻게 해주세요." 하고 얼굴이 붉어져 서 있는 쿨리를 가리켰습니다.

군인은 고국 말씨를 잘 못 알아듣겠다는 듯이 자세히 귀를 기울이고 있더니 “동무, 말소리 잘 모르겠었꼬마, 무시기 말임둥, 앉을 재리가 배잡단 말입꼬이?” 하고 말했습니다. 순이는 기가 막혔습니다.

“참 어이없는 조선 동포시구려!”

김 빠진 맥주같이 순이는 입안이 믹믹해졌습니다. 그때 노파의 손자인 듯한 소년 하나가 하하 웃으며 뛰어나와 “예! 예! 그렇섯꼬이.” 하며 순이를 대신하여 군인에게 대답하였습니다.

군인은 고개를 끄덕끄덕하며 두 손을 펴고 어깨를 움찔해 보이며 “할 쉬 없었꼬마, 방이 잉것뿐입꼬마.” 하고는 문을 닫아버리려 했습니다.

순이는 와락 군인의 팔을 잡으며 “한 시간 두 시간이 아니고 오늘 밤을 이대로 둔다면 어떻게 하란 말이에요. 상관에게 말해서 좀 구처해주시오.” 하고 말했습니다.

군인은 휙 돌아서며 “동무들, 내가 뭐를 알 쉬 있음둥? 저 위에서 하는 명령대로 영기를 그대로만 합꼬마. 나는 모르겠꽁이.” 하고는 덜컥 그 문을 잠그려 했으나 순이는 한결같이 잠그려는 그 문을 떠밀며 “여보세요, 이대로는 안 됩니다. 무슨 죄야요. 글쎄 무슨 죄들인가요. 왜 우리를, 죄없는 우리를 이런 고생을 시킵니까. 다 같은 조선 사람인 당신이 모르겠다면 우리는 어떻게 하란 말이에요.”

군인은 난감하다는 듯이 다시 고개를 문 안으로 들이

밀며 "글쎄, 동무들이 무슨 죄 있어 이라는 줄 압꽁이? 다 같은 조선 사람이라도 저 위에 있는 사람들은 마음이 곱지 못하옵니. 나도 동무들같이 욕본 때 있었꼬마. ○○에 친한 동무 없음둥? 있거든 쇠줄글(전보)해서 ○○○에게 청을 하면 되오리." 하고 이제는 아주 잠가버리려 했습니다.

"아, 보십시오. 그러면 미안합니다마는 전보 한 장 쳐주시겠습니까?"

이제까지 잠잠히 앉았던 젊은 사내 둘은 무슨 의논을 하였는지 군인에게 이렇게 말했습니다.

"무시기?"

군인은 젊은 사내의 말을 알아듣지 못하고 재차 물었습니다.

"전보 말이오. 전보 한 장 쳐달라 말이오." 하고 젊은 사내가 대답하려는 것을 노파의 손자인 소년이 또 하하 웃으며 "안입꼬마. 쇠줄글 말입니." 하고 설명을 했습니다.

"아아! 쇠줄글 말임둥, 내 놓아드리겠꽁이." 하며 사내들에게 연필과 종이쪽을 내주더니 "동무 둘은 잠깐 나오오." 하며 두 사내를 문 밖으로 데리고 나가버렸습니다. 순이는 어이없이 서 있다가 문턱에 송판 한 조각이 놓인 것을 집어 들고 문 앞을 떠났습니다.

그 송판을 솥 걸었던 자리에 걸쳐놓고 그 위에 올라앉으며 그때까지 그대로 서 있는 쿨리를 향하여 "거기 앉아." 하며 자기가 앉았던 자리를 가리켰습니다.

"아! 이 되놈을 그리로 보냄세. 당신이 이리로 오소."

방 안 사람들은 모두 순이를 침대 위로 오라고 하였습니다. 쿨리는 그 눈치를 챘는지 순이 자리에 앉으려던 궁둥이를 얼른 들어 손으로 순이를 내려오라고 하며 부뚜막 위로 올라앉았습니다.

그의 눈에는 눈물이 핑 돌며 "스파시보 제브슈까." 했습니다. '아가씨 고맙습니다'라는 뜻인가 보다고 생각하며 순이는 침대 위로 올라앉았습니다. 쿨리는 짐뭉치 속에서 어느 때부터 감추어두었던지 새까맣게 된 빵뭉치를 끄집어내어 한 귀퉁이 뚝 떼더니 순이 앞에 쑥 내밀었습니다. 쿨리의 얼굴은 눈물과 땟물이 질질 흐르고 손은 새까맣게 때가 눌어붙어 기다란 손톱 밑에는 먼지가 꼭꼭 차 있었습니다.

"꾸쉬, 꾸쉬."

한 손에 든 빵 쪽을 뭉턱뭉턱 베어 먹으며 자꾸 순이에게 먹으라고 했습니다. 순이 눈에 눈물이 고이며 그 빵 쪽을 받아들었습니다.

"고맙소." 하고 머리를 끄덕여 보이며 급히 한 입 물어뜯으려 했으나, 이미 하루 반 동안을 물 한 모금 먹지 않은 할아버지, 어머니가 곁에 있었습니다. 순이는 입으로 가져가던 손을 얼른 머무르며 할아버지께 "시장하신데 이것이라두……." 하며 권했습니다.

"이리 다오. 보자."

어머니는 그제야 수건을 벗고 빵 쪽을 받아 한복판을 뚝 잘라 "이것은 네가 먹어라. 안 먹으면 안 된다." 하고는 또 한 쪽을 할아버지에게 드렸습니다.

할아버지는 남 보기에 목이 막힐까 염려가 될 만큼 인사체면 없이 빵을 베어 먹었습니다.

"싫어. 난 먹지 않을 테야."

"왜 이래. 너 먹어라." 하고 순이 모녀는 한참 다투다가 결국 또 절반으로 떼어 한 토막씩 먹게 되었습니다마는 온 방 안 사람이 빵 먹는 사람들의 입을 물끄러니 바라보고 있는 것이었으므로 순이는 차마 먹을 수가 없었습니다.

부뚜막 위에서 내려다보고 앉았던 쿨리는 자기가 먹던 빵을 또 절반 떼어 "순이, 너는 이것 더 먹어라."라고나 하듯이 순이에게 주었습니다.

순이는 얼른 손이 나가다가 문득 생각났습니다. 자기들은 중국 사람이라고 자리조차 내어주지 않던 것이…….

그러나 이미 주린 순이는 두 번째 빵 쪽을 받아쥐고 있었습니다.

방 안의 사람들은 모두 세 집 식구로 나누어 있는데 도합 열아홉이었습니다. 늙은이, 노파, 젊은 부부, 총각, 처녀들이었습니다. 그들이 순이 모녀를 붙들고 하는 이야기를 들으면 모두 함경도 사람들이며, 고국에는 바늘 한 개 꽂을 만한 자기들 소유의 토지라고는 없는 신세라 공으로 넓은 땅을 떼어 농사하라고 준다는 그 나라로 찾아온 것이었는데, 국경을 넘어서자 ○○○에게 붙들려 순이들처럼, 감금을 당했다가 이리로 끌려왔다는 것이었습니다.

"이 땅에는 돈 없는 사람 살기 좋다고 해서 이렇게 남부

여대로 와놓고 보니 이 지경입꾸마. 굶으나 죽으나, 고국에 있었다면 이런 고생은 안 할 것을……."

젊은 여인 하나가 이렇게 한탄했습니다.

"우리는 몇 번이나 재판을 했으니 또 한 번만 더하면 놓이게 되어 땅을 얻어 농사를 하게 되든지 다시 이대로 국경으로 쫓아내든지 한답대."

속옷을 풀어 젖히고 이를 잡기 시작한 노파가 말했습니다.

"우리가 무슨 죄일꼬……. 농사 짓는 땅을 공짜로 떼어 준다길래 왔지." 늙은이 하나가 끙끙 앓으며 이를 갈듯이 말하자 "참말 그저 땅을 떼어준답두마, 우리는 바로 국경에서 붙들렸으니까 ○○탐정꾼들인가 해서 이렇게 가두어 둔 거지!" 하고 늙은이 아들인 성한 사내가 말했습니다.

"아이구, 말 맙소. 아무래도 우리 내지 땅이 좋습두마, 여기 오니 '얼마우자' 미워서 살겠습디?" 하고 사내를 반박했습니다.

얼마우자. 이것은 조선을 떠나온 지 몇 대(代)나 되는, 이 나라에 귀화한 사람들을 이르는 말이니 그들은 조선 사람이면서도 조선말을 변변히 할 줄 모르는 것이었습니다. 분명한 '마우자(러시아인)'도 되지 못한 '얼'인 마우자란 뜻이었습니다.

"못난 사람을 '얼간이'라는 말과 같구려." 하고 순이 어머니가 오래간만에 웃었습니다.

"아까 그 군인도 역시 얼마우자로구먼." 하고 순이가 중얼거렸습니다. 이 말을 들은 노파의 손자는 또 깔깔 웃었습니다.

"아이구 어찌겠니야, 여기서 땅을 아니 떼어주면 우리는 어찌겠니……." 노파는 웃을 때가 아니라는 듯이 걱정을 내놓았습니다.

"설마 죽겠소. 국경 밖에 쫓아내면 또 한 번 몰래 들어옵지요. 또 붙들어 쫓아내면 또 들어오고 쫓아내면 또 들어오고. 끝에 가면 뉘가 못 이기는기강 해봅지요. 고향에 돌아간들 발 붙일 곳이라고는 땅 한 조각 없지, 어떻게 살겠읍니……." 자기가 먼저 설득을 하여 데리고 온 듯한 사내가 이렇게 말했습니다.

"아이고 듣기 싫소, 이놈의 땅에 와서 이 고생이 뭐꼬 글쎄."

"아따 참, 몇 번 쫓겨가도 나중에는 이 땅에 와서 사오일갈이(四五日耕)쯤 땅을 얻어놓거든 봅소."

"아이구…… 어찌겠느냐……."

노파는 자꾸 저대로 신음만 하였습니다.

한 시도 못 참을 것 같은 그 방 안의 생활도 벌써 일주일이 계속되었습니다.

아침에는 일찍 일어나 일제히 밖으로 나가 세수를 시키고, 저녁에 한 번씩 불려나가 대소변을 보게 하는 것이었습니다. 일정한 변소도 없이 광막한 벌판에서 제 마음대로 대소변을 보게 하는 것이었습니다.

하루는 역시 대소변 시간에 순이는 대소변이 마렵지 않아 혼자 방 안에 남아 있다가 쓸쓸하여 밖으로 나갔습니다.

그날 밤은 보름이었던지 퍽이나 크고도 둥근 달이었습니다. 시베리아다운 넓은 벌판 이곳저곳에서 모두들 뒤를 보고 있고, 군인 한 사람이 총을 잡고 파수를 보고 있었습니다.

물끄러미 뒤보는 사람들을 바라보며 서 있는 순이에게 파수병이 수작을 붙였습니다.

“저 달님이 퍽이나 아름답지?”라고나 하는지 정답게 제 나라 말로 순이 곁에 다가섰습니다. 순이는 웬일인지 그 나라 군인들이 겁나지 않았습니다. 총만 가지지 않았으면 마음대로 친해질 수 있는 정답고 어리석고 우둔한 사람들같이 느껴졌습니다.

“……”

순이도 언어가 통하지 않으므로 말을 할 수 없고 하여 달을 가리키고 뒤보는 사람들을 가리킨 후 한번 웃어 보였습니다.

군인은 아주 정답게 나직이 웃고 입술을 닫은 채 팔을 들어 달을 가리키고 순이 얼굴을 가리키고 난 후 싱긋 웃고 순이를 와락 껴안으려 했습니다. 순이는 깜짝 놀라 휙 돌아서 방 안을 향하여 달음질쳤습니다. 군인은 순이를 붙들려고 조금 따라오다가 마침 뒤를 다 본 사람이 서 있는 것을 보고 그대로 서 있었습니다.

그 이튿날이었습니다. 아침에 식료(食料)를 가지고 온

군인 얼굴이 전날과 달랐으므로 순이는 자세히 바라보니 그는 훨씬 큰 키와 하얀 얼굴과 큼직하고 귀염성 있는 눈을 가진 젊은 군인이었습니다.

'어제 저녁 파수 보던 그 군인……'

순이는 속으로 말해 보며 얼른 고개를 돌리려 했습니다. 군인은 싱긋 웃어 보이며 그대로 나갔습니다.

그날 하루가 덧없이 지나간 후 또 대소변 보는 시간이 되었습니다. 공연히 순이는 가슴이 울렁거려 문을 꼭 닫고 방 안에 남아 있었습니다.

이윽고 뒤를 다 본 사람들이 돌아오자 문을 잠그러 온 군인은 역시 그 젊은 군인이었습니다. 순이는 가만히 구부러진 쇠창살을 휘어잡고 달 밝은 시베리아 벌판의 한쪽을 내다보고 있었습니다.

"아이고 어찌겠느냐……"

노파는 밤이나 낮이나 이렇게 애호하며 끙끙 신음을 시작했습니다. 언제나 밤이 되면 한층 더 심하게 안타까워하는 그들이었습니다.

젊은 내외는 트집 잡으며 다투고 여기저기 신음소리에 순이의 가슴은 더욱 설레어 적막한 광야의 밤을 홀로 지키듯 잠 못 들어 했습니다.

그 이튿날 아침 일찍 웬일인지 군인 두 사람이 들어와서 먼저 있었던 여러 사람을 짐 하나 남기지 않고 죄다 데리고 나갔습니다.

"아이고, 우리는 또 국경으로 쫓겨나는구마. 그렇지 않으면 왜 이렇게 일찍 불러내겠느냐." 노파는 벌써 동동 발을 굴리며 "아이구, 아이구 어찌겠느냐."라고만 소리쳤습니다.

방 안에는 순이들 세 식구만 남아 있고 그 외는 다 불려 갔습니다. 갑자기 방 안이 텅 비어지니 쌀쌀한 바람결이 쇠창살을 흔들며 그 방을 얼음 무덤같이 적막하게 했습니다.

세 식구는 창 앞으로 가 모여 앉아 장차 자기들 위에 내려질 운명을 예상하고 묵묵히 앉아 있었습니다.

그때 한 떼의 사람들이 일렬로 늘어서서 앞뒤로 말을 탄 군인을 세우고 건너편 벌판을 걸어가는 것이 보였습니다.

"어찌겠느냐, 어디를 갑누마……."

노파의 귀 익은 애호성이 화살같이 날아와 순이 세 식구가 내다보는 창을 두드렸습니다.

'이리에게 잡혀가는 목자 잃은 양 떼와도 같이 헤매어 넘어온 국경의 험악한 길을 다시금 쫓겨 넘는 가엾은 흰옷의 꺼래이 떼' 눈물이 주르륵 흘러내리는 순이 눈에 꼬챙이로 벽에 이렇게 새겨져 있는 것이 보였습니다. '이 몸도 꺼래이니 면할 줄이 있으랴.' 바로 그 곁에 또 이렇게 씌어 있었습니다. 순이도 무엇이라고 새겨보고 싶었으나 자꾸만 눈물이 났습니다.

'아버지, 아버지는 왜 이 땅에 오셨습니까. 따뜻한 우리 집을 버리시고……. 할아버지와 어머니와 이 딸은 아버지 해골조차 모셔가지 못하옵고 이 지경에 빠졌습니다. 아버지 영혼만은 고향집에 가옵시다. 순이.'라고 눈물을 닦으며 손톱으로 새겼습니다.

그날 해도 애처로이 서산을 넘고 그 키 큰 젊은 군인이 문을 열어주어도 세 식구는 뒤보러 나갈 생각도 하지 않고 울었습니다.

그렇게 며칠을 지낸 이른 아침이었습니다. 순이 세 식구는 또 밖으로 불려 나갔습니다. 나가는 문턱에서 그 키 큰 군인이 아무 말 없이 검은 무명으로 지은 헌 덧저고리 세 벌을 가지고 차례로 한 벌씩 등을 덮어주었습니다.

"추운데 이것을 입고라야 먼 길을 갈 것이오. 이것은 내가 입던 헌 것이니 사양 말아라." 하고 쳐다보는 순이들에게 힘없는 정다운 눈으로 무엇이라 말했습니다.

"감사합니다."

순이들은 치하했으나 군인은 그대로 입을 다물고 순이의 등만 툭 쳤습니다. 비록 낡은 덧저고리였으나 순이들에게는 고향을 떠난 후 처음 맛보는 인정이었습니다.

넓은 마당에 나서자 안장을 지은 두 마리의 말이 고삐를 올리고, 처음 보던 조선 군인이 손에 흰 종이쪽을 쥐고 서서 "동무들 할 수 없었꼬마, 국경으로 가라 합니……." 하고는 할아버지부터 차례로 악수를 해준 후 "잘 갑소." 하고 최후 하직을 했습니다. 순이들이 아버지 백골을 찾아가게 해달라고 아무리 애걸했으나 다시 무슨 효험이 있을 리 만무했습니다.

"자, 갑누마. 잘 갑소."

그 얼마우자 군인도 처량한 얼굴로 길을 재촉하자 두

사람의 군인이 총을 둘러메고 말 위에 올랐습니다. 그중에 한 사람은 그 키 큰 젊은 군인이었습니다.

황량한 시베리아 벌판, 그 냉혹한 찬바람에 시달리며 세 사람은 추방의 길에 올랐습니다. 벌판을 지나 산등도 넘고 얼음길도 건너며 눈구덩이도 휘어가며 두 군인의 말굽 소리를 가슴 위로 들으며 걷고 걸었습니다. 쫓겨가는 가엾은 무리들의 걸어간 자취 위에 다시 발을 옮겨 디딜 때 자국마다 피눈물이 고여 있었습니다.

말등 위에 높이 앉은 군인 두 사람은 높이 높이 목을 빼어 유유하게 노래를 불러 그 노래 소리를 찬 벌판을 지나 산 너머로 사라지며 쫓겨 다니는 무리들을 조상하는 것 같았습니다.

이따금 추위와 피로에 발길을 멈추는 세 사람을 군인은 내려다 보고 다섯손가락을 펴 보았습니다. 아직 50노리(露里) 남았다는 뜻이었습니다.

한 떼의 싸리나무 울창한 산길을 지날 때 어느덧 산 그림자는 두터워지며 애끓는 시베리아 석양이었습니다.

어머니와 순이에게 양팔을 부축 받은 할아버지가 문득 발길을 멈추더니 아무 소리 없이 스르르 쓰러졌습니다.

"할아버지! 할아버지."

"아버님, 아버님."

부르는 소리는 산등허리를 울렸으나 할아버지는 대답이 없었습니다.

말에서 내린 군인들은 할아버지를 주무르고 일으키고

해보며 이슥히 애를 쓴 후 입맛을 다시고 일어서 모자를 벗고 잠깐 묵도를 했습니다.

키 큰 군인은 다시 모자를 쓴 후 "순이!" 하고 부른 후 이미 시체가 된 할아버지 목을 안고 부르짖는 순이의 어깨를 가만히 쓰다듬었습니다.

그때 천군만마같이 시베리아 넓은 벌판을 제 마음대로 달려온 바람결이 쏴아, 싸리나무 숲을 흔들며,

"순이야, 울지 말고 일어서라." 하고 명령하듯 소리쳤습니다.

이선희

계산서

《조광》, 1937년 3월

나는 내 남편이 자동차에 치이거나 혹여
뜀박질하는 말발굽에 채여서라도
다리 하나가 없어지기를 바랐다.
그 이유란 지금으로부터 일곱 달 전에
나는 다리 하나를 잃고 훌륭히 절름발이란
이름을 가지고 들어앉게 된 까닭이다.
나는 다리가 하나인데 만일 내 남편은
다리가 둘이 되면 필경 우리 사이에 균형은
허물어지고 말 것이다.
균형을 잃은 것은 언제든지
완전한 것이 아니다.

아뿔싸, 또 밤이 오나보다. 바람이 모래알을 몰아다가 내 방문 창호지 위에 탁 뿜고 내뺀다.

나는 밤이 무서워 견딜 수 없다. 문틈으로 흉악한 눈이 엿보는 것만 같아서 보자기를 쳐놓았건만 마음이 놓이지 않는다.

내가 집을 떠난 지가 벌써 일곱째의 밤. 앞으로 몇 조각의 밤을 더 누릴 목숨인지 모르거니와 밤의 펄럭이는 휘장 속에서 불길한 까마귀와 같이 떨고 있다.

*

내가 시방 와 있는 이 땅의 이름은 무엇이라고 하노? 아마 지도를 펴놓고 보면 어디이고 한 점 찍어놓았으련만 지금 내게는 그런 것이 대수가 아니다.

두만강을 끼고 며칠이고 왔다. 두만강의 돌들은 검은 개흙을 뒤집어쓰고 누런 강물 밑에 말없이 엎드려 있었다. 강을 건너면 거기는 오랑캐의 땅으로 산은 낮고 평평하며 흙은 고약과 같이 검누르다.

나는 이 검누른 벌판으로 호르 마차를 달린다. 짚을 깔아 자리를 만든 마차 속에서 호인(만주인) 차부의 혼자 중얼거리는 소리를 들을 때 나는 세상에 살아 있는가 싶지 않았다. 대체 사람의 두뇌란 어떻게 옹졸한 것인지, 서울의 다가(茶街)를 헤엄치며 이 광야의 바람 소리를 곁들여 들을 수 있는 것은 오직 천재의 요술일 뿐이다.

하늘을 뚜껑으로 삼고 서글픈 바람만이 몸부림치는 이 광대무변한 들을 도심의 향락을 주무르며 생각할 수 있기엔 우리의 뇌장이 너무도 적다.

나는 이 땅 위에 끝이 없이 마차바퀴 자국을 내며 갔다. 이것은 정녕 꿈도 아니요, 현실인 것이 가끔 가다가 노정표가 엄연히 꽂혀 있어 이것도 한낮의 완전한 국토인 것을 말하는 것이다.

5리를 가다가 혹 10리를 지나서 몇 채씩 호인의 집들이 있다. 집들은 크고 육중한데 창문은 하나나 혹 둘이 그 넓은 벽에 조그맣게 뚫렸다. 마적과 바람을 막기엔 적당하다고 생각했다. 어둡고 우중충한 그 속은 아편 냄새와 도야지 기름과 수박씨가 있을 것이다.

아직도 원시 형태를 그대로 뒤집어쓰고 있는 호인들은 진때투성이다. 소매 긴 검은 손이 진때로 번들번들하게 절어서 가죽처럼 뻣뻣해서 좀처럼 해어질 것 같지 않다.

호인의 부락에 이르면 옥수수와 감자가 산더미같이 쌓여 있고 조 이삭이 허리를 두르고도 남을 만큼 길다. 울타리도 없는 마당에 베개통만큼 한 감자를 도야지 떼들이 파먹고 돌아간다.

대륙의 태양은 동아줄 같은 광선을 쏟는다. 내가 마신 두어 종지의 멀건 좁쌀 미음물이 4~5일 동안의 영양 가치를 가지지 못했다는 것보다도 마음과 썩어 들어가는 암증이 내 육체를 넘어뜨리고 말았다.

나와 동행하는 그 마나님과 그 아들은 내 좋은 길동무

였다. 나는 내 아버지를 찾아가는 길이라고 엉터리로 꾸며댔으나 그들은 한번 귓속으로 굴러들어간 말은 다시 의심할 줄 모르는 듯이 그대로 믿어주었다.

사람들의 말에 의지하면 나를 마차 속에서 안아내릴 때 같아서는 다시 회생될 것 같지 않더라고 한다.

머리가 휑뎅그레한 것이 맴을 돌고난 것 같다. 차차 의식이 회복되어가는 모양이다. 나는 내 이 몽롱한 의식 속에 오히려 더 강하게 두드러진 기억의 줄을 더듬으면 능히 일곱 밤 전에 이야기를 주울 수 있는 것을 심히 다행으로 생각한다.

내가 그 친절한 노파의 주선으로 이 부락에 머무른 것도 벌써 하룻밤 하루낮이다. 나는 여기가 어디인지 알 턱이 없다. 지금 내게 지리적 상식이 무슨 의미를 가질 것이랴. 오직 이 황막한 벌판에 암흑이 가로 누워 있으면 그것만으로 족하다.

이 부락엔 대다수의 호인과 약간의 우리 동포들이 살고 있고 그 가운데 어디서 흘러왔는지 모르는 두어 가족의 백계노인(1917 러시아 혁명 반대파에 속하는 러시아인)이 있다. 나는 이왕이면 좀 더 여러 가지의 생활을 씹어보려고 그중에 빵장사 하는 백계노인의 집에 유숙하기로 했다.

내 방은 삼면이 흙벽으로 되고 바닥은 마루를 깔지 않고 맨봉당으로 되었다. 그리고 앞문에는 휘장을 치고 드나들게 되었다.

카챠, 차이콥스키, 토네치카, 내 신세와 같이 영원한 거지들이다. 어깨와 몸이 한데 꼭 달라붙은 호박 같은 마나님은 검은 숄을 두르고 머리엔 차빛의 수건을 썼다. 벌써 램프에 기름을 두 번이나 넣었는데 또 거의 졸아든 모양이다. 벽에 대놓은 나무침대 위에 헌 담요가 너무도 초라하여 영하 20도의 한기를 막아줄 성싶지 않다.

스토브 위에 사모발이 끓는다. 맞은편 벽에 어떤 제정시대 장교의 초상화가 거미줄 속에 궁기가 끼어 매달려 있다. 나는 어서 내 의무인 긴 이야기를 쓰기로 하자.

나는 내 남편이 자동차에 치이거나 혹여 뜀박질하는 말발굽에 채여서라도 다리 하나가 없어지기를 바랐다.

그 이유란 지금으로부터 일곱 달 전에 나는 다리 하나를 잃고 훌륭히 절름발이란 이름을 가지고 들어앉게 된 까닭이다.

나는 다리가 하나인데 만일 내 남편은 다리가 둘이 되면 필경 우리 사이에 균형은 허물어지고 말 것이다. 균형을 잃은 것은 언제든지 완전한 것이 아니다.

*

나와 내 남편이 살던 집의 동네 이름과 번지수를 아는 사람은 우리들의 많은 지기와 친구 사이에 하나도 없었다.

문 앞에 명함 한 장이 붙어 있지만은 일곱 간 집에서도 우리 방은 옆으로 꼭 박힌 구석방이었다.

우리의 식구로는 내 남편과 나와 그리고 인형까지 도

합 세 식구였다. 내 남편은 김이라고 하고 나는 봉이라 하고, 또 인형은 앨리스라고 하고 이렇게 우리들은 세 개의 성과 세 개의 이름을 가지고 한 가족을 이루었다. 우리들의 살림살이는 그 두부의 모와 같은 구석방에서 어릿광대와 같이 유쾌했다.

나는 대단히 헤프고 미욱한 주부였다. 쌀값보다 과자값이 더 많고 일상 사들인다는 물건은 쓸 만한 것보다 장난감이 더 많은 형편이었다. 그러므로 우리들은 우리들의 가정을 가리켜 자칭, 모조가정(模造家庭) 혹은 소형가정(小形家庭)이라고 불렀다.

그러나 세월은 오래지 않아 우리에게 별다른 약속을 가져왔다. 그것이란 얼마만 있으면 내가 조그만 애기의 엄마가 된다는 것이다.

나는 이 엄마가 된다는 새로운 사실을 하느님이 베푸신 이적이라고 생각한 일도 없고 우리들의 생을 무한히 연장시키는 것이라고 해석한 적도 없다.

다만 우리는 좀 더 바쁘고 좀 더 부지런해졌다. 우선 집부터 넓은 데로 옮기고 도배를 하고 못을 박고 간장 고추장을 담그고 마늘장아찌 조기젓들을 절이고 홑이불을 빨고 남치마 주름을 잡고 버선볼을 받아서 차곡차곡 쌓아두었다.

그는 서방님 나는 아씨, 우리는 더 뜨내기 장난꾼들이 아니고 틀지고 점잖은 양주(兩主)요, 사무에 충실한 월급쟁이요, 허리띠를 졸라 매고 돈을 저축하는 무던하고 든든한 살림꾼들이었다.

여기까지 써놓고 보니 이것은 혹 우리 이야기의 서문이 될는지도 모르겠다. 어쨌든 그 후에 우리는 우리가 생각했던 것보다 엄청나게 다른 운명을 맞고야 말았다.

그 엄청나게 다른 운명이란 내가 조그만 애기의 엄마가 되는 대신에 한쪽 다리를 잃은 절름발이가 되었다는 것이다.

의사의 손에 쥐인 가위와 집게와 침으로 애기를 꺼내고 나는 최후에 고통과 함께 정신을 잃고 말았다.

내가 다시 눈을 뜨고 그리고 눈알을 옆으로 굴려서 희미하게나마 곁에 사람의 얼굴을 알아보기까지는 실로 두 달이란 세월이 흘렀다.

고슴도치처럼 수염이 무성한 남편은 내 눈알이 좌우로 구르는 것을 보자 외마디 소리를 지르며 내 이불자락에 얼굴을 대고 마구 비볐다. 미상불 기뻤던 것이다.

나는 날마다 속옷을 거두고 내 왼쪽 다리를 만져보았다. 탄력을 잃고 흐느적흐느적해진 것을 넓적다리에서부터 발끝까지 쭉 훑어보고 그리고 그 발랄하던 생명이 어디로 빠져 달아났나 찾아보았다.

침울한 날이 흘렀다.

다락 속에선 쥐들이 덜그럭거린다.

내 손끝에서 길이 들고 기름기가 돌던 방 세간이며 마루에 놓인 것은 부옇게 먼지를 뒤집어쓰고 청승을 떨었다.

지금 내가 있는 이 방은 너무 덩그렇고 컴컴해서 운동이 부족한 내게는 견딜 수 없이 춥고 불친절하다.

나는 아랫목에 속옷을 두르고 앉아서 하루종일을 보냈다. 어떤 때는 하도 심심해서 식모를 불러들여 하다못해 옛날이야기라도 하라고 졸랐다.

이 식모는 내 좋은 반려였다. 내가 공연히 짜증을 내고 화풀이를 하면 그는 가만히 내 눈물을 씻기고 길게 한숨을 쉬었다.

나는 날마다 내 나들이옷을 꺼내보는 것이 큰일이었다. 다리미에 불을 담아 달라고 해서 다시 다려서는 쭉 내 걸어놓았다가는 다시 개켜 넣고 했다.

나는 점점 성미가 고약해갔다. 내가 앉은 맞은편 벽의 도배지의 무늬를 보기 싫어 거기에다가 검은 휘장을 쳤다. 그뿐만 아니라 방 안을 왼통 도깨비 사당을 만들어놓았다.

그림이란 그림은 모조리 갖다가 벽이 보이지 않게 붙여놓고 기둥 마다엔 조각 인형, 거울 같은 바이올린, 나중에는 고무로 만든 개까지 달아 매놓았다.

이렇게 요란스럽게 꾸며놓았다가도 금시로 죄다 치워달라고 야단을 했다. 식모는 아주 익숙해져서 내 말이 떨어지기가 무섭게 제꺽제꺽 해놓는 품이 훌륭한 내 조수다.

이렇게 수선을 피고 난 다음에는 나는 반드시 울었다. 눈을 딱 감고 누웠으면 감은 눈 밑으로 눈물이 샘솟듯 했다. 사람에게 눈물이 이렇게 많아서 품절이 되지 않는 것은 아주 다행한 일이다.

어느 날 밤 밖에서 돌아온 남편은 내게 외투 한 벌을 사다주었다. 이것은 작년 겨울부터 한 벌 장만하려고 나는 조르고 그는 애를 쓰던 것이다.

외투를 내 앞에 펴놓을 때 나는 오래간만에 마음이 움씰해지고 좋았다. 이 새로운 물품이 풍기는 코 안이 싸한 신선한 냄새도 좋았거니와 내 병치레에 저금한 것은 물론 있는 것은 모조리 없애버린 옹색한 처지에 그래도 그 한 벌을 사들고 들어온 그의 정성이 나를 다소간 기쁘게 했을 것이다.

전 같으면야 기다릴 새도 없이 입어보고 마음에 드느니 안 드느니 하고 수다를 떨었을 것이나 그러한 것은 지나간 이야기고 지금은 아니다.

그는 나를 부축해가며 겨우 외투를 내 몸에 꼈다. 그리고 우리는 거울 앞으로 갔다. 두 사람의 모양이 거울 속에 박혔을 때 두 사람은 함께 놀랐다.

너무도 초췌한 내 모양과 너무도 두드러지게 완전한 그의 모양이 두 사람 가슴에 똑같이 비수를 박는 것처럼 선뜻한 아픔을 주었다.

나는 거울 속을 한참 노리고 서서 내 무섭게 커진 눈과 광대뼈가 내비친 노란 얼굴을 바라보다가 외투 소매를 부드득 하고 물어뜯었다. 나는 성난 짐승과 같이 내 등 뒤에 붙어선 그를 떼밀고 외투를 벗어 방바닥에 동댕이를 쳤다.

"죽는 것보다는 낫지 않소?"

남편은 이 말을 입버릇처럼 내세워가지고 나를 달래려 들었다. 그러나 지금 내게 어디가 죽은 것보다 나은 데가 있는지 나는 알지 못했다. "죽는 것보다는 낫지 않소?"는 결국 나를 속이는 엄청난 사기술이었다.

나는 날로 말이 없어져 갔다. 하루 종일 말 한마디 없이 속옷만 두르고 앉아 있기도 했다.

너무도 큰 실망과 큰 괴로움은 내 불구된 육체를 타고 파선한 배와 같이 밑으로 가라앉으려고만 했다. 이리하여 말이란 마음의 표현을 거절했던 것이다.

나는 내 몸에서 다리 하나를 잃고 보니 아무것도 없었다. 공연히 의붓자식처럼 도시 마음에 버티어 나갈 눈치만 뵈고 기운이 줄어들었다.

나는 오랫동안 화장하기를 잊었다. 뿐만 아니라 그 여러 가지 화장품이 어디 구석에 흐트러져 있는지도 알기가 귀찮았다.

나는 내 화장품을 남에게 보이기를 아주 싫어하는 성미였다. 그리고 화장품에 쓰는 돈이 제일 아깝지 않고, 마음에 흐뭇했다.

어느 날 이웃집 복희라는 철 나지 않은 계집애가 놀러 왔다가 내 화장품 한 개를 집어갔다고 식모가 야단이다. 아마 떠드는 말을 들어보니 내가 마지막으로 사들인 코티 입술연지를 가져간 모양이다.

나는 파랗게 질리는 대신에 앉았던 자리에서 벽에 머리를 기대고 길게 하품을 했다. 내가 내 화장품을 무시한다는 것은 내 짧은 인생을 통털어 업신여기는 것이나 다름없다. 이쯤 해두더라도 과히 어그러지지 않는 한낱 부녀자의 철학이 됨직도 하다.

남편은 여전히 저녁이면 빈대떡을 사들고 들어오는 극히 선량하고 친절한 가장이었다. 그는 이렇게 불쌍하게 병신이 된 나라도 결코 한평생 아내로 두기를 주저하지 않을 것이다. 나는 그런 것쯤이야 믿고 안 믿고의 여부도 없다고 생각했다.

어느 날 밤, 12시도 넘어서 꽤 이슥한 때였다. 나는 자리옷을 바꿔 입다 말고 남편에게 어리광 비슷이 이렇게 말했다.

"우리 밖에 좀 나갔다 올까? 나 찻집에 가본 지두 참 오래네."

이것은 정말 내가 나가자는 것이 아니고 하도 심심하니까 그저 해보는 소리였다.

그런데 남편은 이것을 예상 의외로 너무 진실하게 대답을 해버렸다. 그리고 대단히 서글픈 웃음을 보여주었다.

"지금이 어느 때라고 나가오? 그리고 나간댔자 괜히 몸만 괴로웠지 소용 있소?"

말이야 옳은 말이니 내가 그 말을 탓하는 게 아니라, 그 말을 할 때 남편의 입가로 실뱀같이 지나간 그 웃음이었다.

"그러면 남편도 내가 다리 하나 병신 된 것을 슬퍼하나?"

나는 내 남편이 나를 위해서 내가 병신 된 것을 슬퍼하는 줄만 알았지 자기 자신을 위해서 슬퍼하리라고는 정말 생각지 못했다.

이러한 것을 눈치라고 하나보다.

하면 나는 날마다 남편에 대한 눈치가 늘어갔다고나 할까.

제비같이 쏘다니던 그 좋은 바깥세상은 어디로 갔노. 제비같이 쏘다니던 그 좋은 바깥세상을 잃었어도 나는 아직도 고독을 모르고 또 내가 앉은 자리가 좁다고 불편을 느껴보지 못했다.

그것은 모든 것을 삼켜버린 내 마음의 바다 위에 오직 하나의 섬이 있었으니.

혹 영원히 적의 침략을 받지 아니 할 피난처, 느긋한 해초의 향기를 풍기는 햇빛의 복지, 길들지 않은 남양의 새와 같은 내가 마음껏 재주를 부릴 수 있는 무인도.

이러한 섬이 곧 나는 남편이라고 생각했다. 이 섬에서 내가 다리 하나쯤을 잃었다고 그 자유로운 영토가 줄어들 리가 있을까. 타조와 같이 활발한 내 즐거운 장난을 거절한 이유가 될 것인가.

우리들의 마음 가운데는 똑같이 어둠이 왔다. 그 어둠은 도적과 같이 왔다. 이러한 것은 눈으로 보아서 아는 것이 아니라 눈치로 올가미질해서 잡는 것이다.

그와 나는 이 도적과 같이 임한 어둠을 가운데 두고, 오랫동안 술래잡기를 했다. 진실로 우리의 애정을 완전한 것이 아니다. 대단히 싱거운 수작 같으나 이것을 몸소 찍어 맛을 본 남자나 여자에게 있어서는 실로 깜짝 놀라고야 말 진리가 될 것이다.

나는 차차 남편에게 미안을 느꼈다. 그리고 늘상 빚을 진 것같이 마음이 무겁고 께름칙했다.

남편은 여전히 나를 위무하기에 애를 썼으나 피차에

어림없는 실패였다.

"다리 하나가 무슨 상관이오. 아직 우리에게는 세 개의 다리가 더 있지 않소?"

그러나 이것은 멀쩡한 거짓말이다. 세 개의 다리는 늘 네 개의 다리보다 못하다는 것은 나보다도 그 자신이 먼저 깨달은 바이리라. 되풀이하거니와, 나는 날마다 그가 자동차에 치이거나 혹여 뜀박질하는 말발굽에 채여서라도 다리 하나가 없어지기를 바랐다.

우리는 가끔 모조가정 시대를 회상하고 그리고 그때에 쓰던 말들을 복습해보았다. 이 말이란 우리의 날개 돋친 생각을 끌고 다니던 짓궂은 장난꾼이었다.

첫째, 우리에게는 우리가 아닌 다른 사람으로써 통여 무슨 소린지 알아먹을 수 없는 야릇한 단골말이 많았다. 그 중에도 나에 대한 여러 가지 애칭은 실로 장황한 설명을 요한다. 있쩐짜이, 뽀르대, 곰이, 애그맹이, 빼뚤이, 강아지 등등이다.

있쩐짜이(일 전짜리). 이것은 우리가 어느 시골 정거장을 지나다가 지은 이름이다. 그적에 차를 기다리는 손님이 우리 섞어 도합 4~5인밖에 안 되었는데 조그마한 대합실 바깥벽에 아침 햇빛이 또아리를 틀고 있고 그 옆에는 사과 장수 늙은 할미가 과일 함지박을 앞에 놓고 우들우들 떨고 앉았다.

그 사과 중에 맨 꼭대기에 놓인 사과 한 알이 가장 작고, 한편 모서리가 찌부러지고 빨갛고 보삭한 얼굴을 반짝 쳐들고 우리를 말끄러미 쳐다본다.

"헝, 저 쬐그만 애기능금이 재없이 당신 모습을 닮았구려."

우리는 즐겁게 웃었다. 그리고 노파 앞으로 다가서며 흥정을 붙였다.

"1전을 냅세."

노파의 희망대로 1전 한푼을 주고 그 작고 귀엽고, 가엾고 꼼꼼하고 영리해 보이는 애기능금을 샀다. 이때부터 나는 '있쩐짜이'가 된 것이다.

뽀르대(똑딱선), 이것은 우리가 어느 항구에서 배를 기다리고 있노라니 산더미같이 육중한 기선이 커다란 몸뚱이를 천길 바다 속에 철렁 박고 앉은 그 옆으로 쪽박같이 작은 뽀르대가 꼬리를 흔들며 기선의 겨드랑이를 간지르며 돌아다니는 꼴을 보고 그가 지어준 이름이다.

곰이, 이것은 우리가 모조가정의 신접살이를 차리던 그해 봄 어느 휴일날 동물원에 놀러갔다가 철창 속에서 염체 없이 딩구는 곰의 그 유들유들하고 뱃심 좋은 모양을 보고 지어준 이름이다.

미상불 이름을 붙이자면 바로 옆댕이 쇠그물 속에서 제비처럼 팔랑거리는 구모사루(거미원숭이)에 해당하련만도 하필 동에도 서에도 닿지 않는 곰에게다 나를 겨눈단 말인가? 나중에 알고 보니깐 네 성미가 너무 팔랑대는 축인 즉 그 곰처럼 마음이 너그럽고 호탕하여 무게 있으라는 교훈 애칭이었다.

이렇게 그는 어떠한 사물에 대하든지 그중에서 가장 귀염성스럽고 재롱스럽고 얌전하고 알뜰한 것을 발견할 때마다 다짜고짜 거기다 나를 비교하는 버릇이 있었다.

이렇게 나는 그로부터 새록새록이 수많은 새 이름을 지어 받을 때마다 그가 진심으로 나를 아껴주는 고마움을 감사했다.

이러한 애칭이야말로 우리들에게 있어 가장 쓸모 있고 보람 있는 끔찍한 재물일 거요, 두 사람 사이에 손때 묻은 장난감과 같이 앙그러진 살림살이를 낱낱이 적어놓은 기념비일 것이다.

그러나 이러한 되풀이는 우리의 사이를 더 한층 어색하게 만들었고 뚜렷한 거리를 보여주었다.

*

남편과 새 넥타이.

나는 아직도 이 '남편과 새 넥타이'에 대해서는 확실한 증거를 잡지 못했거니와 어쨌든 그 새 넥타이는 우리의 마지막 운명을 두 개로 쪼개는 좋은 쐐기였다.

그 불길한 넥타이의 복잡한 빛깔과 무늬는 지금도 내 눈에 박혀 있어 나를 괴롭게 하는데 이렇듯 무서운 넥타이를 내 손으로 장만했다는 것은 세상에 비극이 있다는 증거일 것이다.

내 몸이 아직 성했을 때 그 넥타이를 사들이고는 아직 한 번도 매어보지 못하고 그냥 갑 속에 들어 있는 채 잊어버리고 말았다. 내가 앓느라고 집안이 뒤집히는 통에 언제 그런 것을 생각할 여지가 있으랴.

어느 날 밤 나는 오래간만에 마음에 주름을 펴고 제법 곁에 사람과 웃으며 이야기도 하고 또 우리 집 살림꾼 식모가 장보러 갈 때 낄 헌 장갑을 깁고 앉아서 그가 돌아오기를 기다렸다.

조금 늦게야 남편은 돌아왔다. 전처럼 손에 사과봉지도 들지 않았거니와 잡담 제하고 건너방에 가서 그 새 넥타이를 매고 있는 것이다.

내 칼날같이 파란 눈초리는 그 새 넥타이와 그 새 넥타이를 매고 있는 두 개의 손길을 훑었다. 어쩐지 가슴이 덜컥 내려앉고 불길한 예감이 떠올랐던 것이다.

'밤에 남편이 새 넥타이를 맨다? 무슨 까닭일까. 그리고 왜 그다지 정신 나간 사람처럼 황급히 서두를까. 들어올 때만 해도 구두 한 짝이 잘 빠지지 않는다고 그냥 들어서 마당 한복판에 팽개치지 않았는가. 그처럼 눈을 내려깔고 내 얼굴을 꺼리는 것은 무슨 곡절일까. 누구에게 보이려고 저 야단일까. 별다른 대상이 없어 가지고는 저와 같은 몸치장이 되지 않는 법인데!'

각막과 수정체로 된 우리의 두 개의 눈이란 얼마나 무디고 둔한 무기인지 내 눈은 기어이 그 넥타이 매는 손이 가지고 있을 듯한 비밀을 찾을 길이 없었다. 나는 괴로웠다.

의심은 도둑고양이와 같다. 이토록 도둑고양이가 쫓아다니는 한 우리의 애정은 완전한 것이 아니다.

그 새 넥타이를 맨 남편이 이 밤에 내가 아닌 다른 여인에게 좀 더 많은 호감을 사려고 온갖 지혜를 짜내지 않으리라고 누가 보장할 것인가.

그는 두어 마디 다녀온다는 말을 마치고 전에 없이 급하게 나가버렸다. 나는 나도 모르게 벌떡 일어나려고 했으나 다리가 말을 듣지 않아 그냥 벽에다 몸을 기대버렸다.

도둑고양이와 같은 의심은 내 모든 것을 무시하고 나를 미치게 했다. 내 모든 교양이 애써 쌓아오던 자존심과 체면 그리고 그와 나 사이에 굳게 받들던 믿음을 무시하고 끝끝내 이러한 결론을 만들고야 말았다.

'남편은 새 넥타이를 매고 두 다리가 성한 계집을 찾아갔다.'

얼마나 비밀스럽고 우스운 생각이랴. 그러나 나는 그 밤에 그렇게 생각하지 않을 수 없었으며 지금도 오히려 이것을 믿고 남음이 있는 바다.

나는 외투를 입고 바깥에 나섰다. 눈이 푹푹 빠지는 밤이다. 홍분으로 말미암아 아무것도 몰랐으나 노파의 걱정하는 소리가 어설프게 들렸다.

"아이, 큰일나셨네. 눈이 이렇게 오시는데 저 지경을 하고 어디로 가신담."

나는 행길에 나서서 쏜살같이 달리고 싶었으나 절룩거리는 내 다리는 나를 여지없이 학대했다. 실상 이러한 것은 내게 다시 구할 수 없는 실망과 슬픔을 더했고 또 내 마지막 날을 분명히 선고한 것이다.

나는 길바닥을 거의 톱질하듯 걷다가 가로수 등거리를

두 손으로 붙잡고 숨을 돌렸다. 일찍이 그처럼 유쾌히 헤엄치던 이 거리를 지금 나는 무디게 톱질하는 것이다.

나는 집으로 돌아가는 것을 생각했다. 너무도 무모한 내 꼴을 두 번 다시 생각하기도 싫었다. 분노가 사라진 뒤 재와 같이 싸늘하게 식었다. 집에 이르렀을 때는 온몸이 땀에 젖었으면서도 아래윗니를 딱딱 마주치며 떨었다.

나는 오랫동안 방바닥에 덮어놓고 앉아 있었다. 내 길지 않은 인생에서 나는 언제나 가장 교만했다. 내가 제일 예쁘고 내가 제일 귀염을 받고 내가 제일 재주가 많고 그러나 지금은 싸우기도 전에 저버리고 마는 나다. 내 한쪽 다리가 내 몸뚱이를 받칠 수 없는 것과 같이 내 마음에도 버티어나갈 아무것도 없다.

이쯤 되고 보면 내 목숨 또는 우리의 생활은 파산인 것이다. 나는 어떤 의미로나 이 이상 더 견디어나갈 도리가 없다.

하면 나는 이제 우리 생활의 총결산을 가장 정직하게 계산하지 않으면 아니 될 것이다.

무릇 한 개의 부부 생활이 해소되는 때는 그 아내 된 자가 그 남편 된 자에게 변상해서 받아야 할 것이 있다. 혹 어떤 아내는 위자료 2000원을 청구하면 재판소에서는 훨씬 깎아서 500원의 판결을 내린다.

나는 무엇을 받아야 할까. 이것은 내게 불구자란 약점이 생길 때부터 생각해온 문제다.

나는 내 남편도 나와 같이 다리 하나가 병신 되기를 바랬다. 남편의 다리 하나. 그러나 다시 생각해보면 다리 하나쯤으로는 엄청나게 부족하다. 내가 받아야 할 것은 그의 목숨 그것뿐이라고 생각한다. 생명을 받아야 겨우 수지가 맞을 것 같다. 이것은 내 계산서뿐만 아니라 모든 아내 된 자의 계산서일 것이다.

*

밤이 어지간히 깊어진 모양이다. 스토브에 불이 꺼진 지 오래라서 추워서 견딜 수 없다. 아무리 잠이 아니 와도 저 나무침대 속으로 들어가야 할까보다. 집을 떠나 일곱의 밤을 뜬눈으로 새워도 조금도 피로를 모르겠다. 기적이란 아마 이따위겠지.

나는 아직 살인을 하지 않은 채 이곳으로 왔다. 받을 것을 다 못 받고 그대로 주저앉은 것이 모든 아내 된 자의 약점이요, 애교인 모양이다.

나는 얼마 동안 이곳에 더 머무를 것이다. 내 계산서를 완전히 청산할 때까지 이 땅에 더 있을 것이다.

이 땅은 마적이 있어서 좋고 돼지가 죽은 아이 시체를 물고 뜯어먹는다는 이야기가 있어서 좋고 죽음 같은 고독이 있어서 좋다.

나혜석

경희

《여자계》, 1918년 3월

경희도 사람이다. 그다음에는 여자다.
그러면 여자라는 것보다 먼저 사람이다.
또 조선사회의 여자보다
먼저 우주 안 전 인류의 여성이다.
이철원 김 부인의 딸 보다
먼저 하나님의 딸이다.
여하튼 두말할 것 없이 사람의 형상이다.
그 형상은 잠깐 들씌운 가죽뿐 아니라
내장의 구조도 확실히
금수가 아니라 사람이다.

1

"아이구, 무슨 장마가 그렇게 심해요." 하며 담배를 붙이는 뚱뚱한 마님은 오래간만에 오신 사돈마님이다.

"그러게 말이지요. 심한 장마에 아이들이 병이나 아니 났습니까? 그동안 하인도 한 번 못 보냈어요." 하며 마주 앉아 담배를 붙이는 머리가 희끗희끗하고 이마에 주름살이 두어 줄 보이는 마님은 이 이철원댁 주인마님이다.

"아이구, 별말씀을 다하십니다. 나 역시 그랬어요. 아이들은 충실하나 어멈이 어째 수일 전부터 배가 아프다고 하더니 오늘은 일어나 다니는 것을 보고 왔어요."

"어지간히 날이 더워야지요. 조금 잘못하면 병나기가 쉬워요. 그래서 얼마나 걱정이 되셨겠습니까?"

"이제 나았으니까요 마음이 놓여요. 그런데 애기가 일본서 와서 얼마나 반가우셔요." 하며 사돈마님은 잊었던 일을 깜짝 놀라 생각하는 듯이 말을 한다.

"먼 데다가 보내고 늘 마음이 놓이지 않다가 그래도 일 년에 한 번씩이라도 오니까 집안이 든든해요."

주인마님 김 부인은 담뱃대를 재떨이에다가 탁탁 친다.

"그렇다마다요. 아들이라도 마음이 아니 놓일 텐데 처녀를 그러한 먼 데다 보내시고 그렇지 않겠습니까. 그런데 몸은 충실했었는지요?"

"네, 별 병은 아니 났나 보아요. 제 말은 아무 고생도 아니 된다 하나 어미 걱정시킬까 보아 하는 말이지, 그 좀 주리고 고생이 되었겠어요. 그래서 얼굴이 꺼칠해요." 하며 뒤꼍을 향하여, "아가 아가, 서문안 사돈마님이 너 보러 오셨다." 한다.

"네." 하고 대답하는 경희는 지금 시원한 뒷마루에서 오래간만에 만난 오라버니댁과 앉아서 오라버니댁은 버선을 깁고 경희는 앉은재봉틀에 자기 오라버니 양복 속적삼을 하며 일본에서 지낼 때에 어느 날 어디를 가다가 하마터라면 전차에 치일 뻔하였더란 말이며, 그래서 지금이라도 생각만 하면 몸이 아슬아슬하다는 말이며, 겨울이 오면 도무지 다리를 펴고 자본 적이 없고 그래서 아침에 일어나면 다리가 꼿꼿했다는 말, 일본에는 하루걸러 비가 오는데 한번은 비가 심하게 퍼붓고 학교 수업 시간은 늦어서 그 굽 높은 나막신을 신고 부지런히 가다가 넘어져서 다리에 가죽이 벗겨지고 우산이 모두 찢어지고 옷에 흙이 묻어 어찌나 부끄러웠는지 몰랐더라는 말, 학교에서 공부하던 이야기, 길에 다니며 보던 이야기 끝에 마침 어느 때 영화에서 보았던 어느 아이가 아버지가 장난을 못하게 하니까 아버지를 팔아버리려고 광고를 써서 제 집 문밖 큰 나무에다가 붙였더니 그때 마침 그 아이만 한 6~7세 된 남매가 부모를 잃어버리고 방황하다가 꼭 두 푼 남은 돈을 꺼내들고 이 광고대로 아버지를 사려고 문을 두드리던 모습을 반쯤 이야기하는 중이었다. 오라버니댁은 어느덧 바느질을 무릎 위에다가 놓고 "하하 허허" 하며 재미있게 듣고 앉았던 때라 "그래서 어떻게 되었어요?" 묻다가 눈쌀을 찌푸리며,

“얼른 다녀와요.” 간절히 청을 한다.

옆에 앉아서 빨래에 풀을 먹이며 열심히 듣고 앉아 있던 시월이도 혀를 툭툭 찬다.

“아무렴 내 얼른 다녀오리다.”

경희는 이렇게 대답하고 제 이야기에 재미있어 하는 것이 기뻐서 웃으며 앞마루로 간다.

경희는 사돈마님 앞에 절을 겸손하게 하며 인사를 여쭈었다. 일 년 동안이나 잊어버렸던 절을 일전에 집에 도착했을 때 아버지, 어머니에게 했기에 이번에 하는 절은 익숙하였다. 경희는 속으로 일본에서 날마다 여기저기 뛰며 장난하던 생각을 하고 지금은 이렇게 얌전하다 하며 웃었다.

“아이고, 그 좋던 얼굴이 어쩌면 저렇게 못 되었니, 오죽 고생이 되었을라고?”

사돈마님은 자비로운 음성으로 말을 한다. 일부러 경희의 손목을 잡아 만졌다.

“꼭 심한 시집살이한 손 같고나. 여학생들 손은 비단결 같다는데 네 손은 왜 이러냐?”

“살성이 곱지 못해서 그래요.”

경희는 고개를 수그린다.

“제 손으로 빨래해 입고 밥까지 해 먹었다니까 그렇지요.”

경희의 어머니는 담배를 다시 붙이며 말을 한다.

“저런, 그러면 집에서도 아니하던 것을 객지에 가서 하는구나. 네 일본학교 규칙은 그러냐?”

사돈마님은 깜짝 놀랐다. 경희는 아무 말 아니한다.

"무얼요. 제가 제 고생을 사느라고 그러지요. 그것 누가 시키면 하겠습니까. 학비도 넉넉히 보내주지마는 저 애는 바쁜 것이 재미라고 한답니다."

김 부인은 아무 뜻 없이 어제 저녁에 잠자리에서 딸에게 들은 이야기를 한다.

"그건 왜 그리 고생을 하니?"

사돈마님은 경희의 이마 위에 너펄너펄 내려온 머리카락을 두 귀밑에다 끼워주며 적삼 위로 등의 살도 만져보고 얼굴도 쓰다듬어준다.

"일본에는 겨울에도 불도 아니 땐다지? 그리고 반찬은 감질이 나도록 조금 준다지? 그것 어찌 사니?"

"네. 불은 아니 때지만 견디면 괜찮아요. 반찬도 꼭 먹을 만큼 주지 모자르거나 그렇지는 아니해요."

"그러자니 모두가 고생이지. 그런데 네 형은 그동안 병이 나서 너를 못 보러왔다. 아마 오늘 저녁에는 꼭 올 것이다."

"네, 좀 보내주세요. 벌써부터 어찌 보고 싶었는지 몰라요."

"암 그렇지. 너 왔다는 말을 듣고 나도 보고 싶었는데 형제끼리 그렇지 않으랴."

이 마님은 원래 시집을 멀리 와서 부모형제를 몹시 그리워해본 경험이 있는 터라, 이 말에는 깊은 동정이 나타난다.

"거기를 또 가니? 이제 그만 곱게 입고 앉았다가 부잣집으로 시집가서 아들딸 낳고 재미있게 살지 그렇게 고생할 것 무엇 있니?"

아직 알지 못하여 그렇게 하지 못한 것을 일러주는 것 같이 경희에 대하여 말을 하다가 마주 앉은 경희 어머니에게 눈을 향하여 "그렇지 않소. 내 말이 옳지요." 하는 것 같았다.

"네, 하던 공부 마칠 때까지 가야지요."

"그것은 그리 많이 해 무엇하니. 사내니 고을을 간단 말이냐? 군주사(郡主事)라도 한단 말이냐? 지금 세상에 사내도 배워가지고 쓸 데가 없어서 쩔쩔매는데……."

이 마님은 여간 걱정스러운 것이 아니다. 그리고 대관절 계집애를 일본까지 보내어 공부를 시키는 사돈영감과 마님이며 또 그렇게 배우면 대체 무엇 하자는 것인지를 몰라 답답해한 적은 오래 전부터였으나 다른 집과 달라 사돈집 일이라 속으로는 늘 '저 계집애를 누가 데려가나.' 욕을 하면서도 할 수 있는 대로는 모른 체하여 왔다가 오늘 우연한 좋은 기회에 걱정해오던 것을 말한 것이다.

경희는 이 마님 입에서 "어서 시집을 가거라. 공부는 해서 무엇하니?" 꼭 이 말이 나올 줄 알았다. 속으로 '옳지, 그럴 줄 알았지.' 하였다 그리고 어제 오셨던 이모님 입에서 나오던 말이며 경희를 보실 때마다 걱정하시는 큰어머니 말씀과 모두 일치되는 것을 알았다. 또 작년 여름에 듣던 말을 금년 여름에도 듣게 되었다. 경희의 입술은 간질간질하였다. "먹고 입고만 하는 것이 사람이 아니라 배우고 알아야 사람이에요. 당신 댁처럼 영감, 아들에게 첩이 넷이나 있는 것도 배우지 못한 까닭이고 그것으로 속을 썩이는 당신도 알지 못한 죄예요. 그러니까 여편네가 시집가서 첩을 보지 않도록 하는 것도 가르쳐야 하고 여편네 두고 첩을 얻지 못하게 하는 것도 가르쳐야만 합니다." 하고 싶었다. 이 외에 여러 가지 예를 들어 설명도 하고 싶었다. 그러나 이 마님 입에서는 반드시 오늘 아침에 다녀가신 할머니의 말씀과 같은 "얘, 옛날에는 여편네가 배우지 않아도 수부귀다남(壽富貴多男)하고 잘만 살아왔다. 여편네는 동서남북도 몰라야 복이 많단다. 얘, 공부한 여학생들도 보리방아만 찧게 되더라. 사내가 첩 하나도 둘 줄 모르면 그것이 사내냐?" 하던 말씀과 같이 꼭 이 마님도 할 줄 알았다.

경희는 '쇠귀에 경을 읽지' 하고 제 입만 아프고 자기만 오늘 저녁에 또 이 생각으로 잠을 못 자게 될 것을 생각하였다. 또 말만 시작하게 되면 답답하여서 속이 불과 같이 탈 것, 자연히 오랫동안 끌면 뒷마루에서는 기다릴 것을 생각하여 차라리 일체 입을 다물었다. 더구나 이 마님은 입이 걸어서 말을 한 마디 들으면 열 마디쯤 거짓말을 보태어 여학생의 말이라면 어떻든지 흉만 보고 욕만 하기로 수단이 용한 것을 알았다. 그래서 이 마님 귀에는 좀처럼 어떠한 변명이라든지 설명조차 조금도 곧이 들리지 않을 것도 짐작하였다. 그리고 어느때 경희의 형님이 경희더러 "얘, 우리 시어머니 앞에서는 아무 말도 하지 마라. 더구나 시집 이야기는 일절 말아라. 여학생들은 예사로 시집 말들을 하더라, 아이구 망칙한 세상도 많아라, 우리 자라날 때는 어디서 처녀가 시집 말을 해봤니, 하신다. 그뿐 아니라 여러 여학생 험담을 어디 가서 그렇게 듣고 오시는지 듣고 오시면 꼭 나 들으라고 빗대놓고 하시는 말씀이 정말 내 동생이 학생이어서 그런지 도무지 듣기 싫더라. 일본 가면 계집애 버리느니, 별별 못 들을 말씀을 다 하신단다. 그러니 아무쪼록 말을 조심해라." 하는 부탁을 받은 것도 있다. 경희는 또 이 마님 입에서 무슨 말이 나올까 봐 마음이 조마조마하였다. 그래서 다른 말이 시작되기 전에 뒷마루로 달아나려고 궁둥이가 들썩들썩하였다.

"이따가 급히 입을 오라범 속적삼을 하던 것이 있어서 가보아야겠습니다."

경희는 앓던 이가 빠진 것만큼 시원하게 그 앞을 떠나 뒷마루로 나서며 숨을 한번 쉬었다.

"왜 그리 늦었소? 그래서 그 아버지를 어떻게 했소?"

오라버니댁은 그동안 버선 한 짝을 다 기워놓고 또 한 짝에 앞볼을 대이다가 경희를 보자 무릎 위에다가 놓고 바싹 가까이 앉으며 궁금하던 이야기 끝을 재촉하며 묻는다. 경희의 눈쌀은 찌푸려졌다. 두 뺨이 실쭉해졌다. 시월이는 빨래를 개키다가 경희의 얼굴을 눈결에 슬쩍 보고 눈치를 챘다.

"작은 아씨, 서문안댁 마님이 또 시집 말씀을 하시지요?"

아침에 경희가 할머니가 다녀가신 뒤에 마루에서 혼잣말로 "시집을 갈 때 가더라도 하도 여러 번 들으니까 이제 도무지 싫어 죽겠다." 하던 말을 시월이가 부엌에서 들었다. 지금도 자세히는 들리지 않으나 그런 말을 하는 것 같았다. 그래서 작은 아씨의 얼굴이 저렇게 불량하거니 하였다. 경희는 웃었다. 그러고 바느질을 붙들며 이야기 끝을 연속한다.

안마루에서는 여전히 두 마님은 서로 술도 권하며 담배도 잡수면서 경희의 말을 한다.

"애기가 바느질을 다 해요?"

"네, 바느질도 곧잘 해요. 남자의 윗옷은 못하지마는 제 옷은 꿰매어 입지요."

"아이구 저런, 어느 틈에 바느질을 다 배웠어요? 양복 속적삼을 다 해요? 학생도 바느질을 다 하나요?"

이 마님은 과연 여학생은 바늘을 쥘 줄도 모르는 줄 알았다. 더구나 경희와 같이 서울로 일본으로 쏘다니며 공부한다 하고 덜렁대고 꼭 사내 같은 학생이 제 옷을 꿰매어 입는다는 말에 놀랐다. 그러나 역시 속으로는 그 바느질 꼴이 오죽할까 하였다. 김 부인은 딸의 칭찬 같지만 묻는 말에 마지못하여 대답한다.

"어디 바느질이나 제법 앉아서 배울 새나 있나요? 그래도 차차 철이 나면 자연히 의사가 나나 보아요. 가르치지 아니해도 저절로 꿰매게 되더군요. 어려운 공부를 하면 의사가 트이나 보아요."

김 부인은 말끝을 끊었다가 다시 말을 한다. 이 마님 귀에는 꼭 거짓말 같다.

"양복 속적삼은 작년 여름에 남대문 밖에서 일본 여자가 와서 가르치던 재봉틀 바느질 강습소에 날마다 다니며 배웠지요. 제 조카들의 양복도 해서 입히고 모자도 해서 씌우고 또 제 오라비 여름 양복까지 했어요. 일본어를 아니까 선생하고 친하게 되어서 다른 사람에게는 가르쳐주지 않는 것까지 다 가르쳐주더래요. 낮에는 배워가지고 와서는 밤이면 꼭 열두 시, 새벽 한 시까지 앉아서 배운 것을 보고 그대로 그리고 모두 치수를 적고 했어요. 나는 그게 무엇인가 하였더니 나중에 재봉틀회사 감독이 와서 그러는데 '이제까지 일본어로만 한 것이어서 부인네들 가르치기에 불편하더니 따님이 만든 책으로 퍽 유익하게 쓰겠습니다.' 하는 말에 그런 것인 줄 알았어요. 좀 가르치면 어디든지 그렇게 쓸데가 있더구먼요. 그뿐 아니라 그 점잖은 일본 사람들에게도 어찌 존대를 받는지 몰라요. 그 애가 왔단 말을 어디서 들었는지 감독이 일부러 일전에 또 찾아왔어요. 일본서 졸업하고는 기어이 자기 회사의 일을 보아 달라고 하더래요. 처음에는 월급 1500냥은 쉽대요. 차차 오르면 3년 안에 2500냥을 받는다는데요? 다른 여자는 제일 많은 것이 750냥이라는데 아마 그 애는 일본까지 가서 공부한 까닭인가 보아요. 저것도 그 애가 재봉틀에 한 것입니다." 하며 맞은편 벽에 유리에 늘어 걸어놓은, 앞에 물이 흐르고 뒤에 나무가 총총한 촌(村) 경치를 턱으로 가리킨다.

경희의 어머니는 결코 여기까지 딸의 말을 하려고 한 것이 아니었다. 그랬던 것이 자연스레 월급 말까지 하게 된 것은 부지중에 해버린 일이었다. 김 부인은 다른 부인네들보다 더구나 이 사돈마님보다는 훨씬 개명을 한 부인이다. 근본 성품도 결코 남의 흉을 보는 부인은 아니었고 혹 부인네들이 모여 여학생들의 못된 점을 꺼내어 흉을 보던지 하면 그렇지 않다고까지 반대를 한 적도 많으니 이것은 대개 자기 딸 경희를 몹시 기특히 아는 까닭으로 여학생은 바느질을 못 한다든가, 빨래를 아니 한다든가, 살림살이를 할 줄 모른다든가, 하는 말이 모두 일부러 흉을 만들어 말하거니 했다. 그러나 공부해서 무엇 하는지 왜 경희가 일본까지 가서 공부를 하는지, 졸업을 하면 무엇에 쓰는지는 역시 김 부인도 다른 부인과 같이 몰랐다. 혹 여러 부인이 모여서 "따님은 그렇게 공부를 시켜서 무엇 하나요?" 질문을 하면 "누가 아나요, 이 세상에는 계집애라도 배워야 한다니까요." 이렇게 자기 아들에게 늘 들어오던 말로 어물어물 대답을 할 뿐이었다. 김 부인은 과연 알았다. 공부를 많이 할수록 존대를 받고 월급도 많이 받는 것을 알았다. 그렇게 번지르르한 양복을 입고 금시곗줄을 늘인 점잖은 감독이 조그마한 여자를 일부러 찾아와서 절을 수없이 하는 것이라든지, 종일 한 달 30일을 악을 쓰고 속을 태우는 보통학교 교사는 많아야 620냥이고 보통 500냥인데 "천천히 놀면서 일 년에 병풍 두 짝만이라도 잘만 놓아주시면 월급을 꼭 40원씩은 드리지요" 하는 말에 김 부인은 과연 공부라는 것은 꼭 해야 할 것이고, 하면 조금 하는 것보다 일본까지 보내서 시켜야만 할 것을 알았다. 그리고 어느 날 저녁에 경희가 "공부를 하면 많이 해야겠어요. 그래야 남에게 존대를 받을 뿐 아니라 저도 사람 노릇을 할 것 같아요" 하던 말이 아마 이래서 그랬던가보다 하였다. 김 부인은 이제부터는 의심 없이 확실히 자기 아들이 경희를 왜 일본까지 보내라고 애를 쓰던 것, 지금 세상에는 여자도 남자와 같이 많이 가르쳐야 할 것을 알았다. 그래서 김 부인은 이제까지 누가 "따님은 공부를 그렇게 시켜 무엇 합니까?" 물으면 등에서 땀이 흐르고 얼굴이 벌겋게 취해지며 이럴 때마다 아들만 없으면 곧이라도 데려다가 시집을 보내고 싶은 생각도 많았으나 지금 생각하니 아들이 뒤에 있어서 자기 부부가 경희를 데려다 시집을 보내지 못하게 한 것이 다행스럽게 생각된다. 그리고 지금부터는 누가 묻든지 간에 여자도 공부를 시켜야 뜻이 생겨서 가르치지 않은 바느질도 할 줄 알고, 일본까지 보내어 공부를 많이 시켜야 존대를 받는 것을 분명히 설명까지라도 할 것 같다. 그래서 오늘도 사돈마님 앞에서 부지중 여기까지 말을 하는 김 부인의 태도는 조금도 주저하는 빛도 없고 그 얼굴에는 기쁨이 가득하고 그 눈에는 '나는 이러한 영광을 누리고 이러한 재미를 본다' 하는 표정이 가득하다.

사돈마님은 반신반의로 어떻든 끝까지 들었다. 처음에는 물론 거짓말로 들을 뿐만 아니라, 속으로 '너는 아마 큰 계집애를 버려놓고 이제 시집보낼 것이 걱정이니까 저렇게 없는 칭찬을 하나보구나.' 하며 이야기하는 김 부인의 눈이며 입을 노려보고 앉았다. 그러나 이야기가 점점 길어갈수록 그럴 듯하다. 더구나 감독이 왔더란 말이며, 존대를 하더란 것이며, 사내도 여간한 군주사(郡主事)쯤은 바랄 수도 없는 월급을 2000냥까지 주겠더란 말을 들을 때는 설마 저렇게까지 거짓말을 할까 하는 생각이 난다. 사돈마님은 아직도 참말로는 알고 싶지 않으나 어쩐지 김 부인의 말이 거짓말 같지는 아니하다. 또 벽에 걸린 수(繡)도 확실히 자기 눈으로 볼 뿐 아니라 쉴 새 없이 바퀴 구르는 재봉틀 소리가 당장 자기 귀에 들린다. 마님 마음은 도무지 이상하다. 무슨 큰 실패나 한 것도 같다. 양심은 스스로 자복하였다.

'내가 여학생을 잘못 알아 왔다. 정말 이 집 딸과 같이 계집애도 공부를 시켜야겠다. 어서 우리 집에 가서 내외시키던 손녀딸들을 내일부터 학교에 보내야겠다.'라고 꼭 결심을 했다. 눈앞이 아물아물해 오고 귀가 찡한다. 아무 말 없이 눈만 끔뻑끔뻑하고 앉았다. 뒤꼍으로 불어 들어오는 시원한 바람 중에는 젊은 웃음소리가 사기 접시를 깨뜨릴 만큼 재미있게 싸여 들어온다.

2

"이 더운데 작은 아씨, 무얼 그렇게 하십니까?"

마루 끝에 떡함지를 힘없이 놓으며 땀을 씻는다. 얼굴은 얼기설기 얽고 머리는 평양머리를 해서 얹고 알록달록한 명주수건을 아무렇게나 쓴, 나이가 한 사십가량 된 떡장사는 으레 하루에 한 번씩 이 집을 들린다.

"심심하니까 장난 좀 하오."

경희는 앞치마를 치고 마루 끝에 서서 서투른 칼질로 파를 썬다.

“어느 틈에 김치 담그는 것을 다 배우셨어요? 날마다 다니며 봐도 작은 아씨는 도무지 노시는 것을 못 보았습니다. 책을 보시지 않으면 글씨를 쓰시고 바느질을 안 하시면 저렇게 김치를 담그시고……”

“여편네가 여편네 할 일을 하는 것이 무엇이 그리 신통할 것 있소.”

“작은 아씨 같은 이나 그렇지, 어느 여학생이 그렇게 마음을 먹는 이가 있나요.”

떡장사는 무릎을 치며 경희의 앞으로 바싹 앉는다. 경희는 빙긋이 웃는다.

“그건 떡장사가 잘못 안 것이지. 여학생은 사람 아니오? 여학생도 옷을 입어야 살고 음식을 먹어야 살 것 아니오?”

“아이구, 그러게 말이지요. 누가 아니래요. 그러나 작은 아씨같이 그렇게 아는 여학생이 어디 있어요?”

“칭찬 많이 받았으니 떡이나 한 20냥어치 살까!”

“아이구, 어멈을 저렇게 아시네, 떡 팔아먹을려고 그런 것은 아니에요.”

변덕이 뒤룩뒤룩한 두 뺨의 살이 축 처진다. 그리고 너는 나를 잘못 아는구나 하는 원망으로 두둑한 입술이 삐죽한다. 경희는 곁눈으로 보았다. 그 마음을 짐작하였다.

“아니요, 일부러 그랬지. 칭찬을 받으니까 좋아서……”

“아니에요. 칭찬이 아니라 정말이에요.”

다시 정답게 바싹 앉으며 "허허……" 너털웃음을 한판 내쉰다. "정말 몇 해를 두고 날마다 다니며 봐도 작은 아씨처럼 낮잠 한 번도 주무시지 않고 꼭 무엇을 하시는 아씨는 처음 보았어요."

"떡장사 오기 전에 자고 떡장사가 가면 또 자는 걸 보지를 못하였지."

"또 저렇게 우스운 말씀을 하시네. 떡장사가 아무 때나 아침에도 다녀가고 낮에도 다녀가고 저녁 때도 다녀가지 학교에 다니는 학생같이 시간을 맞춰서 다니나요, 응? 그렇지 않소?" 하며 툇마루에서 맷돌에 풀 갈고 있는 시월이를 본다. 시월이는, "그래요. 어디가 아프시기 전에는 한 번도 낮잠 주무시는 일 없어요."

"여보, 떡장사. 떡이 다 쉬면 어찌 하려고 이렇게 한가히 앉아서 이야기를 하오."

"아니, 괜찮아요."

떡장사의 말소리는 아무 힘이 없다. 떡장사는 이 작은 아씨가 "그래서 어쨌소." 하며 받아만 주면 이야기할 것이 많았다. 저희 집 떡방아 찧던 일꾼에게서 들은, 요새 신문에 어느 여학생이 학교 간다고 나가서는 며칠 동안 돌아오지 않아 수색을 해보니까 어느 사내에게 꼬임을 받아서 첩이 되었더란 말이며, 어느 집에는 며느리로 여학생을 얻어왔더니 버선 깁는데 올도 찾을 줄 몰라 삐뚜로 대었더란 말, 밥을 하였는데 반은 태웠더란 말, 날마다 사방으로 쏘다니며 평균 한마디씩 들어온 여학생의 험담을 하려면 부지기수였다. 그래서 이렇게 신이 나서 무릎을 치고 바짝 들어앉았으나, 경희의 말대답이 너무 냉정하고 점잖으므로 떡장사의 속에서 뻗쳐오르던 것이 어느덧 거품 꺼지듯 꺼졌다. 떡장사의 마음은 무엇을 잃은 것같이 공연히 서운하다. 떡바구니를 들고 일어설까말까 하나 어쩐지 딱 일어설 수도 없다. 그래서 떡바구니를 두 손으로 누른 채로 앉아서 모른 체하고 칼질하는 경희의 모양을 아래위로 훑어도 보고, 마루를 보며 선반 위에 얹은 소반의 수효도 세어보고, 정신없이 얼빠진 것같이 앉았다.

"흰떡 댓 냥어치하고 개피떡 두 냥 반어치만 내놓게."

김 부인은 고운 돗자리 위에서 부채질을 하면서 드러누웠다가 딸 경희가 좋아하는 개피떡하고 아들이 잘 먹는 흰떡을 내놓으라 하고 주머니에서 돈을 꺼낸다. 떡장사는 멀거니 앉았다가 깜짝 놀라 내놓으라는 떡 수효를 몇 번씩 되풀이해 세어서 내놓고는 뒤도 돌아보지를 않고 떡바구니를 이고 나가다가 다시 이 댁을 오지 못하면 떡을 못 팔게 될 생각을 하고 "작은 아씨, 내일 또 와요. 허허허." 하며 대문을 나서서는 큰 숨을 쉬었다. 생삼팔(生三八) 두루마기 고름을 달고 앉았던 경희의 오라버니댁이며 경희며 시월이며 서로 얼굴들을 쳐다보며 말없이 씽긋씽긋 웃는다. 경희는 속으로 기뻐한다. 무엇을 얻은 것 같다. 떡장사가 다시는 남의 흉을 보지 않으리라, 생각할 때에 큰 교육을 한 것도 같다. 경희는 칼자루를 들고 앉아서 무슨 생각을 곰곰이 한다.

"참 애기는 못할 것이 없다."

얼굴에 수심이 가득하여 시름없이 두 손가락을 마주 잡고 앉았다가 간단히 이 말을 하고는 다시 입을 꾹 다물며 한숨을 산이 꺼지도록 쉬는 한 여인에게는 아무도 모르는 큰 걱정과 설움이 있는 것 같다. 이 여인은 근 20년 동안이나 이 집과 친하게 다니는 여인이라, 경희의 형제들은 아주머니라 하고 이 여인은 경희의 형제를 자기의 친 조카들같이 귀애한다. 그래서 심심하여도 이 집으로 오고 속이 상할 때에도 이 집으로 와서 웃고 간다. 그런데 이 여인의 얼굴은 항상 검은 구름이 끼고 좋은 일을 보든지 즐거운 일을 당하든지 끝에는 반드시 '휘―' 한숨을 쉰다. 쌓이고 쌓인 설움의 원인을 알고 보면 누구라도 동정을 아니 할 수 없다.

이 여인은 노년 과부다. 남편을 잃은 후로 애절복통을 하다가 다만 재미를 붙이고 낙(樂)을 삼은 것은 천행만행(千幸萬幸)으로 얻은 유복자 수남(壽男)이다. 하루 지나면 수남이도 조금 크고 한 해 지나면 수남이가 한 살 는다. 겨울이면 추울까, 여름이면 더울까, 밤에 자다가도 곤히 자는 수남의 투덕투덕한 볼기짝을 몇 번씩 뚜덕뚜덕하던 세상에 둘도 없는 귀한 아들은 어느덧 나이 16세에 이르러 사방에서 혼인하자는 말이 끊일 새 없었다. 수남의 어머니는 새로이 며느리를 얻어 혼자 재미를 볼 것이며, 남편도 없이 혼자 폐백 받을 생각을 하다가 자리 속에서 눈물도 많이 흘렸다. 그러나 행여 이렇게 눈물을 흘려 귀중한 아들에게 사위스러울까봐 할 수 있는 대로는 슬픔을 기쁨으로 돌려 생각하고 눈물을 웃음으로 이루려 하였다. 그래서 알뜰살뜰히 돈이며 패물 등속을 며느리 얻으면 주려고 모았다. 유일무이(唯一無二)의 아들을 장가들이는 데는 꺼리는 것도 많고 보는 것도 많았다. 그래서 며느리 선을 시어머니가 보면 아들이 가난하게 산다고 하는 까닭에 수남이 어머니는 일체 중매에게 맡기고 궁합이 맞는 것으로만 혼인을 정하였다. 새 며느리를 얻고 아들과 며느리 사이에 옥 같은 손녀며 금 같은 손자를 보아 집안이 떠들썩하고 재미가 퍼부을 것을 날마다 상상하며 기다리던 며느리는, 과연 오늘의 이 한숨을 쉬게 하는 원수다. 열일곱에 시집온 후로 8년이 되도록 시어머니 저고리 하나도 꿰매어 정답게 드려보지도 못한, 철천지한을 시어머니 가슴에 안겨준 이 며느리라. 수남의 어머니는 본래 성품이 순하고 덕스러우므로 아무쪼록 이 며느리를 잘 가르치고 잘 만들려고 애도 무한히 쓰고 남 모르게 복장도 많이 쳤다. 이러면 나을까, 저렇게 하면 사람이 될까 하여 혼자 궁리도 많이 하고 타이르고 가르치기도 수없이 하였으나 어제가 오늘 같고 내일도 매일반이다. 바늘을 쥐어주면 곧 졸고 앉았고, 밥을 하라면 죽을 쑤어놓는다. 거기다가 나이가 먹어갈수록 마음만 엉뚱해가는 것은 더구나 사람을 기가 막히게 한다. 이러하니 때로 속이 상하고 날로 기가 막히는 수남의 어머니는 이 집에 올 때마다 이 집 며느리가 시어머니 저고리를 얌전히 하는 것을 보면 나는 이 며느리 손에 저렇게 저고리 하나도 얻어 입어보지 못하나 하며 한숨이 나오고, 경희의 부지

련한 것을 볼 때에 나는 왜 저런 민첩한 며느리를 얻지 못하였는가 하며, 한숨을 쉬는 것은 자연한 인정이리라. 그러므로 이렇게 멀거니 앉아서 경희의 김치 담그는 모습을 보며 또 떡장사가 한참 떠들고 간 뒤에 간단한 이 말을 하는 끝에 한숨을 쉬는 그 얼굴은 차마 볼 수가 없다. 머리를 숙이고 골몰히 칼질하던 경희는 이미 아주머니의 설움의 원인을 아는 터라 그 한숨 소리가 들리자 온몸이 찌르르하도록 동정이 간다. 경희는 이런 자극을 받는 동시에 이와 같이 조선 안에 여러 불행한 가정의 형편이 방금 제 눈앞에 보이는 것 같았다. 힘 있게 칼자루로 도마를 탁 치는 경희는 무슨 큰 결심이나 하는 것 같다. 경희는 굳게 맹세하였다. '내가 가질 가정은 결코 그런 가정이 아니다. 나뿐 아니라 내 자손, 내 친구, 내 문인들이 만들 가정도 결코 이렇게 불행하게 하지 않는다. 오냐, 내가 꼭 한다.' 하였다. 경희는 껑충 뛴다. 안부엌에서 땀을 빨빨 흘리며 풀 쑤는 시월이를 따라간다.

"얘. 나하고 하자. 부뚜막에 올라앉아서 풀막대기로 젓랴? 아궁이 앞에 앉아서 땔랴? 어떤 것을 하였으면 좋겠니? 너 하라는 대로 할 터이니. 두 가지를 다 할 줄 안다."

"아이구, 고만 두셔요, 더운데."

시월이는 더운데 혼자 풀을 저으면서 불을 때느라고 끙끙하던 중이다.

"아이구, 이년의 팔자." 한탄을 하며 눈을 멀거니 뜨고 밀짚을 끌어 때고 앉았던 때라, 작은 아씨의 이 말 한마디는 더운 중에 바람 같고 괴로움에 웃음이다. 시월이는 속으로 '저녁 진지에는 작은 아씨의 즐기시는 옥수수를 어디 가서 맛있는 것을 얻어다가 쪄서 드려야겠다.' 하였다. 마지못하여, "그러면 불을 때셔요. 제가 풀을 저을 것이니……."

"그래, 어려운 것은 오랫동안 졸업한 네가 해라."

경희는 불을 때고 시월이는 풀을 젓는다. 위에서는 푸푸, 부글부글 하는 소리, 아래에서는 밀짚의 탁탁 튀는 소리, 마치 경희가 도쿄음악학교 연주회석에서 듣던 관현악 연주소리 같기도 하다. 또 아궁이 저 속에서 밀짚 끝에 불이 댕기며 점점 불빛이 강하게 번지는 동시에 차차 아궁이까지 가까워지자 또 점점 불꽃이 약해져 가는 것은 마치 피아노 저 끝에서 이 끝까지 칠 때에 붕붕 하던 것이 점점 땡땡 하도록 되는 음률과 같아 보인다. 열심히 젓고 앉은 시월이는 이러한 재미를 모르겠구나 하고 제 생각을 하다가 자기는 조금이라도 이 묘한 미감을 느낄 줄 아는 것이 얼마큼 행복하다고도 생각하였다. 그러나 저보다 몇 십, 몇 백 배 묘한 미감을 느끼는 자가 있으려니 생각할 때에 제 눈을 빼어버리고도 싶고 제 머리를 뚜드려 바치고도 싶다. 빨간 불꽃이 별안간 파란 빛으로 변한다. 아, 이것도 사람인가, 밥이 아깝다 하였다. 경희는 부지중 "재미도 있다." 하였다.

"대체 작은 아씨는 별것도 다 재미있다고 하십니다. 빨래하면 땟국물 흐르는 것도 재미있다고 하시고 마루 걸레질을 하시면 아직 안 한 한편 쪽 마루의 뿌연 것이 보기 재미있다 하시고, 마당을 쓸면 티끌 많아지는 것이 재미있다고 하시고, 나중에는 무엇까지 재미있다고 하실는지, 뒷간에 구데기 끓는 것은 재미있지 않으셔요?"

경희는 속으로 '오냐, 물론 그것까지 재미있게 보여야 할 것이다. 그러나 내 눈은 언제나 그렇게 밝아지고 내 머리는 어느 때나 거기까지 발달될는지 불쌍하고 한심스럽다.' 하였다.

"얘, 그런데 말끝이 나왔으니까 말이다, 빨래 언제 하니?"

"왜요? 모레는 해야겠어요."

"그러면 저녁 때 늦지?"

"아마 늦을걸요."

"일찍 끝이 나더라도 개천에서 살아라. 그러면 건넌방 아씨하고 저녁 해놓을 터이니 늦게 돌아와서 잡수어라. 내 손으로 한 밥맛이 어떤가 보아라. 히히히."

시월이도 같이 웃는다. 어쩌면 사람이 저렇게 인정이 있는가 한다. '누가 나 먹으라고 단 참외나 주었으면. 저 작은 아씨 갖다드리게.' 속으로 혼잣말을 한다. 과연 시월이는 이렇게 고마운 소리를 들을 때마다 황송해서 어찌 할 수가 없다. 그래서 입이 있으나 어떻게 말할 줄도 모르고 다만 작은 아씨가 잘 먹는 과실은 아는지라, 제게 돈이 있으면 사다가라도 드리고 싶으나 돈은 없으므로 사지는 못하되 틈틈이 어디 가서 옥수수며 살구는 곧잘 구해다가 드렸다. 이렇게 경희와 시월이 사이는 사이가 좋을 뿐 아니라 이번에 경희가 일본에서 올 때에 시월의 자식 점동이에게는 큰댁 애기네들보다 더 좋은 장난감을 사다준 것은 뼈가 녹기 전까지는 잊을 수가 없다.

"애, 그런데 너와 일할 것이 꼭 하나 있다."

"무엇이에요?"

"글쎄 무엇이든지 내가 하자면 하겠니?"

"아무렴요, 하지요!"

"너, 왜 그렇게 우물뚜덩을 더럽게 해놓니. 도무지 더러워서 볼 수가 없다. 그러니 내일부터 설음질 뒤에는 꼭 날마다 나하고 우물뚜덩을 치우자. 너 혼자만 하라는 것은 아니다. 그렇게 하겠니?"

"네, 제가 혼자 날마다 치우지요."

"아니, 나하고 같이해……. 재미있게, 하하하."

"또 재미요? 하하하하."

부엌이 떠들썩하다. 안마루에서 들으시던 경희 어머니는 '또 웃음이 시작되었군' 하신다.

"아이 무엇이 그리 우스운지 그 애가 오면 밤낮 셋이 몰려다니며 웃는 소리에 도무지 산란해 못 견디겠어요. 젊었을 때는 말똥 구르는 것이 다 우습다더니 그야말로 그런가 보아요."

수남 어머니에게 대하여 말을 한다.

"웃는 것밖에 좋은 일이 어디 있습니까. 댁에를 오면 산 것 같습니다."

수남 어머니는 또 휘— 한숨을 쉰다. 마루에 혼자 떨어져 바느질하던 건넌방 색시는 웃음소리가 들리자 한 발에 신을 신고 한 발에 짚신을 끌며 부엌 문지방을 들어서며,
"무슨 이야기요? 나도……." 한다.

3

"마누라, 주무시오?"

이철원은 사랑에서 들어와 안방문을 열고 경희와 김 부인 자는 모기장 속으로 들어선다. 김 부인은 깜짝 놀라 일어나 앉는다.

"왜 그러셔요, 어디가 편치 않으셔요?"

"아니, 공연히 잠이 아니 와서……."

"왜요?"

이때에 마루 벽에 걸린 자명종은 한 번을 땡 친다.

"드러누워서 곰곰 생각을 하다가 마누라하고 의논을 하러 들어왔소!"

"무얼요?"

"경희 혼인 일 말이오. 도무지 걱정이 되어 잠이 와야지."

"나 역시 그래요."

"이번 혼처는 꼭 놓치지를 말고 해야지 그만한 곳 없소. 그 신랑 아버지 되는 자하고 난 전부터 익숙히 아는 터이니까 다시 알아볼 것도 없고, 당자(當者)도 그만하면 쓰지 별 아이 어디 있나. 장자이니까 그 많은 재산 다 상속될 터

이고 또 경희는 그런 대갓집 맏며느리감이지……."

"글쎄, 나도 그만한 혼처가 없는 줄 알지마는 제가 그렇게 열 길이나 뛰고 싫다는 것을 어떻게 한단 말이오, 그렇게 싫다고 하는 것을 억지로 보내었다가 나중에 불길한 일이나 있으면 자식이라도 그 원망을 어떻게 듣잔 말이오……."

"아니, 불길할 일이 있을 까닭이 있나. 인품이 그만 하겠다, 추수를 수천 석 하겠다, 그만하면 고만이지 그러면 어떻게 하잔 말이요. 계집애가 열아홉 살이 적소?"

김 부인은 잠잠히 있다. 이철원은 혀를 톡톡 차며 후회를 한다.

"내가 잘못이지, 계집애를 일본까지 보내다니 계집애가 시집가기를 싫다니 그런 망칙한 일이 어디 있어. 남이 알까 보아 무섭지. 벌써 적합한 혼처를 몇 군데를 놓쳤으니 어떻게 하잔 말이야. 아이……."

"그러면 혼인을 언제로 하잔 말이오?"

"저만 대답하면 지금이라도 곧 하지. 오늘도 재촉 편지가 왔는데……. 이왕 계집애라도 그만큼 가르쳐 놓았으니까 옛날처럼 부모끼리로 할 수는 없고 해서 벌써 사흘째 불러다가 타이르나 도무지 말을 들어 먹어야지. 계집년이 되지 못한 고집은 왜 그리 센지, 신랑 삼촌은 기어이 조카며느리를 삼아야겠다고 몇 번을 그러는지 모르는데……."

"그래, 무엇이라고 대답하셨소?"

"글쎄, 남이 부끄럽게 계집애더러 물어본다나 무엇이

라나. 그러지 않아도 큰 계집애를 일본까지 보냈느니 어떠니 하고 욕들을 하는데. 그래서 생각해본다고 했지.”

“그러면 거기서는 기다리겠소그래.”

“암, 그게 벌써 올 정월부터 말이 있던 것인데 동네집 색시 믿고 장가 못 간다더니…….”

“아이, 그러면 속히 좌우간 결정을 내야겠는데 어떻게 하나. 저는 기어이 하던 공부를 마치기 전에는 죽어도 시집은 아니가겠다 하는데. 그리고 더구나 그런 부잣집에 가서 치맛자락 늘이고 싶은 마음은 꿈에도 없다고 한다오. 그래서 제 동생 시집갈 때도 제 것으로 해놓은 고운 옷은 모두 주었습니다. 비단치마 속에 근심과 설움이 있느니라고 한다오. 그 말도 옳긴 옳아.”

김 부인은 자기도 남부럽지 않게 이제껏 부귀하게 살아왔으나 자기 남편이 젊었을 때 방탕하여서 속이 상하던 일과 철원군수로 갔을 때도 첩이 두셋씩 되어 남몰래 속이 썩던 생각을 하고 경희가 이런 말을 할 때마다 말은 아니하나 속으로 딴은 네 말이 옳다 한 적이 많았다.

“아이, 아니꼬운 년. 그러기에 계집애를 가르치면 건방져서 못 쓴다는 말이야. 아직 철을 몰라서 그렇지……. 글쎄 그것도 그렇지 않소, 오죽한 집에서 혼인을 거꾸로 한단 말이오. 오죽 형이 못나야 아우가 먼저 시집을 가더란 말이오. 김 판사 집도 우리집 내용을 다 아는 터이니까 혼인도 하자 하는 거지 누가 거꾸로 혼인한 집 색시를 데려가려겠소. 아니, 이번에는 꼭 해야지…….”

부인의 말을 들으며 그럴 듯하게 생각하던 이철원은 이 거꾸로 혼인한 생각을 하니 마음이 급작히 졸여진다. 그리고 생각할수록 이번 김 판사집 혼처를 놓치면 다시는 그런 문별 있고 재산 있는 혼처를 얻을 수가 없는 것 같다. 그래서 두말할 것 없이 이번 혼인은 강제로라도 시킬 결심이 일어난다. 이철원은 벌떡 일어선다.

"계집애가 공부는 그렇게 해서 무엇해? 그만큼 알았으면 그만이지. 일본은 누가 또 보내기는 하구? 이번에는 무관(無關)내지. 기어이 그 혼처하고 해야지. 내일 또 한 번 불러다가 아니 듣거든 또 물을 것 없이 곧 해버려야지……."

노기가 가득하다. 김 부인은 "그렇게 하시오."라든지 "마시오."라든지 무엇이라고 대답할 수가 없다. 다만 시름없이 자기가 풍병(風病)으로 누울 때마다 경희를 시집보내기 전에 돌아갈까 보아 아슬아슬하던 생각을 하며, "딴은 하나 남은 경희를 마저 내 생전에 시집을 보내놓아야 내가 죽어도 눈을 감겠는데." 할 뿐이다.

이철원은 일어서다가 다시 앉으며 나직한 소리로 묻는다.

"그런데 일본 보내서 버리지는 않은 모양이오?"

"아니오. 그전보다 더 부지런해졌어요. 아침이면 제일 먼저 일어납니다. 그래서 마루 걸레질이며 마당이며 멀겋게 치워놓지요. 그뿐인가요. 떡하면 떡방아 다 찧도록 체질해주기……. 그러게 시월이는 좋아서 죽겠다지요……."

김 부인은 과연 경희가 일하는 것을 볼 때마다 안심을

점점 찾았다. 그것은 경희를 일본 보낸 후로는 남들이 비난할 때마다 입으로는 말을 아니하나 항상 마음으로 염려하기를, 경희가 만일에 일본까지 공부를 갔다고 난 체를 한다든지 공부한 위세로 사내같이 앉아서 먹자든지 하면 그 꼴을 어떻게 남이 부끄러워 보잔 말인고 하고 미상불 걱정이 되었고 이는 어머니 된 자의 딸을 사랑하는 자연한 정(情)이라. 경희가 일본에서 오던 그 이튿날부터 앞치마를 두르고 부엌으로 들어갈 때 오래간만에 쉬러 온 딸이라 말리기는 했으나 속으로는 큰 숨을 쉴만큼 안심을 얻은 것이다.

경희 가족은 누구나 다 아는 바와 같이 경희의 마루 걸레질, 다락, 벽장 정리는 전부터 유명하였다. 그래서 경희가 서울 학교에 있을 때 일 년에 세 번씩 휴가를 오면 으레 다락 벽장이 속속까지 목욕을 하게 되었다. 또 김 부인의 마음에도 경희가 치우지 않으면 안 되도록 되었다. 그래서 다락이 지저분하다든지 벽장이 어수선하게 되면 벌써 경희가 올 날이 며칠 안 남은 것을 안다. 그리고 경희가 집에 온 그 이튿날은 경희를 보러오는 사촌 형님들이며 할머니, 큰어머니는 한 번씩 열어보고 "다락 벽장이 분(粉)을 발랐고나." 하시고 "깨끗하기도 하다." 하시며 칭찬을 하시었다. 이것이 경희가 집에 가는 그 전날밤부터 기뻐하는 것이고 경희가 집에 온 제일의 표적이었다.

김 부인은 이번에 경희가 일본에서 오면 연년(年年) 세 번씩 목욕을 시켜주던 다락 벽장도 치워주지 아니할 줄만 알았다. 그러나 경희는 여전히 집에 도착하면서 부모님에게 인사 여쭙고는 첫 번째로 다락 벽장을 열었다. 그리고 그 이튿날 종일 치웠다.

그런데 이번 경희의 청소 방법은 전과는 전혀 다르다. 전에 경희의 청소 방법은 기계적이었다. 동쪽에 놓았던 제기며 서쪽 벽에 걸린 표주박을 쓸고 문질러서는 그 놓았던 자리에 그대로 놓을 줄만 알았다. 그래서 있던 거미줄만 없고 쌓였던 먼지만 털면 이것이 청소인 줄만 알았다. 그러나 이번 방법은 다르다. 건조적이고 응용적이다. 가정학에서 배운 질서, 위생학에서 배운 정리, 또 도화 시간에 배운 색과 색의 조화, 음악 시간에 배운 장단의 음률을 이용하여, 지금까지의 위치를 전혀 뜯어고치게 된다. 자기를 도기 옆에다도 놓아보고 칠첩 반상을 칠기에도 담아본다. 주발 밑에는 주발보다 큰 사발을 받쳐도 본다. 흰 은쟁반 위로 노르스름한 전골 방아치도 늘어본다. 큰 항아리 다음에는 병(洴)을 놓는다. 그리고 전에는 컴컴한 다락 속에서 먼지 냄새에 눈살도 찌푸렸을 뿐 아니라 종일 땀을 흘리고 청소하는 것은 가족에게 들을 칭찬의 보수를 받으려 함이었다. 그러나 이번에는 이것도 다르다. 경희는 컴컴한 속에서 제 몸이 이리저리 운동케 하는 것이 여간 재미있지 않았다. 일부러 빗자루를 놓고 쥐똥을 집어 냄새도 맡아보았다. 그리고 경희가 종일 일하는 것은 아무 바라는 보수도 없다. 다만 제가 저 할 일을 하는 것밖에 아무것도 없다.

이렇게 경희의 일동일정(一動一靜)의 내막에는 자각이 생기고 의식적으로 되는 동시에 외형으로 활동할 일은 때로 많아진다. 그래서 경희는 할 일이 많다. 만일 경희의 친한 동무가 있어서 경희의 할 일 중에 하나라도 해준다면 비록 그 물건이 경희의 손에 있다 하더라도 그것은 경희의 것이 아니라 동무의 것이다. 이러므로 경희가 좋은 것을 갖고 싶고 남보다 많이 갖고 싶을진대 경희의 힘으로 능히 할 만한 일은 행여나 털끝만 한 일이라도 남더러 해달라고 할 것이 아니다. 조금이라도 남에게 빼앗길 것이 아니다. 아아, 다행이다. 경희의 넓적다리에는 살이 쪘고 팔뚝은 굵다. 경희는 이 살이 다 빠져서 걸을 수가 없을 때까지 팔뚝의 힘이 없어 늘어질 때까지 할 일이 무한이다. 경희가 가질 물건도 무수하다. 그러므로 낮잠을 한 번 자고 나면 그 시간 자리가 완연히 턱이 난다. 종일 일을 하고 나면 경희는 반드시 조금씩 자라난다. 경희가 갖는 것은 하나씩 늘어간다. 경희는 이렇게 아침부터 저녁까지 얻기 위하여 자라갈 욕심으로 제 힘껏 일을 한다.

이철원도 자기 딸이 일하는 것을 날마다 본다. 또 속으로 기특하게도 여긴다. 그러나 이렇게 자기 부인에게 물어본 것은 이철원 역시 김 부인과 같이 경희를 자기 아들의 권고에 못 이겨 일본까지 보내었으나 항상 버릴까봐 염려되던 것은 사실이었다. 그러므로 오늘 저녁에 부부가 앉아서 혼처에 대한 걱정이라든지 그 애 버릴까봐 염려하던 것을 안심하는 부모의 애정은 그 두 얼굴에 띤 웃음 속에 가득하다. 아무러한 지우며 형제며 효자인들 어찌 이 부모가 염려하시는 염려, 기뻐하시는 참기쁨 같으리오. 이철원은 혼인하자고 할 곳이 없을까봐 바짝 졸였던 마음이 조금 누그러졌다. 그러나 마루로 내려서며 마른 기침 한 번을 하며 "내일은 세상 없어도 하여야지." 하는 결심의 말은 누구의 명령을 가지고라도 깨뜨릴 수 없을 것같이 보인다.

새벽닭이 새날을 고한다. 까맣던 밤이 백색으로 활짝 열린다. 동창의 장지 한 편이 차차 밝아오며 모기장 한 끝으로부터 점점 연두색을 물들인다. 곤히 자던 경희의 눈은 뜨였다. 경희는 또 오늘 종일의 제 일을 시작할 기쁨에 취하여 벌떡 일어나서 방을 나선다.

4

때는 정히 오정이라 안마루에서는 점심상이 벌어졌다. 경희는 사랑에서 들어온다. 시월이며 건넌방 형님은 간절히 점심 먹기를 권하나 들은 체도 아니하고 골방으로 들어서며 사방 방문을 꼭꼭 닫는다. 경희는 흑흑 느껴 운다. 방바닥에 엎드리기도 하다가 일어나 앉기도 하고 또 일어나서 벽에다 머리를 부딪친다. 기둥을 불끈 안고 핑핑 돈다. 경희는 어찌할 줄 몰라 쩔쩔 맨다. 경희의 조그마한 가슴은 불같이 타온다. 걸린 수건자락으로 눈물을 씻으며 이따금 하는 말은 "아이구, 어찌하나……." 할 뿐이다. 그리고 이 집에 있으면 밥이 없어지고 옷이 없어질 터이니까 나를 어서 다른 집으로 쫓으려나 보다 하는 원망도 생긴다. 마치이 넓고 넓은 세상 위에 제 조그마한 몸을 둘 곳이 없는 것 같아도 생각난다. 이런 쓸데없고 주체스러운 것이 왜 생겨났나 할 때마다 그쳤던 눈물은 다시 비오듯 쏟아진다. 누가 와서 만일 말린다 하면 그 사람하고 싸움도 할 것 같다. 그리고 그 사람의 머리를 한번에 잡아 뽑을 것도 같고, 그 사람의 얼굴에서 피가 뱃물과 같이 흐르도록 박박 할퀴고 쥐어뜯을 것도 같다. 이렇게 사방 창이 꼭꼭 닫힌 조그마한 어두침침한 골방 속에서 이리 부딪고 저리 부딪는 경희의 운명은 어떠한가!

경희의 앞에는 지금 두 길이 있다. 그 길은 희미하지도 않고 또렷한 두 길이다. 한 길은 쌀이 곳간에 쌓이고 돈이 많고 귀염도 받고 사랑도 받고 밟기도 쉬운 황토요, 가기도 쉽고 찾기도 어렵지 않은 탄탄대로다. 그러나 한 길에는 제 팔이 아프도록 보리방아를 찧어야 겨우 얻어먹게 되고 종일 땀을 흘리고 남의 일을 해주어야 겨우 몇 푼 돈이라도 얻어보게 된다. 이르는 곳마다 천대뿐이요, 사랑의 맛은 꿈에도 맛보지 못할 터이다. 발부리에서 피가 흐르도록 험한 돌을 밟아야 한다. 그 길은 뚝 떨어지는 절벽도 있고 날카로운 산정(山頂)도 있다. 물도 건너야 하고 언덕도 넘어야 하고 수없이 꼬부라진 길이요, 갈수록 험하고 찾기 어려운 길이다. 경희의 앞에 있는 이 두 길 중에 하나를 오늘 택해야만 하고 지금 꼭 정해야 한다. 오늘 택한 이상에는 내일 바꿀 수 없다. 지금 정한 마음이 이따가 급변할 리도 만무하다. 아아, 경희의 발은 이 두 길 중에 어느 길에 내놓아야 할까. 이것은 교사가 가르칠 것도 아니고 친구가 있어서 충고한대도 쓸데없다. 경희 제 몸이 저 갈 길을 택해야만 그것이 오래 유지할 것이고 제 정신으로 한 것이라야 변경이 없을 터이다. 경희는 또 한 번 머리를 부딪고 "아이구, 어찌하면 좋은가!" 한다.

경희도 여자다. 더구나 조선사회에서 살아온 여자다. 조선 가정의 인습에 파묻힌 여자다. 여자란 온량유순해야만 쓴다는 사회의 면목이고 여자의 생명은 삼종지도라는 가정의 교육이다. 일어서려면 압박하려는 주위요, 움직이면 사방에서 들어오는 욕이다. 다정하게 손 붙잡고 충고 주는 동무의 말은 열 사람 한 입같이 "편하게 전(前)과 같이 살다가 죽읍시다." 함이다. 경희의 눈으로는 비단옷도 보고 경희의 입으로는 약식 전골도 먹었다. 아아, 경희는 어느 길을 택하여야 당연한가? 어떻게 살아야만 좋은가? 마치 길가에 탄평으로 몸을 늘여 기어가던 뱀의 꽁지를 지팡이 끝으로 조금 건드리면 늘어졌던 몸이 바짝 오그라지며 눈방울이 대룩대룩하고 뾰족한 혀를 독기 있게 자주 내미는 모양같이 이러한 생각을 할 때마다 경희의 몸에 매달린 두 팔이며 늘어진 두 다리가 바짝 가슴 속으로 배 속으로 오그라들어 온다. 마치 어느 장난감 상점에 놓은 대가리와 몸뚱이뿐인 장난감같이 된다. 그리고 13관(貫)의 체중이 급자기 백지 한 장만큼 되어 바람에 날리는 것 같다. 또 머리 속은 저도 알 만큼 땅 하고 서늘해진다. 눈도 깜짝거릴 줄 모르고 벽에 구멍이라도 뚫을 것 같다. 등에는 땀이 흠뻑 고이고 사지는 죽은 사람과 같이 차디차다.

"아이구, 어찌하면 좋은가."

경희는 벙어리가 된 것 같다. 아무 말도 할 줄 모르고 꼭 한마디 할 줄 아는 말은 이 말뿐이다.

경희는 제 몸을 만져본다. 왼편 손목을 바른편 손으로, 바른편 손목을 왼편 손으로 쥐어본다. 머리를 흔들어도 본다. 크지도 않고 조그마한 이 몸……. 이 몸을 어떻게 서야 할까. 이 몸을 어디로 향하여야 좋은가……. 경희는 다시 제 몸을 위에서부터 아래까지 훑어본다. 이 몸에 비단 치마를 늘이고 이 머리에 비취옥잠을 꽂아볼까. 대가댁 맏며느리 얼마나 위엄스러울까. 새애기 새색시 놀음이 얼마나 재미있을까? 시부모의 사랑인들 얼마나 많을까. 지금 이렇게 천둥이던 몸이 부모님에게 얼마나 귀염을 받을까. 친척인들 오죽 부러워하고 우러러볼까. 잘못하였다. 아아, 잘못하였다. 왜 아버지가 "정하자." 하실 때에 "네." 하지를 못하고 "안 돼요." 했나. 아아 왜 그랬나. 어떻게 하려고 그렇게 대답을 하였나! 그런 부귀를 왜 싫다고 했나. 그런 자리를 놓치면 나중에 어찌하잔 말인가 아버지 말씀과 같이 고생을 몰라 그런가보다. 철이 아니 나서 그런가보다. "나중에 후회하리라." 하시더니 벌써 후회막급인가보다. 아아, 어찌하나. 때가 더 되기 전에 지금 사랑에 나가서 아버지 앞에 자복할까보다. "제가 잘못 생각하였습니다" 하고 그렇게 할까? 아니다. 그렇게 할 터이다. 그것이 적당한 길이다. 그리고 귀찮은 공부도 그만둘 터이다. 가지 말라 하시는 일본도 또다시 아니 가겠다. 이 길인가보다. 이 길이 밟을 길인가보다. 아, 그렇게 정하자. 그러나…….

"아이구, 어찌하면 좋은가……."

경희의 눈은 말똥말똥하다. 전신이 천근만근이나 되도록 무거워졌다. 머리 위에는 큰 동철 투구를 들씌운 것같이 무겁다. 오그라졌던 두 팔 두 다리는 어느덧 나와서 척 늘어졌다. 도로 전신이 오그라진다. 어찌 하려고 그런 대담스러운 대답을 하였나. 아버지가 "계집애라는 것은 시집가서 아들딸 낳고 시부모 섬기고 남편을 공경하면 그만이니라" 하실 때에 "그것은 옛날 말이에요. 지금은 계집애도 사람이라 해요. 사람인 이상에는 못할 것이 없다고 해요. 사내와 같이 돈도 벌 수 있고, 사내와 같이 벼슬도 할 수 있어요. 사내가 하는 것은 무엇이든지 하는 세상이에요." 하던 생각을 하며, 아버지가 담뱃대를 드시고 "뭐 어쩌고 어째, 네까짓 계집애가 하긴 무얼 해. 일본 가서 하라는 공부는 아니 하고 귀한 돈 없애고 그까짓 엉뚱한 소리만 배워가지고 왔어?" 하시던 무서운 눈을 생각하며 몸을 움찔한다.

과연 그렇다. 나 같은 것이 무얼 하나. 남들이 하는 말을 흉내내는 것이 아닌가. 아아, 과연 사람 노릇 하기가 쉬운 것이 아니다. 남자와 같이 모든 것을 하는 평범한 여자가 아닐 터이다. 사천 년 지속된 습관을 깨뜨리고 나서는 여자는 웬만한 학문, 여간한 천재가 아니고서는 될 수 없다. 나폴레옹 시대에 파리의 전 인심을 움직이게 하던 스타엘 부인과 같은 미묘한 이해력, 요설한 웅변, 그런 기재한 사회적 인물이 아니고서는 될 수 없다. 살아서 오를레앙을 구하고 죽음으로 프랑스를 구해낸 잔 다르크 같은 백절불굴의 용진 희생이 아니고서는 될 수 없다. 달필의 논문가, 명쾌한 경제서의 저자로 이름이 날린 영국 여권론의 용장 포드 부인과 같은 어론(語論)에 정경하고 의지가 강고한 자가 아니고서는 될 수 없다. 아아, 이렇게 쉽지 못하다. 이만한 실력, 이러한 희생이 들어야만 되는 것이다.

경희가 이제껏 배웠다는 학문을 톡톡 털어보아도 그것은 깜짝 놀랄 만큼 아무것도 없다. 남이 제 앞에서 춤을 추고 노래를 하나 참으로 좋아할 줄을 모르고 진정으로 웃어줄 줄을 모르는 백치 같은 감각을 가졌다. 한마디 대답을 하려면 얼굴이 벌개지고 어서(語序)를 찾을 줄 모르는 둔설(鈍舌)을 가졌다. 조금 괴로우면 싫어, 조금 맞기만 하여도 통곡을 하는 못된 억병이 있다. 이 사람이 이러는 대로 저 사람이 저러는 대로, 동풍 부는 대로 서풍 부는 대로 쓸리고 따라가도 고칠 수 없이 쇠약한 의지가 들어 앉았다. 이것이 사람인가. 이것을 가진 위인이 사람 노릇을 하잔 말인가. 이까짓 남들 다 하는 ㄱ ㄴ쯤의 학문으로, 남들도 지을 줄 아는 삼시 밥 먹을 때 오른손에 숟가락 잡을 줄 아는 것쯤으로는 벌써 틀렸다. 어림도 없는 허영심이다. 만일 고금 사업가의 각 부인들이 알면 코웃음을 칠 터이다. 정말 엉뚱한 소리다.

"아이구, 어찌하면 좋은가……."

여기까지 제 몸을 반성한 경희의 생각에는 저를 만며

느리로 데려가려는 김 판사집도 딱하다. 또 저 같은 천치가 그런 부귀한 댁에서 데려가려면 고개를 숙이고 네네, 소녀를 바치며 얼른 가야 할 것이 당연한 일인데 싫다고 하는 것은 제가 생각하여도 괘씸한 일이다. 그리고 아버지며 어머니며 그 외 여러 친척 할머니 아주머니가 저를 볼 때마다 시집 못 보낼까봐 걱정들을 하는 것이 당연한 일인 것도 같다.

경희는 이제까지 비녀 쪽진 부인들을 보면 매우 불쌍히 생각하였다. '저것이 무엇을 알고 저렇게 어른이 되었나. 남편에게 대한 사랑도 모르고 기계같이 본능적으로만 저렇게 금수와 같이 살아가는구나. 자식을 귀애하는 것은 밥이나 많이 먹이고 고기나 많이 먹일 줄만 알았지 좋은 학문을 가르칠 줄은 모르는구나. 저것도 사람인가.' 하는 교만한 눈으로 보아왔다. 그러나 웬일인지 오늘은 그 부인네들이 모두 장하게 보인다. 설거지하는 시월이 머리에도 비녀가 꽂힌 것이 자기보다 훨씬 나은 것도 같이 보인다. 담 사이로 농민의 자식들의 우는 소리가 들리는 것도 자기보다 훨씬 나은 다른 세상 같다. 아무리 생각하여도 자기는 저런 어른이 될 수 없을 것 같고 제 몸으로는 저와 같은 아이를 낳을 수가 없는 것 같다. '저와 같이 이렇게 가기 어려운 시집을 어쩌면 그렇게들 많이 갔고 저와 같이 이렇게 어렵게 자식의 교육을 이리저리 궁리하는 것을 저렇게 쉽게 잘들 살아가누' 생각을 한즉, 저는 아무것도 아니다. 그 부인들은 자기보다 몇 십 배 낫다.

'어떻게 저렇게들 쉽게 비녀로 쪽찌게 되었나? 어쩌면 저렇게 자식들을 많이 낳아가지고 구순히들 잘 사누. 참 장하다.'

경희는 생각할수록 그네들이 장하다. 그리고 저는 이렇게도 시집가기가 어려운 것이 도무지 이상하다. '그 부인네들이 장한가? 내가 장한가? 이 부인네들이 사람일까? 내가 사람일까?' 이 모순이 경희의 깊은 잠을 깨우는 큰 번민이다. '그러면 어찌 하여야 장한 사람이 되나' 하는 것이 경희의 머리가 무거워지는 고통이다.

"아이구, 어찌 하나. 내가 그렇게 될 줄 알았을까……."

한마디가 늘었다. 동시에 경희의 머리 끝이 우쩍 위로 올라간다. 그리고 경희의 뻔뻔한 얼굴, 넓적한 입, 길쭉한 사지의 형상이 모두 스러지고 조그마한 밀짚 끝에 깜박깜박 하는 불꽃 같은 무엇이 바람에 떠 있는 것 같다. 방만은 후끈후끈하다. 부지중에 사방 창을 열어 제쳤다.

뜨거운 강한 광선이 별안간에 왈각 대드는 것은 편싸움꾼의 양편이 육모방망이를 들고 "자 ……." 하며 대드는 것같이 깜짝 놀랄 만큼 강하게 쪼여 들어온다. 오색이 혼잡한 백일홍 활년화(活年花) 위로는 연락부절(連絡不絕)히 호랑나비 노랑나비가 오고 가고 한다. 배나무 위의 까치 보금자리에는 까만 새끼 대가리가 들락날락하며, 어미 까마귀가 먹을 것을 가지고 오는 것을 기다리고 있다. 댑싸리 그늘 밑에는 탑실개가 쓰러져 쿨쿨 자고 있다. 그 배는 불룩하다. 울타리 밑으로 굼벵이 잡으러 다니는 어미닭의 뒤로는 대여섯 마리의 병아리가 줄줄 따라간다. 경희는 얼빠진 것같이 멀거니 앉아서 보다가 몸을 일부러 움직였다.

저것! 저것은 개다. 저것은 꽃이고 저것은 닭이다. 저것은 배나무다. 그리고 저기 매달린 것은 배다. 저 하늘에 뜬 것은 까치다. 저것은 항아리고 저것은 절구다.

이렇게 경희는 눈에 보이는 대로 그 명칭을 불러본다. 옆에 놓인 머릿장도 만져본다. 그 위에 개어서 얹은 명주이불도 쓰다듬어본다. "그러면 내 명칭은 무엇인가? 사람이지! 꼭 사람이다."

경희는 벽에 걸린 체경(體鏡)에 제 몸을 비추어본다. 입도 벌려보고 눈도 깜박여본다. 팔도 들어보고 다리도 내어놓아 본다. 분명히 사람 모양이다. 그리고 드러누운 탑실개와 굼벵이 찍으러 다니는 닭과 또 까마귀와 저를 비교해본다. 저것들은 금수, 즉 하등동물이라고 동물학에서 배웠다. 그러나 저와 같이 옷을 입고 말을 하고 걸어다니고 손으로 일하는 것은 만물의 영장인 사람이라고 배웠다. 그러면 저도 이런 귀한 사람이다.

아아, 대답 잘했다. 아버지가 "그리로 시집가면 좋은 옷에 생전 배불리 먹다 죽지 않겠니?" 하실 때에 그 무서운 아버지 앞에서 평생 처음으로 벌벌 떨며 대답하였다. "아버지, 안자의 말씀에도 일단사(一單食)와 일표음(一瓢飮)에 낙역재기중(樂亦在其中)이라는 말씀이 없습니까? 먹고만 살다 죽으면 그것은 사람이 아니라 금수이지요. 보리밥이라도 제 노력으로 제 밥을 제가 먹는 것이 사람인 줄 압니다. 조상이 벌어놓은 밥, 그것을 그대로 받은 남편의 그 밥을, 또 그대로 얻어먹고 있는 것은 우리집 개나 일반이지요." 하였다. 그렇다. 먹고 죽으면 그것은 하등동물이다. 더구나 제 손가락 하나 움직이지 않고 조상의 재물을 받아가지고 자기 대에서 불리기는 둘째 쳐놓고 받은 것도 쓸 줄 몰라 술이나 기생에게 쓸데없이 낭비하는, 사람이 아니라 금수와 같이 배 두들기다가 죽는 부자들의 가정에는 별별 비참한 일이 많다. 거의 금수와 구별을 할 수도 없는 일이 많다. 그런 자는 사람의 가죽을 잠깐 빌어다가 쓴 것이지 조금도 사람이 아니다. 저 댑싸리 그늘 밑에 드러누우려 하여도 개가 비웃고 그 자리가 아깝다고 할 테다.

그렇다. 괴로움이 지나면 낙이 있고 울음이 다하면 웃음이 오고 하는 것이 금수와 다른 사람이다. 금수가 능치 못하는 생각을 하고 창조를 해내는 것이 사람이다. 사람이 번 쌀, 사람이 먹고 남은 밥찌꺼기를 바라고 있는 금수, 주면 좋다는 금수와 다른 사람은 제 힘으로 찾고 제 실력으로 얻는다. 이것은 조금도 모순이 없는 사람과 금수와의 차별이다. 조금도 의심없는 진리다.

경희도 사람이다. 그다음에는 여자다. 그러면 여자라는 것보다 먼저 사람이다. 또 조선사회의 여자보다 먼저 우주 안 전 인류의 여성이다. 이철원 김 부인의 딸보다 먼저 하나님의 딸이다. 여하튼 두말할 것 없이 사람의 형상이다. 그 형상은 잠깐 들씌운 가죽뿐 아니라 내장의 구조도 확실히 금수가 아니라 사람이다.

오냐, 사람이다. 사람으로 보이지 않는 험한 길을 찾지 않으면 누구더러 찾으라 하리! 산정에 올라서서 내려다보는 것도 사람이 할 것이다. 오냐, 이 팔은 무엇 하자는 팔이고 이 다리는 어디 쓰자는 다리냐?

경희는 두 팔을 번쩍 들었다. 두 다리로 껑충 뛰었다.

빤빤한 햇빛이 스르르 누그러진다. 남치마빛 같은 하늘빛이 유연히 떠오른 검은 구름에 가리운다. 남풍이 곱게 살살 불어 들어온다. 그 바람에는 화분과 향기가 싸여 들어온다. 눈앞에 번개가 번쩍번쩍 하고 어깨 위로 우레소리가 우루루루 한다. 조금 있으면 여름 소나기가 쏟아질 터이다.

경희의 정신은 황홀하다. 경희의 키는 별안간 엿 늘어지듯이 부쩍 늘어진 것 같다. 그리고 눈은 전 얼굴을 가리우는 것 같다. 그대로 푹 엎드리어 합장으로 기도를 올린다.

하나님! 하나님의 딸이 여기 있습니다. 아버지! 내 생명은 많은 축복을 가졌습니다.
보십쇼! 내 눈과 내 귀는 이렇게 활동하지 않습니까?
하나님! 내게 무한한 광영과 힘을 내려 주십쇼.
내게 있는 힘을 다하여 일하오리다.
상을 주시든지 벌을 내리시든지 마음대로 부리시옵소서.

강경애

어머니와 딸

《혜성》, 1931년 8월~1932년 4월 / 《제일선》, 1932년 7월~10월

나는 어떠한 길을 걸었나?
아니, 나도 사람인가?
밥을 먹고 옷을 입을 줄 아니 사람이랄까,
울고 웃을 줄 아니 사람이랄까?
응! 아니다!
울었다면 나를 위하여 울었더냐?
웃었다면 진정한 나의 웃음이었더냐?
모두가 봉준을 위하였음이었다.
두루뭉수리 삶이었다!
이러한 삶을 계속시키려고 안타깝게 울었던
것이었다. 불쌍한 인간!

1
번민

부엌 뒷대문을 활짝 열고 나오는 옥의 얼굴은 푸석푸석하니 부었다.

그는 사면으로 기웃기웃하여 호미를 찾아들고 울바자 뒤로 돌아가며 기적거린 후 박, 호박, 강냉이 씨를 심는다. 그리고 가볍게 밟는다.

눈동이 따끈따끈하자 콧잔등에 땀이 방울방울 맺힌다. 누구인지 옆구리를 톡톡 친다. 휘끈 돌아보니 복술이가 꼬리를 치며 그에게로 달려든다. 까만 눈을 껌벅이면서…….

옥은 호미를 던지고, "복술이 왔니!"

복술의 잔등을 쓰다듬었다. 그리고 멍하니 뒷산을 올려다보았다. 그의 눈과 마주 띄는 이끼 돋은 바위 틈에는 파래진 이름 모를 풀포기가 따뜻한 볕과 맑은 바람결에 흔들리고 있다. 그 옆으로 돌아가며 봄맞이 아이들의 손에 다 꺾인 나뭇가지에는 노랑 꽃, 빨강 꽃이 송이송이 피었다.

나비 한 마리가 펄펄 날아든다. 그는 가볍게 한숨을 쉬며 높았다 낮아지는 나비를 따라 시선은 달음질쳤다. 눈 깜빡일 사이에 나비는 벌써 산비탈을 넘어 까뭇거린다.

그의 눈은 스스로 감겨지며 볼 위로 눈물 흔적이 보인다.

"무엇 하셔요."

사립문 밖에서 건너집 애기 어머니가 자루 같은 젖을 흔들며 발발 기어 달아나는 애기를 잡아 안고 일어선다. 옥은 빙긋 웃으며, "호박씨 심으러 나왔어요."

그는 손톱 사이에 낀 흙을 파내고 보니 애기 어머니는 어디로 가버리었다.

그는 방문턱 위에 비스듬히 걸터앉아 두 다리를 내려다볼 때 저켠 산너머로 작은 새소리가 그의 가슴을 한두 번 두드리고 잠잠해진다. 순간에 떠오른 것은 엊저녁에 받은 남편의 편지다. 그는 한숨을 길게 쉬며 '그가 그렇다니……. 인골(人骨)을 쓰고야 차마……. 그렇게…… 하는 수야 있나! 어머님의 말씀이 오죽이나 잘 알으시고 하신 말씀이랴! "믿지 마라! 남자를 믿지 말아라!"' 몇 번인지 되뇌이고 난 그는 눈물이 그득해졌다.

'어머니, 나는 이 일을 어쩌 해야 좋아요?' 향하여 정면 위에 걸린 약간 미소를 띤 남편의 사진을 쳐다보았다. 언제나 틈만 있으면 이렇게 하는 것이었다.

따라서 일어나는 그의 과거. 시어머니 생전에 자기와 남편이 천진스럽게 놀던 꼴, 그리고 시어머님이 임종시까지도 "봉준을 잘 길러라. 둘이서 싸우지 말고 잘살아야 한다. 옥아!" 어린 옥은 곤한 잠에 들기 전까지는 입 속으로 외우건마는……. 사정없이 잡아뗀 남편의 지독한 편지. 이것이 자기의 정성이 부족함일까, 혹은 남편이 철없는 탓일까를 탓하기 전에 먼저 돌아가신 시어머니에게 대하여는 죄스러웠다. 어쨌든 싸움이었던 것이다.

그의 시어머니는 옥에게 무슨 말이든지 부탁할 때에는 두 손을 꼭 잡고 들여다보며, "옥아, 너는 내 딸이지, 내 말 잘

듣지?" 이렇게 묻고 나서야 뒷말을 계속하시는 것이었다.

옥은 펄썩 주저앉는다. 방바닥은 산뜻한 맛이 있다. 뒤를 이어 보름달같이 선연히 떠오르는 시어머니의 그 눈, 코, 입모습, 부지런하기로 댈 데 없는 그의 손발, 어느 것 하나 빼놓지 않고 꼬리에 꼬리를 물고 나타나는 것이다.

책상 앞으로 다가앉아 그는 책을 펼쳐들었다 놓았다. 연필을 쥐고 무엇을 쓰다가 박박 뜯어 두 손으로 꼬깃꼬깃하여 뒷문 밖으로 내쳤다.

말쑥하니 치워놓은 책상 위를 다시 들어내어 먼지를 떤다.

이렇게 뒤질 때 남편이 어려서 읽던 뚜껑 없는 책 몇 권이 나왔다. 책장 떨어진 것, 연필로 죽죽 내려그은 것, 먹점이 뚝뚝 박힌 것들이다. 따라 남편의 두둑한 손이 보였다. 언제나 흙장난하는 탓으로 손거스러미는 항상 일고 있었다.

어린 남편은 학교서 돌아오면 문턱에서 책보를 방 안으로 팽개치고 선길로 나가는 것이었다. 옥은 뒤로 따라서며, "어디 가?"

그는 휘끈 돌아보고 두말없이 나가고, 혹간, "저기." 하고는 도망질치는 것이었다.

옥은 저녁을 퍼놓고 기다리다 못해 사립문까지 나와서 머리를 배움하고 가고 오는 사람들을 몰래 살펴보았다.

아득아득할 때 남편은 사립문으로 뛰어들자, "오마이!" 냅다 치고는 팍 고꾸라지는 것이었다. 가뜩이나 요리조리 궁리하던 옥은 이 소리에 가슴이 찌르르 울리며 시어머님이 죽게 보고 싶었다. 자기네들을 남기고 먼저 간 시어머님이 원망스러웠다. 그러나 꾹 참고 남편을 껴안고 방으로 들어가며, “왜 그래!”

남편은 한층 더 느껴 울며 옥의 무릎 위에 탁 실린다.

“누가 때려?”

“장손이가 여기를 때리지…….”

볼을 가리켰다. 옥은 바투 들여다보고 어루만지며, “정 나쁜 놈들! 울지 말라오. 후일 내 보면 대신 때려주고 욕해 줄게. 어서 밥 먹자오, 응?”

이렇게 말하여 겨우 울음을 그치게 한 그는 상 옆에 마주 앉아 밥을 물에 말아주고 반찬에 가시를 뽑아가며 불룩이는 그의 두 볼을 바라볼 때 대견한 끝에 두 줄기 눈물이 앞을 캄캄케 하는 것이었다.

이러한 과거를 돌아볼 때 그나마 옛날이 다시 오지 못할 행복한 날이었음에 그의 가슴은 빼근해졌다. 따라서 어머니를 잃은 자기네들의 외로운 신세가 눈앞에 선하니 보인다.

그의 볼은 능금빛으로 타오르고 골치가 들썩들썩 아프기 시작했다. 그는 횃대에 걸린 수건으로 힘껏 머리를 동인 후 책상 위에 푹 엎드렸다가 벌떡 일어나 아래윗목으로 왔다갔다 하며 자기의 장래를 어림하여 보았다.

남편은 언젠가 자기를 버리고 어떤 말쑥한 여학생과 함께 살 때가 있을 것 같았다. ‘그러면 나는 어쩔까? 이혼을 해주어야 옳을까? 이대로 견뎌 배겨야 할까?’ 그는 한참이나 바람벽을 노려보다가 입술을 꼭 다물고, '망설이는 것부터도 벌써 어머니의 유언을 잊은 나다! 견디자! 어머님의 둘도 없는 아들이 아니냐? 그리고 나의 남편인 것이다!' 이렇게 부르짖으며 책상 서랍을 열었다.

그는 봉투 속으로부터 편지를 꺼내어 몇 번이든지 되읽어본 후 그의 가슴에 꼭 갖다대었다. 그리고 조심스럽게 남편의 사진을 쳐다보았다.

밖에서 신발소리가 났다. 그는 손 재게 편지를 서랍 속에 밀어넣고 얼른 일어났다. 앞문이 열리자 영철 선생이 들어선다. "어디 아픈가!"

옥은 그제야 머리에 동인 수건을 슬그머니 벗어서 뒤로 감추며, "아뇨, 언제 오셨나요?"

"지금 오는 길일세. 어디 아픈 것 같은데……." 자세히 들여다보며 묻는다.

"아니야요."

"그새 도쿄에서 편지 왔겠지?"

"네, 어제 왔습니다."

"음, 잘 있다던가?"

"네."

"다른 말 없어?"

옥은 머리를 숙였다. 갑자기 무엇이라고 대답해야 좋을지 몰랐다.

"왜? 무어랬던가?"

"저…… 아니요."

그의 입은 굳이 다물어졌다. 그리고 그의 흰 목덜미에 새파란 힘줄이 불끈 일어나는 것이었다. 선생은 그의 입술을 바라보며 무거운 침묵 속에서 그의 속을 어림하여 보았을 때 가엾음보다도 감복됨이 앞서는 것이었다.

"공부에 재미 많지? 어디 얼마나 배웠나 보세."

선생은 이렇게 화제를 돌려서 그의 긴장된 마음을 풀어주려 했다. 그는 책보를 당겨서 풀어놓았다. 선생은 다가앉아 그가 가리키는 페이지를 들여다보며, "그새 많이 배웠지." 선생은 빙긋이 웃어 보였다.

"열심히 공부나 하고 모든 괴로움은 하느님께 바치게나. 세상 사람 치고 근심 없는 사람이 어디 있는 줄 아나. 원체 괴로운 세상이니까. 먼저 깨닫고 달게 받아야 하네."

옥은 잠자코 고름끈을 만지작거렸다.

"이번에 공부시키러 가서 자네 어머님 뵈었지."

"네? 어머님!"

"요새는 영업도 그만두시고 무던한 영감님 얻으셔서 평안히 계시는 모양이야. 장차로는 교회 안으로 들어오시겠다고 하시대. 어머님 위하여 많은 기도 올리게."

"한 번 오시겠다는 말씀 없어요?"

"오시겠다대."

시계는 4시를 땅땅 친다. 선생은 시계를 바라보며 모자를 들고 일어섰다. "쓸데없는 생각하지 말고 열심히 공부하게. 그러고 자주자주 기도해. 내일 예배당에 꼭 가지?" 하고 옥을 똑바로 쳐다보았다. 옥은 발부리를 굽어보며, "네."

선생은 댓돌로 내려서며 저편 구석에 석유초롱이 반만큼 눈에 띄었다. "무엇 떨어진 것 없나?"

"아뇨."

선생은 햇빛을 안고 집 모퉁이로 돌아갔다.

옥은 앞이 허전해지며 머리를 갈래갈래 풀어헤친 어머님의 환영이 떠오르는 것이었다.

어릴 때부터 지금까지 그의 친정어머니에 대한 인상이란 남자들의 무릎과 무릎 사이로 옮아다니며 갖은 아양은 다 피우다가도 그들의 발길에 툭툭 채여 질질 울고 다니는 꼴이었다.

그러나 오늘에 생각난 어머니, 그의 과거를 짐작해볼 때 한 번도 보지 못한 자기 아버지란 사나이가 어딘지 모르게 그리우면서도 안타깝게 미워졌다. 어머니의 타락된 원인이 아버지의 소위(所爲)인 것을 깊이깊이 깨닫게 되었다.

그는 사립문 안으로 들어서자 맨땅에 펄썩 주저앉으며, "어머니! 당신도 깨끗한 처녀였겠지요. 아버지를 만나기 전에는……. 아, 얼마나 쓰림을 당하시다 못해서 곱고 고운 어머니의 그 깨끗한 마음이 흐리어졌습니까? 이제야 비로소 어머님의 쓰라렸던 가슴을 알겠습니다. 괴로움을 잊기 위하여 술을 마시고 울지 않았습니까! 오, 그 쓰림은 나에게도 왔습니다! 왔습니다."

그는 일어났다. 해는 산밭을 타서 뉘엿뉘엿 넘어가고 멀리 들리는 버들피리 소리는 차츰차츰 가늘어진다.

2
추억

지루하나마 옥의 친정어머니 이야기로부터 시작하자.

옥의 어머니는 송화읍에서 은율목으로 빠지는 막바지에 사는 김창문의 맏딸이었다. 아버지의 부지런한 탓으로 조밥이나마 배불리 먹고 갈나무라도 미루어 가면서 뜨뜻이 땠다.

금년 열일곱이 된 창문의 딸은 동네의 자랑거리였다. 바느질 잘하고 얌전하다는 것, 더구나 우선우선 웃는 듯한 그의 얼굴은 동네의 인기를 끌고도 지나친 것이었다. 그러므로 누구나 그를 대할 때에는 '예쁜이' 이렇게 불러서 그의 이름은 예쁜이로 되어버리고 말았다.

아침만 되면 그의 부모들은 네 살 된 세인이를 맡기고 들로 나간다. 예쁜이 일은 집에 남아서 물 길어 밥 짓기, 진흙투성이 된 옷 빨고 바느질하기였다. 그의 동무들은 김 매기를 뽑혀다니었건만 그는 텃밭을 매는 외에 벌김이라고는 매어보지 못하였다. 그만큼 그의 부모들이 그를 아끼었던 것이다.

어느 날 저녁 때 그는 세인을 데리고 물을 길러 갔다. 앞으로 뿔뿔 달아나는 세인이를 보고, "아가, 세인아" 하고 불렀다.

세인은 말똥말똥 누이를 쳐다보며 달아난다.

"놀며 가자우. 넘어져, 응."

몇 걸음 천천히 걷던 세인은 금시로 달음질쳤다. 예쁜이는 따라가서 붙잡고 흘겨보며, “넘어진대도?”

세인은 몸을 빼치려고 어깨를 흔들며, “고기고기나!” 조그만 손을 쏙 내밀었다.

“무엇?”

손길을 통하여 바라다보니 샛노란 망망꽃이 풀포기에 숨어 반만큼 배움하고 있다.

“꺾어주랴?”

“응.”

그는 가만가만히 풀숲을 헤치고 꺾어다주었다. 세인의 얼굴은 한층 더 둥그래 보였다.

파란 풀포기에 숨어 흐르는 흰 물줄기는 쭉 둘러싼 차돌 틈으로 졸졸 흐르고 있었다. 예쁜이는 그의 그림자를 물 속에 던지며 바가지를 들여밀었다. 퐁, 소리가 나자 눈달치들이 하나씩 나타나기 시작한다.

동이에 물을 채우고 나서 예쁜이는 한 모금 마신 후 돌아보며, “물 안 먹어?” 바가지를 들어 뵈었다. 세인은 그에게로 다가서며, “감구 감구.” 한다.

휘끈 돌아보다가 번개같이 웬 사람의 시선을 마주쳤다. 그는 머리를 폭 숙이고 얼른 동이를 이었다. “어서 가!” 겨우 한마디를 입 속으로 중얼거리고 세인의 손을 잡아끌었다.

저편 사내로부터, “아기 싱아 줄까?”

세인이는 예쁜에게로 칵 달려매며 망망꽃을 공중에 내

던지고 울멍울멍하였다. 옥의 두 귀밑은 빨개지며 세인의 손을 홱 잡아뿌리치고 잦은 걸음으로 달아났다. 세인은 "으아." 소리를 치고 두 발을 동동 굴렀다.

이 꼴을 본 사내는 이편으로 달려와서 그의 손에 싱아를 들려주었다. "애기 울지 마라." 세인이는 싱아를 집어내치고 예쁜이를 따라 허방지방 따라오다가 팍 고꾸라졌다. 사내는 뒤로 와서 그를 부동켜안고 예쁜네 집 사립문까지 왔다. "아가, 잘 들어가라. 또 넘어지지 말고, 응?"

세인이는 눈물을 좌우로 씻으며 봉당 대문 사이로 갸웃이 내다보고는 쏙 들어가버렸다. 사내는 돌아서서 머리를 푹 숙이고 천천히 걸음을 옮기었다.

부엌에 숨었던 예쁜이는 세인이를 꽉 쓸어안고 문 사이로 사내의 뒷맵시를 보았다. 커다란 사내가 산비탈을 넘어서자 힐끗 돌아보는 것이었다.

그 후로는 세인이는 밖에만 갔다오면 싱앗단이나 과자봉지를 들고 달려 들어오며, "이거 봐, 사탕이야 씨, 너 안 줘." 하고 빙빙 돌아가며 과자봉지를 들었다 놓았다 하였다. 예쁜이는 눈을 둥그렇게 뜨고, "웬 거냐? 누가 사주디?" 세인은 밖을 흘끔흘끔 돌아보며, "감구, 감구가 사줘."

예쁜이는 문밖을 바라보며 어디 숨어서 엿보지나 않는가 하는 생각이 들 때 전신이 오싹해지며 눈앞에 전날 본 사내의 그 눈매가 무섭게 떠오르는 것이었다. 그는 가는 소리로, "세인아, 얻어먹으면 거렁뱅이 되어서 못 쓴다. 후댐에 또 사주거든 우리 집엔 사탕 많아요, 하고 받지 말아라,

응? 그러면 내가 아부지더러 하얀 돈 많이 달라고 해서 사탕 이만큼 사주마. 응?"

그는 손을 벌려 뵈었다. 세인이는 들은 체도 안 하고 사탕만 들여다보는 것이었다. 그는 세인이를 꼭 잡고 들여다보며, "아가, 남한테 사탕 받아먹으면 곱다저고리 해서 너 안 줘."

그는 사탕을 입에 넣고 예쁜이를 쳐다보았다.

"후일에 감구가 사주면 받아가지고 올 테냐? 후일에는 안 그렇게 하지? 응, 대답해."

세인이는 두리번두리번하며 덮어놓고, "응." 하였다. 예쁜이는 세인이를 꼭 껴안으며 "우리 세인이 용치, 정말 용해." 볼과 볼을 마주댈 때 달콤한 냄새가 구미를 스르르 돌리게 하였다.

예쁜이의 집 문앞을 감도는 그 사내는 송화읍에서 한 등너머 사는 최용문의 일꾼으로 있는 둘째였다.

그가 예쁜이를 먼빛으로 보기는 벌써 여러 번이었으나 이렇게 마주 당해 보기는 처음이었던 것이다. 그 후로부터는 일하다 중턱에도 나뭇짐이나 걸머지고 뻔질나게 읍으로 오는 수가 잦았다. 그리하여 지고 온 나뭇짐을 되는대로 팔아버리고 예쁜네 집 주위를 몇 바퀴든지 돌아서 세인이라도 만나보고 나오면 한결 마음이 나았다.

둘째는 어젯밤 비에 갑자기 달라진 조밭머리에 앉아 호미를 움직였다. 침묵 속에 몇 이랑을 매고 난 그는 긴 한숨을 후, 쉰 끝에 김내기를 내쳤다. 굽이쳐 올라가는 멜로

디는 스러져가는 듯 꺼져가는 듯 삼아삼아하였다.

곁에 동무는, "좋다!" 제 엉덩이를 툭툭 치고 벙글벙글 웃었다. 소리가 끝나자, "웬일인가? 자네도 소리 할 줄 알아?" 두리번두리번 쳐다보았다. 그는 픽 웃어 보이고 잠잠하였다. "한마디 또 하게." 밭머리에서는 왁자지껄하였다.

"어서 들어들 가세." 이편을 향하여 한 사람이 고함친다. 곁에 동무는 일어섰다. "가세."

"먼저 가게나."

동무는 꾸역꾸역 그들의 뒤를 따랐다.

둘째는 매던 이랑을 마치고 나서 밭머리로 나왔다. 이 밭 저밭에서 꾸역꾸역 사람들이 밀려나왔다. 그는 사람들의 지껄이는 소리가 귀찮아서 맨 꽁무니에 떨어져서 산비탈 지름길에 들어섰다.

딱 막아선 다방솔포기 옆에 붙어 앉아 그는 담배를 피워 물었다. 그리고 정신없이 읍등새만 바라보고 있었다.

뒤에서는 잦은 발소리가 차츰차츰 가까워졌다. 그는 무심코 힐끗 돌아보니 새하얀 손수건으로 귀밑까지 폭 눌러쓴 색시가 노란 바구니를 옆에 끼고 이편을 향하여 오다가 인기척 있음을 알고 피하여 가만가만 저편으로 가는 것이었다.

둘째의 눈을 차차로 둥그래지며 멀어가는 색시의 뒷맵시를 살피는 순간 '예쁜이다!' 이렇게 속으로 부르짖고 벌떡 일어났다. 그의 가슴을 점점 술렁이기 시작하였다.

한참이나 멍하니 바라보던 그는 최후의 용기를 내어

색시의 뒤를 따르기 시작하였다. 열 눈이 자기 한 몸으로만 쏠린 듯하여 뒷잔등이 오싹오싹해지며 이마에 식은땀이 흐르는 것이었다.

이 눈치를 챈 색시는 두 팔을 허우적거리며 재게 걸었다. 뒤에 발소리가 가까워짐을 알자 그는 바구니까지 내치고 달아난다. 일삼아 다듬어가며 뜯어넣은 풋나물은 길가에 좍 헤지고 바구니는 데굴데굴 구르기 시작했다. 둘째는 구르는 바구니를 붙잡고 헤어진 나물을 주섬주섬 주웠다.

솔밭 속으로 지나치는 색시는 뒤를 돌아보자 수건이 공중으로 벗겨지며 삼단같은 머리채가 어깨 위로 미끄러져 빨간 댕기가 나풀거렸다.

둘째는 색시의 눈과 마주치자 머리를 푹 숙일 때 "아이고, 어마이!" 하고 털썩 주저앉았다.

침묵은 계속되었다. 둘째는 겨우 머리를 들어 폭 숙인 그의 얼굴을 옆으로 자세히 보니 틀림없는 예쁜이다. 그리던 예쁜이를 꿈 밖에도, 생각지 않은 곳에서 이렇게 만났으나 무엇이라고 말할는지 감감하였다.

빽빽이 들어선 소나무 새로 그윽한 송진 냄새와 함께 새 속잎에 짙은 뭇 냄새가 그들의 코를 스칠 뿐이었다.

둘째는 예쁜이가 숨도 크게 못 내쉬고 바들바들 떠는 것을 내려다보고는 가엾은 생각이 들었다. 그리하여 그만 갈까 하고 발길을 돌렸으나 꽉 붙고 떨어지지 않았다. 자기로서도 생각지 못한 어떠한 큰 힘의 지배를 받고 있었던 것이다.

"어떻게 할까?"

가는 바람만 불어와도 사람인 듯, 이상한 소나무라도 눈에 띄면 사람이 숨었는가? 이리하여 전 신경이 긴장되었을 때 까치 한 마리가 그들을 굽어보며 깍깍하였다.

그는 얼결에 바구니를 예쁜이 앞으로 놓았다.

"예쁜아! 너 집에 가고 싶지?"

떨리는 소리다. 힘을 들여 해놓고 보니 그의 생각한 바가 아니고 딴청을 끌어내었다. '한마디만 물어보고 보내야 할 텐데 어떻게 하나?' 이렇게 속으로 궁리하면서도 역시 같은 말을 뇌이는 데서 지나지 않았다.

"예쁜아, 어서 가라."

누가 이런 말을 시켜주는지 안타까웠다. 둘째는 있는 힘을 다하여 옆으로 비켜섰다.

예쁜이는 죽나 보다 하고 두 눈을 꼭 감고 엎드렸다가 '가라'는 둘째의 말이 그의 귀에 어렴풋이 들리자 공포와 의문이 그의 전신을 억눌렀다. 그는 한층 더 떨었다.

이 꼴을 본 둘째는 슬금슬금 뒤로 물러서서 노송나무 뒤로 숨어버렸다. 그제야 예쁜이는 겨우 일어나 바구니를 들고 달음질을 쳤다.

"예쁜아, 나를 잊지 마라!"

그의 전신은 화끈함을 느끼자 앞이 캄캄해졌다. 그는 소나무를 칵 쓸어안고, "예쁜아, 예쁜아!"

주먹으로 눈물을 씻고 바라다보니 한길가 나뭇가지 사이로 숨바꼭질하는 그의 댕기꼬리는 햇빛을 받아 피같이 붉어 뵈었다.

어젯밤 늦게까지 순희네 벼 마당질을 마치고 오늘부터는 예쁜네 차례였다. 창살이 푸릇푸릇하자 예쁜 아버지는 부시럭부시럭 일어났다.

"여보게, 일어나 밥 하게."

그는 아내를 깨우고 밖으로 나갔다.

예쁜 어머니는 예쁜이를 깨워가지고 부엌으로 나와 등에 불을 켜놓고 아궁이에 불을 피우며 한편으로 햇팥을 일어 안쳤다. 예쁜이는 아궁이 앞에 앉아 무럭무럭 일어나는 불을 들여다볼 때 두 무릎이 따끈따끈해지며 졸음이 포로로 왔다. 눈이 감길수록 밖에서 웅성거리는 소리는 선명히 들려왔다.

어머니는 쌀은 안치며, "불 때려마!"

깜짝 놀라 깬 예쁜이는 나무를 끌어다 넣고 벼 태질 소리에 머리가 뒤숭숭해졌다.

어느덧 밥이 우구구 끓어오르자 예쁜이는 불을 멈추고 일어나서 소매를 척척 걷고 설거지를 하며 한편으로 상을 놓았다. 어머니는 등에 불을 훅 끄고 널문을 활짝 열어놓았다. 차츰차츰 새어오는 회색빛 하늘에는 별들이 까뭇거렸다.

어머니는 예쁜이가 주는 주걱을 받아들고 그릇을 포개 담은 양푼을 부뚜막 위에 놓은 후 솥깨를 열었다. 무럭무럭 올라오는 훈훈한 김이 그의 볼을 스치고 올라간다.

"진지들 잡수시오."

뒤이어 예쁜 아버지는, "밥들 먹고 하지."

그들은 우중우중 사립문으로 들어서 방 안으로 들어앉았다.

"상 들여라."

방 문턱에 비껴서서 딸이 가져오는 상을 받아 차례로 그들 앞에 갖다 놓았다. 예쁜이는 통통 걸음을 쳐서 잔심부름을 다하고 숭늉까지 퍼들인 후 뒷대문 옆에 가만히 붙어서서 안방에서 흘러나오는 소리를 분간하여 들으며 읍등새 좌우로 총총 들어선 솔밭을 바라보았다.

언제나 눈결에라도 이 솔밭이 띄게 되면 지난 일이 번개같이 그의 머리에 떠오르는 것이었다. 무섭고도 어딘가 모르게 귀염성 있는 둘째의 얼굴은 항상 솔밭 속에 숨어 있는 듯이 생각되었다.

컴컴하던 솔밭도 새어온다. 옆으로 돌아가며 간 당추밭에는 빨간 당추고추가 하나씩 둘씩 나타나기 시작했다. 우수수 하는 바람결에 '툭' 하는 소리가 들렸다. 그는 놀라 굽어보니 밤 한 알이 앞으로 굴러왔다. 깜빡 잊었음을 느끼고 그는 치마 앞을 벌리고 울바자 밑에 서 있는 밤나무 아래로 달려갔다. 주먹 같은 밤알이 여기저기 흩어져 보암직스러웠다.

밤알을 다 줍고 난 그는 치마 앞을 연해 들여다보며 밤나무를 쳐다보았다.

예쁜이는 가을철이 들자 눈만 뜨면 밤나무 아래로 달려가서 살펴보다가 밤아람이 지기 시작하면서부터 옹골차고 그중 큰 알로 따로 골라서 어머니도, 세인이도 모르게 뚜란독 속에 깊이깊이 간직해두었다가 늦가을에 어머님께 부탁하여 팔아오게 하였다. 그리하여 가지고 싶던 것을 사서 가지곤 했다.

그는 가만가만히 허청간으로 달려가서 방석을 열고 독 속으로부터 커다란 시승 배아지를 꺼내자 치마 앞에 밤을 골라 옮겨놓고 보니 배아지 전과 비슷하였다. 그는 쫑깃 웃고 배아지를 독 속에 넣은 후 허튼 짚으로 덮고 부엌으로 나왔다.

방 안에서는 담뱃대 터는 소리가 나자 웃음소리가 왁 쓸어나왔다. 뒤미처, “상 받아라.”

그들은 밖으로 밀려나갔다. 예쁜이는 짐짓 섰다가 어머니가 주는 상을 받아 부엌으로 날랐다. 어머니는 세인에게 젖을 빨리며 밥을 먹었다. 세인은 예쁜에게로 손을 내밀려, “나, 밤.”

예쁜은 부엌으로 나가서 밤 담은 종다래끼를 갖다 세인의 앞에 놓았다. 그는 종다래끼를 잔뜩 껴안고 갸웃갸웃 들여다보며 어머니의 떠넣어주는 밥을 먹었다. 세인의 보기 좋게 볼록이는 두 볼에는 오목오목 우물이 잡히었다.

밖에서는 벼알 떨어지는 소리가 요란스럽게 났다.

저녁 때가 되어 말 되는 소리가 들렸다. 예쁜이는 밥을 잦혀놓고 밥상을 보아놓은 후 사립문 뒤에 붙어 서서 졸이는 가슴으로 엿보았다.

아버지는 그 커다란 눈을 둥그렇게 뜨고 말 수를 세고

있었다. 옆으로 농장지기, 낯설은 양복쟁이, 돈 장사하는 김만수, 그밖에 마당질한 일꾼들이 쭉 둘러섰다. 벌써 엿섬째 묶는 것이었다. 그들의 호기심이 빛났다.

"열한 섬 반!"

여러 사람 입에서 똑같이 굴러 떨어졌다. 만수는 데리고 온 일꾼에게 눈짓하여 닷 섬을 구루마 위에 탕탕 실어놓았다. 예쁜 아버지는 하도 어이가 없어 멍하니 바라보자 구루마는 털털 구르기 시작하였다. 뒤이어 처신이도 볏섬을 구루마 위에 실어놓고 앞서거니 뒤서거니 굴러갔다.

예쁜 아버지는 벼씌움을 한 먼지머리를 뒤집어쓴 채 짚북데기를 손에 들고 금방 울 듯 울 듯한 눈으로 하늘을 쳐다보았다. 멀리 들리는 구루마 바퀴소리는 마치 그들의 가슴 한복판을 굴러가는 듯 요란스럽게 울리는 것이었다.

예쁜네 모녀는 설거지를 마치고 방으로 들어왔다. 일꾼들은 벌써 가버리고 담뱃내만 자욱한 방에 예쁜 아버지는 시름없이 째한 앞문만 바라보고 있었다. 그러자 밖에서 기침소리가 났다. "진지들 잡수셨나요?"

"어, 그 누구이?"

예쁜이는 윗방으로 올라갔다.

"처신이오."

그는 의외라는 듯 벌컥 일어나며, "무엇이 잘못된 것이 있습니까?"

처신은 방 안으로 들어앉았다. 예쁜 어머니는 등불을 헤어놓았다.

"아뇨. 오늘 퍽 섭섭하셨겠지요."

이 말에 그는 너무 황공하여 눈물까지 글썽글썽해졌다.

"오늘 나와 같이 오셨던 어른이 바로 우리 농장 주인이십니다."

"뭐?" 예쁜 아버지는 눈을 둥그렇게 떴다.

"전에는 늘 대리로 보내시더니 올해는 친히 오셨습니다." 한층을 낮추어서, "마침 참한 소실을 구하신다는 말을 하기에 내가 집에 따님 이야기를 하였더니 영감님께 말씀해보라고 하시기에 왔습니다."

예쁜 아버지는 너무나 생각 밖인 까닭에 무엇이라고 대답할 것이 칵 막히었다. 영감이 잠잠함에 예쁜 어머니는 답답하여, "그런 어른이 우리 딸 같은 것을 어떻게……."

이제야 예쁜 아버지도, "글쎄, 그런 돈 많으신 어른이……."

"원 별 말씀도 다 하십니다. 전에 세월 같으면야 어림이나 있습니까마는 요새 세월은 그렇지 않다오. 그런 걱정은 말으시고 얼른 작정하시오."

부부는 잠잠하였다. 그들에게는 무엇보담 처신의 말이 미덥지 않았다. 한참 후에 영감은, "글쎄, 원…… 그럴 리가……."

처신이는 눈을 슴벅슴벅하며, "어서 작정하시오. 이런 때를 놓치지 말아야지. 그런 부자를 사위로 맞이하는 판인데 설마한들 영감님네를 굶으라 하겠수?"

부부의 머리는 지끈해지며 나오려던 말이 한층 더 막

혔다.

처신이는 부부를 번갈아 보았다. "어찌 하겠수……. 좀 좋소? 딸은 호사에 치여 죽을 지경이겠구려. 동자도 바느질도 안 하고 오도카니 앉아 손톱에 물만 튕기구 앉았겠구려. 수 생겼소."

영감은 예쁜 어머니를 보았다. "어쩔까?"

"글쎄요……. 어찌 했던 한번 가셔서 손수 자세한 이야기를 듣고 다시 생각해봅시다. 갑자기 되니 낸들 알겠소."

처신은 벌컥 일어났다. "가십시다."

영감은 부스스한 머리를 쓰다듬으며 일어났다.

"뭐 그러고 가시렵니까?"

"그럼." 아래를 굽어보았다. 처신은 문밖으로 나가며, "원, 어서 가십시다. 농사꾼이 아무려면 상관 있습니까."

영감은 두말없이 뒤를 따랐다.

예쁜 어머니는 그들의 말소리가 멀어질수록 아까 일이 영화 속 장면처럼 나타났다 없어졌다 하였다. 어느덧 그의 눈에는 눈물이 흘렀다. 무엇보다도 나이 많은 자기 남편이 여름내 그 다디단 잠도 못 자고 밤새워가며 봇둥의 물을 논에 대느라고 애쓰던 것이 아까웠다. 벼이삭이 보암직스러이 패어올 때 영감의 좋아하던 꼴. 그는 폭 엎드려서 흑흑 느껴 울었다. 한참 울고 나니 이번에는 예쁜이 일, 아까 본 그 양복쟁이가 새삼스럽게 뚜렷해 보였다.

"참이라면 어쩔까?" 이렇게 부르짖으며 웃방을 향하여, "예쁜아!" 몇 번이나 불렀으나 잠잠하였다. 그도 세인의 옆에 입은 채로 누워서 하던 생각을 되풀이하였다.

밤이 적이 깊어서 남편은 돌아왔다. 곁에 펄썩 주저앉자 술내가 훅 끼쳤다.

"무어랍디까?"

그는 아무 말 없이 일어서서 비틀걸음으로 윗방 문을 열었다. "예쁜아!" 텁텁한 소리였다. 뒤로 따라 선 예쁜 어머니는, "자요, 자요. 할 말 있으면 내일 하구려."

"응, 취한다. 내 딸 자니?" 눈을 질끈 감고 예쁜 어머니께로 탁 실린다. "우리는 살았네. 내 딸 때문이지. 에이! 고얀놈! 이놈아! 만수란 놈아! 날도적놈아!"

시뻘건 눈을 부릅뜨고 부들부들 떤다. 그는 겨우 남편을 끌어다 옷을 벗기고 자리에 뉘었다. 눕자마자 코를 골아 넘긴다.

그는 한층 더 눈이 똑똑해졌다. 고요한 방 안에 숨소리만이 가득하고 이때마다 들리느니 가을 벌레 울음이다. 훅 불을 끄고 나니 뒷문에 달이 비쳤다.

남편의 입에서 나오는 말에 의하여 딸의 혼인은 이미 결정된 듯싶었다. 무엇보다도 섭섭한 것은 소실이라는 것이었다. 자기의 귀한 딸을 남의 눈엣가시로 보내는 것이 아무래도 못할 짓으로 생각되었다.

그는 남편 곁에 누워 어느덧 잠이 들고 말았다.

이튿날 새벽. 남편에게 흔들리어 깨어난 그는 남편을 쳐다보았다.

"혼인은 다 되었네."

"뭐야요. 좀 생각해보고 하지."

"공연한 소리를 또 하네그려. 그런 자리가 쉽겠나. 그러고 며칠 있다가는 가겠다니까 예쁜이를 따라 보내야 하겠네."

예쁜 어머니는 기가 막혔다. 이어서 눈물이 좌우로 흘러내렸다.

"이 사람은 쩍 하면 울기는……. 그럼 시집도 안 보내고 끼고 있을 텐가?"

마누라는 돌아누우며 세인이를 꼭 껴안았다.

훤히 밝자 예쁜이는 일어났다. 가만히 샛문을 열자 그의 어머니는 "왜 벌써 일어나니? 곤할 텐데."

그는 아무 대답 없이 부엌으로 나가서 앞뒤 대문을 활짝 열어놓았다. 산뜻한 바람이 그의 정신을 깨끗하게 하였다. 그는 우두커니 차츰 새어오는 하늘을 쳐다볼 때 컴컴한 솔밭이 그의 앞을 가로막았다. 어제 새벽만 하여도 무섭던 솔밭이 이 순간에 있어서는 눈물이 날 만큼 정들어 보였다.

그는 모르는 사이에 긴 한숨을 내쉬고 저적저적 밤나무 아래로 가보았다. 어제보다도 더 많이 떨어졌다. 그는 맥없이 치마 앞을 벌려 한 알씩 두 알씩 줍기 시작할 때 눈물이 주르르 흘러내렸다.

그는 밤을 채 줍지도 않고 부엌으로 들어왔다. 방문 소리가 나자 어머니가 나왔다. "아부지가 너 들어오란다."

그의 가슴은 지끈하였다. 예쁜이는 머리를 푹 숙이고 나무 꼬챙이로 부엌 바닥만 이리저리 긋고 있었다. 이 꼴을 본 그의 어머니도 저 애가 벌써 다 들었구나 하였다.

"어서 들어가라, 왜 그러고 있니, 아무러면……."

발이 떨어지기도 전에 훌쩍훌쩍 울음이 터졌다.

방 안에서는 아버지의 소리가 들렸다.

"예쁜아, 들어오너라."

어머니는 딸의 우는 모습을 보니 가슴이 빼근해지며 '저런 것이 어찌 남의 첩 노릇을 할까, 아무것도 모르고 아비 어미밖에는 모르는 저것이…….' 이렇게 생각하고 나니 저절로 눈물이 앞을 가렸다.

예쁜 아버지도 부엌으로 나왔다. "내, 내 딸 왜 우니, 너무 좋아서? 허허허……." 그는 너털웃음을 내치고, "어서 들어가자. 밥을랑 네 어미더러 하라자, 응." 그는 예쁜이의 곁으로 바싹 대들었다.

"그만둬요. 저도 다 들은 모양인데."

"어디서 들었어?"

아내를 쳐다보았다. 그는 영감을 밀치며, "그만둬요. 새벽부터 말 안 하기로서니 틈이 없을까."

그는 하는 수 없이 중얼중얼하며 방으로 들어간다.

"야! 울지 말라구. 누구나 한 번씩은 겪는 일인데 무얼. 내가 열네 살에 너의 아부지한테 왔잖니."

예쁜이는 가만히 일어서서 뒤 안으로 나갔다. 그리하여 밤나무 옆에 착 가리어 앉아 치마폭으로 얼굴을 폭 가리고 흑흑 느껴 울었다.

조반을 퍼놓은 예쁜 어머니는 뒤 안으로 나와서 밤나

무 옆으로 왔다. "들어가서 밥 먹자. 야, 말 들어, 속 태우지 말고." 예쁜이의 손을 잡아끌었다. 그는 하는 수 없이 방으로 들어갔다.

"내 딸 왜 그래! 공연히 그러누나. 이제 서울 가면 좋은 구경하고 좀 좋으냐?"

예쁜 어머니는 "그만둬요. 자꾸만 우는 애를 가지고 여러 말 하시우……. 괜히 밥도 못 먹게스리."

어머니가 들려주는 숟갈을 들고 밥을 퍼먹으려니 기가 꽉 찼다. 며칠만 있으면 아버지의 말대로 가야 하니 그러면 다시는 어머니, 아버지, 세인이도 못 보겠지. 이런 생각에 슬그머니 숟갈을 놓고 윗방으로 올라갔다. 그의 어머니도 따라 밥술을 놓고 말았다.

세인이가 기지개를 켜며 벌떡 일어나 앉는다. "오마이!"

영감은 세인이를 껴안았다. "아가, 밥 먹자."

세인은 도리를 치고 어머니께로 가서 젖가슴을 헤치고 팠다. 아버지는 샛문을 열고, "밥 먹어라. 울기는 왜! 어서 나려와!"

세인은 토닥토닥 아버지 곁으로 와서 갸웃하고 보았다. "오마이, 누나 울어. 이렇게 울지." 조그만 손으로 눈을 부비치며 어머니 앉은 곳으로 달려온다. 그는 본체만체하고 한숨만 후후 쉬었다.

조반상을 물리자 이춘식이와 처신이가 들어선다. 영감은 황망히 일어나며, "이리 오시오. 집이 누추해서……." 아랫목을 가리키고 방 안을 휘휘 둘러보며 윗목으로 앉았다.

춘식은 들어서자마자 어떤 토굴 속에 들어온 듯하였다. 한참 후에야 방 안이 어림해 보였다. 도배하지 않은 바람벽이며 불그죽죽한 장롱짝, 엉성그려물은 갈자리입, 어느 것 하나 원시시대를 상상케 아니할 것이 없었다. 더구나 먼지내가 코를 찌르는 것 같았다. 그는 수건을 내어 코를 가리고 있었다.

영감은 샛문을 열고 보니 딸이 없었다. 그는 부엌으로 나갔다. "이 애 어디 갔노?" 세인이를 업고 왔다갔다 하는 아내를 쳐다보았다.

"글쎄요, 이제 곧 나갔는데……."

영감은 얼굴을 찡그리며 "어서 데려오게."

그는 새침하게 밖으로 나갔다.

영감은 방으로 들어오며, "촌년이 돼서 몹시 부끄러워 합니다."

얼마 후에 발소리가 들렸다. 영감은 밖으로 나갔다.

"왜 혼자 오누?"

"어디 있습디까?"

"에잇……."

춘식은 부부의 이야기를 듣자 처신이를 찔러가지고 일어났다. 영감은 돌아보자 얼굴이 벌개지며, "어째서 가시렵니까. 곧 올 터인데요."

그들은 웃으며, "보나 다름 있겠습니까? 내일 가겠습니다. 옷은 다 맡기었습니다."

그들은 가고 말았다.

이튿날 아침 여덟 점 차로 예쁜이는 그리운, 그리운 고향을 등지고 떠나게 되었다.

가을이 깊었다. 창문의 딸 예쁜이는 부자 이춘식의 호강첩으로 팔려갔다는 소문이 읍촌 간에 자자하게 퍼졌다.

둘째는 처음에는 곧이듣지 아니하였다. 보다도 자기 귀를 의심하였다. 그러나 새록새록이 들어오는 소문은 그로 하여금 괴로우나마 믿지 않고는 견디지 못하게 하였다.

가슴을 졸이며 알아본 결과는 움직일 수 없는 사실이었다. 그의 다만 하나인 과부의 외아들 같은 희망은 빼앗기고 말았던 것이다.

지금 그의 짤막한 과거를 돌아본다면 그나마 희망에 넘친 행복한 날이었다. 처음이자 마지막으로 만나본 그 순간에 다만 한 번만이라도 시원한 말을 나누고 떠났다면 차라리 나을 것같이 생각되었다.

그는 모든 것을 잊어보려 하였다. 자기로서도 알지 못할 쓰림과 질투의 불길이 날이 갈수록 무섭게 타올랐던 것이다. 그는 자기의 생사를 헤아리지 않을 만큼 되었다. 그리하여 그의 얼굴은 파리해가고 가뜩이나 무거운 입이 철문같이 굳게 닫혀버렸다.

그는 밤마다 발길 가는 대로 맡겨두며 번번이 읍등새 솔밭을 찾게 되는 것이었다.

그는 소나무 밑에 펄썩 주저앉아서 노송나무를 힘껏 껴안고 차츰차츰 깊어가는 가을밤에 고즈넉히 잠든 송화읍을 내려다보았다. 전에 볼 수 없던 함석집들이 가운데 들어앉아, 둘러앉은 초가집들을 노려보는 듯 비웃는 듯이 달빛에 빛나고 있었다.

찰나에 떠오른 눈, 비웃는 그 눈, 천진한 어린 자기를 속인 말끔한 거짓말이 그의 전 신경을 비상히 흥분시킴에 따라 쓰라렸던 과거 실마리가 풀리기 시작하였다.

젊어서 남편을 잃은 그의 홀어머니는 어린 그를 하늘같이 믿고 여름이면 김품 팔고 겨울이면 삯바느질 같은 것으로 그날그날 겨우 살아갔다.

둘째가 열두 살 나던 해 가을이었다. 여름철이 들면서부터 그의 어머니는 소화불량증을 얻어 노상 굶다시피 하면서도 삯김을 계속하였다.

그러나 철이 바뀐 어느 날 그는 견디지 못하여 하던 일을 겨우 대강대강 마쳐버리고 집으로 돌아와서는 정신없이 자리에 눕고 말았다.

어린 둘째는 솔가리를 긁어다놓고 방으로 들어왔다.

"오마이!"

언제나 그는 방문을 열어잡고 이렇게 부르는 것이었다. 여러 날 신고(辛苦)에 두 눈등이 푹 꺼진 그의 어머니는, "왜?" 겨우 눈을 뜨고 아들을 보았다. 군데군데 해진 잠방적삼이라든지 발꿈치가 쑥 나온 목달이가 새삼스럽게 그의 머리를 어지럽게 하였다.

곁에 앉은 아들의 손을 어루만지며, "배고프겠구나. 아파서 나는 밥 못하겠으니 식은 밥이라도 갖다 먹어라, 아이고!" 그는 긴 한숨을 푹 내쉬고 자기도 모르는 사이에 눈물이 흘러내렸다.

"응."

둘째는 부엌으로 나가서 들그렁들그렁하더니 조밥 바리와 된장 그릇을 안고 들어왔다. 그는 씩씩하며 나뭇단 끌어들이듯이 밥술은 큼직큼직하였다.

부리나케 푹푹 퍼먹은 그는 숟갈을 공중에 던지고, "오마이, 나 배 불러."

"오냐."

어머니 대답을 들은 그는 그릇을 버려둔 채 어머니 곁으로 달려와서 눕자마자 코를 골아넘긴다.

그의 어머니는 똑부러지게 아픈 곳은 없다 하더라도 전신의 맥을 출 수가 없으며 따라서 호흡이 곤란해졌다. 나중에는 가래까지 올랐다. 방 안은 찬바람이 실실 돌았다. 새어드는 달빛은 아들의 얼굴을 뚜렷이 보여주었다.

그는 젖먹던 힘을 다하여 이불을 끌어다 아들에게 덮어주었다. 자기의 병이 위중할수록 막연하게 어린 아들의 신세가 불쌍해 보일 뿐이었다. 따라서 저 어린것을 놓고 내가 아주 죽나보다 하는 끔찍한 생각은 하늘이 무서워서 못하여 보았던 것이다.

밤이 깊어갈수록 점점 가래가 성해지고 바람에 밀려다니는 나뭇잎의 와삭이는 소리와 요란스럽게 들리던 벌레 울음소리가 차츰차츰 가늘어지며 주위가 암흑으로 변해가는 것을 느낄 때 그의 가슴은 죽음이란 것 앞에서 마지막으로 울렁거리기 시작하였다.

잠든 아들을 깨워보려 했으나 태산준령이 콱 내려앉은 듯하여 손가락 하나 까딱하는 수가 없었다. 그의 눈은 점점 흰자위만이 남기 시작하였다.

별안간 둘째는 왈칵 일어났다. "오마이, 오줌 눠."

아무 대답이 없었다. 그는 어머니를 흔들었다. "요강 달라오!" 오줌은 나오기 시작하였다. 그는 두 눈을 딱 감고 시원하게 누고 나서 그 자리에 되는 대로 누워버렸다.

그러나 눈 오줌은 사정없이 그의 해진 옷 속으로 푹 젖어 먹었다. 그는 잠결에 괴로움을 느끼고 벌떡 일어났다.

"오마이!" 갑자기 추움과 무서움이 휘딱 들어 두 눈이 올랑해졌다. 둘째는 어머니 곁으로 바싹 다가앉아 흔들었다. "오마이!"

어머니는 정신이 뻔하였다. 그러나 마치 가위눌린 사람 모양으로 말도 할 수 없으며 움직일 수도 없었다. 하도 대답이 없음에 안타까워서 둘째는 머리맡으로 가서 그의 어머니의 눈을 보았다. 그는 갑자기 무서움을 느꼈다.

"오마이, 왜 그래, 응야!" 그는 어머니 가슴에 얼굴을 파묻고 울었다.

아들의 우는 것을 번연히 아는 어머니는 어떻다고 말할 수 없이 슬펐다. 그러나 그는 역시 순간이고 아무것도 분간치 못하는 의혹으로 변해지는 것이었다.

둘째는 어머니의 얼굴을 들여다볼 때 밤마다 켜지던 등불이 없었다. 그는 한 손으로 눈물을 씻으며 또 한 손으로 성냥을 더듬어 불을 켰다. "오마이! 나 보라우, 어서야!" 어머니의 감겨지는 눈을 빼기고 들여다보았다. 어머니는 무엇이라고 중얼거렸다. 음성은 들리지 않고 입만 놀렸다.

"무어! 에 그것 좀 크게 하려마."

어머니의 입술을 똑똑히 들여다보며 그대로 입술을 놀려 보았다. "의원. 응, 의원!"

얼핏 작년 여름에 엉덩이의 종기로 인하여 어머니와 의원네 집 갔던 기억이 떠올랐다.

"응, 의원, 의원. 내 갔다 와!" 그는 우뚝 일어섰다. 문밖으로 뛰어나오자 무서운 김에, "오마이! 난 가! 응." 이런 말을 남기고 앞으로 뛰었다.

오불꼬불한 논두덩을 지나고 밭머리를 지나 읍등새 솔밭 사이로 들어섰다. 바람에 솔포기 흔들리는 소리가, 동무들에게서 들은 옛날이야기에서 나오는 무서운 범이 나오는 듯, 그리고 자기의 발자취 소리에 놀라 휘끈 돌아보면 둥그런 달이 자기를 따르는 것이었다.

그 무서운 솔밭도 지나고 외나무도 건너지른 쪽다리를 기어건너서 새로 닦은 큰 길 위로 들어서 줄달음질쳤다.

의원집까지 다 온 그는 팍 고꾸라지자 두 걸음을 쳐서 일어났다. 단숨에 돌층계를 올라서 차디찬 대문짝에 착 달라붙었다.

"오마이, 문 열어!"

얼결에 빽 소리치고 숨을 죽이고 엿들었다. 여기저기서 짖는 개소리만이 점점 요란스럽게 들렸다.

"문 열어요!" 전신에 땀이 훈훈히 흐르며 눈물이 그렁그렁 떨어졌다.

눈을 딱 감고 대문짝을 쳐다리고 나니 안으로부터 인기척이 나며 문이 방싯 열리자 뚱뚱한 의원이 나타났다.
"웬 아이냐?" 자다 나온 텁텁한 소리였다.

둘째는 반가움에 와락 달려들어가 칵 매어달렸으나 한참 동안은 말을 못하고 애만 썼다. 그는 달빛에 둘째의 얼굴을 비춰보니 한 번 본 아이 같았다. 그는 머리를 돌려 생각해보더니, "너 종기로 앓던 애지?"

"네, 울 오마이, 저 울 오마……."

숨이 찼다.

"그래, 너의 오마니가 어떻단 말이냐?"

"저 죽어가요, 아파서……."

"어디가 아프다든?"

"겨워요. 그리고 말 못해요."

"음."

의원은 둘째를 물리쳤다. "앓다가 낫지. 울지 마라. 내일 아침 내 갈 것이니 어서 가거라."

"나 혼자요?" 안타까운 듯이 의원을 쳐다보았다.

"그럼." 의원의 머리에 떠오른 것은 작년 약값도 아직 절반도 받지 못한 사실이었다. 그리고 밤도 깊었고 더구나 촌이 되어 가고 싶지 않았다. "올 때도 너 혼자 왔니?"

"네, 갑시다, 우리집에. 네?" 바투 대들어 그의 손을 잡아끌었다.

"내일 가겠으니 어서 가거라!" 자기 어머님 같은 사람인 줄 알고 대들었으나 사정없이 그를 몰아낸다. "내일 간다. 잘 가거라!" 말을 마치기도 전에 문빗장을 걸고 들어가버렸다.

둘째는 멍하니 섰다가 문 사이로 들어가는 의원의 뒷덜미를 바라보았다.

"정말 오겠수우?"

아무 대답없이 안대문까지 쾅 닫겨버렸다.

둘째는 대문 밖에 우두커니 서서 누가 또 나올까 하고 기다리다 못해 두 주먹을 부르쥐고 앞으로 뛰었다. 나무도 산도 얼씬얼씬 움직였다.

집까지 달려온 둘째는 방문을 벼락같이 열고, "오마이!" 뛰어들어 어머니 가슴에 팍 엎어졌다. 문바람에 등불마저 꺼져버렸다.

둘째는 어머니 얼굴 위에다 얼굴을 마주 대고, "의원이 안 오지. 내일 오겠대, 응." 뜨거운 눈물이 차디찬 송장 위에 한 방울 두 방울 떨어지기 시작하였다.

때마침 곁집 닭은 홰를 치고 꼬기요 하고 울었다.

여기까지 생각한 둘째는 깊이깊이 가라앉았던 분까지 왈카닥 치몰려 하늘을 뚫을 듯하였다. 그는 두 주먹을 다져쥐고 벌떡 일어났다.

예쁜이는 예쁘장한 계집애를 낳게 되었다. 두 눈이 분명하고 얼굴 판장은 어머니 비슷하면서도 어머니보다 생김생김이 뚜렷하였다. 우리의 여주인공이 될 옥이였다.

외롭던 끝에 계집앨망정 생기고 보니 몇 달 동안 갖은 수고와 입으로 담지 못할 악형당한 것도 꿈속으로 사라지고 더할 나위 없이 위안이 되었다. 그리하여 아무것도 모르는 그 어린것에다가 혼자서 중얼중얼 주고받고 하는 것이었다.

주옥이 어머니가 혹간 지나가다 귓결에 들으면 벼락같이 문이 열렸다.

"그 잘난 계집애만 가지고 빈둥빈둥 놀 테야!"

평생 말할 때에도 달싹도 못하는 판에 긁어닥치는 듯한 큰 소리에 금방 무슨 변이라도 나는 듯싶었다. 그리하여 머리를 푹 숙이고 가슴은 울렁거리기 시작하였다.

"반편, 반편 하니, 저런 반편이 어디 있다가 내 속을 요다지도 태워주니! 야, 이 못난 년아!" 하고 달려들어 어린애를 빼아가지고 안방으로 홱 들어가버렸다.

어린애는 발악을 하고 운다. 뒤이어 어떻게나 하는지 죽는 소리가 난다. 울음 마디마디가 예쁜이의 뼈끝마다 새어드는 듯 가슴이 찢어지는 듯하였다.

그는 더 참을 수 없어 벌컥 일어나서 방 안으로 빙빙 쏘다니다가 두 눈이 벌개져서 안방으로 건너가는 것이었다. 눈치를 챈 주옥 어머니는 앞질러 딱 막아서서 노려보았다.

"잘못했습니다……. 네, 애기 주시오. 참말이야요." 그의 눈은 애처롭게 타올랐다.

주옥 어머니는 일종의 통쾌감을 느끼며, "무엇을 그래

잘못했단 말이냐?"

그는 무엇이라 대답할 것이 난처하여 마지막에는 울음으로 대하였다.

"아씨, 저 입 보시우." 둘러선 행랑어멈 침모는 눈짓을 하여 입을 막고 웃었다.

이렇게 하여 그들의 잔인한 흥미도 다해지면 사정없이 어린애를 내쳐주었다. 그는 어린애를 안고 비실비실 자기 방으로 건너가서 맞은 자리를 어루만지며 볼과 볼을 남몰래 마주 대었다. 어린애는 눈을 맞추자 방싯방싯 웃었다.

어슬막에 대문소리가 요란하게 났다. 뒤이어 흐트러진 신발소리가 들리자 "나리 오신다!" 하는 소리가 거푸 들렸다.

예쁜이는 애기를 멀찍이 눕히고 밀장문 사이로 바라보았다. 얼근히 취하여 비칠비칠 들어오는 남편의 탁 트인 얼굴, 안방에서 마주 나오는 다닥다닥 붙은 주옥 어머니. 첫눈에 벌써 외모만은 기운 짝이었다.

주옥 어머니는 생글생글 눈웃음치며, "아빠 오신다, 주옥아." 주옥이는 쪼르르 나와서 아버지에게 안겼다. 부부는 앞서거니 뒤서거니 하여 방으로 들어가자 밀장문이 스르르 쾅쾅 닫히고 만다.

멍하니 바라보던 예쁜이는 어쩐지 허전함을 느꼈다. 역시 순간이었다. 그는 어린애를 꼭 끼어안고 전등불 아래 빛나는 조그만 눈을 말없이 언제까지나 들여다보았다.

방으로 들어간 주옥 어머니는 남편의 기분이 좋을 때를 이용하여 예쁜이의 말을 꺼내리라 하고 눈치만 슬슬 보며 갖은 아양을 다 떨고 있었다.

저녁상이 들어온다.

"난 먹었어." 춘식은 벌렁 누웠다. 어멈은 도로 부엌으로 나갔다. 주옥이는 아버지 팔에서 잠들었는지 색색 하는 숨소리가 들렸다.

"어떻게 할테요? 저 반편은."

"왜 또, 갑자기?"

"정말 반편부려 못 보겠소, 여보."

"마음대로 하지."

이 말에 생긋 웃었다. "내야 어찌 알겠소. 당신 마누라를…… 집으로 보내면 어떠우?"

"보내지, 그럼."

순간에 그는 아찔하도록 좋았다. "애는 떼어서 젖유모 주지오." 벌써 예쁜이의 안타까워하는 꼴이 눈에 보였다.

"글쎄."

"노비는 얼마나 줄까?"

"한 십 원 주게나." 춘식은 귀찮다는 듯이 가만히 팔을 빼고 모로 누웠다.

"내일 보내겠소."

"마음대로 해."

그는 주옥의 베개를 베어준 후 가만히 밖으로 나와서 한 바퀴 돌았다.

아침이 되자 주옥 어머니는 전에 없이 일찍 일어나서 안팎으로 나다니며 새살랑하였다. 문밖까지 나와서 남편을 보낸 주옥 어머니는 상노를 데리고 건넌방으로 왔다. 그는 담박 달려들어 어린애를 잡아안고 일어섰다.

"가라! 네 집으로! 엣다, 이것 가지고." 포갠 일 원짜리 지폐를 예쁜이의 앞으로 던졌다.

예쁜이는 가슴이 울리기 시작하였다. 이렇게 숱하게 큰 돈을 보기가 처음이나 '가라'는 째는 듯한 소리는 그의 귀를 아프도록 울리었던 것이다.

상노는 돈을 집어 그의 손에 들려주었다.

"어서 갑시다."

얼결에 예쁜이는 따라 나섰다. 방문턱까지 나온 그는 앞이 허전하였다.

"아가!"

자기도 모르는 사이에 이렇게 부르짖고 돌아보았다. 주옥 어머니의 품에 안긴 어린애는 그와 눈을 맞추고 방싯방싯 웃고 있었다.

남편 춘식이는 낮에는 어느 회사 사장으로 출근하고 밤이 되면 기생아씨들에게 둘러싸여서 밤새우는 것이 거의 일과 되다시피 하였다.

예쁜이는 데려다놓고는 마누라의 샘내는 것도 돌아보지 않고 도리어 욕질까지 하면서 밤이 되면 끈질기게 건너오더니 며칠 지나자 역시 싫증이 났는지 발길을 뚝 끊어버리고 혹시 어쩌다 마주치는 때가 있어도 본둥만둥하여 두는 것이었다.

따라서 안방 아씨는 나날이 기승스러워가는 것이었다. 별로 잘못한 일이 없는데도 달려들어 머리채를 휘어쥐는 것이 매일 되다시피 하였다.

그리하여 온갖 일을 다 시키는 것이었다. 마루걸레, 방걸레, 빨래질, 동자(밥짓기)…… 손대지 않는 것이 없었다. 오히려 괴로우라고 시키는 것이 그에게는 갑갑하지 않고 십상 좋게 생각되었다.

어느 날, 그는 밥을 퍼들이고 밥 한 그릇, 국 한 사발을 가지고 건넌방으로 건너가려니까, "여기저기 벌리지 말고 어멈과 같이 먹지!" 안방에서 나오는 표독스러운 소리였다. 그는 놀라 움찔하여 하마터면 국그릇을 떨어뜨릴 뻔하고 겨우 부엌으로 들어갔다. 그는 한숨을 푹 쉬었다. 무엇보다도 그릇 깨뜨리지 않은 것이 적이 안심되었다. 어멈은 안방으로부터 빈 그릇을 가지고 나왔다.

"개밥 주었수?"

"아니오."

"아이구, 이제까지 무얼 했수, 그래? 촌 양반이 왜 개밥 주는 것도 모르우? 기차라!"

부뚜막에 긁어놓은 솔치에다 식은 밥을 뒤섞고 찌개 국물을 타서 개밥통에 들썩 부어주는 것이었다.

"에스, 에스!"

부르니 새카만 강아지가 꼬리를 저으며 달려들어 처럭처럭 먹기 시작하였다.

그는 속으로, '에스는 무엇일까? 우리 쪽에서 검둥이,

복술이란 개 이름을 그렇게 부르나?' 어쩐지 에스라는 이름이 서먹서먹하여 다정한 맛이 없었다.

그는 멍하니 서서 개 주둥이 속으로 차츰차츰 없어져 가는 허리가 길쭉길쭉한 흰 밥알을 보았다. 사명절 때나 아버지 생일이라야만 먹는 줄 알았던 흰 이밥을 이 집에서는 개에게까지 먹인다. 이런 생각을 할 때 문득 떠오르는 것은 아버지의 피 나던 손이었다.

어느 날 아버지는 벼를 베시다가 엄지손이 벤 것이었다. 빨간 피가 죽죽 흐르는 것을 예쁜이가 달려가서 제 고름 끝을 잘라 처매어드렸다. 피는 점점 더 흘러 옷에 묻고 벼이삭에까지 발려도 아버지는 탐스러운 벼이삭에 끌려 아픈 것도 아무것도 모르시는 모양이었다.

육칠월 된 햇빛 속에도 구슬땀을 흘리시며 만지고 또 만져서 키워놓은 쌀알! 비가 안 오면 안 온다고 걱정, 너무 오면 온다고 걱정, 한시 한초를 마음놓지 못하고 키운 눈물, 땀, 피로써의 결정인 이 쌀알을 아버지는 만져도 못 보고 지주와 빚쟁이에게 홀랑 빼앗기고 마는 것이었다.

이리하여 다 늙으신 아버지는 장도, 위도 성하지 못하시건만 파슬파슬한 호좁쌀밥을 잡수시며 잘 넘어가지 않는 탓으로 이따금 물 한 모금씩 마시던 것이 방금 보이는 듯했다.

어느 사이에 그는 눈물이 흘렀다. 그는 남몰래 눈물을 씻고 나서 다시 개밥을 보았다. 어김없는, 아버지가 애써 지어놓은 쌀밥이었다.

만일 아버지가 저 쌀밥을 보시게 되면 얼마나 아끼실 쌀알이랴! 얼마나 대견할 쌀알이랴! 그러나 이 집에서는 아까운 것도, 귀한 것도 모르는 모양이었다.

그는 이 집안 사람들은 자기와는 딴 나라 사람들과 같이 생각되었다. 그런 사람들과 한솥에 밥을 먹고 한집에서 살아간다는 것은 결국은 기막혀 죽을 것 같았다.

어멈은 말똥히 쳐다보다가, "밥 먹우……. 개 먹는 것이 아깝소, 그래?"

그는 어멈을 돌아보며 밥상을 보자 가슴이 답답해지며 먹고 싶은 생각이 없고 도리어 끔찍해 보였다.

주옥이는 토닥토닥 나왔다.

"나, 물!"

그는 주옥이를 볼 때마다 세인이가 그리워졌다. 따라서 귀여운 마음으로 주옥이를 보았다. 그는 떠놓은 물을 입에 대어주었다.

"싫어!"

안에서는, "찬물 주어라."

그는 수돗물을 뽑아서 주옥의 입에다 대었다. 꿀꺽꿀꺽 마시고 나서 말똥말똥 쳐다보았다. 예쁜이는 빙긋이 웃었다. 별안간 찰싹하고 예쁜이의 따귀를 갈겼다.

"반편! 가야! 네 집으로 가야!" 하고 침을 탁 뱉고 나서 방으로 들어가자 무엇이라고 종알종알하는 소리가 들렸다. 따라 하하 웃는 소리가 들렸다.

어멈도 '너무 한다. 어린 계집애가!' 이런 생각을 하며 숟갈을 놓고 일어났다. "살아 무얼 해요. 어린애한테 그런 모욕을 받고……" 귀엣말로 중얼거리는 것이었다.

예쁜이는 골치가 우썩하며 전신의 열이 머리로 치떠밀어 올리는 것 같았다. 그는 눈을 푹 내려감고 찬물을 벌떡벌떡 들이키고 있었다.

행랑어멈은 발 빠르게 안방으로 냉큼 들어갔다.

예쁜이는 어멈의 사라지는 뒤꼴을 바라보자 펄썩 주저앉았다.

"못 가요! 난 못 가요!"

처음으로 내는 요란스러운 목소리였다. 모두가 눈이 둥그래질 뿐이었다. 주옥 어머니는 오목한 눈이 한층 더 옴쑥해졌다.

"이년, 이 오라질 년, 어디 못 가나 보자. 염치없이 왜 우리 딸 가져가겠다니? 흥, 이년아 글쎄." 침을 탁 뱉으며 암팡지게 노려보았다. "끌어내게!"

집 안이 쩌렁쩌렁 울렸다. 상노는 또다시 달려들어 예쁜이의 두 손을 사정없이 나꿔챘다. 그는 폭 고꾸라지며 두 팔을 마음껏 뿌리쳤다.

"애기 주어요! 내가 낳았지 누가 낳았단 말이야!"

예쁜이의 입술에서는 빨간 피가 흘렀다. 상노는 예쁜이의 허리를 깍지끼었다.

별안간 대문이 활짝 열렸다. 뒤이어 나타나는 키가 들어꽂은 듯한 험상궂게 생긴 한 사내가 번개같이 달려들어

상노를 잡아나꿔채 팽개쳤다.

둘러서던 계집들은 "악!" 하고 뿔뿔이 도망쳤다.

사내는 예쁜이의 앞에 딱 막아섰다. 예쁜이는 어리둥절하여 고개를 푹 숙였다가 상노를 밟아치운 데 눈이 뜨였다. 예쁜이는 최후의 용기를 다하여 그를 쳐다보았다. 점점 뚜렷이 나타나는 이 사내. 예쁜이의 눈은 터질 듯이 둥그래졌다.

"둘째야!"

나는 듯이 일어나 그의 가슴속에 자기의 흐트러진 머리를 푹 파묻었다.

"예쁜아!"

두멍깨 같은 그의 시커먼 손이 그의 어깨로 돌아가자 꽉 껴안았다. "잊지 않았구나!"

따르르 하는 소리가 들렸다. 예쁜이는 머리를 번쩍 들고 "애기! 가지고 어서 갑시다. 네, 누가 올테야요!" 그는 이렇게 부르짖었다. 무슨 소리인지 잘 아는 까닭이었다.

둘째는 담박 안방으로 뛰어들어 잡히는 대로 잡아나꿔챘다. 주옥 어머니는 어디로 숨은 꼴이었다. 어린애는 "악" 하고 울었다. 둘째는 어린애를 껴안고 밖으로 나왔다.

예쁜이는 어린애를 받아안고 죽어 넘어진 상노놈을 건너서 허방지방 나왔다.

"어디 가냐?"

벼락 같은 소리와 함께 우중우중 들어서는 경관들이 달려들어 항쇄와 족새로 둘째를 얽어놓았다.

예쁜이는 기절해 넘어지고 말았다.

며칠 후 예쁜이는 경관들에게 호위되어 남대문 정거장까지 나왔다. 눈 딱 불거진 형사가 차표를 사서 예쁜이의 손에 들려주었다. 그는 차표를 내던지고, "난 못해요. 둘째를 놔주어요. 아무 죄 없는 사람이야요. 내가 상노를 죽였어요! 이년이 죽였어요!"

"가만히 있어, 둘째도 곧 보낼 테야."

예쁜이는 순사에게 대어들었다. "참말이야요? 거짓말 말으세요. 나는 혼자는 안 가겠어요!" 그는 팔싹 주저앉았다. 순사는 달려들어 일으켰다.

이 꼴을 본 모든 사람들은 예쁜이에게로 눈이 쏠렸다.

차는 미끄러져 들어왔다. 꾸리묵거시듯한 사람의 물결은 흔들리기 시작하였다. 예쁜이는 차 안으로 끌려왔다. 차는 움직였다. 순간에 예쁜이의 정신은 펄쩍 들었다. 그는 아기를 마루바닥에 팽개치고 미친 듯이 창 앞으로 달려갔다. "둘째야! 둘째!" 소리를 치고 뛰어내리려 하였다. 사람들은 그를 꼭 붙잡았다.

예쁜이가 내려온 그 해 봄에 창문네 생명줄은 떼이고 말았다. 몇 식구의 살아갈 길은 하루 아침 가볍게 떨어지는 말 한마디로 캄캄하게 되었다.

창문이는 딸이 내려온 것, 더구나 준 이태 동안에 갖은 고생당한 이야기를 듣고 치밀어오르는 분을 억제하기가 힘들었으나 그러나 밥줄이 무서워서 꼼짝 못하고 꿀떡꿀

떡 삼키고 있었던 것이다.

양과 같이 순하던 그는 며칠 밤새운 끝에 맹호 같은 기세로 일어나지 않을 수가 없었다. 그의 눈앞에는 아들, 딸, 늙은 마누라도 보이지 않고 다만 원수인 이춘식이만이 딱 막아섰다. 그리하여 그는 어떤 날 새벽에 아내를 가만히 흔들어 깨웠다.

"어디 잠깐 다녀오겠네."

"어디를 가셔요?" 예쁜이 어머니는 섬뜩함을 느꼈다. 남편의 성질을 잘 알기 때문이었다.

"어디요, 말씀하고 가시오."

그는 아내를 꾹 찔렀다. "애들 깨겠구만."

세인의 옆으로 가서 얼굴을 맞대보고 예쁜이를 어루만지며 한참이나 우두커니 앉았다가 벌컥 일어났다. "혹시 이번 갔다 며칠 걸릴지 모르니까 세인이 울리지 말고 예쁜이에게도 잘 위로하여주게."

여기까지 말한 그는 앞이 캄캄함을 느꼈다. 그러나 꾹 참고 어둠 속으로 달음질쳤다.

신발소리가 멀어질수록 어머니의 가슴은 터지는 듯하였다. 남편이 다시 돌아오지 못할 것만 같았다.

다음 날부터 세 식구는 날마다 아버지를 기다리나 날이 가고 철이 바뀌어도 점점 막연하였다. 세인이는 눈만 뜨면 아버지를 부른다. "오마이, 오늘은 아부지 과자 사가지고, 응?"

하도 여러 번 거짓말을 하고 나니 입이 썼다. 그러나 세인의 안타까워하는 꼴을 보고는 번번이, "그래." 어머니는 한숨을 푹 쉬었다.

나중에는 세인이도 곧이듣지 않고 덮어놓고 어머니 손목을 잡아끌고 나섰다. "아부지한테 가자! 아부지한테."

어머니는 모든 것을 단념하고 다음 날 세인의 손목을 잡고 나섰다. "야, 난 가겠다."

예쁜이는 부엌으로부터 나왔다. "어디?"

"견디겠니? 얘 때문에."

모녀의 눈에는 약조나 한 듯이 일겁에 눈물이 핑 돌았다.

"오마이, 나도 가!" 따라나선다.

"너까지 그러지 마라. 하도 조르니 바람이나 쐬이려고 촌으로 슬슬 돌아다니다가 올 테다. 어서 어린것 데리고 집이나 잘 보아라."

등에 업힌 애를 들여다본다. "엄마, 엄마!"

"오, 다녀오마, 아가." 이렇게 어르고 나서 영감이 떠난 길로 정처없이 나섰다.

예쁜이는 하는 수 없이 신작로까지 따라나섰다. "그럼 이내 와. 오마이 안 오면 나도 곧 갈 테야." 머리를 푹 숙이고 울었다.

"오냐."

차마 뒤를 돌아보지 못하였다. 무 밑둥 같은 딸 하나를 남겨놓고 다시 오게 될지 말지 한 길을 떠나는 어머니의 가슴은 무엇이라 형용할 수 없었다.

어머니와 세인은 산모롱이로 돌아갔다. 그는 펄썩 주

저앉아 어린애를 집어 동댕이쳤다. "이년의 계집애! 네 아비 때문에 우리 어머니, 동생은 떠나누다. 죽어라!"

어린애는 "악" 하고 어머니에게로 달려들었다.

한참 성풀이를 하고 나니 도리어 후회가 났다. '어린것이 무슨 죄가 있나. 내 팔자 사나워 그렇지.' 이렇게 위로받고 집으로 돌아왔다.

어머니가 떠난 지 며칠 몇 달이 지나도 아무 소식이 없었다. 거의 일 년이 지난 후에 이러한 풍문이 돌았다. 예쁜이 아버지가 춘식이를 죽이려다 못 죽이고 도리어 잡혀서 몇 달 후에 애통이 터져 죽었다는 것, 어머니와 세인이도 이 소식을 듣고 한강에서 자살했다는 것이었다.

예쁜이는 그만 실신 상태에 빠졌다. 먹을 것 없고 입을 것 없는 데다 하늘같이 믿고 바라던 어머니, 세인이 돌아오기를 손꼽아 기다리던 희망조차 물거품이 되고 만 것이었다.

그는 담배를 배우고 술을 입에 대었다. 그리고 난봉가를 불렀다. 냄새를 맡은 사내놈들은 수캐처럼 밤낮을 헤아리지 않고 달려들었다.

"여보세요, 이리 와 앉으세요." 처음 보는 사내에게도 탁탁 매어달려 손을 잡아끌었다. "술, 술 사주어요. 술 아니면 난 못 살아요!" 그의 눈은 가느다랗게 되는 것이었다.

그는 사내를 얻게 되었다. 그 통에 몇 놈이 저마다 주먹담판을 하는 바람에 게딱지 같은 집이 몇 번이나 무너질 뻔하였다. 그러나 그중 힘센 매질꾼으로 이름난 김명구가 이기고 말았다.

어머니를 빼앗긴 이제 네 살 된 어린 아기는 윗방 구석에서 해종일 혼자서 놀다가는 안타깝게 어머니가 그리워서 샛문 사이로 고개를 갸웃하고, "엄마!"

어머니는 사내놈의 무릎 위에 올라앉아 갖은 아양은 다 피우다가, "이 계집애, 가만 있어라." 소리를 냅다 치는 바람에 어린애는 눈을 꼭 감고 숨어버리고 말았다.

예쁜이가 사내 얻으면서부터 아기는 윗목 구석에서 혼자 자게 하였다. 밤중에 한 번씩이라도 깨보면 고양이 나드는 윗방이 무서웠다. 그리하여 눈을 꼭 감고 이불을 치덮을수록 여전히 무서워졌다. 그러다 혹시 오줌이 마려우면, "엄마!" 가만히 불렀다. 이마 끝에 땀이 쭉 흐른다. 대답을 기다리던 그는 차마 또다시는 불러보지 못하고 자리에 그냥 싸버리고 만다.

아침이 되면 예쁜이는 아기를 차고 던지고 하며 때렸다. "다시 또 오줌 싸겠니?" 망치를 둘러메면, "안 그래……." 조그만 손을 눈에 꼭 붙였다.

끼니 때가 되면 사내는 번번이 아기를 미워하였다. "밥을 작작 처먹어야지." 그 커다란 눈을 흘깃흘깃 하였다.

예쁜이는 자기가 욕하고 때릴 때에는 모르다가도 사내가 무어라면 화가 바짝 치밀었다. "여보, 먹는 건 죄 아니랍데다. 밥 먹는 것까지 그렇게 밉소." 밥숟갈을 뎅그렁 내치고 새침하여졌다.

사내는 눈을 부라리며, "그래, 밉다! 꼴 못 보겠다. 모두

나가!" 발길로 예쁜이를 내밀쳤다. 예쁜이는 얼굴이 발갛게 되어 사내놈을 노려보고 있었다.

이 꼴을 본 아기는 나분 술을 놓고 슬그머니 밖으로 나가 뽕나무 옆에 우두커니 서 있었다. 지나가고 오던 사람들은 어린것이 하도 괴망스럽게 무엇을 생각하는 듯한 것이 귀엽고도 불쌍하였다.

"아가, 엄마가 무어라든?" 손을 잡고 들여다보면 잠자코 머리를 흔들어 보였다. "그럼 아빠가?" 뒤를 돌아보며 가만히 있었다.

그는 아기를 덥석 안고 자기 집으로 갔다.

한참 후에 예쁜이는 아기를 찾아와서 그를 데리고 집으로 왔다. 그리하여 사내의 골을 풀어주려고, "아가, 아빠라고 해보아라." 웃으면서 아기를 들여다보았다. 그는 눈이 둥그래서 가만히 있었다.

"아빠다! 그래야 과자도 사오고 명절빔도 해준다."

예쁜이는 성이 와락 나서, "아빠라고 불러봐!"

아기는 눈을 꼭 감고, "아니야, 아빠는 없어……."

사내는 골이 한층 더 났다.

예쁜이는 눈을 부릅뜨고, "나가라, 이 계집애. 너 같은 것 길러서 소용 없다!" 사내가 할 말을 미리 앞질러서 그의 입을 막으려는 것이었다.

사내는 흥 하고 머리를 외어 꼰다. 예쁜이는 아기를 내밀쳤다. "나가라, 이 계집애!"

그는 문턱을 꼭 잡고, "아빠!" 소리 없이 눈물이 샘솟듯

하였다.

"아비라는 소리 듣기 힘들다." 씩 돌아앉았다. 예쁜이는 웃으며, "아직 철없으니까 그렇지요." 변명하였다.

이렇게 사내와 딸 사이로 다리를 놓다가, 놓다가도 결국은 명구와 예쁜이는 갈라지고야 말았다.

예쁜이는 밥 먹을 턱은 없고 하여 하는 수 없이 읍으로부터 몇 고개 넘어가 무초리라는 곳에서 술장사를 시작하였다.

이러는 사이에 아기는 열 살이 되었다. 지금은 제법 물 길어 밥을 곧잘 하였다. 그리하여 예쁜이는 술상이나 차리는 외에 양 끼니 때는 내다보지도 않았다.

인물 고운 새 술장수 났다더라, 소문이 나니 어딧놈이 다 안 불려오는지 몰랐다. 그리하여 밤낮으로 장구소리 그칠 사이가 없고 싸움하지 않는 날이 없었다.

예쁜이는 술만 취하면 둘러앉은 사내놈들에게 헛욕질을 대고 퍼부으며 보기 싫게 입을 벌리고 우는 것이었다. 그러고는 휘몰이 장단을 쳐서 사내놈들을 쫓아버린 후 앞마당 풀바탕에 털썩 주저앉아 고함을 치며 울었다. 옛날 둘째를 생각하였던 것이다.

딸은 어머니 팔을 부여잡고, "오마니, 들어가자우. 남들 욕해."

그는 목에 핏대줄을 올리며, "욕하면 어떠냐, 개 같은 놈들. 내가 저희 덕에 산다더냐!" 한참이나 악설을 퍼붓다가는 금시로 아리랑 타령을 스러져가는 듯이 눈물 섞어 부르는 것이었다.

아침마다 아기는 어슴푸레한 새벽에 일어나서 조그만 동이를 이고 물 길러갔다. 윗집 봉준 어머니는 마당을 쓸다가 어린것이 매일 아침 다니는 것을 보고 측은한 마음이 키워서 자세히 보았다.

"아가, 춥지 않니?"

"아니오." 쳐다보는 그 눈을 별같이 빛났다.

"어마이 무얼 하니?"

"술 취해서 자고 있어요."

"응." 머리를 끄덕이며, "네가 밥하니?"

"네."

"용쿠나. 애기 어서 가 밥해라. 그리고 우리 집에 놀러 오너라."

"네."

돌아서 아장아장 걸어가는 그의 뒷맵시를 한없이 바라보던 그는 즉각적으로 범상한 애가 아닌 것을 알았다. 그리고 탐스러운 생각이 났다. 자기는 아들이 있으면서도 항상 알찍은 마음이 한편에 있었던 것이다.

동네에서는 그 부인의 과거를 아는 사람이 한 사람도 없었다. 다만 소년과 수로 유복자를 데리고 유족한 생활 속에서 남부럽지 않게 산다는 그것뿐이었다. 따라서 한낱 부인으로서도 남자 못지않은 수단이 있는 여자라는 까닭에 맹목적으로 그를 존경하고 있었다.

그 부인의 과거를 잠깐 이야기하고 지나가자.

이 부인의 기억에 아직 새롭게 남아 있는 것은 자기는 사생아라는 것이었다. 그리하여 어떤 사람의 손을 빌어 평양 고아원에서 일곱 살까지 자란 후에 어떤 사람의 손을 거쳐 기생학교로 들어가게 된 것이다.

이리하여 기생학교를 졸업한 그는 나날이 소문이 높아져서 17, 18세에 이르러 평양의 유명한 예기 산호주라면 누구나 모를 사람이 없게 되었던 것이다.

나면서부터 별난스러운 그는 쓰라린 현실 속에서 다소 침착하여졌으나 그러나 여전히 좀 남아 있었다. 그리하여 누구나 그를 초면으로 대하게 되면 다소 환멸을 느끼고 말 한마디라도 헛놓고 하다가는 번번이 콧방을 맞고 나서 며칠 몇 달을 지내는 사이에 그의 엄연한 인격에 여지없이 굴복이 되고 마는 것이었다.

부호 자제들이 날마다 그의 무릎 앞에 꿇어 돈으로나 기타 무엇으로든지 그의 마음을 사보려고 갖은 모양을 다 피우나 넘어갈 듯 넘어갈 듯하면서도 아주 넘어가지 않는 그만큼 그의 이름은 나날이 올라갔던 것이다.

이러한 독특한 성격을 가진 그는 항상 혼자 있기를 좋아하였다. 그때에 자기의 본성이 발로되는 것이었다. 두 눈을 가만히 뜨고 끝없이 무엇을 생각하는 그는 평상시와는 딴판인 것을 엿볼 수 있었다. 어느 때나 위급할 때는 당하게 되면 고요히 마음을 가라앉혀 가지고 모든 것을 후회없이 결정하는 것이었다.

그는 어디를 가든지 어떤 사람의 이야기를 듣든지 무심코 듣고 보는 적이 없었다. 그리하여 모든 것을 자기에게 대조해보고 끝없이 자기의 처지를 불만히 생각하였다. 따라서 자기의 장래라는 것은 눈물나리만큼 불쌍하게 보였던 것이다.

'어쩌면 나도 남과 같이 남편을 얻어 아들 딸 낳고 재미있게 살아볼까. 에라! 생각하면 무엇하리, 나 같은 년에게.'

나이가 한두 살 많아갈수록 그의 가슴은 이러한 생각으로 가득 찼던 것이다. 하지만 그의 앞길은 갈수록 태산만이었다.

그에게는 돈, 그것이 악마같이 생각되었다. 그리고 알뜰한 인정, 그것이 안타깝게 그리웠던 것이다. 세상에는 사내가 많고 많건마는 이년에게는 사내 하나가 태이지 않았담! 이렇게 탄식하고 남몰래 우는 적이 많았다.

그가 스물한 살 잡히던 때, 우연한 기회에 어떤 보기에도 초라한 고학생을 만나게 된 것이었다. 그 후로 그는 자기도 모르는 사이에 사랑의 불길이 일어나기 시작하였다. 그리하여 그는 남몰래 강수의 하숙으로 자주 방문하게 되었던 것이다.

어떤 여름밤 비는 느실느실 오기 시작하였다. 졸이는 가슴으로 손님들을 억지로 쫓다시피 하고 보니 새벽 두 시 반이었다. 산호주는 분주히 옷을 갈아입고 미리 약조한 곳으로 가보니 그는 기다리고 있었다. 그때에 그는 감격의 치밀리는 기쁨이 진하여 흐르는 눈물을 억제하기가 힘들었다.

"입때 기다리셨소?"

그를 만나면 어쩐지 수줍어지는 것이었다. 그리고 가슴이 떨리기 시작하였다. 그는 앞으로 슬금슬금 걸었다.

"그러믄요."

침묵 속에 그들은 걸었다. 이때마다 번개질을 하였다. 잔잔히 흐르는 물소리는 차츰차츰 가까이 들렸다.

"공부도 그만둘 테야요."

그는 놀라 어둠 속에서 강수를 바라보았다.

"무슨 말씀이세요?" 이렇게 묻는 사이에 돈 때문일까 혹은 나 때문일까 하는 의문이 일어났다.

"공부도, 아무것도 귀찮으니까요."

"특별한 사정이 있습니까? 숨김없이 저에게 말씀해주십시오, 네."

"특별한 사정은 없이 그저 모두가 귀찮고 당신……."

강수는 여기까지 끊고는 잠잠하였다. 듣던 그는 반가우면서도 한켠으로 겁이 났다.

"강수 씨, 당신은 그러한 번민으로 아까운 시간을 허송할 때가 아닙니다. 만일 당신께서 이 사람으로 인하여 공부도 치워버린다면 단연코 당신과 가까이하지 않겠습니다. 그것만을 깊이깊이 알아주시지요. 그리고 앞으로 부족하나마 당신의 학비까지도 저의 힘 미치는 데까지는……."

머리를 숙였다. 한참이나 말없이 걷던 그는, "고맙습니다!" 겨우 이렇게 대답을 하고 부끄러움을 느꼈다. 그리고 산호주의 고상한 말에 감복되었다.

그들은 송림 새로 들어섰다. 강수는 어떤 소나무 아래 앉으며, "여기 앉으십시오." 자기 양복 웃저고리를 벗었다.

그는 분주히 도로 입히며, "모두 낡은 옷입니다. 새 옷이라면…… 이까짓 옷 버리면 어떻습니까?" 강수 옆에 걸터앉았다.

별안간 강수는 그의 손을 꼭 잡고, "나를 그렇게까지 사랑하십니까?"

그는 잠잠히 강수의 가슴에 머리를 파묻었다. 번갯불이 번쩍했다.

이리하여 돌이라도 녹일 듯한 사랑이 계속될수록 반면에 산호주의 격렬한 후원은 강수의 용맹스러운 힘이 되고야 말았다. 하여 무사히 중학을 마치고 일본까지 건너가게 되었다.

애인을 보낸 산호주는 사내놈들의 단련을 받다 못해 어떤 때는 매까지 맞는 일도 종종 있었지만도 모든 모욕이 남편을 위해 하거니 하여 스스로 위로받으며 오히려 그들을 골라서 한 푼이라도 빼앗을 궁량만 하고 있었다.

시간은 빠르다. 어느덧 형설의 공을 쌓아가지고 그리운 고향으로 나온 강수는 평양 모 중등학교 교편을 잡게 되었다. 중화로부터 그의 부모들은 아들의 뒤를 따라 평양 성내에 들어오자마자 아들의 혼사담은 바짝 일게 되었다.

하여 산호주에게는 말 한마디 전함 없이 그곳 사립 모 여학교를 우수한 성적으로 졸업한 깨끗한 여학생과 드디어 약혼되어서 문밖 예배당 내에서 목사의 주례하에 성대한 결혼식은 끝나고 말았다.

바로 결혼식 열흘 앞두고 산호주를 찾아온 강수는 아무러한 눈치도 그에게 보이지 않고 간 후 발길을 뚝 끊고 말았다.

소문을 들은 산호주는 새삼스럽게 놀라지는 않으면서도 자기의 기대가 너무 컸던 것을 얼핏 깨달았다.

“세상은 그런 것이다!” 이 한마디로 5~6년간 받은 자기의 상처를 눌러버리려 하였다. 그러나 용이하게 메워지지 않는 그 상처는 마침내 그로 하여금 벙어리라는 별명까지 듣게 하였다.

그는 손님맞기를 싫어하고 불러도 가기를 싫어했다. 그저 방 안에 우두커니 앉아서 끝없는 침묵 속에 별 신기맹통한 공상도 못하면서 꽁하니 앉아 있었다.

어떤 날 그는 모란봉 위에 올라 시원한 바람을 쐬었다. 잔잔히 흐르는 대동강 물, 다정히 모여 앉은 능라도 수풀도 별한 아름다움과 흥미를 그에게 주지 못하였다. 그저 그렇다 할 뿐이었다. 그는 자기 스스로도 이상히 생각하였다. 이것이야말로 실연의 쓴맛인가? 무엇 때문에 내가 이럴까? 강수 때문에? 딱히 강수 때문인 것 같지 않았다. 어쩐지 자기 가슴속에 열이란 하나도 없어지고 차디찬 송장같이 생각되었다. 그러면 세상을 버릴까 하는 최후까지 마음키워 보았으나 그다지 염증나게 세상이 싫지도 않았다. 그저 그만그만하였다.

몇 사람의 지나치는 신발소리도 들었으나 돌아보지 않

았다. 한참 이러한 생각으로 시간을 보낸 그는 발길을 돌렸다. 그의 앞에 딱 막아선 사람이 있었다. 얼른 쳐다보니 강수였다. 한참 동안 강수를 쏘아본 그는 천천히 발길을 옮겼다.

"산호주, 잠깐만 기다리오."

그는 우뚝 섰다. 발갛게 상기된 그의 얼굴은 느긋느긋함이 돌았다. 산호주는 머리를 돌렸다. 바짝 다가선 강수는, "한번 집까지 가려는 중에 잘 만났습니다."

"네."

그는 머리를 끄덕이며 주춤 물러났다. 씨근씨근하는 그의 숨소리가 불쾌했던 것이다.

"용서하여주시겠소? 물론 영리한 당신인 것만큼 이번 일에 대하여서는 용서할 것으로 믿습니다마는. 네, 용서하시지요. 환경이 나로 하여금 그리 만들었소마는, 그러나 당신만은 내가 잊을 수가 있소?"

우두커니 서서 듣고 있던 그는, "그렇겠소."

"용서하시지요? 나는 믿습니다."

"더 할 말 없지요?"

그는 다시 돌아섰다. 그리하여 천천히 내려왔다. 멍하니 바라보던 강수는, "산호주!" 빽 질렀다. 그는 돌아보았다.

"전과 같이 나를 사랑하겠소? 안 하겠소?"

사랑이란 말을 들을 때 그는 웃음이 칵 쏟아나왔다. 그는 입을 틀어막고 한참이나 진토록 웃었다. 강수는 몸이 바짝 달아서, "그새 다른 놈 붙인 것이로구나!" 하고 노려보았다. 웃는 것이 무엇보다도 불쾌했던 것이다. 산호주는 쓸쓸한 코웃음을 던지고 집으로 돌아왔다.

그 후 몇 번이나 지나치는 길가에서, 혹은 요리집에 불리어 가서 강수를 만나게 되었다. 여전히 인사를 건네는 것뿐 아무 다른 눈치를 볼 수가 없었다.

그럴수록 강수는 행여나 하여 그의 뒤꽁무니를 따라가 본 때도 있으며 오밤중에 산호주 자는 방문을 두드린 적이 많았다.

몇 달이 지나자 산호주는 자기가 홀몸이 아닌 것을 발견하였다. 그리하여 어떤 달 밝은 밤, 소리도 인적도 없이 진절머리나는 평양을 벗어나 이곳으로 오게 되었던 것이다.

우선 얌전한 집을 사고 논밭 합하여 십여 마지기를 샀다. 그리고 대강 한 세간살이를 마련하여 재미를 알아올 만한 때 해산을 하게 되었다.

그가 원하던 대로 아들을 낳게 되었다. 그는 처음으로 세상에 대한 애착심을 가지게 되었다. 어린것을 안고 들여다볼수록 신기맹통스러웠다. 따라서 차츰차츰 차디차던 그의 가슴은 따스한 모성애로 녹아갔다.

어린 봉준이는 매일 달라 갔다. 몇 달이 지나자 젖살이 포동포동 오르고 꽃송이 같은 입을 벌려, "엄마, 엄마." 하였다. 빼빼 말라붙었던 그의 눈에서 감격에 넘치는 눈물이 그의 볼을 적시게 되었던 것이다.

봉준이가 자라날수록 그의 희망은 커졌다. 하여 살림

살이를 어쩌는 수가 없이 일감을 만들어가며 잠시도 놀지 않았다.

일꾼을 데리고 밭 몇 마지기를 손수 부쳤다. 그리하여 여름에는 농사 뒤치기에 눈코 짬이 없이 바쁘게 지냈다. 그러나, "엄마!" 하는 소리만 들으면 어려운 줄을 모르고 악물고 일을 하였다.

그러므로 동네에서도 이 부인을 흠모치 않는 사람이 없었다. 비록 농사하는 집일망정 깨끗하여 먼지 있는 것을 볼 수 없으며 심지어 뜰 앞 구석에 박혀 있는 돌 한 개라도 사람의 발부리에 채이지 않도록 자리를 잡아놓는 일이며, 항상 손부리에서 노는 호미, 괭이, 걸레, 비, 화로, 성냥갑, 바느질 그릇, 암질러 잃어버리지 않도록 급한 때 얼른 찾도록 교묘히 정돈해두는 것이었다. 그러므로 성냥 한 개비를 무단히 없애지 않고 실 한 바람도 유효하게 썼다. 하여 점점 늘어가는 그의 가세는 매해 달라갔다.

그러는 사이에 봉준의 나이 일곱 살이 되었다. 그는 분주히 그곳 예수교 학교에 아들을 입학시켰다. 그 후부터는 아침이 되면 봉준이가 책보를 들고 학교로 달아나는 것이었다.

그는 말없이 아들의 가는 뒤꼴을 물끄러미 바라보며 '저것을 사람을 만들어놔야 할 텐데 어떻게……' 생각할 때 어머니란 책임이 무겁고도 막연함을 깨달았다.

동네 새 술장수집이 생긴 후로 잠잠하던 촌동네가 뒤숭숭하게 되었다. 그러므로 어떤 사람은 내어쫓자는 사람으로, 덮어놓고 욕질하는 사람으로, 한동안은 그에게로 부산히 문안 겸 노친네, 젊은 부인네들이 저녁이 되면 모여들었다.

그는 언제나 말없는 웃음으로 그들을 대해주면서 밤낮으로 우는 예쁜이의 모습이 불쌍하였다. 따라서 그의 앞으로 매일같이 지나다니는 예쁜이의 어린 딸은 연중에 탐스러웠다. 무엇보다도 꼭 다문 입술, 사려 깊은 듯한 그의 눈은 장래가 있다는 것을 산호주로 하여금 상상케 하였다.

이렇게 생각이 들수록 예쁜이에게서 이 아이를 자기에게로 빼앗아올 마음이 들었다. 자기가 예쁜이보다 어머니로서의 모든 책임 이행이 낫다 해서 그렇다는 것보다도 영업이 영업인 것만큼 그 어린 천진한 것에게 벌써부터 술냄새와 사내놈들의 꼴을 보이는 것이 자기 경험을 미루어 가엾은 생각이 들었던 것이다.

이리하여 그가 마당에 나왔다가도 아기만 뵈면 손짓을 하여 손목을 꼭 잡고 자기 집으로 데리고 가서 밥이든지 무엇이든지 먹여 보내곤 하였다.

아기는 눈만 뜨면 봉준 어머니가 보고 싶었다. 언제나 고요히 웃는 눈, 항상 쓰다듬어주는 그의 흰 손, 그리고 가늘고도 부드러운 그의 음성이었다.

더구나 봉준의 고운 옷감을 끊어다 손수 만드는 것이 무엇보다도 아기의 눈에 띄었던 것이다.

아기는 가만히 자기 어머니를 생각해 보았다. 구석구석이 때묻은 옷을 내버려두는 것, 그리고 술이나 마시고 마시고, 해종일 마시고는 사내놈들의 무릎과 무릎 사이로 옮아다니는 꼴이었다. 그는 울고 싶었다. 아니, 남몰래 우는 적이 많았다. 그는 쓰라린 현실로부터 그의 이지(理知)는 엉뚱나게 발달되었던 것이다.

아기는 틈만 있으면 봉준네 집으로 달려갔다.

"아가, 밥 먹었니?"

"네."

"더 먹지?"

"싫어요."

봉준이는 공부한다고 책을 벌려놓고 읽기도 하고 쓰기도 한다. 그는 옆구리로 다가앉아 물끄러미 들여다보았다. 봉준이 어머니는, "아기도 공부하고 싶으니?"

그는 머리를 폭 숙였다.

"학교 가고 싶어?"

손으로 그의 머리를 쓰다듬었다. 그는 애기의 대답이 없음에 '아마도 아직 공부가 무엇인지 모르니까 그러나 보다' 하고 생각하였다. 아기의 눈물이 봉준 어머니 손에 떨어졌다. 그는 놀라 아기를 들여다보았다. "어째 우니?"

그는 아무 대답이 없었다.

"어머니한테 꾸지람 들었니?"

봉준 어머니는 너무 안타까움에 그의 목을 얼싸안고 들여다보았다. 봉준이도 멀거니 바라보았다.

"아가, 말해라. 응?"

"학교 가고 싶어……."

울음 섞어 말하였다. 순간에 봉준 어머니의 가슴은 쾅 하고 내려앉음을 느꼈다. "오냐, 너도 물론 배우고 싶었을 테다. 내가 어리석게 네 마음을 몰랐구나!"

그의 눈에도 눈물이 괴었다. 그렇게 알뜰한 것을 공부를 못 시켜주나, 배우지 못함에 그 어린 가슴이 얼마나 안타까웠으랴, 이렇게 생각하였다. "아가, 내일부터 학교 가라. 어머니 보고 물어보고 학비는 내가 물어주마. 응?"

그는 금시로 눈물 괸 눈에 웃음이 돌았다.

"어머니가 못 가게 하면……." 애처롭게 그를 쳐다보았다.

"오냐, 내 말하마."

그 후부터 아기는 봉준의 집으로 아주 옮겨오고 예쁜이는 사내놈을 달고 멀리 뛰어버렸다.

봉준 어머니는 아기의 이름을 옥이라고 지었다. 십여 살이나 먹도록 이름 없는 한낱 생명이었던 것이다. 봉준 어머니가 옥이를 데려가놓고 가지각색 옷을 맵시 있게 꽃다대처럼 해서는 입히곤 하였다. 따라서 옥이도 나간 어머님 생각은 아주 잊어버리고 말았다.

그러나 이따금 봉준이가 툭 부러지게, "가아, 너의 엄마한테로 가야." 이런 소리를 듣고 나면 어린 가슴이 찌르르 울리는 것이었다.

봉준 어머니는, "봉준아, 나는 너의 엄마는 아니고 옥이 엄마다! 네가 나가라." 웃지도 않고 가만히 쳐다보면, "아니야, 엄마." 그에게로 와서 안기려면 물리쳤고 봉준이가 눈물이 글썽글썽해지면 잠잠하였다.

"안 그러지, 봉준아. 옥이도 이리 온."

두 아이를 무릎 위에 올려놓고 옛날 영웅 이야기 같은 것으로 짤막한 동화 같은 것을 하여 들이곤 하였다.

옥이 열네 살 잡히고 봉준이는 열한 살 나던 해 가을, 그의 어머니는 감기에 걸려 십여 일 꿋꿋이 앓은 결과로 아주 세상을 떠나게 되었다. 그는 마지막까지 봉준과 옥이 손을 붙잡고 차마 눈을 감지 못한 채 가고 말았던 것이다.

바로 임종시에 애들의 선생인 김영철이를 데려다놓고 불쌍한 두 어린것들의 장래를 부탁하였던 것이다. 피가 흐르는 듯한 어머니의 간절한 부탁으로 무거운 짐을 한 어깨에 짊어진 영철 선생은 그 둘이 아플세라, 혹은 공부를 잘 못할세라 안팎으로 마음을 졸여가며 무럭무럭 자라나는 그들을 보고 기뻐하였다.

유언을 따라 옥이 스무 살 잡히던 해에 그곳 예배당 내에서 그들의 혼례식은 끝이 났다.

시어머님의 본을 따라 옥이는 세간살림을 나무랄 여지가 없이 잘하였다. 남편인 봉준이는 곧 평양으로 공부 보내고 혼자서 농사 뒤를 쳐가며 남편의 학비를 보냈다. 이리하려 동네에서는 입 든 이마다 "나이 어린것이 용해." 이렇게 일컬음을 듣곤 하였다.

봉준이가 평양서 공부를 마치고 일본으로 건너가자 영철 선생의 권유로 옥이는 읍으로 이사를 하게 되었다. 무엇보다도 송화읍 내에 예수교 안에서 경영하는 청년학원에 그를 입학시키고자 함이었다.

그가 학교에 다니면서부터 공부에 재미를 붙여 밤잠을 못 자고서라도 남보다 떨어지려고는 하지 않았다. 그럼으로 인해서 학교 선생들까지 옥이를 사랑하고 학생들한테까지 질투심을 받게 되었다.

3
남편

남편이 도쿄로 간 후부터는 행동이 수상쩍은 일이 한둘이 아니었으나 이러한 편지를 하기 전까지는 차마 그에 대하여 의심을 하지 못하였다. 그러나 역시 편지가 온 후에라도 제가 셈이 없어 그러거니, 철만 들면 어머니를 생각하기로서니 설마 그렇게까지 하랴, 이러한 위로로 스스로 마음을 가라앉혔다.

그러나 며칠에 한 번씩 온다는 편지는 돈 보내라는 것 외에는 어서 이혼하고 당신도 다른 남편 얻어가라는 충고 비슷한 형식을 취하여 협박을 하는 것이었다.

여기에서 좋게만 해석하던 옥이도 마음이 흔들리기 시작하였다. 하여 그 잘하던 공부도 차츰차츰 뒤로 물러가며 따라 밤이면 꼬박 일어나 앉아 새우는 밤이 점증하였다. 자기를 생각하여서 그러는 것보다도 나이 어린 남편의 장래를 위하여 어쩌면 그로 하여금 편하게 마음대로 해주는 동시에 일생을 행복하게 만들어줄까, 자기의 신세를 망쳐버리게 된다더라도 남편에게 행복함이 된다면 어떠한 일이라도 감행할 것 같았다.

옥이는 바느질그릇을 앞으로 당겨놓고 일감을 들었다. 그러나 바늘은 거의 무의식적으로 움직일 뿐이고 벌써 왔어야 할 남편이 아직 아무런 기별 없이 잠잠하니 기막힐 노릇이었다. 하여, 혹은 중로에서 무슨 남다른 일이나 만나지 않았나, 또는 동무집에 중참을 하지 않았나, 이런 생각으로 머리가 뒤숭숭하여졌다.

바라보니 조그만 거미 한 마리가 옥이 앞으로 조르르 내려와서 바느질그릇 위에 떨어지더니 또다시 줄을 거두어가지고 천장으로 올라간다. 그는 물끄러미 쳐다보며, '거미가 내려오면 반가운 손님이 온다는데……' 이런 생각을 하며 일어났다.

뜰 앞 포플러나무 가지 위에서는 매미 소리가 요란스럽게 난다. 옥이는 가만히 가만히 밖으로 나가서 나뭇가지를 살펴보았다. 매미는 푸르릉 하고 날아갔다. 숨이 답답하도록 햇빛이 내리눌렀다.

옥이는 골방 문 앞으로 왔다.

"나무 또 하러 가겠나?"

"가지요."

기성이는 일어났다.

"그만두게. 그리고 차부에 나가보게."

"오늘은 꼭 오시나요?"

매일같이 냄새나는 차부에 우두커니 나가 섰기에 열쩍었던 것이다.

"글쎄, 나가 보게나……. 늘 나가다가 오늘따라 없이 안 나가는 날 마침 오늘 오신다면 여지 나가던 보람이 없어지지 않나?"

그는 마지못하여 옷을 툭툭 털고 어정어정 걸어나갔다. 그리 내키지 않은 꼴이었다.

"어서 빨리 가보게!"

소리치고 나서 안방으로 들어왔다.

밖으로부터 기성이가 가방을 들고 뛰어 들어온다. 순간에 그의 가슴은 쿵, 소리가 자기 귀에도 확실히 들렸다.

"주인님 오십니다."

기성이는 아까와는 딴판으로 엉덩춤을 추며 지게를 얻어 지고 밖으로 나간다.

어쩐지 가슴이 둘렁둘렁하기 시작하였다.

'행여나 오늘 온다면 어쩔까. 어쩌기는 무엇을 어째?'

이렇게 생각하며 픽 웃었다. 그러나 여전히 뒤숭숭하였다. 그의 앞에는 아무것도 보이지 않았다. 똑딱똑딱 시계를 따라 점점 가슴이 답답해질 뿐이었다. 그는 땅이 꺼지도록 한숨을 내쉰 후 가만히 일어났다.

구둣소리가 나자 남편이 들어왔다. 성큼 올라서서 방안을 들여다보며, "옥씨, 어디 가셨소?"

부엌 뒷문에 비껴선 옥이는 두 눈이 캄캄해지며 땅 속으로도 퐁당 들어가면 좋을 것 같았다. 이때처럼 자신이 무겁고 귀찮을 때는 처음이었다.

기성이는 지고 온 고리짝을 내려놓고 땀을 씻으며 부엌으로 들어왔다.

"점심 어떻게 하나요."

옥이는 머리를 돌렸다.

"한 그릇 시켜오게."

말소리가 들리자 봉준은 부엌 샛문을 열고 들여다보았다. "옥씨, 안녕하시댔소?"

그의 얼굴빛은 아주 담홍빛으로 되었다. 기성이는 옥이를 한 번 더 쳐다보고는 빙긋이 웃고 밖으로 나갔다.

"어서 이리 들어와요. 왜 그러고 있소? 반갑지 않아요?"

묻는 말에는 그리 탐탁히 굴지 않던 사람이 이번에는 아주 딴판이었다. 그럴수록 옥의 가슴은 점점 더 의문으로 꽉 채워졌다.

국수 그릇이 들어오자 상을 차려 기성이를 주었다. 그는 받아가지고 안으로 들어갔다. 뒤이어 남편이 나왔다.

"여보 옥씨, 들어와요."

옥의 등을 밀었다. 그는 안타깝게 얼굴이 확확 달았다.

"어서 들어가세요."

그는 벙글벙글 웃으며, "같이 들어가야 합니다."

하는 수 없이 방으로 들어갔다.

남편은 상을 들어 옥의 앞에 갖다놓고, "기성이, 공기 들여오게. 빈 그릇이라야 잘 알아듣겠군. 여보게, 빈 그릇 들여다주게."

빈 그릇을 받아놓고 국수를 덜어 자기 앞에 놓았다. "같이 먹읍세다, 우리."

저를 들어주었다.

"금방금방 먹었어요."

"먹기는 나도 먹었소. 권할 때 못 이기는 것처럼 하고 들구려."

옥이는 그가 하는 대로 내버려두었다. 입은 꽤꽤 썼다. 남편은 얼른 먹고 저를 놓았다. "잘 먹었습니다, 옥씨."

그도 따라 저를 놓았다.

"요새 방학했지요. 당신네 학교에서도!"

"네."

"공부 재미나요?"

"그렇지요, 뭐."

"김 선생님 늘 오셨소?"

"네."

남편은 벌컥 일어나서 양복을 훌훌 벗고, "기성이, 고리 끌르게!"

그는 분주히 달려가서 고리짝을 벗기고 가로세로 줄진 하오리(일본식 겉옷)를 내어 입었다. 멍하니 바라보던 옥이는 '저것은 또 무언고.' 어쨌든 남편이 하는 것은 다 좋아 보였다.

남편은 꺽둑이를 신고 마당으로 나갔다.

"여보게, 기성이. 자네 다락 지을 줄 아나?"

그는 이상하다는 듯이 주인을 자세히 훑어보았다. "글

쎄요, 지으면 짓겠지요.”

“그렇지. 자네쯤 하면 다락 못 짓겠나?” 그는 벙글벙글 웃으며 포플러나무 아래로 왔다. “여기다 짓게. 빨리 지어야 하네. 정, 울짱 있나?”

“좀 있지요.”

“잘 되었네. 어디 있나?”

복술이는 밖으로부터 들어오자 컹컹 짖었다. 그는 복술이를 어루만졌다.

“강아지가 이렇게 컸나?”

마루에서 고리를 뒤지고 있는 옥이를 쳐다보았다.

밤낮으로 쓰다듬어 기른 복술이를 어루만질 때 옥의 가슴은 오싹해짐을 느꼈다.

기성이는 울짱을 한아름 안고 뜰 안목캐로 나왔다. 그리하여 구렁을 파고 기둥 네 개를 세웠다. 기성이가 땀을 씻는 동안 봉준은 괭이를 둘러메고 헛괭이질을 하였다.

“것도 못하겠네그려. 자네 용허이.”

기성이는 허허 웃었다.

이러하여 봉준은 잔심부름 뻔뜩케 하여 해 질 녘에 겨우 다락을 지어놓았다.

“수고 단단히 했네. 고맙네.” 부엌으로 뛰어들자 개숫물에 손을 씻으며, “저봐요, 옥씨!”

옥이도 따라 웃었다.

“좋지요. 기성이는 밥 많이 주.”

기성이를 쳐다보고 빙긋이 웃었다.

그들은 어리둥절해졌다. 따라 어림상은 없어지고 떨리던 옥의 가슴도 적이 가라앉았다.

저녁을 물린 그들은 봉준의 권유로 다락 위에 올라앉았다. 그는 자기 손끝에 노는 기구를 전부 다락으로 옮겼다. 그들은 멍하니 바라볼 뿐이었다.

남편은 바이올린을 내어 뜯었다. 무슨 곡조인지는 몰라도 어쩐지 처량하게 들렸다. 그도 시원치 않은지 이번에는 하모니카를 내어 불었다. 어깨까지 들썩들썩 하였다.

모든 것에 능통한 남편을 쳐다보는 옥이는 속으로 '어머님이 계셨더라면 얼마나 기뻐하시랴' 남모르게 눈물이 흐르는 것이었다.

기성이는 두 눈을 똑바로 뜨고 봉준이의 몸짓 놀리는 대로 따라 움직였다. 하모니카도 싫증이 난 봉준은, "자리 올려다주우."

이제야 기성이는 제정신이 들었던지 후닥닥 일어나 내려왔다. 뒤를 이어 옥이도 내려와서 자리를 올려주었다.

"옥씨, 편안히 주무시오. 나 위해 오늘 수고 많이 하였소."

늦게 일어난 남편은 다락문을 열고 부시시 나왔다. 미리 떠다놓은 세숫물에 세수를 하고 다락으로 올라가서 한참 후에 나오는 그의 얼굴은 한층 더 환해졌다. 그는 밥상을 마주 앉으며, "옥씨도 잡수어야지요?"

"먹었습니다."

몇 술을 뜨는 듯하더니 상을 물리었다.

"오늘 주일날이지요?"

"네."

남편은 양복을 바꾸어 입고 연신 작은 거울로 자기를 비춰보았다.

"기성이, 다락에서 솔 들여다주게."

가져오는 솔을 받아 위에서부터 내려쓸었다. 햇빛에 일어나는 먼지는 오색으로 빛났다.

"예배당에 갑시다. 당신 예수 잘 믿지요. 그래서 나 위해 기도 많이 하신댔지요."

옥의 얼굴은 빨개졌다. 오밤중에 일어나 눈물 먹어 쓴 편지 일면이 그의 앞에 빤히 나타나는 것이었다.

"그래서 나도 예수를 진실히 믿게 되었지요그려."

빙긋 웃으며 밖으로 나갔다.

남편이 나가는 뒤꼴을 물끄러미 바라본 그는 '빠른 것은 세월이다!' 하고 생각하였다.

재종 소리에 놀란 그는 분주히 옷을 갈아입고 밖으로 나와서 부엌 대문을 걸고 사랑문을 들여다보며 기성이에게, "집 잘 보게." 하고 사립문을 지치고 골목 새로 빠졌다. 복술이는 뒤를 따랐다.

예배당 가까이 오자 우렁차게 울려나오는 찬미 소리가 들렸다. 문안을 들어서며 '참으로 남편이 왔을까?' 하는 호기심으로 남자 방을 힐끔 쳐다보았다.

"왜 언니 늦게 오시우?"

옥의 손을 꼭 잡아 제 곁에 끌어앉히는 학생을 바라보니 상애였다. 따라 학생들은 눈으로 옥에게 인사를 건네었다.

그가 자리에 앉자마자 상애는, "숙희라는 여자 왔어." 가만히 말하였다.

"어디?" 그의 가슴은 호기심에 들떴다.

"언니 뒤, 네 사람 건너서."

이번엔 입을 막고 말하였다. 그는 조심히 돌아보았다. 트레머리 한 얌전한 처녀들이 가지런히 앉았다. 순간에 그는 일종의 질투 비슷한 감정이 떠올랐다.

"어때?"

"곱구나."

"곱기는 무어 고와? 그렇게 치장해서 안 고울 년이 어디 있담. 신랑도 왔겠시다리?"

"응."

"반가워?"

"그렇지."

그는 의미 있는 웃음을 웃고 나서 찬송을 불렀다.

예배 다 마치기까지 옥은 불편함을 느꼈다. 그리고 남편과 숙희가 번갈아 떠올랐다. 따라 점점 자신은 아무것으로도 생각되지 않았다. '그들은 많이 알고 쓰기도 잘 할 터이지. 나도 배우면 되겠지.' 이러하여 겨우 가라앉히는 사이에 벌써 예배는 끝났다.

욱욱 밀려나가는 사람들 틈에 섞여 두 여자의 가는 뒷맵시를 바라보았다. 날씬한 허리, 알맞은 키와 샛노란 구두, 하얀 팔뚝 속으로 비치는 손시계.

등을 툭 치매 돌아보니 기순이었다.

"언니 남편도 왔구려."

저켠을 바라보았다.

남편은 두 여자의 가는 뒷맵시만을 눈이 뚫어지도록 바라보는 것이었다. 순간에 그의 얼굴은 화끈 달았다. '그렇겠지!' 이렇게 속으로 부르짖었다. 남편이 어째서 이곳까지 오게 된 것인지 잘 알게 되었다. 따라 그의 전신의 맥은 탁 풀리고 앞이 캄캄하였다.

"언니, 오후에 또 오지."

"글쎄."

이렇게 맥없이 대답하고 집으로 돌아왔다. 벌써 복술이는 앞장섰다. '나에게는 복술이밖에 없다.' 하고 눈물이 쑥 비어졌다.

"얼마나 기쁘나?"

남편과 영철 선생이 마주 앉았다.

"방학하고 곧 내려오지, 무엇하기에 여지껏 있었담. 옥이는 얼마나 기다렸는지 모른다네."

빙긋이 웃어 보였다.

"글쎄올시다. 동무 집에서 붙잡아서……."

옥이는 윗방으로 가서 옷 갈아입은 후 부엌으로 갔다.

"자네 이번 학비는 전보담 많이 썼지. 될 수 있는 데까지는 절약해 쓰게."

돈 이야기를 꺼내면 언제나 그는 듣기 싫었다.

"조선과 달라서……."

"음, 그런 줄은 잘 아네마는…… 내장골 논을 또 팔아야겠네."

"팔지요." 선생을 쳐다보았다. "지금 곧 팔게 하지요."

철없이 덤벙대는 봉준이를 물끄러미 바라본 선생은 난처하게 생각되었다. "아무 때나 팔겠나. 내일모레 벼를 베게 되었는데……. 늦은 가을쯤 가서 내어놓겠네. 아껴 쓰도록 하게."

그는 벌컥 일어나 왔다갔다 하며 마루로 나왔다. 그의 발 밑은 산뜻한 쾌감을 느끼며, "무얼 하시우?"

옥의 이마 끝에는 땀이 방울방울 맺히고 불빛에 두 볼이 빨개졌다. 첫눈에 '과연 미인이다.' 하고 봉준은 속으로 중얼대었다.

옥은 땀을 씻으며, "점심 하지요."

"여보 그만두. 더운데 시원하게 국수나 사다 먹고 말지. 어서 들어오우."

점심을 먹은 봉준은 방에 앉았기가 어째서 불쾌하였다. 그는 모자를 들고 일어났다.

"참, 지독히 덥군." 이렇게 혼잣말로 중얼거린 후, "저는 놀러 나갑니다." 하고 나가버렸다.

"이번은 좀 나아진 것 같으네. 자네한테 구는 것이."

옥이는 잠잠히 머리를 숙였다.

"그렇지 않나, 말하는 것이나?"

숙인 그의 얼굴을 쳐다보았다. 그의 두 볼은 붉어짐으로 대할 뿐이었다.

"논은 팔기로 되었네. 봉준이까지 팔라니까."

"네? 팔라고 합데까?"

감추었던 설움이 왈 쏟아나왔다. 선생은 한숨을 쉬며, "돈을 들이면 돈이 나오겠지. 그렇지 않나? 어쨌든 하던 공부는 마쳐야겠으니까……."

언지를 못 얻어 잔뜩 들이켰던 눈물은 좍 쏟아졌다. 선생도 마음이 언짢아졌다. 한참이나 묵묵하니 앉았던 그는, "우는 것으로 일 치우겠나. 그런데 봉준의 말을 들으니 오는 봄에는 자네도 서울로 데리고 가겠다대."

그의 귀는 번쩍 띄었다.

"내 생각에는 그것만은 잘 생각했다고 하였네. 이곳에 박혀 앉아 있다가는 결국은 자네만 속을 일일세."

옥이도 그렇다고 생각되었다. 따라서 그가 어떻게 자기까지 공부시킬 마음을 먹었을까? 여기에서 실낱 같은 희망이 붙었다. 그러나 점점 패하여 들어갈 자기네 가세 형편이 무엇보다도 감감하여졌다.

"하나 공부하기도 어려운 판에 저까지 올라가면 아주 못살게 되게요."

"하여간 가는 데까지 가보세구만. 몇 해 후에 제가 졸업을 할 터이니 그때에는 무슨 수가 나겠지."

선생도 이렇게 쓸어치고 말았으나 역시 걱정 아닌 것은 아니었다. 그렇다고 옥이를 이곳에서 살림살이나 맡아가지고 엄벙덤벙 지나가다 공부 없다고 차던지든지 하면 그 역시 난처한 일이었다. 그러므로 우선두를 다 내세워가지고 공부를 시킨 후 나중 문제는 자기네들끼리 해결하더라도 우선은 옥이로 하여금 여한이나 없게 하자는 것이었다.

선생은 일어섰다.

"자네의 한 번 생각에 달린 것일세. 몇 달 동안 꾸준히 생각해두게."

그도 따라 문밖까지 나왔다. 높았다 낮아지는 잠자리 지처귀 소리가 은은히 들렸다.

밤이 되어도 옥이는 한잠도 못 잤다. 전에는 남편이 오면 낫겠거니 하고 기다렸더니, 남편이 막상 오고 보니 말 못할 새 설움이 한 가락 더해졌다.

남편 역시 번민을 하는 모양이었다. 낮이나 밤이나 오래오래 쏘다니다가는 얼근히 취하여 벼락치듯 다락으로 기어올라가서는 목을 놓고 종종 우는 때가 있었다. 그리하여 옥이는 까닭도 모르고 다락 주위로 빙빙 다니다가는, "어째 우시우?" 떨리는 손으로 다락문을 열었다.

그는 문을 쿡 닫으며, "당신 참견할 일 아니오!"

그는 부끄러움과 노여움이 일시에 폭발이 되어 가슴을 짓모으는 것 같았다.

그는 몇 번이나 발길을 돌렸다가도, "에라! 아직 철없어 그러는 것이겠지. 돌아가신 어머님을 생각하고 참자!" 이렇게 중얼거리고 방 안으로 뛰어들어갔다.

뒷문 사이로 흐르는 차디찬 달빛은 옥의 얼굴을 한층 더 새하얗게 만들어주었다. 그는 애꿎은 뒷문을 발길로 차던지고 발을 늘였다. 울바자 울짱과 울짱 사이로 걸린 거미

줄은 달빛에 빛났다. 길같이 들어선 감탕나무, 칡넝쿨같이 엉킨 호박줄기, 별같이 빛나는 박꽃, 이 모든 것이 고요히 잠든 듯하였다.

그는 벌떡 일어나 밖으로 튀어나왔다. 그리하여 마루 위에 털썩 주저앉았다. 방보다 시원한 맛이 있었다.

몇 시간 후에 다락문이 열리자 남편이 셔츠 바람으로 기어나왔다. 그는 전신에 냉수를 끼얹은 듯한 쾌감을 느끼며 부끄러움이 앞을 칵 막아쳤다.

나막신 끄는 소리가 들렸다. 이리로 향하여 오는 것만 같았다. 한참 후에 또 신발소리가 났다. 뒤이어 다락문 여는 소리가 들렸다. 그는 최후의 용기를 다하여 바라보는 순간 남편의 흰 발목이 천천히 다락 속으로 들어갔다. 그는 얼결에 우뚝 일어섰다. 미친 듯이 마루 기둥을 얼싸안고 돌아갔다.

한참이나 정신없이 돌아가던 그는 나중에는 기운이 진하여 마룻바닥에 쿵 하고 엎어졌다. 갈갈이 흩어진 삼단 같은 머리카락 속으로 빛나는 그의 흰 볼이 아담스러웠다.

잠꼬대에 낑낑하던 복술이는 쿵 소리에 놀라 툭툭 털고 일어났다.

한참 후에 선뜩선뜩함을 느끼자 가만히 정신을 차려 보니 복술이가 자기 얼굴을 내려핥고 치핥으며 낑낑하였다. 순간에 흰 발이 문득 떠올랐다. 그는 이를 부드득 갈고 일어났다. 그래 복술이를 껴안고 멍하니 하늘을 쳐다보았다.

달이 포플러나무 가지에 비스듬히 걸려 샐쭉샐쭉 웃는

듯하였다.

그는 머리를 푹 숙이고 복술이를 놓아주었다. 산뜻한 바람이 그의 볼을 스치자 전신이 산뜻함을 느꼈다. 그는 일어나서 방으로 들어서자 매시하니 잠이 푹 들었다.

옥이가 며칠 전에 빨래질한 남편의 셔츠, 칼라, 넥타이, 양말들을 차곡차곡 얌전히 꿰맬 것을 꿰매고 하여 고리에 개어넣었다.

"언니, 무얼 하시우?" 발을 들치는 소리가 들렸다. 그쪽을 바라보니 기순이었다.

"올라오너라. 용히 우리 집에를 오는구나. 어서 올라와."

"아무도 없지?"

"그래, 누가 우리 집에 있겠니?"

"그런데 다락은 언제 지었소?"

"요즘 지었다. 좋지?"

빙긋이 웃었다. 기순이는 마루로 올라앉았다.

"언니, 숙제 다 했소?"

방으로 들어가자 책상 밑으로 갔다.

"야, 숙제가 다 무어냐. 넌 다 했겠구나."

"언니두……. 나 같은 것이 벌써 숙제를 다 했으면……, 정말 공부 잘한다고 하게? 언니 신랑도 쉬이 가겠구려?"

"글쎄, 가겠지."

옥이는 밖으로 나가더니 바구니를 들고 들어온다.

"어제 10전어치 산 것인데 퍽 달더라."

"이제 점심 먹고 왔어요."

노란 참외를 들고 껍질을 벗긴다. 기순이는 혼자서 상긋상긋 웃더니, "언니, 이번 숙희라는 여자 자세히 보았지?" 하며 옥이 주는 참외쪽을 받아든다.

"보았지."

말만 들어도 가슴이 선뜻하였다.

"왜?"

그를 쳐다보았다.

"무슨 말 들은 것 있는데 말할까 말까."

남편에 관한 것임을 직감하자 호기심이 간질간질하였다.

"말하렴."

"언니, 골 안 낼 테야?"

"왜, 무슨 말이기에 그러니?"

"그만두겠소." 그리고 참외를 깨물었다. 옥이는 바짝 대어들었다. "어서 하려무나. 조롱만 하고 마니? 내 언제 골 내는 것 보았니?"

"그래도……."

그를 똑똑히 쏘아보았다. 그리고 자주자주 밖을 내어다보았다.

"이따 저녁에나 온다. 마음놓고 놀라우."

"언니야 뭐, 미리 알겠지."

"무슨 말인지 하려무나."

그는 음성을 낮추었다.

"숙희라는 여자의 뒤를 늘 따라다니며 매일 편지하다

시피 한대. 그래서 이번도 도쿄에서 오기를 벌써인데 서울서 따라다니느라고 그렇게 늦게 왔다두만."

말끄러미 옥이를 쳐다보았다. 그의 예측한 바와 비슷이 들어맞았다.

"누가 그러던?"

"언니도, 누가 그러던 것까지 내가 말할 것 같아?"

"말하면 어떠냐?"

"그래, 숙희가 이리로 왔더니 분주히 따라왔다지."

이 말에는 그는 불쾌함을 느꼈다. 그는 약간 미소를 띠어 언짢은 빛을 가리려 하였다. "알 수 없지. 아내인 내가 눈치를 모르는데 다른 사람이 어찌 알꼬."

"그래, 어느 날 몰래 떠나겠다는 소리를 들었어. 너무 따라다니는 게 귀찮아서."

싸고도는 옥이가 미웠다.

"숙희란 여자가 얼마나 잘났는지는 몰라도 우리 그가 그렇게까지는 아니할 게다. 그건 다 너희들 수작이지."

남편을 깎아누르는 것이 곧 싫어졌다. 기순이는 웃으며, "보아, 저렇게 성을 내니까 내가 얼른 말할 수가 있나."

그도 따라 웃으며, "성이 아니라 글쎄, 들을세 짐작이 아니냐."

"무얼 언니도. 너무 싸고돌지 말아요."

그는 참외 꼭지를 바구니에 던지고 나서 수건으로 입을 씻는다. "에, 배불러."

책상을 뒤적거려 과제장을 내어놓고 벌컥벌컥 뒤져본

후 일어섰다.

"어째서 일어나니?"

"내일 과제장 가지고 와. 어디 가던 길이야."

기순이를 보낸 그는 기운없이 앉아 있었다. 모든 것이 사실일 것이라고 생각되었다. 그리고 생각하니 남편이 그지없이 불쌍하여졌다.

저녁을 먹고 나간 남편은 아홉시쯤 하여 뛰어들어오자 휘휘 둘러보더니, "기성이!" 찾으나 대답이 없었다. 그는 부엌으로 나가더니 새끼를 한아름 안고 들어와서 구석구석에 놓인 고리를 끌어당겨 꽁꽁 매었다.

물끄러미 바라본 옥이는 내일이나 가려나보다 하고 생각될 때 울음이 칵 쓸어나왔다.

다 동인 고리를 가지고 밖으로 나가자 자전거 위에다 실어놓았다. 그리고 다락으로 들어가 한참이나 버석버석하더니 얼른 양복으로 갈아입고 나왔다.

"옥씨, 난 갑니다." 뒤이어 자전거 소리가 들렸다.

옥이는 전신이 메스근해지며 정신이 까뭇해지는 것 같았다. 그는 용기를 다하여 따랐다. "어디, 어디 가셔요?"

"도쿄에 가지요."

여름내 참았던 분이 바짝 치밀었다. 하여 남편에게 매달렸다. "여보소, 당신 몸에 해롭습니다. 당신은 어머님의 외아들이 아닙니까."

봉준이는 사정없이 옥이를 밀쳐버리고 자전거에 올라 바퀴를 스르르 굴렸다. 옥이는 미친 듯이 그의 뒤를 따르다

기진하여 풀숲에 푹 고꾸라졌다.

4
세 친구

재일은 늦게 일어났다. 하여 세수도 하기 전에 원선의 하숙을 찾았다. 그는 새로 깐 다다미 위에 비스듬히 책상켠을 의지하여 책을 보고 있었다. 아침 산뜻한 햇빛에 원선의 얼굴은 한층 더 윤태해 보였다.

"여보게, 벌써 책인가?"

그는 빙긋이 웃으며 아까보다도 줄을 빨리 타내려갔다.

"그만두게. 밤낮 책만 들고……."

책을 뺏으려 하였다. 그는 책 든 손을 물리며, "마저 보아야겠네. 잠깐만 기다리게."

재일은 후다닥 일어났다. "가겠네."

그제야 책을 놓고 눈을 부비치고 바라보았다.

"놀다 가게나."

"아니, 나 밥 안 먹었어. 봉준 군과 놀러오게나. 재미있는 일이 있어."

어차피 잘되었다 하고 책을 들었다. 예전한 페이지까지 보고 난 원선은 책을 덮고 기지개를 하였다. 그리고 어젯밤 봉준에게서 들은 말을 다시금 되풀이하여 보았다. 따라 자기의 막연한 장래가 새삼스럽게 걱정이 되었다.

"난처한 노릇이지!"

그는 천장을 쳐다보며 이렇게 외쳤다. 봉준의 처지를 고려하면 딱히 이혼하라고도 못하겠고 하지 말라지도 못할 형편이었다. 이것이야말로 자신이 스스로 해결짓기 전에는 제 삼자로서는 어림도 해보지 못할 것 같았다.

신발소리가 들렸다. 그는 누구인지 뻔히 알고 이때껏 하던 생각은 치워버렸다.

"춥지 않은가?"

벌떡 일어나 앉으며 문을 닫았다.

"앉게."

그는 맥없이 주저앉았다.

"편지가 또 왔네그려." 팡팡한 누런 편지를 원선에게로 내쳤다. 그는 받아들었다.

"보았나?"

묻고 나서 편지를 꺼내어 읽기 시작하였다. 다 보고 난 그는 한숨을 푹 쉬었다.

"불쌍하지?"

원선을 쳐다보았다. 그는 한참이나 묵묵히 있었다.

"난처하지, 세상 일이 왜 그런가?"

봉준이는 머리를 숙이며 눈물을 글썽글썽했다. 이런 편지를 받아쥘 때마다 동정하지 않을 수가 없었던 것이다.

차라리 옥이가 먼발로 친족관계가 된다든지 하면 얼마나 다정할 사이일는지 몰랐다. 그러나 자기의 사랑하는 사람으로서는 도저히 못할 일이었다.

"내 누님이라면 얼마나 좋겠나?"

외로운 것만큼 누님이라는 명사에 눈물이 날 만큼 감격되었다. 원선이는 봉준의 안타까워하는 모양을 바라보면서도 무엇이라고 위로할 말이 생각나지 않았다.

"숙희, 오, 숙희 씨! 나는 숙희 씨가 없이는 못살 것만 같애!" 봉준의 눈은 불이 불었다.

"너무 감성적으로 나가지 말고 이왕이면 좀 더 자네 마음을 기다려보게. 행여 나중에 사이 좋은 부부가 될는지 누가 아냐?"

그는 머리를 흔들어 보았다. "그리 된다면 나는 좋겠네마는……. 어림도 없는 소리."

봉준이는 문켠을 향하여 무슨 생각을 하는 듯하더니, "자네 숙희 씨와 친한 사이라지?"

"친하다는 것보다는 그저 아는 사이지."

원선은 편지를 도로 돌렸다.

"불쌍하네, 옥씨가."

그저 아는 사이지. 이렇게 쓸어치는 원선이가 능글능글해보였다. 차라리 솔직하게 말하여주었으면 어떨는지 몰랐다.

"그렇게 진심으로 불쌍히 생각하나? 다만 한마디를 하더라도 참으로 하여주게, 참으로!"

원선이는 어이가 없어 아무 말도 나가지 않았다.

"여러 소리 말고 재일 군한테나 가보세."

"흥! 혼자 가게나!"

그는 벌떡 일어났다. 원선이도 따라 일어났다.

"왜 또 그러나?"

봉준의 손을 잡았다. 따뜻하였다.

"자네 요새 바짝 더해졌네그려. 병원에라도 가보아야 하겠네." 근심스러운 듯이 들여다보았다.

"자네 가고 싶은 곳으로 가세구만. 그리 역정낼 것이 무언가?"

봉준이도 실은 재일이를 찾고 싶지 않은 것은 아니나 치밀리는 감정으로 인하여 이렇게 말하였던 것이다. 하나 그의 따뜻한 손맛으로부터 절반 너머 골이 풀렸던 데다가 이렇게 다정스럽게 말하는 것을 듣고 홱 풀리고 말았다.

"가세, 재일 군한테."

눈물 고인 눈에 웃음이 돌았다. 원선이도 따라 웃고 밖으로 나섰다.

골목을 돌아서는 봉준은, "여보게! 저기 오는 것이 숙희 아닌가?" 손짓을 통하여 바라보았다. 조선 여학생 둘이서 가지런히 걸어갔다.

"아닐세, 원……."

숙희면서도 자기에게는 숨기는 것 같았다. 그는 분주히 앞서가서 알아보고야 안심이 되어 돌아왔다.

"아니데."

번번이 그를 의심하다가도 곧 돌리어 난처한 자기를 도리어 불쌍하게 보았다.

그들이 재일의 하숙 문을 열었을 때 첫눈에 책상 위에

놓인 파란 꽃봉투가 보였다.

그들이 앉자마자, "편지 보세. 우리 숙희한테서 자네한테 한 것일세." 원선에게로 편지를 던졌다. 번연히 봉준이를 놀리려고 하는 줄 알면서도 다소 가슴이 울렁거렸다.

"쓸데없는 소리 말아!"

정색을 하여 보였다. 재일은 슬쩍 웃으며 봉투 속으로부터 사진을 꺼냈다.

"편지 보기 싫으면 사진이나 보게."

원선에게로 내어주었다. 그는 사진을 받아들고 한참이나 보더니, "올해는 더 부해졌네그려."

봉준에게로 돌렸다. 그는 사진을 받아들자 얼굴이 빨개졌다.

"아내 있는 사람은 처녀의 사진이 필요치 않을걸?"

봉준은 못 들은 체하고 언제까지나 사진을 들여다보았다. 숙희를 사모한 지 근 몇 해 동안에 사진이나마 이렇게 보게 되기도 처음이었던 것이다. 숙희에게 보내는 편지마다 '사진이라도 한 장 보내주시오.' 하고 애걸하다시피 한 구절이 생각키우며 눈물이 핑 돌았다.

"허, 남의 처녀 사진을 보고 울면 쓰나. 이리 내게!"

봉준의 손에서 사진을 빼앗았다. 원선은 재일에게로 달려들었다.

"그까짓 사진이 무엇하는 건가. 자네도 그만해두게!"

그는 사진을 빼앗아서 봉준에게로 던졌다.

"옛네! 실물은 마음대로 못 봐도 그래, 사진이나 못 가져보겠나."

성을 낼 줄 알았던 재일은 허허 웃었다. "매우들 잘 논다. 상당한 극일세그려. 응, 자네들도 배우 노릇 상당히 하겠네." 눈을 슴벅슴벅하였다. 그들도 따라 웃었다.

재일은 눈을 실쭉하니 뜨고, "자네, 그 사진 가지고 가만히 있어서는 안 되어. 중매를 해달라는 말이야. 중매하겠나, 못 하겠나? 말하게."

"나 같은 것이 중매자의 자격이 있는가?"

"어 없다면 사진 도루 내게. 소용이 무어람. 자네가 총각이니 연애할 생각을 감히 먹어 보겠나. 어떤 이유하에서 가지느냐 말이야? 단단히 대답하게. 그렇지 않으면 사진 내놔!"

그는 눈을 딱 부릅뜨고 대들었다. 봉준이도 처음에는 웃는 소리거니 하고 사진 있는 것만 기뻐하였으나 그가 이유를 붙여가며 대어드는 것을 보니 가슴이 멍청해졌다.

이 꼴을 본 원선이는, "자네 누이가 그렇게 시집가고 싶어 등이 달았다면 내 중매하지."

그의 말문을 막으려고 이런 말을 하였다.

"응, 자네가 중매하겠어?"

봉준에게서 사진을 빼앗았다.

"옜네. 자네가 중매하겠다지? 이 사진을 가지겠다는 말이야? 응, 옳지. 자네는 총각이니 만큼 아주 가지고 말게나. 총각이 처녀의 사진 가지는 것만큼 떳떳한 일이지. 거리에 나가서 지나오고 가는 사람들에게 물어보게. 내 말을 믿지 않으면 말이야. 봉준 군도 잘 생각해보게. 원선 군한테 온 사진을 왜 자네가 어림없이 가지겠다는 말이야? 그렇지 않아? 응?"

그는 돌아앉았다.

"살아가면 별꼴들 다 보겠네. 언제는 사진 청해 달라고 매일 조르다시피 하더니 막상 부쳐오니 시치미를 떼어! 이거 뭐 누구를 놀리는 셈인가, 어쩐 일이야!"

원선이를 노려보았다. 그는 웃으며, "쓸데없는 소리 말아. 자네는 너무 허튼소리 해서 재미없데."

봉준이는 더 참을 수 없었다. "가겠네." 벌컥 일어났다. 그의 가슴은 무섭게 떨렸다. 그리하여 벼락같이 문을 열였다.

"제 2막! 어때?"

원선이를 바라보았다. 그는 너무 어이가 없었다.

"그 왜 그 모양이야. 가뜩이나 요새는 신경병으로 고민하는 판에 위로는 못하나 그렇게 지나치게 놀린담. 아주 재미없어! 후일에는 그런 일 말게, 여보게!"

"아침에 내가 무어라든가? 재미나는 일이 있다고 했지? 그 좀 재미있나?"

"그래, 심심한데 더러 농삼아 그리면 어떻다는 말인가?"

"아, 글쎄. 성한 사람 같으면야 무슨 일 있겠나마는 봉준 군은 병자니 만큼 삼가달라는 말일세."

원선은 일어났다. 재일도 그의 뒤를 따라 일어섰다. 한참이나 말없이 섰던 원선이는 돌아보았다.

"봉준 군이 아무래도 이혼은 해놓을 것이니까 숙희 씨

에게 권고하여 보게. 자네도 보다시피 어디 되겠나? 점점 더하여 가니."

"글쎄, 딱하기는 하지만 그 애가 말을 들어주어야지."

"물어는 보았나?"

가만히 생각해보니 말도 해본 것 같지 않았다. 그러나 이미 낸 것이라, "응, 한 번 붙여보았네."

재일은 어느덧 앞섰다. 그의 다리 마디는 길쭉길쭉하여 언제나 겅중겅중거려서 남보다 훨씬 앞서 걸었다. "장래성 있는 청년일세, 봉준 군이. 두고 보면 자연 알 것이니까 어쨌든 힘써 보게."

"참말인가?"

"여보게, 자네처럼 극이나 꾸밀 줄은 모르네."

"응, 좋은 친구야, 봉준 군이."

아까 문 차고 나가던 꼴을 생각하고 빙글빙글 웃었다.

앞으로 지나가는 여학생을 보고, "스타일 좋다!" 하고 웃었다.

5

짝사랑

모 여학교 이년급 시험을 치르고 난 옥이는 낙제냐 급제냐의 두 의문으로 가슴을 졸이고 있었다.

주인집 학생이 나왔다. "어제 같이 오셨던 이가 누구야요?" 옥의 곁으로 앉았다.

입 속으로, "남편이야요."

"네."

"그 학교서 낙제가 된다면 다른 학교에 가서 시험쳐볼 수도 있겠지요?" 근심스러운 듯이 물었다.

"붙으시겠지요. 염려 마세요."

"저 같은 것이 어찌 붙기를 바라겠습니까?"

문편을 향하여 바라보았다.

"왜 일학년 시험을 치르어보시지요. 아무래도 좀……."

이 말을 듣자 더욱 안타까왔다. 차라리 이 학생의 말과 같이 일년급 시험을 보았더라면 하는 후회가 났다.

"글쎄요."

만일 낙제가 되면 무엇보다도 남편 보기가 난처하였다. '어쩔까? 낙제만 되었다면 두말없이 고향으로 내려가서 한 해 더 배워가지고 오지!' 겨우 이렇게 가라앉혔다. 그러나 가슴이 울울하였다.

"일본 가서 공부하신다지요?"

"네."

"무슨 학교야요?"

그는 한참 생각하였다. "와세다라던가요?" 옥의 얼굴은 빨개졌다. 얼마나 똑똑하면 남편 다니는 학교 이름도 자세히 모르나 할 것 같았다.

"네."

대답하는 소리를 듣자 안심되었다. 어쩐지 자기 입으

로 학교명을 부르고 나니 별로 서투르지 않게 생각되었던 것이다.

"그의 친구들도 많두먼요."

"글쎄요."

"이 방에 들어왔을 때 세 분인가 네 분인가 욱욱 밀려왔더군요."

빙그레 웃어 보였다.

"그중에 내 동무 숙희 오빠도 오구요."

그는 가슴이 지끈하였다. 벌써 우리 그가 숙희를 따라다니는 줄 이곳에서도 아는가? 그리하여 내 속을 떠보느라고 저렇게 말하지 않는가? 그는 다소 물어보고 싶은 것이 많지마는 이 말 끝에 쑥 들어가버리고 말았다.

"숙희 아셔요?"

"몰라요."

"연희는 아시겠지요? 같은 고향이라지요?"

"네. 말은 못해봤어도 낯만은 여러 번 보았지요."

"숙희도 늘 놀러가던데요, 방학 때면."

"글쎄요, 자세히 모르겠습니다."

요리조리 묻는 것이 귀찮았다.

구둣소리가 나자 방문이 열렸다. 영실은 얼른 일어났다. 그리하여 안방으로 들어갔다. 봉준이는 마루 구석에 피하여 섰다가 방으로 들어섰다. 옥이는 잠잠히 일어섰다.

"평안히 주무셨소?" 이렇게 묻고 나서 신문지 속에 들어 있는 노랑 구두를 꺼냈다. "신어보시오."

그는 가슴이 두근두근하였다. 그리고 발 내놓을 것이 무엇보다도 난처하였다. 그는 포켓에서 살색 양말을 꺼냈다. "이것 신고 신어보시오."

그의 얼굴은 빨개졌다.

"어서 신어봐요."

"나중에 신지요."

"공연한 소리만 하는구려."

봉준은 얼굴을 찡그렸다. 그리고 속으로 '시골 여자는 할 수 없어' 하였다.

그는 남편의 좋지 못한 기색을 보고는 그만 아무 말 없이 돌아앉아서 양말을 신었다. 봉준은 양말 대님을 내어주었다.

"다 신었소? 자." 구두를 들어 옥의 발에다 신겨주었다. "일어나보시오."

그는 아찔해지며 방 안이 휭 돌아 겨우 바람벽을 의지하여 일어났다.

한참이나 들여다본 봉준은 웃음을 띠우고, "됐소이다. 제법 여학생이구려. 그리고 학교에 갈 때에나 안 갈 때에나 저 분(粉)을 발라요. 크림도, 베니도. 네, 그래야 합니다." 책상 위에 벌여놓아준 분병들을 가리켰다.

처음으로 남편의 다정한 말을 듣는 그는 너무 지나쳐서 어쩔 줄을 몰랐다.

"그리고 저녁에 우리 친구 몇몇을 데리고 올 테야요. 우물쭈물 하지 말고 묻는 대답도 얼른얼른 해요, 네? 오늘 분

안 발랐구려. 저녁 먹고 세수하고 분 바르시오, 네."

얼굴을 말끄러미 들여다보았다. 옥은 확확 다는 그의 얼굴을 푹 숙이고 말았다.

"내 말대로 하시오."

이렇게 재삼 다지고 나서 일어섰다. 그는 따라 일어서서 그의 뒷맵시를 바라보며 '나도 남편이 있구나!' 이렇게 부르짖었다.

뒤이어 영실이가 웃음을 띠우고 들어왔다. "무얼 다 사오셨어요?" 책상 아래 놓인 구두를 들고 들여다보았다.

"구두 사오셨소. 벌써부터……."

요리조리 굽어보더니, "꼭 맞아요?"

"네."

옥이 기뻐하는 것을 한 번 더 쳐다보았다. 영실 어머니도 웃으며 들어왔다. "아이구머니, 곱구먼요." 딸이 주는 구두를 받아들고 보았다. "얼마 주었대요?"

"글쎄요, 자세히 묻지 못했어요."

그들의 부러워하는 모양을 바라보며 앞에 놓인 구두를 볼 때 눈물이 날 만큼 감격되었다. 그는 속으로 '어머니도 기뻐해주세요!' 이렇게 중얼거렸다.

남편의 말을 외우고 있던 그는 저녁 먹기 전에 새로 사온 향내 나는 비누로 말끔히 얼굴을 씻은 후 곱게곱게 단장을 하고 저녁상을 받았다.

밥상을 들고 나온 영실이는 피어오르는 듯한 그의 맑고 웃는 듯한 얼굴에 도취되어 몇 번이나 그를 쳐다보고 마음속 깊이 부러워하였다. 과연 남편의 사랑을 받을 만하다 하는 것을 당장 깨달았다. 그리하여 이 부부의 짝은 기울지 않다는 것을 무엇보다도 부럽게 생각하였다.

"같이 잡숩시다."

밥깨를 여는 그는 영실이를 쳐다보았다.

"어서 먼저 자셔요."

밥상으로부터 가는 김이 곡선을 그리며 올라갔다.

밥상을 물린 그는 어떤 불안에 잠긴 사람 모양으로 긴장되어 있었다. 불이 반짝 켜졌다. 그는 가슴이 울렁울렁하였다. 그리하여 그는 가만히 일어나서 마루로 나왔다.

변소간으로 나오는 영실은, "우리 방으로 들어가십시다."

옥이는 방문턱에서 기웃기웃하여 아무 거리낌없을 것을 알고 들어섰다. 향하여 바른편 쪽으로 책상이 놓이고 왼편으로 고리짝 두 개가 겹놓였을 뿐 별다른 가구를 발견치 못하였다.

"앉으세요."

주인 마누라는 웃음으로 대하여 주었다.

대문소리가 나자 구둣소리가 거푸 들렸다. 옥이는 숨을 죽이고 두 귀밑이 화끈 달았다. 무엇보다도 그들과 서로 인사할 것이 난처하였다.

가만히 듣던 영실은, "여러 사람이 오나 봐요."

방문 여는 소리가 나자 이쪽으로 향하여 오는 발소리가 들렸다.

"여기 안 들어왔나요?"

영실 어머니는 문을 열었다. "여기 있습니다. 들어오세요."

"아니요, 좋습니다. 여보, 어서 나오시오."

옥이는 난처하였다. 봉준은 전등불 아래 부끄러움을 먹고 앉았는 그를 바라볼 때 알지 못하는 사이에 기쁨이 흘렀다. 무엇보다도 어서 빨리 그들 앞에 보이어 자랑하고 싶었다. 언제나 아내인 옥이를 대할 때에는 친구나 같은 그런 느낌으로 대하게 되는 것이었다.

"어서 나와요!"

그는 마지못하여 일어는 섰지만 건넌방까지 갈 것이 여간 난처한 것이 아니었다. 가슴에서 맞방망이를 치고 다리가 사시나무 떨리듯 하였다.

"학생도 같이 가면……."

영실을 내려다보았다. 영실 어머니는, "그럼, 너도 동무해서 잠깐 갔다오너라." 말이 끝나자 영실은, "그럼 먼저 나가세요." 옥이를 쳐다보았다. 그는 도로 앉았다. "같이 가요."

이 꼴을 본 봉준이는, "그럼, 같이 나오시면 대단히 고맙겠습니다."

건너방으로 갔다. 영실은 책상을 마주 앉고 화장을 시작하였다.

"부끄럽지요?" 옥이를 바라보며 영실 어머니는 웃었다.

"처음이니까요." 머리를 숙였다.

화장을 마친 영실은 새 옷을 갈아입고 앞장섰다. 옥이는 죽으러 가는 소 모양으로 안타깝게 떨렸다.

영실은 조심스럽게 문을 열었다. 봉준은 벌컥 일어났다.

"들어오십시오."

"오셨습니까."

재일을 향하여 머리 숙여 보였다. 그들의 눈을 일시에 옥에게로 쏠렸다.

옥이는 가만히 영실 옆에 앉았다. 봉준이는 차례로 소개하였다. 옥이는 머리 숙여 그들에게 보였다.

"자네들, 왜 이리 점잖은가?"

이 방 안의 인기가 옥에게로 쏠림을 알자 그는 견딜 수 없이 기뻤다. 그는 빙글빙글 웃었다.

"집 주인부터 점잖으니……."

재일은 봉준이를 보았다.

원선이는 벽에 기대어 앉아 재일의 어깨로 한쪽 눈을 가리고 옥이를 뜯어 보았다. 눈, 코, 입술, 살빛, 몸집 어느 것 하나 흠잡을 것이 없었다. 그러나 양미간을 약간 찡긴 것을 보아 그의 쓰라린 과거를 알리웠다.

몇 해를 두고 의문의 주인공인 옥이는 이름처럼 옥(玉) 같은 여자였다. 원선은 스르르 눈을 감고 옥이 쓴 편지 일절을 생각해보았다. 따라서 봉준이가 곧장 부러워졌다.

"숙희도 데리고 오시지요, 왜?"

봉준이와 옥이는 일시에 가슴이 찌르르하였다.

"왜 모시고 오지?"

봉준이는 동을 달았다.

"잊었습니다. 후일에는 같이 오시지요. 옥씨도 사랑해 주십시오."

어느 좌석에서나 빈정대는 재일이가 갑자기 여기서만은 점잔을 빼었다.

"당신, 집에 온 손님들을 대접할 줄도 모르시오." 봉준은 웃는 눈으로 옥이를 보았다.

"그런 소리 말게. 우리가 경성 사는 것만큼 주인은 우리들이 아닌가, 여보게." 원선이를 돌아보았다. "이 사람은 벌써 조네. 그럼 어디로든지 가십시다." 휘 둘러보았다.

봉준은 속으로 '이놈이 벌써 미쳤나' 하면서 일종의 승리의 쾌감을 느꼈다.

"나가십시다. 처음이니만큼 구경도 하시구요."

재일은 옥이를 보았다.

재일의 꼴을 본 영실은 더 앉았기가 퍽 괴로웠다. 그리하여 살짝 일어났다. 옥이는 그의 치마 귀를 마음껏 잡았다.

"놓으세요." 그들은 영실을 보았다. "앉으셔요." 뒤를 이어 이런 말이 거푸 떨어졌다. 그러나 그는 기어코 뿌리치고 나갔다. 혼자 된 옥이는 아까보다 더 안타깝고 머리를 들 수가 없었다.

원선은 재일을 꾹 찔렀다. "가세."

옥의 모양을 보고 더 앉았을 수가 없었던 것이다. 재일은 밑이 떨어지지를 않았다. 옥의 수줍어하는 것을 볼수록 더 한층 아리따웠다.

"어디로 갈까." 재일은 일어나는 원선이를 쳐다보았다.

"일어나게나, 어디로 가든지."

원선은 문밖으로 나섰다. 재일과 봉준이도 하는 수 없

이 따라 일어났다.

"어디를 가든지 밑자리는 제일 무거웠는데 오늘은 웬 일이야?" 봉준이는 문밖을 나서자 원선이를 쳐다보며 이렇게 말했다.

"글쎄."

재일이는 장문을 배웅히 열고, "안녕히 주무십시오."

옥이는 머리를 숙인 채 일어섰다.

대문 밖을 나서자 재일은 봉준의 어깨를 가볍게 쳤다.

"과연 드문 미인인걸!"

"그럴까? 하지만 숙희 씨만은 못하지 않어."

"허, 미친 말이야. 못한 게 무언가? 그렇게 미치더람 한 번 말해볼까, 숙희에게?"

봉준은 앞이 캄캄하도록 가슴이 두근거렸다. 그리고 이때가 그의 다만 한때인 기회같이 생각되었다.

"참말인가?"

"이 사람, 또 귀가 바짝 당기는 모양이지?"

웃음으로 쓸어쳤다. 자기로서도 오늘에 한하여만 갑자기 전과 달리 말하기가 좀 점직했던 것이다. 봉준도 이 눈치를 알고 더 채치고 싶지만 원선이가 꺼리어서 잠잠하고 말았다.

"어째서 이야기가 중단이 되나? 마저 마치지?"

봉준이는 슬쩍 화제를 돌렸다. "자네 전부터 영실이를 알았던가?"

"응, 숙희와 동무라네. 그래서 몇 번 우리 집에 놀러왔어. 그 통에 나도 알게 되었지."

"누이 있는 사람들은 수 나겠네."

"그럴지도 몰라."

둘이는 웃었다. 원선이는 멍하니 앞길만 바라보고 수굿수굿 그들의 뒤를 따랐다.

"여보게, 옥씨가 과연 미인이지! 자네는 어떻게 보았나?" 재일이는 뒤를 돌아보며 멈칫 섰다. 봉준이도 돌아보았다.

"글쎄."

"똑똑한 대답을 해 버릇하게. 밤낮 글쎄가 무어야!" 봉준이는 안타까움에 이런 말을 하였다.

쌀쌀한 바람이 그들의 몸으로 스며들었다.

"어디로들 또 가겠나?"

둘이는 씩 돌아보았다. "무어 좀 먹고 헤어지세. 어디로 갈까?" 언제나 먹는 말은 재일이가 먼저 꺼내었다.

"그만두지, 가려면 자네들끼리나 가보게."

"얼른 같이 갔다 가세나."

"곤해서 못 견디겠네."

봉준이를 보았다.

"늙으니까 다르다니까."

전차가 앞으로 지나간다. 그들은 한참 동안이나 잠잠하였다.

"자, 난 가겠네."

원선이는 청진동 골목으로 빠졌다. 전신이 오싹해지며

따뜻한 방이 그리워졌던 것이다.

"잘 가게."

둘이는 말없이 걸었다. 어쩐지 적적함을 느꼈다.

재일은 옥의 얼굴을 머리에 그려보았다. 따라서 이때까지의 그의 눈으로 본 많은 여자들을 되풀이하여 보았다. 숙희 때문에 여학생들도 퍽이나 알았고 화류계 여자들은 그 수를 헤일 수 없으리만큼이었다. 그러나 자기로서 흡족히 생각한 여자는 없었다. 그저 그렇고그렇고 하였다.

그러나 오늘 저녁 옥이를 보자 세상에 저런 여자도 있는가 하고 놀랄 만큼이었다. 그럴수록 숙희를 미끼삼아 반드시 옥이는 자기 것으로 만들리라는 결심을 하게 되었다. 처녀, 부인을 가릴 사이 없이 얼굴만 고우면 그만으로 생각되었다.

"이혼은 집어치우게."

그의 심중을 떠보려 하였다. 봉준이 역시 옥이를 미끼삼아 숙희를 놓치지 않으려 하였다.

"숙희 씨 같은 여자는 없으니까 어쩌겠나. 내 스스로도 이상히 여긴 적이 많았네마는……. 물론 옥에게 대하여 동정하지 않는 바는 아니야. 그러나 사랑이 안 가는 데야 어쩌란 말인가?"

"음, 그렇지. 사랑이 없는 데야 동정한들 어쩌겠나? 나도 전부터 자네 마음을 모르는 바 아니고 따라 숙희를 연모하는 것까지도 대강은 짐작하였네. 그래서 그 애를 만나면 자네 말을 늘 하다시피 하였네. 어찌 했든 이혼만 하게나."

"고맙네."

봉준이는 눈물이 쑥 비어졌다. 그리고 가슴이 두근거리기 시작하였다.

한참 후에 그는, "자네만 믿네!"

재일은 담배를 피워 물었다. "옥씨가 불쌍하지 않아? 그렇게 된다면……" 봉준이를 보았다.

옥이는 아침을 먹고 머리를 풀어놓았다. 얼빗으로 슬슬 가리며 거울 속으로 비치는 자기 얼굴을 들여다보고 쫑긋 웃었다. 어젯밤 남편의 좋아하던 꼴이 눈에 보이는 듯하였다. '어떻게 붙었을까? 그 많은 사람이 시험쳤는데 아무래도 선생들이 내 이름을 잘못 불렀지!' 이런 생각을 할 때 가슴이 선뜻하였다.

영실이가 들어왔다.

"머리도 숱하기는 해요." 그는 얼빗을 빼앗아 가지고 몇 번 가리운 후에 두 갈래로 꽁꽁 땋아가지고 곱슬하게 틀어놨다. "고운데요, 어쩌면 그리 고울까."

앞으로 와서 말똥히 들여다본다. 그는 가쁜함을 느끼며 두 귀밑이 빨개졌다.

"그런 소리 말아요."

얼굴을 돌리며 웃었다. "웃으니까 더 곱네. 여자로 태어날 바에는 저렇게 고와야지, 무얼!"

며칠 전날 밤 재일의 꼴이 나타났다.

"학생도 그만큼 고왔으면 됐지요, 나 같은 것이 무엇이기.” 그는 머리칼을 일삼아 주워 뭉쳐가지고 밖으로 나갔다. 영실 어머니도 부엌에서 고개를 갸웃하고 내다본다.

“꽃송이 같아요.”

옥이는 이런 말은 귓등으로도 안 들리고 내가 참으로 붙었는지? 이런 의문으로 가슴이 꽉 채웠다. 그는 손을 씻고 방으로 들어왔다.

“참으로 붙었을까요?”

영실은 작은 거울 속으로 자기 얼굴을 비춰보다가 살짝 비켜 앉았다.

“그럼 학교에서 거짓말할까요?”

너무 좋아하는 꼴이 밉살스러웠다.

“거짓말보담도 혹시 이름이 나와 비슷한 사람이 또 있는가 해서 하는 말이지요.”

“글쎄요, 그것까지는 모르지요.”

영실은 일어났다.

“어서 학교나 가십시다. 잔 걱정 말고요.”

옥이는 검정치마 흰 저고리로 갈아입었다. 그리고 책상 아래 놓인 구두를 꺼내어놓고 한참이나 망설이다가 신었다.

안방문 소리가 나자 영실은 나왔다.

“어서 나와요.”

이러고 나가기가 퍽이나 부끄러웠다. 어쩐지 옛날 자기와는 딴판이 된 듯한 느낌이 생겼다. 그때에 떠오르는 것은 숙희와 연희였다.

그는 남빛 책보를 들고 영실의 뒤를 따랐다. 다리가 휘청휘청하는 것이 좀 성가셨다.

"재미나요. 이렇게 언니와 내가 함께 다니면 오죽이나 좋아요."

쫑긋 웃어보였다. 그는 숨이 차도록 답답함을 느꼈다. 지나는 사람들은 자기만 보는 듯싶었다.

"오늘 저녁, 원선인가 그이는 떠나신댔지요?"

"네."

가까워 오는 학교는 빨간 벽돌집으로 점점 높아가고 있었다.

개학식을 마치고 돌아오는 그들은 집으로 오자 옷을 벗고 낡은 옷으로 갈아입었다. 옥이는 이때껏 묵혀두었던 한숨을 푹 내쉬었다. 그리고 교장선생의 말이 다시금 그의 귀를 울려주었다. 그리고 뒤를 따라 나타나는 얼굴 흰 여선생들은 하늘같이 높아 보였다.

점심상을 들고 영실은 들어왔다. 그는 얼른 일어나 받아놓았다.

"어서 먹읍시다."

영실은 저를 들고 마주 앉았다. 권하는 바람에, 더구나 다정스러이 마주 앉는 김에 숟갈을 들었으나 밥은 먹고 싶지 않았다. 그저 가슴이 울울하여서 좋은 것도, 언짢은 것도 판단할 여지없이 어림터분하였다.

상을 물린 옥이는 책상 곁으로 다가앉아 '나도 이제부터는 여학생인가? 숙희와 연이와 같은……' 마음에 떠오르는 것은 영철 선생이었다. '그가 이 소식을 알면 얼마나 기뻐하실까.' 이런 생각을 하고 나니 물 먹고 싶듯이 그리워졌다. 같이 있을 때는 그만그만하여 무던한 줄만 알았더니 이렇게 뚝 떠나고 보니 돌아가신 어머님이나 못지않게 보고 싶었다. 보다도 자기의 달라진 옷맵시, 시험 쳐서 입격된 것을 그에게 자랑 겸 친히 눈에 보이고 싶었다.

그는 붓을 들었다. 영철 선생에게 장문의 편지를 쓰기 시작하였다.

저녁이 되자 옥이는 화장을 하고 새 옷을 갈아입은 후 책상 앞에 마주 앉아 갓 사온 책들을 들여다보고 있었다. 어느 사이에 모든 잡생각은 잊고 책 속으로 정신이 폭 잦아 들어갔다.

"여보, 옥씨!"

깜짝 놀라 휘휘 돌아보며 뒤미쳐 일어났다.

"나와요."

뒤창문 곁에서 남편의 소리가 났다. 그는 몸 돌아볼 여지없이 밖으로 나갔다. 큰 대문을 나선 옥이는 창문 곁으로 돌아갔다. 희미한 달빛에 그의 시커먼 윤곽만이 보였다.

"저 새 옷 갈아입고 구두 신고 나오시우. 벌써 자우?"

"아니오."

"그럼 얼른 들어가서 펄쩍 갈아입고 나와요."

"왜요?"

황황히 날치는 남편이 이상해 보였다.

"글쎄, 여러 말 말고 바삐 그리 해요."

남편의 말이니 할 수 없이 돌아서서 들어오면서도 마음으로는 불쾌하였다. 무엇보다도 남자들과 마주 앉기가 거북스럽고 싫었던 것이었다.

방으로 들어온 옥이는 또다시 나갈 것이 거북하였다. 남편과 가지런히 서서 다니는 것은 기쁘게 생각이 되나 그러나 남편의 친구들과 섭슬리기는 안타깝게 싫었던 것이다.

"안방 학생 데리고 갑시다."

"잔소리 말고 어서 나와요!"

소리치는 바람에 두말도 못하고 그는 밖으로 나갔다.

"어디 가요?"

안방 밀장문 사이로 영실의 외짝 눈이 보였다.

"저기."

옥이가 큰 대문 밖으로 나서자 봉준이는 허방지방 뛰었다. 남편의 황급히 날치는 꼴을 보는 옥이는 무슨 일인가 하여 어리둥절하였다.

골목쟁이를 돌아서자 눈이 시큼해지도록 빛나는 가스불 앞에 남편은 우뚝 섰다.

"어서 오르십시오."

몇 사람의 입에서 떨어지는 말소리와 함께 휘발유 냄새가 옥의 코를 찔렀다.

"이렇게 만나보니 반갑습니다."

옥이는 얼결에 머리를 돌려 바라보니 연희와 숙희였다. 순간에 그의 가슴은 선뜻하였다.

택시는 달음질쳤다. 문득 자기와 남편이 그리운 고향

떠나던 때가 눈앞이 보이는 듯하였다. 옥의 바른편 무릎 사이로 옮아오는 연희의 따뜻한 체온은 같은 고향 사람임을 더욱 느끼게 하였다.

숙희는 연희와 무슨 귀엣말을 건네고 있었다.

“얼마나 기쁘십니까, 옥씨.”

원선이는 자기 앞에 똑바로 앉은 옥의 목덜미를 보았다. 옥이는 머리를 숙이는 외에 잠잠할 뿐이었다.

“축하 올립니다, 옥씨.”

이번에는 재일의 목소리였다. 이마 위에 땀이 나도록 옥이는 부끄러웠다. 암만 대답을 하려고 하였다가도 목소리가 밖에까지 나가주지를 않았다.

‘어쩐 일일까, 내가 벙어리 되려나?’ 하는 의문이 들어갔다.

“선생님, 이제 가시면 언제쯤 나오시게 되나요?”

원선이는 무슨 생각을 하다가 얼른 숙희를 보았다.

“글쎄요, 여름방학 때나 오게 되겠지요.”

곁에서 듣는 옥이는 한층 더 부끄러웠다. 자기는 묻는 말도 대답 못하는데 숙희는 말을 건넨다. ‘언제나 나도 저만큼 되어보려나!’ 하고 생각할 때 이 세상에서는 자기와 같이 못난 사람은 없을 것 같았다. 따라서 남편이 배척하는 것도 당연한 것이라 하였다.

경성역에서 내린 그들은 대합실로 밀려들어갔다.

옥이는 어쩌다 넘어질세라 겁이 나서 미처 그들의 뒤를 따르지 못하였다.

그는 한편 구석에 가만히 서서 머리를 숙였다. 낮같이 밝은 불빛 아래 흔들리는 그 사람의 동작을 따라 까만 눈만이 반들거렸다.

그들은 의자에 척척 걸어앉아 돌아보니 옥이가 없었다.

"여보게, 옥씨 어디 가셨나?"

휘휘 둘러본 재일은 이편으로 뛰어왔다. "저리로 가십시다."

불빛에 빛나는 그의 눈을 바라보았다.

"아뇨."

옆의 의자에 가만히 걸어앉았다. 자칫하면 푹 고꾸라질 것 같았다. 옥의 이마 끝에 땀이 방울방울 맺혔다.

재일은 차마 발이 떨어지지 않았다. 그리하여 옥의 옆에 앉았다. 이 꼴을 본 옥이는 시재 걷다가 엎으러져서 망신을 톡톡히 할지언정 같이 앉고 있기는 싫었다. 그는 살짝 일어나서 앞으로 걷기 시작하였다. 걸어나니 심상하였다.

눈결에 남편을 보니 그는 자기편으로 외면을 하여 돌아앉고는 얼빠진 놈처럼 머리를 숙이고 있는 것이었다. 순간에 그의 눈에서는 있는 불이란 다 기어나오는 것 같았다.

원선이는 차표를 사가지고 옥이 섰는 편으로 왔다.

"이 사람 때문에 고생 많이 하십니다."

머리를 숙여 보였다. 그는 발부리를 굽어보았다.

"천만의 말씀을 하십니다."

며칠 동안에 처음으로 듣는 음성이었다. 약간 들리는 듯한 가는 말씨가 원선의 귀에다 귀엣말을 하는 듯이 장그럽게 들렸다.

"공부 잘하십시오. 그저 배워야 합니다."

요란한 소리를 따라 차는 들어왔다. 역부의 고함 소리에 놀란 옥이는 입 속으로 '게이죠(경성)' 하고 되뇌어 보았다.

원선이는 숙희 앉은 편으로 뛰어갔다. 서로 손을 잡고 이편으로 뛰어오자, "어서들 들어가세요."

꾸리 묶어선 듯한 사이로 들어섰다.

"이번에는 나 혼자 지낼 생각이 난처하네. 이 학기 다 지나기 전에 곧 들어들오게. 공연히 놀면 뭣하겠나?"

연희가 옥의 곁으로 왔다. "고향에서 편지 왔어요?"

"아직 아니 왔어요?"

연희를 쳐다보았다. 맞은편에 선 숙희는 새침히 머리를 숙이는 것이었다.

"안녕히들 계셔요."

바라보니 원선이는 사람들 틈에 섞여 잘 보이지 않았다. 플랫폼에서 차에 올라선 원선이는 이편을 향하여 모자를 높이 들어보이고 차 안으로 들어가자, 창문을 열고 머리를 내어밀었다.

이편에서도 모자로 손수건으로 내어흔들기 시작하였다. 원선이는 그들 틈으로 언제까지나 고요히 섰는 옥이를 보았다.

학교로부터 돌아온 옥이는 옷을 벗고 잠옷 비슷이 만든 통옷을 입은 후 밖으로 나와서 세수하고 방으로 들어갔다.

창문까지 열어 젖히고 방을 쓸어내었다. 그리고 책보를 책상 위에 풀어헤쳐서 책보는 문밖에 활활 떨어다 네모반듯이 개어 한편 옆으로 착 놓았다.

그리고 우선 공부할 책만 따로 놓고는 모두 착착 겹놓았다. 그는 책상 위를 이렇게 정돈해놓고는 오늘 온 신문을 들었다. 제 일면으로부터 시작하여 차례차례 보기 시작하였다.

영실 어머니는 건넌방으로 건너왔다. 자다 나온 모양인지 얼굴이 푸석푸석하고 눈이 빨갛다.

"영실이는 아직 시간이 남았나?" 이렇게 혼자하는 말처럼 하고 나서 되뚝한 파란 곽과 편지를 내어밀었다. "옛네. 아까 웬 심부름꾼 애가 가져왔기에 누가 보내더냐고 물어도 대지 않고 가데."

그는 달갑지 않게 받아들고 이리저리 살펴보다가 우선 편지부터 보리라 하고 겉 피봉을 보았다. 주소도, 성명도, 아무것도 써 있지 않았다. 그는 문득 일어나서 의심과 함께 봉투를 뜯고 보았다.

영실 어머니는 말뚱말뚱 눈치만 따기 졸음도 어디로 달아난 모양이었다. "무어랬나?"

다 보고 난 옥은 억지로 웃음을 띠었다. "장난감 보낸다는 말입니다."

"응."

옥이는 곽과 편지를 책상 아래로 밀고 여전히 신문을 들었다.

영실 어머니는 펴보았으면 하고 바라보다가 보지 못하게 되어 허전하였다.

"에, 덥다."

얼굴에 붙는 파리를 쫓고 나서 밖으로 나갔다.

발자취 소리가 멀어지자 그는 신문지에서 눈을 떼어 문밖을 내다보았다. 신문지도 맥없이 날아 떨어지고 말았다. 장독에 붙었던 왕파리는 왱, 하고 쨍쨍히 들여 쬐는 볕을 따라 문턱까지 날아왔다.

자기는 이곳에 오직 남편 하나를 믿고 따라온 것이다. 하지만 남편은 차츰차츰 자기를 찾아오기도 싫어하는 듯하였다. 어쩌다 오게 된다면 반드시 재일과 함께 왔다가 가곤 하였다. 다소 의논하고 싶은 일이 생겨도 가슴에 뭉치고 또 뭉쳐두었다가 시간이 지나면 저 혼자 삭아지고 말았다.

이런 것을 생각하고 나니 바람벽을 마주 앉은 것처럼 답답함을 느꼈다.

그는 다시 편지를 끌어내어 자세히 몇 번이든지 읽어보았다. 글자 한 자 어그러지지 않고 분명히 쓴 글씨였다. 이것이 참일까? 남편이 일부러 시험해 보느라고 이런 일을 벌였나? 그렇다면 반면에 남편이 자기에게 대한 애정이 확실히 있는 것이다. 얼마나 기쁜 일이랴! 고마운 일이랴! 하지만 어디까지든지 참인듯 싶은 편이 세었다.

남편의 둘도 없는 친구가 이런 일을 내게 감히 할 수 있을까? 이것은 필연 남편과 재일이가 함께 공모해가지고 어떠한 계책을 내어서라도 자기와 이혼될 조건을 만들어 가지고자 하는 수단같이 보였다.

여기까지 생각한 그는 무어라고 말할 수 없는 설움이 가슴을 올올이 찢는 듯하였다. 그는 책상 위에 폭 엎드려서 흑흑 느껴 울었다.

문앞으로 지나치던 영실이는 우뚝 섰다.

"언니 왜 울어?"

된 햇빛이 내리쬐어 영실의 머리는 지금 타는 듯하였다. 그는 마루로 올라앉자 책보를 방으로 던지고 달려왔다.

"왜 울어?" 옥의 어깨를 흔들었다.

"공연히 울지 뭐."

"언니 공부 준비하지 않우?"

"해야지."

그는 눈물을 이리저리 씻고 나서 책을 펼쳐 들었다. 그렇지만 샘솟듯 나오던 눈물은 뒤를 이어 떨어졌다.

"에, 덥다. 지독히 덥네."

영실은 후닥닥 뛰어나갔다.

옥이는 도로 책을 놓고 '어머니! 나는 어찌라우!' 이렇게 부르짖을 때 '믿지 마라! 남자를 믿지 말아라!' 번개같이 옥의 가슴을 두드려주었다. 그의 시어머니께서 임종시에 턱을 가불가불 채면서 마지막으로 남긴 부르짖음이었다. 어린 옥이는 무슨 말인고 하고도, 너무도 또랑또랑한 힘 있는 말이매 그의 머리에 꽉 찔려졌던 것이다. 그리하여 항상 그는 입 속으로 외우고 있었다.

'믿지 마라! 남자를 믿지 말아라!' 다시 한 번 불러보았다. '얼마나 잘 아시고 하신 말씀이랴!' 그는 한숨을 푹 내쉬었다. 든든한 의지가 생긴 듯싶었다. 따라서 북받쳤던 설움이 가라앉고 거뜬해짐을 느꼈다.

이 말 한마디가 오늘날 옥에 있어서는 얼마나 귀한 보배였는지 몰랐다.

'오, 어머니! 당신께서 남기고 가신 그 귀한 말씀은 내 가슴에, 내 가슴에 품었나이다.' 그는 눈을 스르르 감았다.

한참 후에 그는 다시 눈을 떠서 앞에 놓인 곽과 편지를 노려보았다. '흥! 몰랐다! 너희들이 짐작한 그런 어리석은 여자는 아닌 것이다! 시계와 반지로 인하여 일생을 버릴 그런 못난 계집은 아니다. 오! 아니다!'

그는 벌컥 일어났다.

봉준이는 저녁을 먹고 문밖으로 뛰어나왔다. 시원한 바람은 그의 머리를 다소 거뜬히 해주는 듯싶었다.

한참이나 우두커니 서 있던 그는 물먹고 싶듯이 숙희가 그리워졌다. 어젯밤 오래도록 숙희 방에서 놀았건마는 불과 몇 시간이 지나지 못한 지금에 생각해본다면 몇삼 년이나 된 듯이 멀어 보이고 다시는 숙희와 마주 앉아 볼 것 같지 않았다.

그는 슬금슬금 걷기 시작하여 어느덧 숙희집 문앞에 발길을 멈추었다. 마침 안으로부터 숙희가 길을 굽어보며 나왔다.

"재일 군, 집에 있나요?"

숙희는 머리를 들고 봉준이를 바라보았다.

"오빠는 금방 나갔는데요……. 아마 봉준 씨한테 가셨을 것 같애요."

숙희는 앞으로 걸었다. 봉준이도 따라섰다. 이 여자가 어디를 갈까? 이런 생각을 하며 가슴이 두근거리고 얼굴이 남몰래 달았다.

"숙희 씨!"

그는 발길을 멈추고 섰다.

"조용히 저를 만나줄 수가 없습니까?"

"무슨 볼일이 있으세요?"

"네, 있습니다."

봉준은 앞장을 섰다.

"저를 따라오십시오."

"오늘은 제가 바쁜데요."

봉준은 모처럼 얻은 기회를 놓쳐버릴까 하여 쩔쩔매었다.

"숙희 씨! 잠깐만 와주십시오, 잠깐만!"

그의 음성은 떨렸다. 숙희는 웃음이 나오는 것을 겨우 참고 잠잠히 그의 뒤를 따랐다. 무엇보다도 그의 하는 꼴을 보자는 호기심이었다.

봉준이는 숙희가 따르는 것을 알자 발길이 허공에 뜬 듯이 날아가는지 걸어가는지 분간할 수 없었다. 따라서 '이것이 꿈인가?' 하는 의심도 몇 번이든지 들었다.

그들은 남산 솔밭 사이로 들었다. 노송나무를 사이로

둘이는 마주 섰다.

"앉으셔요."

봉준이는 자기 양복 웃저고리를 벗어 깔아놓았다.

"앉으셔요, 네?"

거의 애걸하다시피 하였다.

"좋습니다."

숙희는 여전히 소나무를 기대어 섰다. 아까 거리에서보다는 훨씬 울울함을 느꼈다. 그러나 숙희는 속으로 '제가 어떻게 할 테냐! 제까짓 것이!' 이렇게 스스로 위로받으니 한결 마음이 놓였다.

셀 수 없이 들어선 소나무들은 마치 비밀회의로 모인 듯이 무거운 침묵 속에서 머리와 머리를 맞대고 긴장되어 있었다. 그리고 군데군데 떨어진 파란 달빛은 봄바람에 떨어진 꽃송이 꽃송이 같았다.

"숙희 씨! 제가 올린 편지는 받아보셨겠지요?"

"네."

"어째서 회답을 주시지 않았나요?"

자리가 자리인 만큼 숙희로서도 주저치 않을 수가 없었다. 그는 한참이나 무엇을 깊이 생각하다가 "회답을 기다리셨습니까?"

모처럼 고대한 대답은 반문으로 되돌아왔다. 이렇게 반문하는 뜻도 봉준이로서도 대강 짐작하였다. 그렇지만 이리저리 따져 묻자면 공연한 시간을 허비할 뿐더러 새삼스럽게 과거 일을 탄해 가지고 말썽부릴 필요가 없는 것 같았다.

"네, 기다렸습니다. 여러 말씀 하실 필요 없구요. 이미 숙희 씨가 편지를 통하여 저의 마음을 다 아셨을 테니까요……."

여기까지 말한 그는 숨이 꼭 막혔다. 한참이나 머리를 숙이고 잠잠하던 봉준이는 머리를 번쩍 들었다.

"한마디에 달린 것이올시다. 저의 사랑을 받으시겠습니까?"

봉준의 씨근거리는 숨소리가 빤히 들렸다.

숙희의 전신은 오싹하였다. 따라서 이 솔밭이 무시무시한 생각이 들자 그는 소나무를 힘껏 껴안고, "봉준 씨는 부인이 있지 않습니까."

"네, 형식상으로는 있다고 볼는지 모르오나 실은 저는 총각입니다!"

이 말에 숙희는 악이 치받혔다.

"총각이라구요? 차라리 솔직히 말씀해주십시오."

"숙희 씨! 당신 앞에 거짓말이 손톱만치나 있다면 당장 벼락이라도 맞겠습니다. 차라리 하느님을 속일지언정!"

그는 눈물이 쑥 비어졌다.

"숙희 씨! 나는 생전 처음으로 내 가슴속에 여자의 흔적이 있다면 당신의 환영(幻影)이겠지요. 밤낮으로 당신을 그리워 애쓴 죄밖에는 없습니다."

숙희는 속으로 걱정이 되었다. 언제까지나 끝날 줄 모르는 이야기만을 듣고 우두커니 서 있을 수는 없는 터, 그렇다고 발길을 돌리려 하니 애걸애걸하는 꼴이 불쌍하다 못해 곧 난처하였다.

“봉준 씨, 이 부족한 사람을 그렇게까지 생각해주신다는 것은 제 몸에 지나치는 영광으로 압니다만, 아직 철없는 저라서 사랑에 대하여서는 아무것도 모릅니다. 내려가십시다.”

그는 발길을 옮겼다.

봉준이는 아찔하여 얼핏 소나무를 쓸어안고 정신을 가다듬은 후 비실비실 따랐다.

멀리 사라지려는 숙희의 치마폭 사이로 은은한 달빛이 품겨 있었다.

정신없이 하숙으로 돌아온 봉준이는 방바닥에 콱 쓰러져 앓는 소리를 끙끙 하였다.

주인 마누라는 어쩐 일인지 몰라 궁금하였다. 금방까지도 저녁 잘 먹고 이야기를 시끄럽게 하던 사람이 무섭게 앓는 소리를 하니 아마도 체했나 보다 하고 건너갔다.

“어쩐 일이세요? 어디 편치 않으세요?”

“네, 물 좀 주시구려.”

봉준이는 시뻘건 눈으로 쳐다보았다.

“효주야! 물 떠오너라!”

뒤이어 얼굴 나부죽한 어린 처녀가 두 손으로 시첩을 받들고 나온다.

“선생님 아프시다.”

효주는 어머니 뒤에 붙어 앉아 이따금씩 그를 엿보았다.

"옥이도 오랄까요?"

"그만두셔요."

보기 좋게 꿀꺽꿀꺽 물을 들여마신 봉준이는 바람벽을 향하여 돌아누웠다.

바람벽에 진 자기 그림자를 보고 외로운 설움이 가슴을 메어지게 하였다. 하여 모르는 사이에 베개 밑이 척척해졌다.

멍하니 바라보던 주인 마누라는, "물수건 해서 대드릴까요?"

"수고시럽게……요."

그는 안으로 들어가자 대야에 물을 떠가지고 나왔다. 그리고 벽에 걸린 수건을 적시어 머리에 번갈아 대주었다. 훨씬 시원한 맛이 있었다.

신발소리가 나자 재일이가 성큼 들어섰다.

"어쩐 일인가?"

"갑자기 아프시답니다."

"어디?"

봉준의 곁으로 다가앉았다. 그는 감았던 눈을 슬그머니 떠서 재일을 보자 그의 손을 꽉 잡고 흑흑 느껴 울었다.

"어디 아픈가? 응? 울기는…… 왜."

재일은 그의 머리를 짚었다.

"과다하는데, 옥씨 오셨댔나?"

"웬걸요, 아프신지 알지도 못할 터인데요."

"오라지. 밤에 적적하지 않어?"

친구를 생각함보다도 자기가 그리웠던 것이다. 매번같이 이 집을 찾게 되면 '행여나 옥이를 만날까?' 하는 생각이었다.

"그만두시라니까요."

"오라게 원."

봉준이는 잠잠히 눈을 감아버렸다.

요 며칠 동안 재일은 옥이로부터 무슨 회보가 있을까 하여 지나다니는 체부만 조사하고 있었다. 그러나 해가 가물해져도 따라 감감해지고 자기의 예측한 바와는 지나치게 어긋났다.

처음 짐작은 며칠 동안이면 옥의 마음을 움직여놓겠다는 것이었다. 그러나 반대 방향으로 몇 개월이 된 오늘까지도 꿀 먹은 벙어리 모양이었다.

"어쩐 일일까? 내 수단 방법이 틀린 것인가?" 이렇게 혼자 중얼거렸다.

그는 난생처음으로 답답함을 느꼈다. 황금이면 만사에 거칠 것이 없다고 굳게 믿었던 그의 신념도 다소 흔들리기 시작하였다.

최후의 실낱 같은 그의 희망으로 옥의 뒤를 따르다 직접 행동을 취하는 외에 별도리가 없다고 생각되었다. 그러므로 밤이 되면 으레 옥의 하숙집을 몇 번이든지 돌았다. 그러나 웬일인지 한 번도 기회가 마땅히 없었다.

방금 옥의 집을 들러 오는 길이었다.

"곤하신데 나가보십시오."

눈이 거적해진 주인 마누라를 쳐다보았다.

"에그, 참 졸립니다. 미안하나마 저는 먼저 나갑니다. 앉았다 가십시오."

무릎에서 잠든 효주를 깨워가지고 안방으로 들어갔다.

"여보게, 오늘 숙희 씨를 만나지 않았나."

"응, 그래. 말 좀 해보았나?"

봉준은 한숨을 푹 쉬었다.

"말하면 소용이 무언가?"

"그래, 거절받았다는 말이지?"

"그럼."

"직접 행동을 하여야 하지 말만을 누가 무서워하나. 그래, 손 한번 걸쳐보지 못한 모양이네그려."

그는 씩 웃었다.

"그런 일은 난 못하겠데. 바루 성공을 못하면 말았지."

"흥! 아직 멀었네. 그렇게 약해 가지고야 일이 되나."

"여보게, 자네 힘써주게나!"

"물론 힘써주지. 한데 여자 암팡진 것은 실은 여간 지독한 것이 아닌 모양이데."

옥이를 두고 이런 말함임을 봉준이도 짐작해보았다.

"아무렴, 자네 전에는 나더러 비웃댔지. 그리 단단히 지내보게."

"자네 옥씨랑 꼭 이혼할 생각이지?"

"새삼스럽게 그건 왜 묻나?"

어지간히 몸이 단 것을 알았다.

"글쎄……."

빙긋이 웃었다.

"아무렴 숙희 씨를 생각하는 나인 것을 잘 알지, 자네도?"

"오래."

"그러면 묻는 자네가 그른 것 아닌가?"

재일은 멍하니 전등불을 바라보았다. 그는 무엇을 깊이 생각하는 듯하였다.

봉준은 재일을 사귄 후로 이러한 태도를 처음 보았다.

언제나 쾌활하던 재일이가 이렇게 되기까지 얼마나 고통을 당하였으랴 하고 생각하니 그가 불쌍히 보였다.

"자네도 사랑의 쓴맛을 이제야 보네그려."

재일은 자리 속에서 눈을 뜨자 엊저녁에 날치던 봉준의 꼴이 마치 활동사진으로 보는 듯하였다.

자기 경험으로 미루어 며칠이나 몇 달이나 갈 줄 알았던 봉준의 상사병은, 자기에게 알려진 후부터도 준 이태가 지나서 올해는 공부까지 전폐하고 봄부터 가을철까지 온전히 전문으로 종사를 하다가도 결국은 무서운 신경쇠약병까지 얻어가지고 자리에서 일어나지 못하게 되었던 것이다.

그 사이에 지나간 이태를 몰라도 올봄부터는 재일이도 봉준을 동정하여 숙희를 대할 때만은 다만 한마디씩이라도 봉준의 이야기를 건네고 따라 숙희를 권면하였다. 그러나 언제든지 숙희는 그만그만하였다.

엊저녁에는 재일이도 겁이 났다. 자기의 친구로서 누

이동생을 위하여 생사를 분간치 못하기쯤 된 형편이니 어쨌든 난처하였던것이다. 더구나 옥의 안타까워하는 모습이란 사람으로선 못 볼 것이었다.

그는 자리에서 벌컥 일어났다. 그는 옷을 입은 후 숙희 방으로 건너갔다.

숙희는 산뜻이 화장을 하고 앞문 앞에 앉아 수를 놓았다. 방문소리가 나자 숙희는 힐끔 쳐다보았다.

"숙희야."

그는 바늘을 든 채 재일이를 보았다. 아직 이마에는 베갯자리가 있었다.

재일은 얼결에 이렇게 부르고 나서도 갑자기 어느 말부터 꺼내야 좋을지 몰랐다.

"왜요?"

왔다갔다 하는 재일은, "너 어째서 그렇게 사모하는 김군을 싫어하니? 무엇 때문이냐?"

숙희는 눈꼬리가 샐쭉해졌다. 아무 말 없이 바늘을 꽂았다 빼는 소리만 잦아질 뿐이다. 숙희의 꼴을 보니 오늘도 틀릴 모양이었다. 재일은 음성을 낮추었다.

"숙희야! 너의 오빠도 생각지 않니? 오늘만 부디 가자. 가서 잠깐만 앉았다 오자꾸나. 그것이야 무엇이 힘들 것이 있니? 응, 대답해라."

재일은 애걸하다시피 하였다.

숙희는 언제까지나 말이 없었다. 재일은 마음대로 하면 달려들어 실컷 쥐어박아 반쯤 용신을 못하게 만들어주면 좋을 상으로 생각되었다.

지금 펄펄 뛰는 생떼 같은 청년이 자기 하나 때문에 죽겠다 살겠다 하는 판에도 말똥말똥히 무엇을 생각만 하고 앉았는 것이 재일로 하여금 눈에 불나도록 안타까웠던 것이다. 그러나 꾹 참고, "어쩌겠니?"

숙희는 바늘을 저고리 섶에 꽂고 재일을 뚫어지도록 바라보았다.

"오빠! 제발 그런 말씀 말아주세요. 세상에 봉준 씨 한 분만이 그런 고통을 당하는 것이겠어요? 그런 것을 어떻게 일일이 동정합니까? 심하게 말하면 죽는대도 할 수 없는 일이지요! 네, 오빠, 그렇지 않습니까?"

숙희의 얼굴은 슬픈 빛이 돌았다.

"숙희야! 그러면 너는 봉준 군을 죽이려느냐! 응?"

그의 눈에는 봉준이가 보였다. 따라 어여쁜 옥이가 보였다.

"죽는 사람은 약자지요. 못난이지요. 어찌해서 귀한 일생을 일개 미미한 계집 때문에 희생해버리겠습니까……."

재일은 분이 왈카닥 치밀었다.

"야! 사설만 지껄이지 마라. 너도 무슨 사람값에 가니! 에잇, 저런 매몰찬 계집애하고 말하다가는 아주 기막혀 죽겠어! 어디 얼마나 버티나 보자."

그는 휙 나가버렸다.

숙희는 얼굴이 새파랗게 질려 가지고 돌부처 모양으로 앉아서 꼼짝하지 않았다. 눈물 흘린다는 것은 몇 분 후에 한 방울씩 떨어질 뿐이었다.

연희가 밖으로부터 황망히 들어왔다.

"어째 그러니? 또 그 일 때문이냐?"

연희의 까만 눈에서는 벌써 눈물이 핑 돌았다. 그리하여 마치 낙숫물 지듯이 흐르는 것이었다.

숙희는 말똥히 연희의 들먹이는 어깨 위를 바라보며 저렇게 속시원히 울어봤으면 하고 오히려 눈물 많은 것이 부럽게 생각되었다.

따라 봉준의 일이 난처하였다. 그러나 어여쁜 아내를 가진 봉준이가 또 자기를 생각하여 죽네 사네 한다는 것은 어쩐히 자기로서는 색마와 같이 생각되었다. 어쨌든 순결치 못한 것이 미웠던 것이다. 돌이켜 한 번도 장가 가보지 못한, 이름만이라도 총각이 그 지경이 되었다면 장래는 어찌 되었든 우선 그의 순정에 자기의 마음도 어찌 움직여 나갈는지 모를 것이었다.

무엇보다도 옥에 티가 있을지언정 이십여 년 꼭 봉해 두었던 자기의 흠도 티도 없는 정조를 아내 있는 사람에게 바치기는 암만 눈 감고 생각하여도 못할 일이었다.

하지만 눈앞에서 봉준의 꼴을 본다면 자기도 사람인지라 어떻게 될는지 몰라서 아예 가기가 싫다는 것보다는 두려운 마음이 앞섰던 것이다. 그러므로 몇 달째 눈 딱 감고 모른 체하여왔다.

한참이 지나도 연희는 울었다. 숙희는 이상한 생각으로, "언니, 일어나라우." 그의 어깨를 흔들 때 그의 무릎 아래로 샛노란 들국화꽃 한 송이가 보였다.

요새 며칠 동안 옥이는 학교도 결석하고 밤낮으로 봉준의 병간호 하기에 눈코뜰 짬이 없었다. 그러나 애쓴 보람도 없이 병세는 점점 더 깊이 들어갔다.

아침도 먹는지 마는지 한 옥이는 영실을 데리고 숨차게 달음질쳤다.

방 안으로 들어서자 봉준의 곁으로 갔다. 두 눈이 푹 꺼진 그는 눈을 들어 옥이를 보다가 영실을 보자 갑자기 눈을 둥그렇게 떴다.

"숙희 씨!"

벌컥 일어났다. 하여 뚫어질 듯이 그를 바라보는 것이었다.

"아냐요, 우리 주인집 학생 영실이야요."

영실은 겁이 나서 방구석으로 쫓겨가 앉는다.

봉준은 도루 자리에 푹 거꾸러졌다. 그는 눈물이 쏙 비어졌다. "숙희 씨! 나는 총각이야요. 당신에게 무슨 거짓말이 있겠습니까?" 정신없이 이런 소리를 연거푸하며 돌아누웠다.

주인 마누라는 미음 그릇을 가지고 들어온다. 옥이는 일어나 받아가지고 남편 곁으로 갔다.

"여보셔요. 미음 좀 잡숴봅시다. 네, 이리 돌리세요."

봉준의 머리를 이편으로 돌리려 하였다. 그는 옥의 손을 탁 갈기며, "너희들은 다 가라! 보기 싫다!"

미음 그릇은 쏟아졌다.

"에크!"

주인 마누라는 안방에서 걸레를 갖다 옥이에게 주었다. 그는 걸죽한 미음을 다 훔쳐서 가지고 밖으로 나가자 주인 마누라가 받아가지고 자기가 나갔다.

곁에서 보는 영실은 어리둥절하였다. 따라 숙희가 한편으로 부러운 생각이 들었다. 동시에 감정 가진 사람 같지 않아 보였다.

옥이는 끝없이 남편의 살 빠진 돌아누운 편 볼을 바라보고 있었다.

"여보 옥이, 숙희 좀 오라고 그려. 한 번만 봐도……. 네, 숙희 좀 제발 데려다주."

옥이는 성큼 일어났다.

"영실아, 너 숙희네 집 알지?"

"응."

"그럼, 대문까지만 데려다주렴."

"갑시다."

둘은 밖으로 나왔다.

고래잔등 같은 세마루 기와집 앞에서 영실은 발길을 멈추었다.

"이 집이냐?"

어쩐지 옥의 가슴은 선뜻하였다.

"어쩌겠니? 여기 서서 기다리겠니, 가겠니?"

한참이나 생각하던 영실이는, "어떡합니까? 같이 들어

갑시다그려."

옥이는 다행이라고 생각되었다.

"안되었다, 영실아."

"언니도 별 말씀 다 하십니다."

영실은 대문 안으로 들어서자 뚱뚱한 살빛 좋은 부인에게 향하여 가볍게 머리를 숙여보였다.

"오, 영실이 오니?"

부인의 눈매를 보아 즉석에서 옥이는 숙희 어머니인 것을 알았다. 부인은 뒤에 섰는 옥이를 유심히 보고 나서 머리를 돌렸다.

"숙희야, 너의 동무들 왔다."

건넌방 문이 열리면서 숙희의 반신이 나타났다.

옥이는 못 볼 것을 보는 것처럼 끔찍하였다.

"영실이, 옥씨! 어서 들어오세요."

숙희는 일어섰다. 연희도 내다보았다.

그들은 방 안으로 들어앉았다. 갑자기 맴돌려다 놓은 것처럼 옥이는 어리둥절하였다. 앞에도 번쩍 뒤에도 번쩍, 모두가 어른어른하였다.

그는 가만히 정신을 가다듬어 차례차례로 둘러보았다. 첫눈에 띈 것은 책상 위에 치쌓인 책들이었다. 그리고 대문짝 같은 체경이 죽 둘러놓인 것이 농궤였다.

"용하십니다, 옥씨."

"이렇게 와야 다 반가이 보지요."

숙희를 바라보며 웃어 보였다. 숙희는 그를 마주 바라

보며 전날 옥이와는 딴판으로 생각되었다. 수양이란 사람을 다시 만들어놓는 것이다 하였다.

숙희는 살짝 눈을 돌려, "어째서 영실이가 우리 집에 놀러 안 왔니? 아마 공부만 열심으로 하지?"

"공부가 다 무어냐."

숙희는 밖으로 나갔다. 연희는 옥이를 쇠쇠 들여다보며, "어떠신가요, 요새는?"

"글쎄요, 말이 안 나옵니다."

한숨을 푸 쉬었다.

"에그 딱해라! 오죽이나 안타까우시겠어요."

"무섭던데요."

영실은 덩달았다.

숙희는 과일 그릇을 가지고 들어왔다. 오목오목한 손으로 배 한 알을 들어 벗겼다.

"이제 막 밥 먹고 왔는데요."

옥이는 숙희의 손을 보았다.

"이것이 배부를 것이야요? 일부러 밥 먹은 후에는 배 한 쪽씩 먹는 것이 좋대요."

상긋 웃었다. 하얀 이가 보였다. 이렇게 천연스레 이야기는 하면서도 가슴은 조급하였다.

숙희가 주는 배 쪽을 받아 입에 넣은즉 꽤 시었다. 옥이는 억지로 깨무는 척하면서 어떻게 말하여 숙희를 데려갈까, 이번 자기 말에 따라 자기 남편의 운명은 결정되는 듯이 생각되자 온몸에 소름이 쭉 끼치는 것이었다.

한참이나 이렇게 생각한 그는 얼굴을 번쩍 들고 숙희를 똑똑히 보았다.

"숙희 씨! 이런 말 하는 저를 용서하여주십시오."

옥의 입술은 푸르르 떨렸다. 그리고 두 볼이 화끈 달아오르기 시작하였다.

그들은 미리 예측한 것인만큼 새삼스럽게 더 놀라지는 않았다.

"네, 무슨 말씀이든지 하십시오."

숙희는 심상스레 말하였다.

"숙희 씨, 잠깐만 우리 집에 놀러 가십시다. 긴급히 볼일이 있는데요."

"네, 무슨 볼일인지 대강 이야기하십시오. 그래서……."

말이 채 마치지 못한 채로,

"숙희 씨 당신은 참으로 모르십니까? 한때를 돌아봐주시지요. 그러면, 그러면 얼마나 고마울는지요……."

숙희는 잠잠히 있었다. 연희는 왈칵 일어나 숙희의 손목을 잡아끌었다.

"숙희야, 옥씨가 오신 생각을 해서라도 이번만은 가야 한다. 응? 숙희야!"

연희의 눈에는 눈물이 괴었다.

"언니는 미쳤나봐요. 왜 이러셔요."

연희를 흘겨보고 나서, "옥씨, 나는 당신이 불쌍해서 못 가겠습니다. 만일 당신이 없었다면 벌써 가보았을는지도 모릅니다. 당신이 남편을 사랑하여 저한테 오신 것만큼 저 역시 당신을 생각하여 죽기로써 못 가겠습니다!"

숙희의 얼굴은 새파랗게 질렸다. 이 말 한마디에 옥이는 절망하였다. 따라 머리끝까지 치밀리는 분함을 따라 그의 앞은 점점 암흑으로 변해지는 것이었다.

"숙희야! 너 나를 사랑하지. 내가 만일 죽게 된다더래도 네 힘으로 구원할 수 있는데도 불구하고 내버려둘 터이냐?"

숙희는 연해 덤비는 꼴을 바라보았다.

"언니! 왜 그런 말까지 하여요?"

"숙희야! 제발 가다오. 가다오. 오죽이나 불쌍한 사람이냐."

숙희를 잡아 일으켰다.

"흥! 가기는 어데를 가요."

영실은 옥의 손을 잡아끌었다.

"언니, 가자오."

"그래, 못 가시겠다는 말이요?"

"무엇하러 가요!"

딱 떼어버렸다. 어물어물하다가는 이때껏 고집해온 것이 무효로 돌아가고 말 것 같았다.

방문이 열리자 숙희 어머니가 들어왔다.

"무슨 일들이냐?"

영실은 손을 슬며시 놓고 앉았다.

"어머니, 아무것도 아니야요."

숙희는 이렇게 말하고 배 쪽을 들었다.

그는 한참이나 우두커니 서서 여러 사람들 휘뚜루 살펴보다가 밖으로 나갔다. 뒤이어 담뱃대 떠는 소리가 요란스럽게 들려왔다.

옥이는 더 앉았을 수 없었다. 하여 일어났다.

“숙희 씨, 실례 많이 했습니다. 다 용서해주시구려.”

주인은 잠잠히 따라 일어났다.

그들은 정신없이 걸었다.

“언니, 속 태우지 말라우. 곧 낫겠지. 무얼 그래.”

옥의 애쓰는 꼴이란 그의 눈으로 볼 수 없었던 것이다. 한참이나 뛰어오던 옥이는 거리 바닥에서 공중 넘어졌다. 지나가던 사람들은 한 번씩 돌아보고 씩 웃었다. 아이들이 이리로 달려왔다.

영실의 두 귀밑이 화끈화끈 달았다.

“언니 천천히 가요.”

그를 잡아 일으켰다. 옥이는 앞이 아득해지며 재차 넘어갔다. 영실이는 너무 안타까와서 슬그머니 골이 났다. 아이들은 바짝 대들어 숨이 답답하리만큼 쳐다보았다.

그는 겨우 옥이를 일으켜 가지고 그의 손을 꼭 붙들었다.

“언니! 정신 차려요.”

옥이는 쳐다보았다. 그의 이마에서는 땀이 방울방울 맺혀 귀밑으로 흐르는 것이었다.

바라보니 붉은 옷 입은 죄수들이 간수들에게 호위되어 지나갔다. 영실은 발길을 멈추고 섰다.

“오빠!”

얼굴 긴 사나이가 이편으로 힐끗 돌아보고 말없이 지나치는 것이었다. 영실의 무섭게 뛰는 가슴은 옥이를 깜짝 놀라게 하였다.

"웬일이냐! 누구냐?"

"저기 가는 셋째로 선 사람이 우리 오빠야요."

그는 눈을 둥그렇게 떴다.

"오빠? 어머니가 말씀하시던 오빠…… 그 오빠냐?"

영실의 눈에서 눈물이 핑 돌아 떨어졌다. 옥이는 그들의 가는 뒷맵시를 바라보았다. 따라서 영실 어머니의 눈물 섞어 이야기하던 마디마디가 그의 가슴을 울리게 하였다. 몇백 명의 노동자를 위하여 자기 몸을 희생해 바친 영실 오빠. 이렇게 생각하고 나니 정신이 바짝 들었다.

"오빠! 내 오빠도 되는 것이다!"

영실의 손을 뿌리쳤다. 그리고 그들이 밟고 간 넓은 길을 끝없이 바라보았다. 영실은 눈을 부비치며, "언니, 가자우." 옥이의 손을 잡았다.

"봐라!"

옥이는 우뚝 서서 무엇을 깊이 생각하더니, "오빠가 밟고 간 이 길로 우리도 가야 한다! 영실아!" 그의 음성은 떨려나왔다. 영실이는 멀거니 바라보며, 영실의 눈에서 눈물이 핑 돌아 떨어졌다.

"언니 미쳤나봐, 어서 가자우요!"

6
옥이

중로에서 영실을 보낸 옥이는 자기의 과거를 곰곰이 생각하며 걸었다.

'나는 어떠한 길을 걸었나? 아니, 나도 사람인가? 밥을 먹고 옷을 입을 줄 아니 사람이랄까, 울고 웃을 줄 아니 사람이랄까? 응! 아니다! 울었다면 나를 위하여 울었더냐? 웃었다면 진정한 나의 웃음이었더냐? 모두가 봉준을 위하였음이었다. 두루뭉수리 삶이었다! 이러한 삶을 계속시키려고 안타깝게 울었던 것이었다. 불쌍한 인간!'

그는 이렇게 부르짖고 대문으로 들어섰다.

방으로 들어온 그는 묵묵히 봉준을 보았다. 봉준이는 벌컥 일어나려다 도로 팍 고꾸라졌다. 다시 머리를 돌려 눈이 찢어지도록 바라다본 그는 "또 못 데려왔구려! 숙희! 숙희야! 네가 나를 죽이려느냐. 한 번만 뵈어다오, 한 번만……"

눈물이 주르르 흘렀다.

시름없이 바라본 옥이는 속으로 '불쌍한 인간! 차라리 울 바에는 너를 위하여 울어라. 좀 더 나아가 여러 사람을 위하여 울어라! 한낱 계집애를 생각하여 운다는 것은 너무나 값없는 울음이 아니냐!' 이렇게 부르짖을 때 아까 본 영실이의 오빠가 머리에 똑똑히 나타나는 것이었다. 하여 자기 가슴속에 깊이깊이 들어앉았던 남편인 봉준이는 차츰

차츰 희미하게 사라지기 시작하였다. 봉준을 물끄러미 보았다. 핏기 없는 그의 아웅한 얼굴, 진그락지 같은 그의 흰 손은 마치 죽은 송장을 보는 듯한 것이었다. 그리고 이때처럼 아무 미련 없이 봉준을 불쌍하게 본 적은 없었다.

옥이는 골치가 지끈해지면 두 귀가 울었다. 따라 메슥메슥해지며 맑은 침이 휙 도는 것이었다. 방 안으로 빽빽이 들어찬 무거운 공기가 그로 하여금 그렇게 만들어주었던 것이다.

벽을 향하여 누웠던 봉준이는 이켠으로 돌아누웠다.

"여보, 이혼해주겠소, 못해주겠소? 당신 말 한마디에 달린 것이니까."

숙희가 이때까지 자기를 냉대하는 것은 오직 옥이 때문이라 생각되었던 것이다. 옥이는 눈을 똑바로 떴다.

"네, 해드리지요. 이때까지 온 것도 그만큼 제가 어리석었던 것입니다. 아니, 못난 탓이었습니다!"

봉준이는 너무나 뜻밖의 대답에 오히려 서먹하게 되었다. 하여 이상한 눈치로 그를 한참이나 바라보았다.

"참말입니까?"

"네, 참말이지요."

이렇게 대답하는 순간에 답답한 토굴 속에서 벗어나는 듯하였다.

그들은 한참이나 말없이 있었다. 옥이는 더 앉을 수 없이 코밑이 달아왔다. 더구나 바라보기부터 뜨거워 보이는 전등불은 안타깝게 고요하였다. 그는 벌컥 일어났다.

"가겠습니다."

말 한마디를 남기고 미련없이 시원스럽게 뛰어나왔다.

대문을 나서자 선들선들 부는 바람이 그의 전신을 날듯이 가볍게 하여주었다. 따라서 그의 앞에 나타나는 모든 것은 새것과 새것으로 그의 눈을 둥그렇게 하였다. 왜 이럴가? 자신을 향하여 물어보았으나 일정한 대답이 없이 머리에 떠오른 것은 아까 그들이 밟고 간 아득해 보이는 훤한 길이었다.

깜짝 놀랐다. 어둠 속으로 따뜻한 손길이 자기 손을 꼭 잡았다. 그는 탁 뿌리쳤다.

"옥씨!"

목소리가 가늘게 떨려나오는 것을 보아 여자임을 알았다.

"누구세요?"

"저예요."

순간에 그는 누구일까! 숙희가 얼핏 생각이 났다.

"숙희 씨세요?"

"아뇨, 연희입니다."

"네, 들어가 보시지요. 저는 너무 곤한 끝에 머리가 아파서 돌아가는 길입니다."

전 같으면 이렇게 돌아가지도 않겠지마는, 더구나 이런 말을 못하였으련마는 심상히 내쳐버렸다.

"옥씨! 잠깐만 같이 들어가주세요."

옥이는 난처하였다. 모처럼 생각하고 온 손님의 말을

거절할 수 없는 터, 더구나 전 같으면 으레 자기로서는 안내하여야 될 처지인 줄을 번연히 아는 그만큼, 그렇다 하여 다시 그 방으로 들어가기는 죽기보다도 싫은 생각이 났다.

"연희 씨, 용서하십시오. 제가 극도로 몸이 괴롭습니다."

안타깝게 거절하는 옥의 말에 그는 이상히 생각되었다. 그러나 요리조리 따져 생각하기는 뒤범벅이 된 그의 머리가 허락치를 않았다.

"네! 곤하시겠지요."

이렇게 대답을 하면서, 안타깝게 오라는 숙희가 아니오고 기다리지 않는 자기가 온 만큼 당연한 일이다 생각될 때 이 자리에서 금방 죽는다더래도 봉준의 방까지는 들어가고 싶지 않았다.

"그럼 실례합니다."

옥이는 앞으로 달음질쳤다.

숨이 차서 달려온 옥이는 안방으로 들어갔다.

"어머니, 밥 주어요."

며칠 동안에 처음으로 듣는 생기 있는 말이었다.

"응, 주지. 어찌 되었나?"

옥의 손을 잡고 근심스러운 듯이 영실 어머니는 들여다보았다.

"그저 그렇지요. 어서 밥 주어요, 밥!"

옥이는 빙그레 웃었다.

연희는 매일 밤 가서 봉준의 병간호를 하였다. 그의 열성으로 간호한 보람인지는 몰라도 차츰차츰 회복되기 시작하면서부터 그의 가슴속에 깊이깊이 들어앉았던 숙희도 저절로 흔적을 감춰버렸다.

반면에 봉준이는 연희에게다 마음을 붙이고 다시 하늘을 보게 되었다. 그만큼 연희의 순정에 눈물 날 만큼 감복되었던 것이다.

그는 완전히 자기 병이 회복되자 옥이가 원망스러웠다. 누구나 자기 한 생각은 못하는 것처럼, 봉준이도 역시 마찬가지였다.

그날 밤 뛰쳐나간 후로는 옥은 발길을 끊었던 것이다.

따라 새록새록히 옥의 신변을 조사하는 반면에 이상하게도 자기의 마음이 옥에게로 돌아가는 것이었다. 학교 안에서는 우등생으로 선생이나 학생들 간에 온갖 사랑을 혼자 받는다는 것, 더구나 재일이가 미쳐서 덤비는 꼴을 보고는 야릇한 복수심으로부터 이렇게 되는 것이었다.

그리하여 성화치듯 재촉하는 이혼 일체도 그만해두고 도리어 옥의 눈치만 슬금슬금 보는 것이었다.

어떤 날 밤 그는 하도 궁금증에 못 견디어 종로 네거리로 휘뚜루 쏘다니다가 그만 새로 한 시나 되어 옥의 하숙집을 찾았다.

대문은 걸렸다. 그는 뒤창문 켠으로 갔다. 하여 가만히 동정을 살피니 자는 모양이었다. 그래서 깨울까 그만 갈까 한참이나 망설이던 끝에, "옥씨!" 하고 불렀다. 잠잠하였다. 이미 찾은 김이다. 내쳐 불렀다.

"여보 자우? 옥씨 여보!"

창문을 지긋지긋 잡아당겼다. 첫잠 들었던 옥이는 문 잡아당기는 결에 놀라 가만히 귀를 기울였다.

"여보 옥씨!"

익히 듣던 목소린데도 얼핏 생각나지 않았다. 그래서 그는 가만히 일어나서 창문 곁으로 갔다. 순간에 '봉준이다' 하였다. '무엇하러 그가 이 밤에 우리 집을 찾아왔을까? 무슨 볼일이 있나? 무슨 일일까?' 이렇게 의심을 하고,

"누구세요?"

"봉준입니다."

"네! 무슨 볼일이 있어요?"

이 말에 봉준이는 부쩍 의심이 났다. 누가 방에 있지나 않나? 그렇지 않으면 저로써……?

"네, 볼일 있습니다. 문 좀 열어주시오."

옥이는 옷을 더듬더듬 주워 입고 밖으로 나가서 대문을 열었다.

봉준은 대문 켠으로 왔다.

"그새 평안하셨소?"

첫잠에 무르익은 그의 토실토실한 두 볼은 달빛에 한층 아담스럽게 보였다. 봉준이는 손목이라도 컥 붙잡고 싶게 그리 반가웠다.

"어떻게 이 밤에 오셔요."

"당신 오지 않으니까 보고 싶어 왔지요."

특별히 능청맞게 그의 귀에 들렸다.

방으로 들어온 그들은 깊은 침묵에 잡혔다.

“무슨 볼일이세요?”

봉준을 바라보았다.

“볼일은 무슨 볼일이야, 당신 보고 싶어서 왔다니까.”

“갑자기 그렇게 보고 싶더이까?”

“그런 수도 있지요?”

“왜? 요새 새로운 부인이 생겼다는데 나 같은 것이 보고 싶어요?”

옥이는 입을 꼭 다물고 책상 위를 보았다. 봉준이는 옥을 뚫어져라 하고 보더니, “여보, 당신 마음이 요즈음 달라진 것 같구려.”

“네? 달라졌다고요? 어떤 점으로 보아서 하시는 말씀입니까?”

“어떤 점으로 보다니?”

그의 눈은 분함과 노여움으로 뒤집혔다.

“물론 당신의 자유를 누가 말릴 수는 없지만 너무합니다.”

이것이 무엇을 의미함인지 옥이는 번연히 알았다. 하여 그는 그의 뒤집힌 눈을 피하려고도 하지 않고 맞쏘아보았다.

“네, 나도 이제부터는 나로서의 삶을 계속하여 보렵니다. 그러니까 과거와는 달라진 삶이겠지요!”

봉준이는 그의 어딘가 모르게 굳세게 나가는 말에 다소 놀라지 않을 수 없었다. 따라서 그에 대한 애착심은 점점 더하여지는 것이었다.

“여보, 당신도 좀 배웠다는 텃세구려. 이를테면…… 흥.”

봉준은 아니꼽다는 듯이 머리를 외어꼬았다. 한참 후에 봉준은, “여보 그러지 마우. 어머니 생각을 한들 당신으로서야 차마 버티겠소. 나는 아직 셈이 없어 그러든지, 천성이 그래 그러든지, 막 치워놓고라도 당신만은 꾸준히 우리 집을 위하여 살아야 하지 않겠소. 당신은 어머님의 유언을 잊었구려.”

자기의 말에 감격이 되어 눈물이 흘러내렸다.

“어찌하시는 말인지 나로서는 알 수가 없습니다. 밤낮으로 이혼해달라고 졸랐지요? 한데 새삼스럽게 오늘 와서 이렇게 말씀하는 뜻은?”

“그래, 내가 그런다고 당신은 다른 데로 시집가려는구려.” 하고 옥을 껴안았다. 하여 번개같이 옥의 볼 위에 볼을 마주대는 것이었다.

옥이는 있는 힘을 다하여 그를 뿌리치고 휙 일어났다.

“여보! 나는 당신의 아내가 아닙니다. 이런 무례한 짓을 어따가 합니까? 가요!”

그의 소리는 날카로웠다.

봉준이는 어젯밤, 지난 일을 생각하면 담박이라도 달려가서 옥이를 쳐 죽이고 자기마저 그 자리에서 세상을 꿈벅 잊고 싶었다.

어머님께서 코, 침, 졸졸 흐르는 옥이를 데려다가 자식 못지 않게 사랑하여 옴상곰상히 키워서 자기의 세대를 전부 밀어 맡긴 것임에도 불구하고 어쩌니저쩌니 하는 것이 죽도록 미웠던 것이다.

첫새벽에 그는 영철 선생에게 가는 편지를 써서 부쳤다. 몇 달지간에 처음으로 하는 것이었다. 편지한 지 이틀만에 영철 선생은 담박 경성으로 올라왔다.

이렇게 속히 오리라고는 생각지 못했다가 뜻밖에 만나 놓으니 말문이 콱 막혔다.

"편지 보셨습니까?"

"보았네. 그래 무슨 소린지 몰라 왔네마는……."

봉준이를 자세히 보았다. 그리하여 그의 속까지 꿰뚫어보려는 듯하였다. 전부터 그를 못마땅히 앎으로 인하여 그의 말로만은 신임할 수가 없었다.

"이제 옥이한테도 갔었네만은 학교 가고 없데그리."

"가셨댔나요……. 뭐, 아무래도 이혼은 되는가 싶습니다."

"지껄이지 말아. 하면 말인 줄 알고 자네는 떠드네마는…… 옥이가 그럴 리가 있나?"

봉준이는 웃었다.

"예, 물론 선생님까지도 저를 의심할 줄은 번연히 알았으니까요. 믿는 나무에 곰팡이 핀다고…… 그렇게들 예수 믿듯 믿으시더니 아주 잘 되었습니다."

그는 천장을 쳐다보았다.

문이 열리자 재일이가 들어왔다. 그는 아랫목으로 가서 펄썩 주저앉아 비스듬히 바람벽을 기대앉았다.

"여보게, 옥씨 오셨댔나?"

"밤낮 옥이, 그렇게 보고 싶으면 가서 보게나."

봉준이는 슬그머니 싫증이 나면서도 겉으로는 웃음으로 쓸어쳤다.

선생은 위질비뚝한 난봉 사내 입에서 옥의 이름이 오르내리는 것이 싫었다. 그래서 머리를 외어꼬고 괴로운 낯빛으로 잠잠하였다.

재일은 봉준을 향하여 눈을 껌뻑하며 선생의 아래위를 살펴보았다. 봉준은 씩 웃었다.

"여보게, 나도 장가가야 되지 않겠나?"

"중매할까?"

봉준의 눈치를 보아 이 사람이 누군지를 대강 짐작하였다. 전부터 영철 선생의 이야기는 봉준으로부터 몇 번 들었던 것이다.

"하게, 연희 씨로 하게."

이 말을 듣자 선생은 괘씸한 생각이 들어 그들이 몹시 아니꼽게 보였다.

그러나 모든 일은 옥이를 만나봐야 알겠으므로 어서 바삐 옥이 오기를 조마조마히 기다리었다.

안방 시계가 다섯 시를 쳤다. 신발소리가 점점 가까워지자 방문이 가만히 열렸다.

"선생님!"

옥이는 어린애처럼 뛰어 선생의 곁으로 바싹 다가앉았다. 따라 아득히 멀어 보이는 고향에서 온 것이 꿈을 꾸는 듯이 생각되었다.

"공부 잘했나?"

선생의 둥글둥글한 웃는 맵시를 보며 어머니나 아버지를 대하는 듯하였다.

"에그, 선생님! 어떻게 오셨어요."

생각할수록 신통하여 선생을 쇠쇠 들여다보았다.

"옥씨, 그새 공부 잘하셨습니까?"

옥이는 재일을 바라보았다.

"인사가 늦었습니다. 우리 선생님 오신 것이 하도 반가워서요."

"자네 얼굴이 전보다 좋아졌네."

선생은 옥이를 쇠쇠 들여다보았다.

옥이는 잠깐 동안 봉준이의 기색을 보았다. 그는 잠잠히 딴 곳을 바라보고 가볍게 한숨만 쉴 뿐이었다. 옥이는 눈을 돌려 선생을 두루두루 살폈다. 그의 풍스러운 옷맵시, 땅 파다 온 갈라진 손, 그리고 꾸밈없는 질박한 말씨가 농촌의 진경을 연상시키게 하였다.

"선생님, 농사는 어찌 되었습니까? 조도 잘 되고 벼도 잘 되었나요?"

"되기는 다 쑬쑬히 되었네마는……. 어찌 된 모양인지 전보다는 더 어려워지는 모양이니 난처하지. 그리고 자네네 앞집 쇠돌네는 작년 가을에 북만주로 가고 올 봄에도 십여 가구가 만주로 떠났네."

옥이는 눈이 둥그래졌다.

"쇠돌 할머니도 가셨겠지요?"

시어머님 돌아가신 후로는 집안에서 답답한 일이 나든

지 혹은 아직 서툰 것이 있든지 하면 쇠돌 할머니가 찾아오든지 자기가 일감을 떠들고 갔다. 하여 저고리부터 시작하여 속옷 암질러, 더구나 음식에는 겨우 밥이나 끓일 줄 알던 그가 두부, 무, 떡막붙이, 비지 같은 것에 이르기까지 그 할머니의 가르침을 받았던 것이다.

쪼글쪼글한 그의 얼굴, 꼬부라진 허리, 무슨 일 할 때에는 쇠눈 같은 안경 쓰던 것이 지금이라도 보이는 듯하였다.

"그들이 만주로는 무엇하러 갔나요?"

눈물이 핑 돌았다.

신문을 통하여 농촌 형편을 대강 짐작은 했지만 막상 낯익은 자기 고향 사람들이 못 살고 떠났다는 소리를 들으니 마치 자기 일이나 당한 듯하였다.

"만주에서는 누가 이마에 손 얹고 기다린답더이까?"

봉준, 재일까지도 멍하니 그들의 하는 이야기를 듣고 있었다.

"그곳에는 땅이 흔하다대. 그래서 농사 지으러들 가지. 우리 근처서 몇몇 들어간 사람들은 아주 넉넉히 지낸다는데."

옥의 흘리는 눈물을 물끄러미 바라보며 당연할 것이다 하였다.

"땅이 흔하면 거저 준다나요! 내 땅을 떠나서 가면 무얼 해요. 이제도 떠나겠다는 어리석은 사람들이 있거들랑 선생님께서 제발 말려주세요. 앞길을 막고 사정없이 때려주세요. 아니, 반쯤 죽여주세요. 굶어죽어도 내 땅에서 죽고 빌어먹어도 내 고향에서 먹어야지요!"

선생은 어리둥절하여 옥이를 보았다. '아마도 제 마음이 시끄러운 데 빙자하여 가지고 저러나 보다.' 하고 생각하니 더욱 가엾게 보였다. 하여 마음을 풀어줄 양으로

"말이지 걱정 말게. 세상은 다 그런 것 아닌가. 고생으로 된 세상이니까."

이 말에 옥이는 예수교 말이 나온다 하고 생각되었다.

봉준이는 옥이가 떠드는 것이 밉광스러웠다.

"옥이, 선생님 앞에서 똑똑히 말하오. 선생님께서는 내 말은 믿지 않으시니까. 당신은 내 아내가 아니라지요?"

선생은 옥이를 똑똑히 보았다.

"언제 우리가 부부 되었던 일은 있어요? 당신도 늘 하신 말씀과 같이……."

봉준이는 선생을 쳐다보았다.

"자, 어떠합니까? 이제도 제 말을 곧이듣지 않습니까?"

선생은 멍하니 아무 대답도 못하고 한참이나 옥이를 보다가, "여보게, 자네가 아무래도 미친 모양이네. 사람의 정신을 가지지 못하였어. 자네가 참말로 옥인가?"

"네, 옥이는 옥입니다마는 옛날 같은 어리석은 옥이는 아니올시다."

"어리석은 옥이! 그것은 또 무슨 말인가? 흥! 서울이 사람을 못 쓰게 만든다고 하데마는 겨우 일 년이 지나지 못해서 그렇게 된단 말인가? 자네만은 내가 믿었네마는……."

순간에 선생의 눈에 떠오른 것은 봉준 어머니의 새하얀 얼굴이었다. 그리고 "저 어린것들을 선생님에게 맡깁니

다. 부디 잘 길러주시오!" 하고 재삼 부탁하던 그의 말이 귀에 들리는 듯하였다.

근 십 년 동안을 그들의 선생 겸 엄하신 아버지 겸 자상한 어머니가 되어 키운 보람없이 글쪼박이나 속에 들었다고 제멋대로 구는 것이 무엇보다도 난처했다.

선생은 한숨을 푸 쉬고 나서 "내려가! 배우라고 서울 보냈지, 그런 수작하라고 보낸 것은 아니야!" 소리를 냅다 질렀다. 봉준이는 가슴이 시원하도록 통쾌하였다. 옥이는 가슴이 송구해졌다. 선생의 꾸준한 애호심은 자나깨나 잊지 못하였던 것이다.

그의 눈은 빨개졌다.

"어서 준비들 하게!"

봉준이는 쳐다보았다.

"내가 무슨 권리로 자네들을 관리하겠나마는……. 알다시피 돌아가신 자네들의 어머님의 피나는 유언을 잊지 않음일세."

선생은 주먹으로 눈을 씻는 것이었다. 옥의 가슴은 찌르르 울리었다. 그러나 그는 속으로 이렇게 위로받았다. '어머님의 딸은 나다! 어머님께서 생전에 실행치 못한 것을 나는 실행할 것이다!' 그는 적이 안심되었다.

"어서 가세. 짐들 다 싸게."

"선생님, 저는 못 가겠습니다."

선생은 와락 성이 치받쳤다. 그리하여 눈을 벌컥 뒤집고,

"뭐라구! 한마디만 더 해보게! 그래, 자네 입으로 나오

는 말인가? 저 하늘이 무서워서 어찌 그런 말을 하나? 아무리 마음이 변했다 해두 죽은 사람은 죽었다 하더래두 자네들을 위해서 애쓴 이놈만을 알아볼 터이지. 이놈만은!"

자기의 가슴 복판을 가리켰다. 옥이는 전신이 오싹해지며 그 넓다란 가슴을 보았다. 확실히 자기네들의 둘도 없는 은인이었다. 하나, 둘, 셋, 넷을 그에게 배우고 이때까지 무사히 자란 것이 그의 애쓴 보람이었다.

그러나 한두 사람을 돌아보아 자기의 젊음을 무단히 썩어뜨리고 싶지는 않았다. 그보다도 자기의 젊음을 무가치하게 희생당하고 싶지는 않았던 것이다.

옥이는 눈을 착 내려감고, "선생님! 잊지 못합니다. 결단코 잊지 못하겠습니다. 그럴수록 좀 더한 용기를 얻어 앞으로 나가게 되는 것입니다. 이것이 선생님을 잊지 못하는 증거입니다!"

"듣기 싫어! 자네 수작은 하나도 들어볼 건더기가 없네. 소위 배웠다는 것들에게서 나오는 말이 그 뿐새인가? 내려가!"

그는 옥의 손을 잡아끌었다.

"자네는 짐 다 싸가지고 뒤로 오게!"

이 꼴을 본 봉준이는 선생의 두 손을 꼭 잡았다. 토라진 옥의 마음을 다시 돌리지 못할 것으로 알았던 것이다.

"내버려두시오."

"어서 가우! 축복합니다."

옥이는 새하얗게 질렸다. "선생님! 저는 가겠습니다."

겨우 내치고 발길을 옮겼다.

선생은 봉준이를 밀치려 했으나 힘이 달리었다.

"옥아! 옥아!"

눈물 섞어 나오는 인자한 목소리였다. 옥이는 어려부터 귀에 젖은 그 음성에 발길이 무거워졌다.

김명순

탄실이와 주영이

《조선일보》, 1924년 6월~7월

탄실의 작은 가슴은 처음으로
사나운 인정에 속았다.
그렇다고 탄실은 얼른 집으로 돌아가서
산월을 '어머니, 어머니' 하기는 얼른 싫었다.
그는 산월이를 무엇인지
어머니라고 부르기가 꺼렸다.
허나 탄실은 결코 그 모친을 진심으로
싫어하는 것이 아니고
다만 '첩의 딸', '기생의 딸'이란 말이 듣기 싫었다.
그는 어릴 때부터 명예심 많은 처녀였다.

1

6월 초승의 요사이 일기로는 아주 더운 어느 날 오후였다. 석양은 지금 황금빛같이 찬란함으로 조선 서울 종로 네거리에 뜨겁게 내리비친다.

열십자로 갈라진 전후좌우 길거리에 벌려 있는 상점의 광고판들은 독기 있어 보이는 시꺼먼 먹으로 바짝바짝 다 붙어서 각각 그 이름을 자랑하고 있다.

종로경찰서 지붕 위에 독일 병정의 모자 같은 시계가 바로 네 시를 가리켰을 때다. 드높은 이층집 유리창과 창이 땅 위에 한 분자 분자의 작은 알맹이가 모두 지루한 볕에 반짝거릴 때 마치 빛의 찬란한 심포니를 보는 것 같을 때, 흰옷을 입은 사람들의 얼굴이 구릿빛같이 무르익을 것을 저들의 약함으로써 받는 모든 학대 때문에, 기운이 쇠침해지고 행동이 느려져서 전체로 빈혈된 그들의 얼굴에는 붉은빛이라고는 볼 수 없고 누렇고 검어서 부질없이 의지 약한, 힘없음을 보인다. 그래도 그들은 무슨 일이 있는지 네거리를 이리 가고 저리 가고 자주자주 왕래한다. 그들은 다 눈을 감았다. 이 흰옷 입은 이들이 걸어다니는 길 가운데로는 전차들이 쉴 틈 없이 종을 치면서 지나가고 지나온다. 지금 북쪽에서 왼쪽 길로 왔다 갔다 하던 전차 하나가 두어 사람을 실어다가 종로 네거리에 내려놓았다. 그 가운데 여학생으로서는 흔히 볼 수 없는 베옷 입은 스무 살 안팎의 여자 하나가 산동주 양산을 들고 칼날 같은 날카로운 기세로 전차에서 내렸다.

또 이와 반대되는 남쪽에서도 사람을 많이 실어다가 종로 네거리에 내려놓았다. 그 가운데 회색 양복 입은 중키나 되는 청년과 검정 양복 입은 호리호리한 청년이 검정 책 한 권을 들고 무엇이라고 이야기하면서 서대문으로 향해 가는 전차를 타려고 얼키설키한 십자가의 전찻길을 옆으로 건너서 정류장에 와 섰다. 마침 소복을 입은 여학생도 그편 정류장을 향하고 걸어가다가 허리를 굽혔다.

그는 언뜻 보기에 대단히 아름답고 영리해 보이는 여자 같았다. 또 그의 민첩한 표정을 한 얼굴은 아무리 무심히 보더라도 다만 한 명의 보통 여학생으로는 보이지 않았다.

정류장에 서서 전차를 기다리던, 먼저 남대문 편으로 오던 전차에서 내린 두 청년 중에 검정 양복 입은 청년이 모자를 벗어서 소복의 여학생에게 마주 인사했다. 그리고 그 소복의 여학생이 점점 가까이 갔을 때 "탄실 씨. 시방 댁으로 가는 길이올시다. 김 선생이 댁에 계실까요. ……마침 계셨으면." 하고 탄실이란 여학생의 그 꼭 다문 입이 얼른 열릴 것 같지도 않을 표정을 엿보면서 머뭇머뭇 말했다. 여학생은 다만 잠깐 낯을 붉히고 "모르겠어요." 하고 인사는 하였지만은 말은 하고 싶지 않다는 듯이 서너 발자국 다시 물러섰다. 그리고 동쪽을 바라보면서 전차 오기만 기다렸다.

"다— 틀렸네, 하늘을 보아야 별을 따지" 하고, 검정 양복 입은 청년이 회색 양복 입은 청년에게 낙망한 듯이 말했다. 회색 양복 입은 청년은 그것이 당연한 일이라는 듯이

"흥, 그러기에 낮잠이나 자란 말이지. 사람이란 가령 하나님에게 내버려질 것 같으면 악마에게도 가붙지 않은 것이 당연한 사람다운 일일세." 하고 말했다. 검정 양복 입은 청년은 그러한 친구의 말이 무슨 의미인지 알 수 없다는 듯이 고개를 기울이다가 알맞게 그 앞에 와서 머무는 전차 위에 올랐다. 저편에 섰던 여학생도 멀리서 기다리다가 사람이 다 오른 뒤에 나중으로 올라섰다. 그러던 그는 무엇을 생각했는지 전차가 막 떠나려고 종을 칠 때 급히 전차에서 내렸다. 그 내리는 이의 얼굴을 유심히 볼 것 같으면 무엇인지 숨이 칵 막힌 사람도 이러하리라고 의심이 날 만큼 새파랬다. 전차는 할 수 없는 듯이 올랐던 사람을 다시 내려놓고 남아 있는 사람들만 싣고 서쪽으로, 서쪽으로 달아났다.

"음." 하고 입맛이 쓴 듯이 검정 양복 입은 청년이 전차의 가죽 손잡이를 쥐고 섰다가 앉으면서 한숨지었다. 회색 양복 입은 청년은 다시 입을 열면서 약간 미소를 그 온화하고도 몹시 게으름이 나는 듯한 얼굴에 띠우고, "그러게 내 말이 아무리 사랑을 기초로 하고 창작하고 생활하는 예술가일지라도 사랑을 하려다가, 한 번 실패를 했거든 참아서 들뜨는 마음을 꽉 누르고 자기가 경험한 실패를 그 뼛속까지 해부해보란 말이야……." 했다. 검정 양복 입은 청년은, 그 친구의 말이 귀찮은 듯이 "오늘은 자넨 설교가 맛이 적으이. 내일 또 해보세." 하고 다시 탄식하듯이 밖으로 뿜어나오는 긴 숨을 삼켰다. 회색 양복 입은 청년은 얼마큼

무료한 듯이 옆을 바라보다가 다시 그 친구를 그대로 둘 수는 없다는 듯이 "그런데 그 탄실이라는 김정택의 누이가 몇 살인고, 어디." 하고 그 친구의 손에 있는 검정 뚜껑의 책을 가리키며 "이 《너희들의 등 뒤에서》(나카니시 이노스케, 汝等の背後より, 여주인공 '주영'이 김명순을 실제모델로 했다는 소문이 있었다.)라는 책의 주인공과 같은가." 하고 물었다.

2

검정 양복 입은 청년은 좀 불쾌한 듯이 팔짱을 끼고 눈을 감으려다가, 그 친구의 애써 위로하려는 뜻에 감동된 듯이 "전부 같지는 않아. 저 탄실이야 주영이같이 산 여자는 아니지. 아직 그 사람은 전형을 못 벗어난 사람이야. 그것을 내가 잘 인도하고 싶단 말이지……." 하고 발끝을 내려다본다. 회색 양복 입은 청년은 그 말에 불복할 점이 있는 듯이 고개를 돌리다가, "그런데 몇 살이야." 하고 다시 재차 물었다.

"나도 자세히 모르지만, 삼십 가까웠지……."

"뭐야, 어느새 삼십이 가까워. 어디 그렇게 보이나. 얼른 보기에 퍽 단순하고 어려 뵈는데." 하고 알 수 없다는 듯이 창밖을 내다보았다. 이같이 이야기하는 동안에 전차는 서대문정 이정목에 와서 정거했다. 두 청년은 "여기로세." 하고 내렸다. 그러나 역시 검정 양복 입은 청년이 대단히 주저하며 갈 바를 모르는 듯이, 발길로 땅을 파다가 "가면 무얼 하누?" 했다. 회색 양복 입은 청년은 그 행동이 난처하다는 듯이 바라보다가, "이왕 왔으니 김정택 군을 만나고 가지. 탄실이란 여자에게 절망했기로서니, 그 오라범에게까지, 만나지 말란 법이야 어디 있다." 하고 타일렀다.

저들은 한참 머뭇거리다가 정류장 앞 바른편에 '광제병원'이라고 광고 붙인 골목으로 들어갔다. 그 골목 막다른 곳에는 반(半)양식으로 지은 광제병원이 한가해서 졸린 듯이 우두커니 이층으로 서 있었다. 밖으로 보기에 환자도 없고, 간호사나, 의사는, 낮잠이나 자는 듯하였다. 이에 두 사람은 그 병원 손잡이를 잡았다.

조는 듯한 집에 사람의 인기척이 문간 종을 울렸다. 병실에서, 신문을 보던 김정택이란 40여 세 된 의사가, 사람 좋은 태도로 빙글빙글 웃으며 두 손님을 나와 맞았다. 그리고 저편 쪽마루로 나오는 간호사에게 "작은 아씨 아직 안 오셨니?" 하고 물었다. 간호사는 두 손님을 유심히 바라보다가 "안 오셨어요." 하고 다시 안으로 들어갔다.

김정택은 이윽고 병원 응접실로 두 손님을 인도하고, "이수정 군, 지승학 군. 요새 재미있는 창작이나 하셨소." 하고 부채를 내놓으면서, "하하" 하고 웃었다.

그 두 손님 중에 검정 양복 입은 청년을 이수정이라 하고, 회색 양복 입은 청년을 지승학이라 한다. 여기 두 사람은 조선에 흔히 있는 문학청년이었다. 검정 양복 입은 청년은 시를 짓고 회색 양복 입은 이는 소설을 짓는다. 김정택은 두 문학청년을 맞아놓고, 이야기 종자가 흔하지 않은 듯이 자주 탄실을 찾는다.

"우리 탄실이가 있었으면 자네들하고 훌륭한 문답을 해서 자네들의 높은 코를 다 낮추어놓을 텐데." 하고, 부대한 몸집과 붉은 얼굴을 흔들면서 "내 누이동생이라도, 어떤 일은 놀랄 만큼 칭찬할 일이 있어. 그렇게 귀여운 여자가 무슨 일로 제일 불행한 여자들 중에도 첫손가락을 꼽히게 되었는지." 하고 저는 슬며시 화단 있는 후원을 내다본다. 지승학이란 소설가는 그 모양을 동정하는 듯이 바라보다가 "그런데 영매(타인의 누이동생)께서 연전에는 댁에 안 계셨지요. 언제부터 댁으로 돌아오셨나요?" 하고 물었다.

"작년 가을에 비로소 데려왔지요. 나와는 이복형제인고로 같이 한 집에서 자라본 적이 없었고 또 그 성질을 자세히 알 수 없어서 의심하면서 제가 하는 대로 내버려두고 멀리 바라만 보았더니, 그 애가 지금까지 세상에서 오해를 받은 것은 전부 허무한 일일 뿐 아니라 악한 남녀의 모함입디다그려. 그래서 노친은 반대하시는 것을 억지로 빌다시피 해서 데려왔더니 그런 착한 여자가 다시는 없을 것 같습니다. 그래서 나는 하루바삐 어디 좋은 곳에 심어주고 싶지만 당자가 극력으로 반대하니까 때를 기다리지요. 그 반대하는 말이 또 우습지요. 한 번 결혼 일 때문에 세상의 웃음거리가 된 이상에 그 웃음거리 된 몸을 다시 다른 사람과 결합하려고 하는 것은 신성한 자기를 더럽힌다지요. 그래서 우리가 묻기를, 어째 하필 너만 그렇게 신성하냐고 물을 것 같으면 두 번 갸웃해 그 대답이, 오라버니 산봉우리를 아래서 쳐다볼 때만 높게 봅니다. 그 높은 데 올라갈 것 같으면 다시 더 높은 곳이 있는 듯이 상상하게 됩니다. 그러나 어찌 하다가 잘못 미끄러져서 산봉우리 아래 떨어질 것 같으면 다시 자기가 올라갔던 산봉우리가 높았던 듯이 생각이 됩니다. 그러니까 확실히 사람은 낮은 데 있어야 높은 데를 더 그리는 것 아닙니까. 올라갈수록 높은 것이 한정 있는 것은 아니고 그 사람들의 이상을 표준하고, 신성하다 고상하다하는 것이니까, 그렇게 말을 만들면 확실히 저는 신성합니다, 하고는 저도 기가 막히는 듯이 웁니다. 그 정경이 참 딱하지요." 하고 그 누이를 동정하는 듯이 말한다.

4

"그렇게 말을 돌려대기만 하면 자네 말은 아주 무례한 말이 되네. 아주 쉽게 그 여자의 심지라든지 또는 외양도 잘 모르면서야 어떻게 남을 지도한단 말을 할 수 있단 말인가."

"그러지 말고 바로 말하게. 이 군 자네가 내 누이를 얼마만큼이라도 사모하지 않는다. 그런 것을 이리저리 돌려대보는 것 아닌가. 똑바로 말해보게. 조선 사람은 너나 할 것 없이 다 허풍 치기를 좋아해서 조금이라도 다른 사람이 꺼리는 것이면 자기도 꺼려보는 것이 큰 병이야. 가령 한 동리에 한 사람이 싫어하는 것을 다른 사람들도 다 싫어하면 말이 너무 허황해서 듣는 사람은 좋은 감정을 안 가질 것이 예사로운 일이지. 하지만 대개는 그 분명히 말도 못 하는 남이 싫어하니까 나도 싫어한다는 다른 사람과 타협하는 것이 아니고 경쟁하는 마음을 가지고 있지. 내 누이로 말하면 10년 전에 벌써 참 옛이야길세. 어떤 평범한 아무런 일에도 새로운 것을 찾아낼 힘이 없으면서, 그래도 구구히 사람들의 군 입내를 없이 하기 위해서 하는 칭찬 푼어치나 듣는 쥐 같은 작은 남자와 약혼하려다가 그 남자에게 절개까지 억지로 빼앗기우고, 그나마 그것이 세상에 알려졌을 때 어리고 철없는 내 누이의 책임이 되어서 그보다 5~6년이나 위 되는 쥐 같은 남자가 여자 복 있다는 헛 자랑을 얻고 또 내 누이와는 원수같이 되어서 현재 저와 꼭 같은 다른 계집하고 잘 산다 하세. 그러기로서니 어리고 철없던 사람이 자라지 말라는 법이야 어디 있나. 그동안에 내 누이가 자라고 철들었다고 할 것 같으면 그만이 아닌가. 그렇지만 세상은 그렇지 않고 기막힌 일이 많아……. 우리가 생각할 때엔 참 우리 탄실이가 말하는 것같이 아래로 떨어질수록 높은 것을 알 터이니까 세상 사람도 그것을 알아주고 그 경우에서 끌어올려 줄 것같이 생각하지만 몇 천 길 깊은 해감(바닷물 속 유기물 찌꺼기)에 빠져서 헤매는 사람이 있다고 하면 그 사람이 보통 사람보다는 우월할수록 반드시 세상은 그것을 건져주기는 고사하고 해감 속에 거진거진 빠져서 모가지만 남은 것을, 마저 해감 속에 넣어 숨기려고 하니까 참 작은 한 여자의 10년 동안 걸어온 길이 지독히도 무서워서, 유혹이 있더라도, 내 누이에게 닥쳐오는 유혹은 종류가 다르지. 얼마만한 두뇌로는 그것을 해석도 못하지. 그래도 탄실이는, 능히 유혹과 친절을 분간해나가지만 허나 누가 그것을 아나. 그 애가 10년 전에 동정을 제 마음대로도 아니고 분명한 짐승 같은 것에게 팔 힘으로 빼앗기었다 하면, 시방도 바로 듣지 않고 내 누이만을 불량성을 가진 여자로 아니……. 저 《너희들의 등 뒤에서》란 책이 난 뒤에도, 탄실이는 얼마나 염려를 하는지, 그 꼴을 차마 눈으로 볼 수 없어서, 말끝마다 오빠가 내가 일본 남자와 연애했던 줄 알겠구려, 그러면 내가 창부 같은 계집이라겠지. 그리고 내게도 조성식이라든지, 김성준이라든지, 또 신출용이라든지 그런 남자들이 있던 줄 알겠구려(≪너희들의 등 뒤에서≫에 등장하는 남성 인물들, 여주인공 '주영'과 사귀었다.), 하고 번민을 하고 또 울고 하더니 이제는 그것도 사그라져서 제법 잊어버리고 저 안국동 유치원에 다니지만……."

"아— 이제야 이 군은 말이 없어졌지. 대체로 남을 생각하는 사람이 그 말을 참지 못하고 이리저리 둘러대는 것은 병이야. 그것은 내 생각에 마음이 들뜬 증거 같아. 그리고 마음을 한데로 꼭 모을 수 없는 운명의 장난을 이기지 못하는 것이야……."

"자네들이 그렇게 말하면 할 말이 없네. 그동안에 나는 또 한 가지 생각한 일이 있네. 탄실 씨와 주영이가 다른 것은 큰 원인이 있네그려. 주영이란 여자가 전부 다른 나라 사람들한테 학대를 받고 원수를 갚는다고 이를 가는 것과 탄실 씨가 우리나라 사람들 그러나 친○파들한테, 학대를 받고 오랫동안 번민하는 것은 다를 것이지……."

"옳소, 옳소. 이 군. 내 누이의 복수하려는 마음이 온전히 내적인 것은 주영이의 경우와는 다른 것이 원인이요……. 허나 이 군의 평상시에 말하는 주의로 말하면 또 주영이를 이상하는 마음과 몹시 모순되지 않나. 사랑을 기초로 하고 그 꿈을 시화한다는 이 군이 온전히 내부적 혁명가를 외부적 혁명가인 주영이만 못하다고 하는 것은 무엇을 증명하는 것인가."

"하하……. 이제 이 군의 비밀이 아주 폭로되었네. 그래도 이러고 저러고 말을 둘러댈 터인가."

"그것은 참 이 군의 사상이 통일되지 않은 증거거나 그렇지 않으면 자기를 눈앞에 속이는 거짓일세……."

5

광제병원 응접실에서는 두어 시간 전부터 하던 이야기를 계속하는지 이따금 '탄실이'니 '주영이'니 하는 소리가 후원 화단 앞까지 새어 들린다. 석양은 아주 서산 너머로 온종일의 목숨을 호젓이 지울 때, 새빨간 우미인초 밭 앞에서 꽃밭에 물을 주고 김을 매던 탄실은 새어 들리는 자기 이름에 간담을 녹이다가 차츰차츰 용기를 내어 응접실, 툇마루 끝으로 자기 모양이 보이지 않으리만큼 조심스럽게 가 앉았다.

탄실은 무엇인지 이러한 동작을 꿈결에라도 하여본 듯한 아련한 감정이 그의 가슴속에서 모락모락 일어나는 것을 깨달았다.

저녁바람이 산들산들 불어서 강한 햇볕에 꺼내 입었던 모시적삼이 그 옷섶에서부터 위로 점점 달달 말려 올라가는 것 같다. 아련하던 감정이 점점 불어서 분명히 옛날 추억에 돌아가서 잊었던 것을 다시 또 생각할 때, 그의 온몸이 사시나무같이 떨렸다. 또 그 귀를 기울이면 "탄실이를 재료로 소설을 써보게. 확실히 심상치 않은 것이 될 터이니……."

"확실히 주영이와는 다를 것일세. 주영이는 끝끝내 이기주의자인 일본 사람들에게 학대를 받고 속았지만 탄실이는 그 반대로 조선 사람이면서 일본 사람의 생활과 감정에 동화된 조선 사람들에게 학대를 받았네. 주영이가 일본으로 갈 때는 다만 법률을 배워서 일본 사람에게 원수를 갚겠다고 갔지만 탄실이가 일본 갈 때는 어디 일본 사람은 얼마나 하나 보자, 하고 시험적으로 간 것이오. 그리고 일본 사람을 숭배하지도 않았으니까 아무 이익을 바라지 않고, 병목이든지 심지어 일본 인력거꾼에게까지 속아 넘어가진 않았을 것일세. 그뿐 아니라 탄실이 자신이 어떤 때는 일본 사람이 이기주의자이니까 그 애가 일본 건너갈 때를 생각하면 그건 양의 새끼 같은 착한 여자가 아니고 이리 새끼나 호랑이 새끼 같았지."

"그럴 것 같으면 《너희들이 등 뒤에서》라는 책은 한 여성을 주인공으로 쓴 것이 결코 아니고, 조선 전체를 동정해서 일본 사람인 ○○가 일본 사람의 처지에서 반성하느라고 쓴 것일 겁니다."

"그런지 모르지요. 내가 그 작자를 서모 집 사랑채에 세 들어 있던 청년인가보다고 말하는 것도 무슨 증거가 있던 것은 아니고 주영이는 중류 이하 가정에서 초라하게 자라났지만 탄실은 대동강가에서는 제일 호사하는 호화로운 집에서 자라났으니까요. 그러나 그 부친이 남의 빚 담보를 했다가 패가를 한 것은 거의 같은 일이고 또 청산 근처에 있던 일과 조선 사람인 일본 군의 집에 부쳐 있던 일도 비슷하지만, 대체로 말하면 주영이는 탄실이보다 더 불쌍한 뿐 아니라 또 비교하지 못하리만큼 육체가 더러워졌습니다. 그리고 어떤 편으로 보아도 주영이는 탄실이보다 더 어리석습니다. 그리고 탄실의 교만함과 욕심스러움을 못 가졌습니다. 탄실이가 정조를 잃고 그 사나이에게 달려들던 생각을 하면 어찌 한날 여자가 그다지 지독한지 치가 떨려집니다. 결코 그 남자를 사랑도 안 하면서 다시는 육체적 관계도 맺지 않으려 하면서 강제로 한 남자의 일평생 행복을 흐지부지 해주려고 했던 것입니다."

"그러면 김 선생. 내가 영매를 주인공으로 하고 소설을 지으면서 조선 사람의 일부를 그려내 보면 어떨까요. 그러할 것 같으면 ○○가 《너희들의 등 뒤에서》를 쓸 때 저희 나라 사람의 잔학함을 쓴 것과 같이 우리나라 사람의 간사스럽고도 겁 많고 어리석고 약한 것을 마음대로 들추어볼 것입니다."

"대찬성입니다."

"무얼, 자네가 그만치 쓸 것 같아서 그러나."

"그런 말이 어디 있나. 쓰면 쓰는 것이지. 비록 같지 않다 뿐일 것이지. 그 책은 그리 잘 쓴 것인 줄 아나. 조선 여성을 무시해도 분수가 있지. 아무 경로도 없이 조선 사람보다 그들이 얼마나 높이 보여서, 홑으로도 안 가고 꼭 법률을 공부해서 일본 사람에게 원수를 갚겠다고 결심한 여자가 그렇게 쉽게 하필 일본 군인을 온천에까지 따라가 자기 동정을 깨뜨릴 줄 아나. 그러나 그뿐인가. 주영이로 말하면, 우리나라 제1기 여학생이 아닌가. 그러고 보면 연애고 무엇이고 염두에 없네. 그들은 아닌 체하면서도 여자는 절개를 꼭 간직했다가 명예 있고, 재산 있는 남자에게 시집가서 거기서 손끝에 물 튀기면서 호강하는 것을 제일로 알았을 것일세. ○○가 그 책을 쓴 것은 우리 처지로 보아서 불찬성일세. 우리는 못났지만 그것을 감추고 싶지 않았으니까. 그는 그 책을 쓰고 자기의 우월함을 우리에게 자랑하는 것이 아닌가. 그러나 한편으로 생각하면 주영이 같은 여자를 조선이 낳을지 말지 한 것일세. 조선 여자는 게으르고 겁쟁이면서도 악하니까……."

"조선이 주영이같이 용기 있는 여자를 못 낳은 것은 조선 사람은 자기네들끼리 서로 저주하고 모함해서 서로 망하는 탓일세."

"참 그러고 보면 주영이는 일본 여자야. 그들같이 남자의 계급을 가리지 않고 정조관념이 없고 또 한편으로는 독한 여자가 없으니까." 탄실이는 이러한 이야기를 듣고는 간신히 몸을 일으켜서 안뜰로 돌아서 자기 방으로 돌아왔다. 그는 거기서 그 옛날 감상에 그 온몸과 온 영혼이 잠기었다.

6 (2의 1)

지금부터 28년 전에 갑오난리를 지나고 나서 평양선안이 제법 흥성거려졌을 때다.

평양성 안 사람은 지금은 그 전쟁 당시에 무섭던 이야기와 괴롭던 이야기를 드물게 하였다. 그들은 하루 바삐 돈벌이를 해서 남의 전쟁 틈에 잃어버린 재산을 도로 회복하려 하였다. 그러나 그것은 한 집안의 가장인 장자가 살아있는 집 이야기고, 불행히 전쟁 틈에 남편이나 아들이 죽은 집에서는 청년 과부와 노년 과부가 밥을, 죽을 하면서 그날 그날의 옷 근심, 밥 근심을 먹어도 살이 찌지 않도록, 몹시 하였다.

이와 반대로, 한 집에 가장이 살았거나 아들이 살아 있으면 급히 부자가 되어서 군순 관찰사 부럽지 않게 부자가 되는 수가 있었다. 그래서 과부들의 바느질품팔이 하기도 재미나리만치 흔전흔전해졌다.

남자들은 대개 일본말을 배워가지고 일본 사람의 통역

도 하고 또 전에는 꼭 영남 사람만 벼슬하던 것을 전쟁 이후로는 북쪽 사람들도 여간한 무관의 지위를 얻어서 상투 위에 모자를 쓰고 구부러지고 일그러진 그 몸에 군복을 입고 주적거리게 되었다. 그래서 제일 첫 영화(榮華)로 기생을 마음대로 수청 들이고 또 남의 집 유부녀라도 권리로 뺏어다가 첩을 만들었다. 그것은 지금껏 북선의 사람들이 마음대로 하지 못했던, 남선 사람들의 권리인 동시에 행악을 고대로 배운 것이었다. 북선 사람은 한 고을에 군수나 또한 도의 관찰사로 온 사람들의 행악을 버리지 못하고 돈을 들여서 좋은 지위를 얻어서는, 남선 사람들이 하던 이상으로 학정질을 해서 양민을 무함하고 가두고 죽이고 돈을 빼앗았다.

그때 구골 사는 최 소사는 난리 틈에 20이 넘은 장성한 아들을 죽이고 딸 둘을 데리고 외로운 신세가 되었다. 그러므로 철없고 아는 것 없는 여편네 생각에 그 고을에서 흔히 중류 이하 가정에서 하는 것처럼 딸 둘을 기생에 넣었다. 그래서 최 소사는 나중까지 그 딸들을 의지하고 살려 했던 것이다. 언니를 산월이라 하고 동생을 영월이라 하였다. 영월은 아직 어리고, 언니 산월은 그 아름다움으로 이리저리 불려 다니게 되었으나 어찌 고집스러운지 춤추래도 춤도 안 추고 소리를 하래도 소리도 안 하다가는 꼭 자기가 하고 싶은 때만 옥을 굴리는 듯한 소리를 내뽑았다. 그런고로 산월이를 부르는 것은 응석받이 상전 아가씨를 모셔다가 시중드는 일일 터였다. 그래도 그 환한 얼굴과 시원스러운 눈매에 흘린 남자들은 산월을 불러다가 재롱을 보려 하였다. 그러할 동안에 산월은 열다섯 살이 되었다. 몹시 조숙한 그는 보통 여자와 비교하면 열여덟 살이라 해도 거짓말 같지는 않을 것 같았다. 그 고을 관찰사가 그를 수청 들이려고 해서 불러갔으나 산월은 무엇을 생각했는지 관찰사 옆에 앉았다가 뒷간에 간다가 핑계하고 버선발로 관아의 영문(營門) 앞에서 구골까지 달아났다. 뒤에 그 이야기를 들으면 관찰사는 부쩍 산월을 자기 몸 가까이 끌어 앉히려고 하고 저편 창틈으로는 관찰사 내항이(관찰사의 첩) 눈알이 새빨개서 노려보았다 한다.

그 후에 산월은 고집쟁이 기생으로 별명을 얻고 류지동이란 큰 부자의 첩이 되자 그 모습을 아무 곳에도 나타내지 않았다. 산월은 동촌 사는 돈 많고도 소탈하고 수수한 류지동이란 사람에게 귀염을 받게 되었으나 산월은 류지동이라는 부자가 산월이를 귀애할수록 그 수수한 생활에 동화시키려고만 하는 것 같아서 점점 불평을 갖게 되었다.

하루는 도적이 심한 그때 일이라, 온종일 이곳저곳에 묻었던 재물과 금전을 이리저리로 옮기다가 그는 몹시 피곤하던지 류지동의 뒤에서 돈을 한 치마 앞에 싸가지고 따라가다가 "이런 일은 왜 큰마누라를 좀 못 시켜요. 나만 죽을 사람이란 말이오. 가만히 하라는 대로 하니까." 하고 치마 앞에 쌓던 돈을 뜰에 다 털어버렸다. 류지동은 그 꼴을 보고 화를 냈다가 그만 어처구니 없는 듯이 웃으면서 "내가 너를 믿는 탓으로 이렇지. 낸들 네가 미워서 이러겠니.

큰마누라에게 시키고 싶어도 그 사람은 빈한한 친정 떨거지들이 많아서 미덥지가 않으니까 자연히 너를 시키게 되는 것이 아니냐." 하고 일렀으나 그는 부은 볼을 낮추지 않았다가 친정으로 간다고 떼를 썼다. 류지동은 다시는 그러지 않으마고 타이르다 못해서 신발과 옷을 다 감추었다.

그래도 산월은 어느 틈에 자기 어머니가 류지동의 집으로 올 때 만들어준 이불을 둘둘 말아서 이고, 또 행낭어멈의 짚신을 얻어 신고 30리나 달아나서 자기 집인 평양 구골로 왔었다.

8 (2의 2)

탄실은 여덟 살 되던 해로는 그 어머니에게 여러 가지 일을 매일같이 졸랐다. 첫째는 그 어머니가 탄실이와 같이 회당에 다닐 일, 둘째는 탄실을 학교에 넣으라는 일, 바느질은 배우기 싫다는 일을 그 어머니가 한가하게 앉았기만 하면 그 옆에 가서 들입다 졸랐다. 그것은 어린 입으로 나오는 군소리 같은 말일 것이었으나 뿌리가 있는 것이었다.

탄실이가 혹시 큰집에 놀러가더라도 탄실의 적모가 입버릇같이 탄실에게 산월을 함부로 욕했다.

"이리 같은 년, 그 년이 죽으면 무엇이 될꼬. 벼락을 맞아죽을 년." 하고 어린 마음이 놀라도록 욕질을 했다. 그러므로 탄실은 비로소 그 모친이 남에게 좋지 않은 일을 하는 줄을 알게 되고 또 남의 몹쓸 원망을 입는 줄 알게 되었다.

그래도 산월은 무엇이 그리 싫은지 탄실을 예수교학교에 넣기를 심히 꺼리다가 그 해 늦은 봄에야 사흘 동안이나 김형우와 다투다가 학교에 그때 돈 50원을 기부하고 탄실을 입학시키기로 했다.

물론 탄실은 그 학교에서는 왕녀와 같이 위엄을 받았다. 모든 일에 모든 생도들에게 부럽게 보였다. 선생들도 탄실이라면 눈 속에 집어넣어도 아프지 않을 듯이 귀하게 했다. 탄실은 그 학교에 든 이후로는 매일같이 산비탈을 넘어서 학교에 다녔다. 또 산월은 탄실을 학교에 넣고도 산비탈을 넘어 다니는 것이 애처롭다 하여 그만두기를 바랐다. 허나 그 아버지 김형우는 이왕 학교에 넣은 이상에는 끝끝내 공부를 시켜서 영화를 보고자 하였다.

그때 김형우는 대동간변에서 큰 무역상을 했다. 매일 탄실의 집 곡간(穀間)에서는 몇 천 석의 벼가 나갔다 들어왔다 했다. 그리고 산월의 방에는 구석구석에 돈 그릇이 놓여 있었다. 산월은 돈을 헤아리지 않고 썼다. 그러면서도 그렇게 흔한 돈이 없어진다고 산월의 호령기 있는 음성이 매일같이 그 앞에 하인들을 불러 세우고 욕했다. 탄실은 학교에 든 이후로는 그 모친의 사랑이 지겨워져서 때때로 학교에서 돌아오면 책보만 살짝 양실마루에 던지고 사랑으로 나가서 그 아버지의 주머니에 매달렸다. 그러면 그 아버지의 말이 "안방에는 너 먹을 것이 많지. 엄마더러 달래라." 하고 탄실을 달래었다. 허나 탄실은 고개를 돌리면서 생긋 생긋 웃고는 "엄마 무서워." 했다.

그 부친은 하는 수 없이 그 돈주머니에서 돈을 꺼내서 안방 아씨가 모르게 상로에게 주며 무엇을 사다가 탄실에게 주라고 하였다.

탄실 모녀의 정은 김형우의 집 재산이 늘어가고 산월의 호사가 늘어갈수록 점점 엷어졌다. 그것은 탄실이가 학교에서 공부를 잘하게 될수록 세상 영화가 쓸데없다든지 또 남의 첩 노릇을 해서는 못 쓴다든지 기생은 악마 같은 것이란 교훈을 듣게 된 탓이었다.

이런 일은 전부 일러전쟁을 치르고 난 그 이듬해의 일이었다. 하루는 탄실의 집에 말 타고 군복 입은 손님이 왔다. 탄실은 그 손님이 무서워서 이리저리 피해 다니다가 하인들에게 붙들려서 하는 수 없이 그 앞에 가서 절을 했다. 무엇이든지 그 사람은 일본 가서 사관학교에 다니던 일본의 군인이라 하였다. 그리고 탄실의 삼촌이라 하였다. 그 군복 입은 손님은 처음으로 탄실을 바라보고 삼촌이라면서도 한 번 쓰다듬어보지도 않고 첫인사로

"저 애들은 저렇게 호사시켜서 기를 것이 아니에요. 일본 사람들을 볼 것 같으면 아주 시집가지 않은 계집애 때는 아주 검소하게 기르다가 시집가서 저이들이 돈을 벌면 호사를 하거든요. 저런 저 비단옷 같은 것, 또 반지 같은 것, 저런 돈 많은 것을 애들 몸에 감지 않거든요. 암만 해도 일본 사람이 애들은 잘 길러. 저, 저렇게 기르면 못쓰는 법이에요." 하고 그 형에게 하는 말인지 또는 형수인 산월에게

하는 말인지 분명치 않게 하였다. 산월은 그 말에 벌써 눈살을 찌푸리고 외면을 하고 긴 담뱃대에 담배를 실어서 담배통을 그 남편의 앞에 향하고 성냥을 그어 부쳐달라는 듯이 기다렸다. 그 남편은 턱없이 그 동생이 졸업하고 돌아왔대서 그런지 좋아하면서 산월의 담배통에 불붙이기를 더디 하였다. 그러나 기어코 김형우는 산월의 담배통에 성냥을 그어 대주었다. 산월은 알맞지 않은 듯이 담뱃대를 물고, 가는 모시치마를 질질 끌면서 건넌방으로 건너가서 그중 귀여운 것을 "탄실아, 탄실아." 불렀다.

9 (2의 4)

그 후의 탄실의 숙부는 자주 산월의 권리 안에 의견을 넣게 되고 또 김형우의 신임을 얻어서 일 가문에 위엄을 받게 되었다. 그리고 탄실을 몹시 사랑하는 체하기도 하면서 언제든지 그 아버지의 손에서 지폐뭉치를 받아서는 호주머니에 넣고 자주 기생방에 든다는 소문이 들리었다.

그동안에 탄실의 공부는 심히 늘어서 학교에 들어간지 1년이 못 되었건마는, 그 학교에 3년 넘어 다니는 학생들과 같이 어깨를 나란히 하고, 한문 같은 것은 도리어 다른 학생을 가르칠 만큼 앞섰다.

그 학교에서도 이같이 공부 잘하는 어린 학생에게 온갖 사랑을 다 베풀고 어린 탄실도 학교에 대해서는 언제든지 적지 않은 돈을 기부도 하여서 학교와 탄실 사이가 지극히 친밀하였으나 탄실은 잠을 자다가도 가위가 눌리고 기도를 하다가도 소리쳐 우는 큰 근심을 갖게 되었다. 그것은 자못 그때부터 예수교회에서는 그 교회를 이 금수강산 안에 선전할 욕망이 맹렬하여져서 사뭇 어린 생도의 믿지 않는 부모를 어린 생도로 하여금 울며불며 억지로 교회당에 끌어오게 하고 "회개하시오, 회개하시오. 모든 죄를 자복하고 오늘부터 예수를 믿읍시다." 하고 모든 신자들이 그 소리에 뇌동(雷同)해서 울며 부르며 비 온 뒤에 음습한 땅에 버섯이 일어나듯이 잇대서 일어나며

"나는 아무 날 아무 때 누구를 미워하고 그가 악한 사람이 되라고 기도했습니다."

"나는 아무 달에 시어머니를 죽으라고 한 달 동안이나 기도를 했더니 과연 그 소원이 들어졌는지 우리 시어머니가 밥 잡수시다가 숟가락을 쥔 채 이 세상을 떠났습니다."

"나는 ○목사를 간음하는 마음으로 생각하게 되어서 ○목사 부인을 죽으라고 3년이나 기도했습니다."

"나는 남편을 죽이려고 밥에 양잿물을 탔습니다." 하고 차마 귀로는 듣지 못할 소리로 엉엉 울면서 자복하고

"하나님 용서하십쇼. 주여, 주 아버님이여 굽어 살피시옵소서. 회개할 때가 왔습니다. 모든 사람을 구원하소서." 하고 큰 상사나 일어난 듯이 통곡을 했다.

이런 때 하룻밤에는 탄실의 어머니인 산월이도 그 딸에게 끌려서 회당에 갔다. 회당의 권사나 전도부인들은 여

왕 전하를 맞듯이 그 앞으로 달려들어서 "회개하고 예수를 믿으십시오. 세상 사람은 누구든지 죄를 가졌습니다. 이 세상에 죄 없는 사람이 어디 있습니까. 회개하시고 오늘 저녁부터 예수를 믿으십시오." 하고 산월의 그 하얀 비단 옷자락에 매달려서 그가 회개하고 예수를 믿게 되라고 있는 힘을 다해서 권했다.

산월은 이러한 곳에 온 것이 불찰이라고 생각하는지 귀찮은 얼굴을 하고 그 처량한 기운을 띤 음성으로 언제든지 하던 말을 "내게는 신명이 돕지 않으셔서 여덟 살 나자 아버지가 돌아가시고 오라버니가 계시더니 그나마 내가 열두 살 되었을 때 전쟁 틈에 청인에게 맞아죽고 내가 제일 위로 남아서 홀어머니를 봉양할 길이 없어서 기생이 되었습니다. 그러니 여러분이 아시다시피 기생이라는 것은 남의 큰마누라가 되는 법이 없으니까 자연히 나도 남의 첩이 되었습니다. 그것이 나도 죄악인 줄은 알지요. 그러나 어찌 합니까. 지금은 내 한 몸도 아니고 이 어린것이 있고 보니 금시로 그 집에서 나올 수도 없지 않습니까. 자백은 하나 안 하나 거의 비슷한 일이지요. 이 세상 사람이 죄다 죄악이 있다고 할 것 같으면 하느님이실지라도 그것을 일절 헤아리시지 않는 편이 좋지 않을까요." 해서 전도부인의 끈적끈적하게 달려드는 것을 단번에 꺾어 넘기고 문지기가 지키고 섰는 회당문을 힘껏 열어 제치고 울며 달려드는 탄실을 붙잡아 앞세우고는 자기 집으로 돌아왔다.

그 후로 탄실은 먹지도 않고, 자지도 않고, 밤낮 세 칸

방에 들어가서는 방망이돌 앞에서 기도했다.

"하나님이시여, 하나님이시여. 우리 어머니에게 회개하는 마음을 주셔서 예수를 믿게 하소서. 만일 그렇지 않으면 저를 하루바삐 천당으로 불러가소서. 그러나 사랑하는 어머니를 지옥으로 가게는 마시옵소서." 하고 밤이나 낮이나 자다가도 기도를 하고 먹다가도 기도를 했다. 하루는 형용이 초췌하여가는 탄실에게 그 모친이 "탄실아, 내 예수를 믿으랴? 그리고 너의 아버지의 첩 노릇도 하지 말랴, 응? 그러면 나와 너와는 떨어지게 된다. 응, 애기야. 예수 믿는 사람은 남의 첩 노릇을 안 하는 법이란다." 하고 물었다. 탄실은 이때에 어린 마음에라도 어찌 할 바를 몰랐다. 그는 그 후로는 다시 "우리 어머니에게 회개하고 예수를 믿게 하소서." 하고 빌지는 않았다. 그러나 그는 날이 감을 따라서 오늘내일 눈에 보일 만큼 수척해갔다.

13 (2의 8)

탄실의 어린 날은 가슴이 터지는 듯한 부끄러운 아픔과 어렴풋한 의심에 싸여 있었다.

그러나 조숙한 탄실은 열한 살이 되어서 머리가 자가웃(1자 반) 길이나 되는 날씬한 처녀가 되었다.

그의 지식욕은 나날이 늘어갔다. 그리고 이상한, 보지 않던 것을 보고 싶어하는 호기심도 나날이 물씬물씬 자랐다. 그는 지금은 그 어머니가 지어주는 비단옷을 눈살 하나 찌푸리지 않고 입었다. 그리고 그는 자기가 더 사치하고 싶은 생각도 있었다. 그래서 그 숙부가 지어준 양복을 입고 그 아버지나 삼촌을 따라다니기와 또 여남은 살 위 되는 그 오라버니 따라다니기를 좋아하게 되었다.

오순도순 웃는 듯한 분홍치마에 안개가 일어나는 듯한 노랑저고리나 연두저고리를 입고 어린 계집 하인을 뒤에 세우고 아침마다 학교에 다니는 탄실을 보는 평양 남문거리 사람들은 모두 침을 삼키면서 장래 며느리로 치고 싶었다. 허나 누구든지 감히 바라지는 못하였다. 그때 평양성 안에서는 나는 새라도 떨어뜨릴 능력을 가진 김형우는 오늘이나 내일이나 황해도 관찰사가 된다고 왁자글 했었으니까…….

그러자 김형우의 큰집에서는 1년 넘어나 온 집안이 떠들어서 탄실의 시종을 들었어도 김형우는 마음이 돌아서 오지 않고 다만 잠깐잠깐 와서 탄실만을 쓰다듬다 가기도 하고 어떤 때는 인력거를 보내어서 탄실만을 데려가기도 하고 어떤 때는 산월이가 음식을 해서 보낼 뿐이었다. 그러므로 그들은 탄실을 데려다가 두고 기대하는 바를 얻지 못하고 낙망하였다. 심사 곱지 못한 그들은 탄실을 더 집에 두고 시중들기는 귀찮게 되었다. 그뿐 아니라 김형우가 관찰사 운동하느라고 써버린 돈 뒤가 대단히 곤란해서 전일같이 큰집에 여유를 주지 못하여 그들은 김형우를 원망하는 대신 탄실을 귀찮아했다.

그동안에 김형우는 산월의 소유 외의 집 재산을 거의 낭비하였다 해도 과언이 되지 않도록 큰돈을 써버리고 또 산월이 몰래 집 문권과 전답 문권을 일본 사람에게 잡히고 빚을 내고 또 그보다 배나 되는 큰 빚 담보를 해서 도깨비라는 사람에게 주었다. 6만 원이라는 큰돈이 관찰사 운동비에 들어갔다.

큰돈을 두려움 없이 관찰사 운동비에 넣은 김형우는 한 달이면 열 번씩은 경성 출입을 하게 되었다. 저는 전일과 같이 산월 모녀만을 위해서 온갖 재미를 보려고 무슨 일을 하는 것 같지 않고 그러노라고 하기는 하는 것이 장차 관찰사를 해서 자기 처자를 영화롭게 하려는 욕심 때문에 지금의 모든 재미를 희생하고 마는 듯하였다. 저는 전일과 같이 탄실을 찾아서 큰집에 가지 않고 인력거도 보내지 않았다. 그럴 뿐 아니라 저와 상관한 어떤 기생은 머리를 싸매고 누워서 매일 편지질을 했다. 김형우는 거기 아주 빠진 것 같지는 않아도 사흘에 한 번씩은 거기 가서 밤들도록 있다 왔다.

산월은 산월이대로 전일같이 살림만을 하려고 아득바득하지 않고 자기와 같은 나이의, 유두분면(油頭紛面)의 젊은 여자들과 같이 집 안을 비우고 놀러 다녔다. 아침에 나가서 저녁때나 집에 돌아오는 산월은 그 돌아오는 길에는 반드시 큰집에 들려서 손수건에 무엇을 싸들어다가 탄실에게 주었다.

그것은 대개 다디단 어린애로서는 제일 좋아하는 과자

였다.

그러자 탄실의 큰집에서는 정택의 아내가 해산을 한 고로, 날마다 탄실이가 학교에 다닐 때 데리고 다니라고 딸려 보낸 하인을 붙잡아서 어린애 옆에 앉아 있게 하고 탄실을 혼자 학교에 다니게 하였다. 그뿐 아니라 탄실에게 향하던 사랑은 전부 어린것에게로 옮겼다. 아무리 영리하고 조숙한 아이일지라도 인정을 몰라볼 수는 없는 애처로운 감정이 있었다. 그는 지금 그 어머니의 옆을 그리게 되었다. 그 뿐으로도 괴로움을 참지 못하겠거든 큰집에서 그에게 대한 태도는 날이 오래됨에 따라 나날이 달라가고, 또 그가 학교 내왕하는 중도에는 참을 수 없는 고난이 있었다. 길가 사람들이 애써서 아는 체하고 말을 물어서 길을 더디게 할 뿐 아니라 외딴 골목을 지날 때는 우악스러운 열서너 살의 사내아이들이 어떤 것은 그에게 달려들어서 붙잡아보기도 하고 "침 발라놓았다." "점찍어 놓았다." "내 장래 색시." 하고 놀리었다. 탄실은 이런 말을 그 할머니에게 한 번 말해보았으나 그 할머니는 들은 체 만 체 하였다. 다시 탄실의 생각은 염두에 없는 모양이었다.

탄실의 작은 가슴은 처음으로 사나운 인정에 속았다. 그렇다고 탄실은 얼른 집으로 돌아가서 산월을 '어머니, 어머니' 하기는 얼른 싫었다. 그는 산월이를 무엇인지 어머니라고 부르기가 꺼렸다. 허나 탄실은 결코 그 모친을 진심으로 싫어하는 것이 아니고 다만 '첩의 딸', '기생의 딸'이란 말이 듣기 싫었다. 그는 어릴 때부터 명예심 많은 처녀였다.

14 (2의 9)

명예심 많은 탄실은 어릴 때부터 생각하기를, 누구든지 퍽 빈곤한 집에 태어났을지라도 공부만 잘하고 점잖기만 하면 좋을 줄 알았다. 이 아이는 무엇인지 점잖지 못한 것을 몹시 꺼렸다. 그는 동무들끼리 놀다가도 누가 무슨 일을 잘못, 천하게 할 것 같으면 낯빛을 붉혔다가 아주 예사로운 빛을 보이려 하면서도 여의치 못한 듯이 몹시 괴로워했다. 그런 성질은 그가 자라감에 따라서 일층 더 선명하여 갔다. 그는 절대로 비열한 행동에 대해서는 용서성을 갖지 못하였다. 하루는 대동문 안집에서도 그런 일을 당하고 거기 1년 넘어나 부쳐 있던 것을 심히 후회하고, 그만 동피루밭 집으로 돌아오게 되었다.

그때는 완연한 봄날이었다. 겨울 동안에 두꺼운 유리 판장을 깔아놓은 것 같은 강물은 어느덧 푸른 비단 필을 길게 펴놓은 듯이 아래로 가는지 위로 가는지 잔물결이 따뜻한 봄빛과 잔잔히 희롱하고 있었다. 탄실은 이날도 그의 시중드는 '작은네'라는 계집 하인을 집에 남겨놓고 학교에 갔다. 돌아오는 길에 여러 동무들과 같이 언덕비탈을 내려오다가 어느 동무의 "우리 겨울 동안에는 대동강에 가서 얼음지치기를 하면서 탄실 집에 가 놀기도 하였지만 요새는 도무지 가보지 못했다." 하는 말을 듣고, 탄실은 얼른 "그럼 오늘, 우리 집으로 모이자. 그래서 나물 캐러 연광정 앞에 가자." 했었다.

거기서 그의 동무들은 바삐 자기 집으로 돌아가서 책보를 두고 오려고 남산재 언덕 아래로 내려서면서 총총히 헤어지려 했다. 허나 탄실은 급히 어두운 얼굴을 하고 “얘들아, 우리 연광정 앞에서 만나자. 그래서 우리 동피루밭 엄마 집에 가자.” 하고, 혹은 두어 발자국 앞에 혹은 서너 발자국 앞에 앞서간 아이들을 불러세웠다. 아이들은 누구든지 탄실의 말을 듣고 좋아서 날뛰며 “그러자. 나는 너의 어머니가 좋더라. 너는 왜 그 집에 있지 않니.” 하고 물었다. 탄실은 머뭇머뭇 “무슨 일이 있어 그래.” 했다. 어린 그들은 다시 아무런 생각도 하지 않고 동무의 낯빛도 살피지 않으면서 다시 총총히 어서 헤어졌다가 어서 또다시 만날 생각에 앞으로 앞으로 발걸음을 옮겼다.

탄실은 혼자 타박타박 걸으며 ‘오늘 돌아가면 또 어떤 얼굴로 나를 맞아주려누. 작은네는 왜 내 사람인데 저이들이 차지하누. 할머니. 적모, 언니, 수양딸, 어멈, 몇 사람이서 어린애 하나를 거두지 못하고, 작은네더러 똥을 쳐라, 기저귀를 갈아대라고 야단인가. 오늘은 가면 내가 작은네를 데리고 좀 놀러 나갈 테야.’ 하고 생각했다.

그 길로 탄실은 급히 돌아왔다. 평시와 같이 오빠는 농립학교에 갔다가 아직 돌아오지 않고 할머니는 사랑마루 끝에서 명주가락을 헤고 적모는 부엌에서 무엇을 만드느라고 대그락거리고 언니는 건넌방에서 어린애 ‘돌띠’라고 울긋불긋 당치도 않은 실올을 함부로 꿰매고 있었다. 아무도 탄실이가 돌아와도 말을 건네지 않았다. 탄실은 쓸쓸한 생각에 눌려서 "작은네야. 작은네야." 야단이 난 듯이 불렀다. 건넌방에서 언니가 다른 집 같으면 그렇지 못하건만 서모의 딸이라서 그런지 "탄실이 너 왜 그러나. 작은네는 아이 업었다. 무슨 일이 났니?" 하고 째려보며 '해라'를 하면서 도리어 성을 냈다. 탄실은 불쾌한 듯이 "무슨 일이 나기는. 내 신 좀 문질러 볕에 널라고 그래요." 했었다. 그 말에 그 오라범댁은 아무 말 없다가 혼자서 잘 들리지 않게 "계집애를 저따위로 길러 뭘 해. 나중에 무엇을 만들려누." 하고 중얼중얼했다. 그 틈에 부엌에서 무엇을 하던 적모는 와락 밖으로 내달으며

"왜 작은네야, 작은네야 하니? 어린애 좀 업어주었는데, 어린애가 그래서는 못 쓴다. 좀 어수룩한 데가 있어야지. 그렇게 내 해 내 해 하고 앙탈만 부리면 너 좋다고 할 사람 어디 있겠니? 황개꼬리 3년 묻어도 황개꼬리대로 있다더니 그렇게 일러도 말을 들러야 길러먹지." 하며 턱없는 욕을 했다. 탄실은 기가 막혀서 파랗게 되었다가 그 할머니가 중문 안으로 들어오며 "너희들 왜 그러니." 할 때 그만 소리쳐 울었다. 그때 적모와 정택의 처가 합력해서 "작은네에게 애 좀 업혔다가 악을 악을 쓰기에 그러지 말라고 했더니 저렇게 운다우." 하고 이르면서 비웃었다. 그래도 할머니는 "그래서 쓰나." 할 뿐이고 탄실의 말을 헤아려주지는 않았다.

15 (3의 1)

탄실은 암상이 머리끝까지 났다. 어리고 작은 자기의 것을 빼앗고 온 집안이 크게 협력해서 그를 눌러버리려는 일은 아주 도리에 닿지 않는 일이라고 생각했다. 그는 지금까지 산월이가 온 집안을 물 끓이듯 술렁거릴 때일지라도 그런 도리에 닿지 않는 일을 떠드는 것을 본 적이 없었다. 무엇인지 그 어린 생각에도 저들이 천당을 가고 자기 어머니만 지옥을 간다면 좀 불공평하리라고 생각되었다. 그는 비로소 한 절망에 가까운, 남에게 속았다는 감정으로 받는 설움 때문에 좁은 숨통이 탁탁 막히도록 격렬히 울었다.

'공연히 저 사람들을 그렇게 보았다. 저 사람들이 우리 어머니보다 무엇이 다르랴. 저 사람들은 나를 친척같이도 생각지 않는데 내가 못나서 저들을 믿었다. 저들이 내 작은네를 빼앗고 내 심부름도 못 시키게 하는 것이나, 어머니가 우리 아버지를 확실히 큰집에서가 아니라 길바닥 같은 어느 기생의 집에서 데려온 것이나 무엇이 다르랴. 이 두 가지 일을 비기면 작은네는 나를 따라다니고 싶어 하는 것을 저편에서 억지로 막는 것이고, 아버지는 자기가 가 있고 싶어서 어머니에게만 가 있는 것이다. 아무려나 오늘은 어머니에게 가 일러야 하겠다. 작은네를 이 집에 그대로 두지는 않겠다.'

이렇게 생각하고 그는 눈물을 흘렸다.

탄실은 그렇게 울어도 저들은 뻔뻔스럽게 "너 왜 우니.

그거 원 이상하구나. 누가 너를 때렸니, 욕했니?" 할 뿐이었다. 그는 지금은 그런 곳에서 아무런 의리도 인정도 찾을 수 없었다. 그는 마루 끝에서 걸레를 들어다가 자기의 땀밴 신바닥을 손수 문질렀다. 이것을 안방에서 보던 작은네는 아이 업은 채 밖으로 나오며 "아가씨, 제가 문질러드려요. 그러지 않으면 성 밖 마마님께 걱정들어요." 하고 큰일이 난 듯이 덤비었다. 그는 그때 지금까지 지나보지 못하는 이상한 인정이 느껴지는 것을 알았다.

두 친한 사이가 무엇 때문에 헤어져 있다가 다시 모든 것을 물리치고 친해질 때 어린 마음은 얼마나 기쁜 눈물을 흘릴까. 그는 자기가 이를 악물고 문지르려던 신바닥을 작은네에게 주면서 그만 울었다. 그리고 그 어머니 앞에 돌아가서 큰집에서 지난 일을 이야기할 생각을 하고 더욱 울었다. 그것은 모두 뉘우침에 가까운 감정에서 우러나는 부드럽고 연한 부끄러운 눈물이었다.

그는 책보를 쥐고 서서 작은네가 아이 업은 채 구부리고 문질러주는 신을 신고 들입다 울었다. 그때야 정택의 아내는 자기의 아이를 어린 작은네의 허리에서 풀어놓았다. 작은네는 부리나케 신을 문질러서 탄실에게 신기고 "성 밖 집으로 갑시다, 아가씨. 여기 무엇 하러 계세요. 성 밖 마마님 걱정이나 시켜드리지." 하고 달래었다. 탄실은 울다가 머리로 대답하고 아무 말도 없이 큰집 문을 나섰다.

문밖을 나설 때 "애, 또 너 어미한테 누가 어떡한 듯이 이르지나 마라." 하고 할머니가 짜증을 냈다. 보기에 할머니는 탄실에게 일 푼 반 푼어치도 손자 같은 감정을 가지지 않은 듯하였다. 그가 단지 탄실을 귀애하는 것은 그 아들을 이끌어오려는 수단으로 지어서 하는 체했던 것이다.

탄실은 다시 그 문 안을 들어서지 않으려는 듯이 책보를 단단히 쥐고 그 문밖을 나섰다. 작은네는 부리나케 "앗, 너는 여기 있거라." 하는 적모의 소리를 귓등으로 듣고 탄실을 따라나섰다.

탄실은 작은네의 손목을 잡고 골목 밖으로 나가다가 먼저 학교 언덕 아래서 여러 동무들과 약속했던 것을 생각했다. 그는 발걸음을 앞으로 앞으로 빨리 옮겨놓으며 "작은네야 어서 가자. 아까 학교에서 헤어져 오며 여럿이서 모두 연광정 앞에서 만나자고 약속했다. 그것을 우느라고 잊어버렸다. 큰일났다. 동무들이 욕하겠다." 하고 그는 달음박질하기 시작했다.

눈 녹은 봄 흙은 따뜻한 봄볕에 아지랑이를 올리고, 종다리 먼 들에서 구천에 오를 때 햇솜을 펴서 넌 듯이 만지면 하박하박 녹아질듯한 하얀 구름이 온 하늘에 널려 있었다. 탄실과 작은네는 그때는 지금과 달라서 닦이지 않은 길 위에 눈 녹은 땅이라 신발이 푹푹 빠져 땅속으로 들어가는 것을 애련당 못자리까지 간신히 넘어져 대동문 통으로 연광정을 바라고 달아났다. 그들은 숨이 턱에 닿아서 저편에 울긋불긋한 어린 처녀들의 노는 것을 바라고 갔다.

20 (3의 6)

그때 한 옛적에 창성동 ○명 학교에서 울던 처녀는 지금의 김탄실이었다.

그는 그 학교에서 동물과 같이 괴로움을 받고 동물과 같이 우리에 갇혀져 자랐다. 그의 숙부는 학교 기숙사감에게 그같이 부탁하고 일절 그의 외가에 출입하는 것을 엄금하였다. 그는 얼마나 기숙사 학생들이 공일이면 기숙사 문밖에 나가는 것을 부러워하였을까. 그는 1년 동안씩 꼭 기숙사에 갇혀 있다가 여름방학이면 평양 가서 평양성 안을 돌아다니며 놀았다. 그는 참으로 그 부모를 떠나서 서울 가서 공부하기가 싫었다.

두 달 동안의 긴 방학이 빠르다고 생각하면서 세월 가는 것을 원수같이 알았다. 허나 그러는 동안에도 그는 서울 가서 할 공부를 미리 준비하고 있었다. 그뿐 아니라 서울 가지 못할 혼인 말이 일어나면 그는 용기를 가다듬어서 극력으로 반대하였다. 어쩐지 탄실은 서울 가서 공부하게 된 이후로는 그 성품이 나날이 불행하여갔다.

그는 전일같이 유순하고 민첩하지가 못하고 심히 옹졸하고 심술궂게 되어갔다. 무엇이든지 경쟁이라고 이름 짓고 하는 일이면 죽을지 살지 모르고 기어이 승리를 얻기까지 다투었다.

그는 질투심 많고 심사 곱지 못한 처녀가 되어갔다. 그 모친은 그의 우울증이 도져서 그러는 것이라고, 기숙사에서 그가 자유를 얻고 공일날이라고 외출하도록 허락하게 하려 했으나 그 부친은 반대하고 그 동생의 말만 믿었다.

김형우는 그 아우 시우의 학식을 태산같이 우러러보고 믿었다.

그는 무엇이든지 그 아우의 말이라면 귀찮은 일까지라도 복종하였다. 그러나 그는 아무 효험을 보지 못할 뿐 아니라 큰 실패를 보았다. 저는 많은 돈을 들이고 관찰사 운동을 하다가 큰 실패를 한 것이 심히 억울한 일이건만 그런 말 한마디 그 동생에게 하지 않고 언제든지 그 동생의 일에는 무턱으로 큰돈을 아끼지 않고 내었다. 그러나 김시우는 그 형의 말을 그 친구 사이에도 한번 좋게 하여본 때가 없었다. 그리고 입을 열면 반드시 산월의 흉질을 알지도 못하는 사람들 가운데서 펼쳐놓고 웃음거리를 지었다.

그러나 자기는 그 당시 한국 군인들 가운데 손꼽이에 드는 애국지사였다. 자기는 나랏일을 도모한다고 연회를 차리고 기생들과 같이 춤추고 놀았다. 또 정치를 한다고 형의 재산을 속여다가 대신에게 뇌물을 주고 벼슬을 사려다가 기생의 화대 주느라고 소비해버렸다. 그러므로 김형우는 그 동생과 연락하던 모든 일을 단념하였다. 허나 김시우는 언변 좋게 "형님, 이런 말세에 벼슬은 하면 무엇을 하십니까. 그대로 시골 계신 편이 유익하지요." 하고 꾀었다.

자기는 일본 있을 때는 한국에 돌아오면 많은 일을 하려고 바랐다. 그러나 결국 돌아와보니 한국 정부는 저들에게 아무런 신임도 하지 않을 뿐 아니라, 형식과 같이 미관

말직에 봉급까지 무척 아끼었다.

적이 실심한 일본 유학생 군인들은 분풀이인지 낙담인지를 향할 곳 없어서 되는 대로 방탕에 몸을 맡겼다. 그러나 저들의 적은 봉급으로는 그 비용을 감당할 수 없어서 경향(京鄕, 도시와 시골)의 돈 있고 어수룩한 사람들을 함부로 꾀어내도록 했다. 그래서 입으로 한국을 근심하고 상관을 욕해서 그럴 듯한 인심을 사놓고, 이등통감(이토 히로부미)을 빌어서 벼슬시킨다고 하고는 운동비를 무척 탐해서 소비해버리고 나라가 글러서 그렇다고 핑계해버렸다.

그 틈에 제일 첫째로 희생된 사람이 김형우였다. 저는 그 동생의 유탕비(遊蕩費)뿐 아니라 산월이가 도깨비라고 부르던 사람의 유탕비까지 내고, 또 그 친구의 그런 비용까지 낸 일이 많았다. 그러나 그러는 동안이 2년이 되매 김형우의 한 있는 재산으로도 그것을 담당할 수 없었다. 나중에는 아무리 관찰사 운동이 귀중할지라도 돈이 없는 연고로 도깨비라는 이의 친구의 갈보집 다닌 비용까지 다 낼 수 없어졌다. 한 번은 도깨비라는 이의 의동생 길주억이란 청년 주정꾼이 일부러 기차를 타고 가서 김형우에게 돈을 청구하다가 거절을 당하였다.

21 (3의 7)

그런 일들이 있은 지 두어 해만에 김형우의 집은 남은

것 없이 패가를 하였다고 경향 간에 소문이 들리었다. 그런 중에도 산월만은 자기의 돈을 따로 감추고 내놓지 않는다고 수군수군하였다.

그동안에 애국지사라던 이들은 혹은 감옥에 갇히고 혹은 외국으로 망명하였다. 그들이 밤낮을 바꾸어서 노는 동안에 국사에도 간섭하였는지는 극히 비밀한 일이어서 자세히 알 수 없었으나 사변으로 빚에 몰려서 사기취재로 고소를 당하고 그만 달아나버린 사람도 있었다. 도깨비라는 사람도 그 하나였다. 그러므로 김형우는 그 사람의 빚 담보를 후회하면서도 할 수 없이 그 빚을 대신 갚지 않으면 안 될 경우였다.

모든 일은 꿈결과 같이 사라졌다. 애국지사들의 ○○운동도, 또 김형우의 관찰사 운동도 모두 다 물거품보다 쉽게 사라졌다. 그 나머지라고는 집 문권, 밭 문권을 깡그리 10분의 1도 되지 못할 헐가로 잡힌 일본인의 빚밖에 남은 것이 없었다. 남은 것은 이보다 더 쉽게 참으로 학대밖에 남은 것이 없었다. 길거리마다 상투를 튼 조선 사람들이 무엇이라고 떠드는 말을 "하따라 마따라"라고만 듣다가 상투를 꺼들리고 뺨을 맞았다. 징신(징을 박은 신) 소리가 줄고 나막신 소리가 대낮에 서울 시가를 돌아 들리게 되었다.

모든 흉계, 모든 노름, 모든 음란, 모든 간악에 나머지가 모두 빚이 되어서 집을 팔고, 전답을 팔고, 하늘을 팔고, 땅을 팔고, 관 같은 방 안에 게으름만 남겼다.

모든 사람은 착실한 운동도 해보기 전에 횡설수설하다

가 홍바지 청바지만 입고 게으름을 완전히 부려볼 철창 속에 갇혀서 우두커니 턱없이 악형당할 때만 기다렸다.

그들은 아무 열렬한 의의도 분명히 갖지 못하고 다만 나를 잃겠다, 임금이 외국 왕에게 학대를 받겠다, 황후가 ○○을 잃고 욕을 보겠다, 하는 마음으로, 나라 즉 백성들인 것을 알지 못하는 듯이 뒤떠들며 달아나고 갇혔다. 그런 중에서도 서로 음모하고 서로 욕하기는 잊지 않았다. 그들은 벌써 이등통감 통치하에 일본제국의 새 헌법의 일본 간수에게 갖은 인정 없는 학대를 받으라고 자기의 친구이던 혐의 있는 사람을 무함해서 감옥에 집어넣기도 했다.

이등통감이 하얼빈에서 죽기 전후 2~3년 동안에 융희의 백성들은 얼마나 모르고 게다가 악형을 당했을까.

만일 하늘이 분명하셔서 모르는 사람에게는 죄가 없어서 형벌이 없다고 할진대 지금부터 19여 년 전 한국 백성들과 그 자손을 지금껏 이런 도탄 중에 넣지 않고 도리어 상을 주셨을지도 몰랐을 것이다. 그러나 모르는 것의 죄는 큰 것이다. 그들은 예수만 믿는다고 입으로만 떠들기 때문에 모르고 안 행하는 것에게는 죄가 없단 말을 외이고, 백성 즉 자기의 생명을 귀중히 여기지 않기 때문에 서로 학정질하고 서로 무함하는 것만 일삼다가 그 여러 가지 추태를 낳아놓은, 단지 무식한 탓에, 모른 탓에 드디어 자유를 잃고 자기를 잃었다. 자기를 잃은 사람은 독립생활을 못한다. 마치 정신병자가 길바닥을 마음대로 헤매면서도 온갖 자유로운 추태를 다하면서도 무엇의 더러운 종인 것과 같아서 이미 자기를 잃은 아무것도 아닌 더러운……. 그래도 자기라고 부르지 않으면 안 될, 미침의 종이 된 이상에 자기를 잃고 오히려 자기의 종이 되어 온갖 울긋불긋하지 못한 행동을 다하는 이상에는 아무리 자유가 있더라도 그것은 자유가 아니요, 심한 형벌이다.

그것은 정신 있는 자기를 잃지 않는 사람의 눈에 들키면 분명히 그를 속박치 않고 그대로 두지 않을 것이니까.

그러나 속박을 받는 사람의 견지로 보면 속박하는 사람의 마음은 알 수 없다. 그것과 같이 속박하는 사람도 받는 사람의 마음을 애초부터 알 수 없다.

그러므로 서로 모르는 사람은 서로 원수이다.

미친 사람, 안 미친 사람, 무식한 사람, 유식한 사람, 빈한한 사람, 풍부한 사람, 서로 반대되는 사이에는 아무런 이해도 없다.

그와 같이 강한 사람과 약한 사람 사이도 그러하다. 그러므로 강한 자는 약한 자의 마음을 이해치 않고 그를 구속하고, 약한 자는 강한 자를 무척 오해한다. 요컨대 서로 반대되는 모르는 사람 사이에는 이해라고는 없다.

22 (3의 8)

일한합방 하던 해였다. 탄실의 큰집과 작은집은 한집에 모이게 되었다.

그들은 나라가 약해서 홀로 서 있을 수 없음과 같이 김형우의 집에는 남의 빚 담보를 했다가 대신 갚고, 두 집을 거느릴 수 없으므로 한 곳에 모였다. 그 홧김인지, 형우는 시름시름 앓다가 바라던 관찰사도 해보지 못하고 세상을 하직하였다. 때는 탄실이가 열네 살 나던 봄이었다. 3학기 시험을 치르고 난 탄실은 기숙사 마루 끝에서 새빨갛게 상기된 얼굴을 지난해서 어찌 할 수 없는 듯이 두 손길로 꼭꼭 누르면서 학생들에게 "나는 왜 이렇게 얼굴이 달아오를까?" 하고 물었다. 그중에 한 학생은 무엇이 불평인 듯이 아주 퉁명스럽게 "너무 공부를 잘하면 그런 법이야. 여자가 재봉에 낙제를 해도 공부만 잘해서 1등만 하면 그만이지 그 위에 얼굴이 다는 것까지야 그리 염려될 것 있나."

"그러게 말이지. 이번에 저 애는 아마 혜숙 언니를 이겨 놓을걸."

"그렇고 말구."

"저런 독종에게 누가 이길 수가 있나. 얘 자전아, 너는 참 좋겠다."

자전(字典)이라 함은 탄실의 반에서 무슨 글자든지 탄실에게 물으면 다 알아내는 고로 얻은 별명이었다. 탄실은 이런 말을 듣고 불쾌한 듯이 얼굴을 더 붉히며 "왜 얼굴 달아오른다고 그랬다고, 그렇게 사람을 놀려요. 참 별일도 다 많다. 그렇게 한 반에서 나만 놀려대면 무슨 별 수나 나나." 하고 성을 내었다.

그때 이 학교에서는 여학생들이 누구든지 심술 잘 부

리기와 싸움 잘하기를 퍽 좋아하였다. 아무리 유순한 처녀 아이라도 이 학교에 든 지 한 달만 될 것 같으면 훌륭한 심술쟁이가 되었다. 그리고 싸움질하기를 예사로 하였다 그리고 시험 때가 되면 그 장한 질투심을 감출 수 없는 듯이 복습은 아무렇게나 하고 시기는 힘 있는 대로 다했다.

그런 사람들 가운데 탄실은 그 삼촌이 ○명 학교 학감에게 "저 애는 우리 형님의 서자인데, 자기 외가라고는 죄다 기생 찌꺼기들뿐이니 외출을 시키지 말고 의복도 지금껏 너무 사치하니, 만일 그런 의복이 올 것 같으면 입히지 말도록 해주시오." 하고 부탁한 말이 학교 안에 퍼져서 그가 미움을 바칠 때마다 "기생의 딸년.", "저 애 이모는 참 예뻐, 여엄 사람 같지 않아.", "나도 좀 그렇게 예뻐보았으면 하하.", "그 애는 너두 ○○이 되어보렴. 그래서 분 바르고 비단옷 입으면 예뻐진단다, 하하." 하고 놀렸다. 그는 이 날도 그런 말을 듣고 상기되었던 머리가 다시 끓어넘는 것 같아서 한편 기둥을 잡고 외따로 쓸쓸히 서 있었다. 이때 전보를 든 학감은 달음질해서 기숙사 안으로 뛰어오며 "탄실아, 이 전보 보아라. 너의 아버지께서 세상을 떠나셨단다." 했다. 탄실은 그렇지 않아도 졸도할 듯이 서 있다가 아뜩해서 쓰러지며 "아이쿠." 하고는 코피를 들입다 쏟았다.

그는 이 봄에는 그 정신상에나 육신상에 몹쓸 타격을 받았다. 나라가 힘이 없어 합병을 했다. 같이 있지 못할 집이 돈이 없어 한데로 모이고 서로 불평을 일으켰다. 동무들이 몇 번이나 안 한 일을 했다고 몰았다. 그러면서도 시험

때면 반드시 그의 옆에 와서 그의 답안을 그대로 베꼈다. 이런 일은 선생들이 그의 실력을 아니까 설마 탄실이가 다른 학생의 답안을 베꼈으리라고 의심은 받지 않았으나 언제든지 선생이 그 옆으로 빙빙 돌며 그 옆에 오는 학생이면 멀리 앉혔다. 그런 일을 이때 우매한 질투심 많은 학생들은 탄실이가 선생에게 일러서 그들에게 답안을 보이지 않으려 함이라고 노했다. 그중에 시우의 친구의 딸이라는 키 작고 얼굴 검은 살기가 등등한 학생은 그런 행패가 자심하였다. 그는 이때부터 학대받는 신세였다. 또 한 반에서 뛰어나도록 성적이 좋았던 고로 학제 변경으로 공부가 줄어든 것이 제일 큰 타격이었다.

23 (3의 9)

탄실이가 평양 갔을 때는 김형우는 시상판(屍床板) 위에 누워 있었다. 온 가족은 하늘이 무너진 듯이 울었다. 그들은 울면서 멀리 공부하느라고 가 있던 정택과 탄실에게 "아무쪼록 공부 잘해서 돈 모아라."라고 하더란 그 아버지의 유언을 전하였다. 거기서 탄실은 불행한 꿈과 같이 그 부친을 여의고 홀로 그 편친을 봉양하여야 할 의무를 갖게 되었다. 이로부터 학교에서 돌아온 탄실은 밤낮으로 공부를 계속해서 그 편친을 봉양할 의무를 생각했다. 그는 비로소 부친의 사랑도 허사였던 것을 알았다. 자기만을 귀애하던 부친이 그 아들 정택에게만 재산을 남기고 탄실의 것은 다 전당에 넣은 채로 운명했다. 그만 그 당시에 "탄실아, 탄실아." 두어마디 부르고 눈을 감았다 한다. 무슨 뜻으로 탄실을 두어 번 불렀는지 모르나 탄실의 이름으로 생명보험회사에 돈을 넣었다던 것도 탄실의 이름이 아니고 정택의 이름인 것을 알았다.

산월은 그 부친이 죽은 지 몇 달 되지 않아서 경성으로 이사왔다. 비로소 탄실은 그 지옥 같은 기숙사를 벗어나서 그 모친과 같이 계동에 집을 사고 통학하였다. 해서 모녀와 또 하루 건너 왕래하는 이모의 집 사이는 물샐 틈 없이 단란하였다. 이대로만 가면 무슨 풍파가 또다시야 생기랴마는, 이러한 단란한 중에도 약함으로써 받지 않으면 아니 될 학대가 사면으로 몰려들어왔다. 우선 탄실은 학과 변경에 배울 것이 없어졌다. 그는 일한합병 당시에 중등과 1년급이던 것을, 그 이듬해에는 중등과 3년으로 월반을 했어도 도무지 힘들여 배울 것이 없었다. 학교 학생들은 모두 성냈다 그들이 벌써 몇 해 전에 배워 넘긴 것을 다시 배울 때는 비록 조선말은 아닐지라도 볼만한 '이까짓 것' 하는 감정이 사라지진 않았다. 게다가 공부하는 학생들에게는 원수같이 귀찮은 침공, 자수, 조회, 또 쓰마미(つまみ, 수예의 일종)만 넣어서 참으로 학생들에게 괴로움을 주었다. 학과를 열심히 하는 학생들은 누구나 성을 내고 외국으로 공부가기를 원했다.

전일 같으면 탄실도 외국 가고 싶을 때 선뜻 나서지 못할 형편이 아니었으나 지금은 그렇지 못해서 온 학교에서 게으른 학생이란 별명을 들으면서 모든 수공을 게을리하고 보고 싶은 책이나 보았다. 그러나 자기보다 성적 좋지 못한 학생들도 일본이나 청국이나 또는 미국으로 공부하러 출발할 때는 심지가 편안하지 못했다. 그뿐 아니라 어릴 때부터 골수에 사무친 모든 결심을 이룰 가망이 아득하였다. 그는 늘 마음속으로 "나는 남만 못한 처지에서 나서 기생의 딸이니 첩년의 딸이니 하고 많은 업심을 받았다. 그리고 내가 생장하는 나라는 약하고 무식하므로 역사적으로 남에게 이겨본 때가 별로 없었고 늘 강한 나라의 업심을 받았다. 그러나 나는 이 경우에서 벗어나야 하겠다. 벗어나야 하겠다. 남의 나라 처녀가 다섯 자를 배우고 노는 동안에 나는 놀지 않고 열두 자를 배우고 생각하지 않으면 안 된다. 남이 겉으로 명예를 찾을 때 나는 속으로 실력을 기르지 않으면 안 되겠다. 지금의 한마디 욕, 한 치의 미움이 장차 내 영광이 되도록 나는 내 모든 정력으로 배우고 생각해서 무엇보다도 듣기 싫은 '첩'이란 이름을 듣지 않을, 정숙한 여자가 되어야 하겠다. 그러려면 나는 다른 집 처녀가 가지고 있는 정숙한 부인의 딸이란 팔자가 아니니, 그 대신 공부만을 잘해서 그 결점을 감추지 않으면 안 되겠다." 하고 생각하였다.

그러나 지금에 이르러 그는 그렇게 온갖 일을 부탁한 그 공부를 할 수 없게 되었다. 그는 참으로 일본어 마디나 배워가지고 흩으로 꺼덕거리기는 싫었다. 그는 차라리 일본어만을 배우고 바늘과 가위로서 헛되이 시일을 허비할 진댄 일본으로 가서 일본 처녀들과 같이 공부하고 싶었다. 그리고 어느 때 어느 학교에서든지 그래본, 그 힘을 내서 전반 생도를 쭉 눌러놓고 싶었다. 오냐, 이것들이 모든 품갚음을 다하는 것은 못 될망정 나 한 사람이 이러고 또 다른 사람이 지금 이후로는 그러한 결심을 갖게 되는 날이면 우리는 며칠이 안 되어 남의 압제 아래에서 북을 치며 벗어날 것이다…… 하고 생각하기를 마지않았다.

그는 참으로 일본으로 가고 싶었다. 거기가 모든 사람을 이기도록 공부해서 품갚음을 하고 싶다. 한마디의 욕, 한 번의 웃음, 한 번의 칭찬, 또 여러 번의 매, 여러 가지의 학대일지라도 다 품갚고 싶었다. 도무지 빚이라고는 싫었다.

24 (3의 10)

빚을 싫어하는 탄실에게 적지 않은 빚이 부담되어 있었다. 그것은 그 부친 생시에, 은행이자를 끄노라고 산월이가 여기저기서 꾸어다댄 것이었다. 이러한 것을 산월은 정택에게 말했으나 유산을 적지 않게 남긴 그들은 대답하지 않고 산월에게만 떠밀어 맡겼다. 산월은 지금에 이르러 부러진 죽지를 단 몸 같아서 참으로 난처하였다. 그의 수중에 돈이라고는 도무지 남은 것이 8000원가량 될까 말까 하였다.

그래도 세상이 알기에 많은 재산을 장치한 줄 알았다. 평양서 그 남편 생시에 빚을 지운 사람들은 서울까지 따라와서 산월 모녀를 괴롭게 했다. 그리고 속히 갚지 못할 형편을 말할 때는 "탄실이를 기생이나 부치시오." 하고 타일렀다. "기생에 넣을 것 같으면 담빡 명기 소리 듣게 되리다. 얼굴이 고와, 재주가 있어, 왜 저 애를 기생에 넣지 않아요." 했다.

탄실은 이런 말을 들으면 불같이 성을 냈다. 그는 전일에 기숙사에서 자랄 때처럼 남의 말만 듣고 허허 낙종하는 좋은 아이도 아니었다. 그는 날이 오름을 따라 무엇이든지 다 복수를 하고 싶은 처녀가 되었다. 한마디의 모욕을 백마디로 갚고 싶었다. 이때에 이르러 그의 마음속에는 어릴 때부터 그 속에 뿌리박은 종교는 싹도 없었다. 그는 살기가 등등해서 "당신네들이나 기생이 되려거든 되고 말려거든 말지, 왜 남더러 기생이 되라는 말이오. 아무리 돈푼이나 남에게 지웠기로, 그렇게 사람을 멸시하고 마음이 편하시오." 하고 야단을 했다. 산월은 전일의 온 집안을 끓이던 호기를 지금은 어디로 감추고 손님에게 함부로 야단하는 딸에게 빌 듯이 "탄실아, 그래서는 못 쓴다. 저 애가 원, 그래서야 쓰나." 하고 반은 웃으면서 손님의 낯을 쳐다보고 "저 애 보고는 그러지 마세요. 저것이야 무슨 죄가 있겠소. 죄가 있으면 죽은 아비에게나 살아서 이렇게 된 어미에게나 있지. 저것이야 무엇을 알겠소." 하고 사정했다.

손님은 이런 때는 할 수 없이 양보를 하고 그 이튿날 얼마간 이자와 노비를 얻어 가지고 평양으로 갔다.

탄실의 모친이 서울로 온 지 1년이 된 뒤에 탄실은 ○명 학교를 4호로 졸업했다. 그는 수예는 모두 다 제2였다. 탄실의 모친은 꿈이 아닌가 하고 기뻐했다. 허나 겨우 열다섯 살 된 탄실은 아직도 산 같은 지식욕을 제어할 수가 없어서 몹시 번뇌하였다. 탄실의 모친은 이와 반대로 탄실이가 졸업을 했으니 지금은 서울 어느 소학교에서 교원 노릇을 해서 살림을 도울 줄 알았다. 그러나 그 봄이 지나고, 여름이 왔어도 그는 선 앵두빛 같은 얼굴을 하루에 열두 번씩 푸르게 붉게 변하면서 학교 담임선생이 몇 번이나 모교 교원이 되어달라고 청했어도 종래 말을 듣지 않았다가 하루는 그 모친 앞에서 이런 말을 하였다.

"어머니, 나 돈 한 50원만 있으면 좋겠어요."

"그 돈은 뭘 하게?"

"내 구두가 헐었는데 서울 안에 여학생들이란 여학생은 다 흰 구두를 신었지만 나만 검정 것을 그대로 신었어요. 그리고 시계도 다 남은 금시계인데, 나만 그때 작은아버지가 작은어머니 하고 바꾸어준 은시계예요. 그것을 금시계로 바꾸었으면 좋겠어요."

"그런 것을 다하려면 50원쯤 가지고야 되겠니."

"시계를 새 금시계로 바꾸려면 모자라겠지만 마침 금시계 가진 동무가 내 시계와 바꾸자니까, 얼마 좀 더 주고 바꾸면 되겠지요. 그대로 바꾸자 하기는 염치없으니까요." 했다.

그런 이야기가 있은 지 사흘 만에 그 모친은 "네 장래

옷가지나 지어두어야 할 것을 그만 네게 준다. 그러니 옷은 네가 벌어서 장만하도록 하자." 하면서 돈 50원을 주었다. 그 돈 50원을 받아든 탄실은 "사람의 일이란 알 수 없어요. 어쩌면 내가 이만 돈을 쓰는데 어머니께서 염려를 하시지 않으면 안 되게 되었는지." 하고 혼잣말같이 중얼거리다가 흑흑 느꼈다.

그리고 그 며칠 동안은 몸이 괴롭다고 잠을 못 자다가 해쓱한 얼굴에 치가 떨리는 듯한 음성으로 "어머니, 내 김정위 댁에 다녀오리다. 그 집 딸 숙희가 일본을 간다니, 저 내 가죽가방도 좀 빌려줄 겸 다녀오리다. 저 가방을 꼭 다섯 달 동안만 빌리자는데요, 전일에는 숙희와 나와 의가 좋지 못했지만 지금은 퍽 친해졌어요." 했다.

그 모친은 생각하기를 김정위네라면 도깨비란 이와 사촌형제였고 또 부자였으니까 탄실이가 그렇게까지 친절하지 않아도 좋을 것인 고로 "애 탄실아. 너의 아버지도 그 집하고 사귀었다가 실패를 하였는데 너까지……" 이런 말을 이르려다가 그치었다. 허나 탄실은 그동안 절교 상태에 들어 있는 그 숙부의 집에를 매일같이 왕래하면서 무슨 일을 의논하였다.

그 숙부는 경성에서 어느 왕의 부무관을 다니고 있었다. 그 형이 죽은 뒤에는 산월의 집에는 아주 발을 뚝 그치었으나 감히 탄실을 미워하진 않았다.

24 (4의 1)

지금부터 10여 년 전에 초가을 아침이었다. 북선 방면으로 귀성하였던 학생들이 몰려서 남대문 역에 내릴 때, 그 반대로 플랫폼을 향하여 무엇을 손에 잔뜩 들고 갈팡질팡 달아나는 여학생 두 명이 있었다. 한 학생은 키가 작고 검고 푸른 얼굴에 속눈썹 긴 눈동자가 휘 풀어지려다가 억지로 푸르고 검게 흰자위 검은자위를 갈라놓은 듯한 눈을 가지고, 한 학생은 끊어질 듯한 허리에 오동통한 뺨과 극히 둥글고 맑은 눈동자를 가졌다. 키 작고 얼굴 푸른 학생은 열일곱이나 되고, 얼굴 둥글고 눈 둥근 학생은 많이 나야 열여섯 살이 났을까 말았을까 하였다.

이 두 학생은 한데 뭉쳐서 비스듬하게 맨 것처럼 갈팡질팡하다가 나이 어리고 키 큰 학생이 얼른 앞서서 먼저 달아나려 했다. 키 작은 학생은 심술이 퉁퉁히 나서 "이 얘, 탄실아. 너 일본 가서도 그러련. 어쩌면 먼저 가니." 하고 불렀다. 키 큰 학생은 미안한 듯이 그 뺨을 새빨갛게 물들이고 "내 먼저 가서 자리 잡아 놓으마." 하고 다시 두어 발자국 달아났다. 키 작은 학생은 다시 목멘 소리로 "탄실아. 나는 네가 이럴 줄은 정말 몰랐다. 어쩌면 이러니." 하고 다시 불렀다. 키 크고 어린 학생은 할 수 없는 듯이 서너 발자국 돌아서오면서 "너는 기차를 타보지 않아서 모르는구나. 그렇지만 자리를 먼저 잡아놓지 않으면 부산까지 서서 갈지도 모르는데 어쩌자고 그러니, 너처럼 뒤뚱뒤뚱 걸어오다가 누구를……."

키 작은 학생은 무엇을 잊었던 듯이 깜짝 놀라며 "이 애야. 그럼 먼저 가서 자리를 잡아 놓아라. 너는 어쩌면 그런 꾀가 나니. 내가 잘못했다." 하였다. 키 큰 학생은 그 두 뺨에 옴폭하니 우물을 짓고 쌍긋 웃어 보이면서 "그래." 하고는 사람들 틈에 끼어서 먼저 달아나서 경부선 차 3등실 한편에 자리를 잡았다. 이 학생은 김탄실이었다. 그는 차마 그 모친에게 일본 갈 것을 말하지 못하고 어떤 동무와 같이 달아날 작정으로 경부선에 올라앉았다. 그는 그동안에 그 숙부와 같이 일본 간 후의 일을 의논하였다.

거기 도쿄에는 길참령(參領)이라는 술 잘 먹는 군인이 있고 또 태 모라는 학력 우등이고 품행방정한 학생이 있다고 그 숙부가 편지를 써서 주었다.

그들이 신바시 역에 이르렀을 때 정희순이라는 탄실이 동행의 오라버니가 마중을 왔었다. 자기가 보기에 24, 25세 되는 준절한 청년 같았다.

그들은 도쿄에 간 지 며칠 안 되어서 정희순이라는 학생은 상업학교에 들고 탄실은 계급을 밟아서 대학에 들려고 시부야에 있는 상반여학교에 들었다.

탄실은 도쿄 오기 전에 바로 그 여름에 그 숙부의 집에서 어떤 청년을 알게 되었다. 태영세라는 일본사관학교 학생이라 하였다. 전일에는 고학생으로 경성에 왔으나 차차 공부를 잘해서 주인의 눈에 들어서 일본으로까지 가게 되었다. 무엇인지 그 군인 학생은 혼인하자는 곳이 모아 쌓으면 산더미라도 되리만치 많다고 하였다. 탄실은 그런 말을 듣고 경쟁을 좋아하는 어린 마음이 선뜻 놀랐다. 그런 많은 사람들 가운데 어떤 처녀가 뽑혀 그의 ○○이 될지는 모르지만 그런 자리에 앉게 되는 이는 보통 사람보다 반드시 우월하리라고 생각했다.

그러면서 그렇게 만든 경쟁자가 있는 사람에게 그중 초라한 자기를 소개한 그 숙부의 마음을 알 수 없었다. 그는 도쿄에 온 뒤로 태영세의 일을 많이 생각하고 떠들었다. 어떤 부자의 딸과도 혼인 말이 있고 어떤 대신의 딸과도 혼인 말이 있고 어떤 자작의 딸, 남작의 딸과도 혼인 말이 있다고 하였다. 탄실의 생각에 그는 관청 안에 들어온 촌닭 같으리라고 생각하였다. 그것은 탄실이가 태영세를 언뜻 보기에 그리 잘난 것 같지 않았으니까…….

그는 마음으로는 도쿄에 공부하러 왔지만 형편으로는 필경 근심하러 온 모양이었다.

사랑하는 이의 이름

초당집 보비는 종의 딸
삼 년 전 그 봄부터
인질이 될 약한 몸으로서
사람을 그리게 되었다

가만히 자라는 마음의 풀을
베어버릴 힘 없어서
소월이 소월이 흔한 이름을
피로 쓰고 피로 지워서
후원 나무 그늘에 심었다

사람의 손이 가닿지 않는 밭에
깨끗한 마음속 깊이 자라는 풀이다
피로써 싸우나 베기도 어려워

물망초야 물망초야
저 냇가에 노르스름히 피어
뚜렷한 달만 보는
그 월견초가 아닐진대
그늘에서 꽃이 피었느냐
천한 천한 계집아이는
오늘은 꽃 심어 팔고
내일은 불 때 밥 짓는 몸
사랑의 증거가 무엇이랴
천한 계집아이는 더운 날에
무성한 그늘 꽃을 우데 잡고 우니
소월이 소월이 빨간 봉선화랴.

25 (4의 2)

탄실이가 상반학교 기숙사에 든 지 일주일이 지나서 어떤 공일날 태영세가 군복을 입고 탄실올 찾아왔다 '태영세(太英世)'란 명함을 받아든 탄실의 손은 연고 모르게 바르르 떨렸다. 그는 응접실 도어를 열까 말까 하다가 어린 용기를 다 내서 문을 열었다.

그 가운데는 키 작고 얼굴 납다데한 작은 군인이 서 있었다. 탄실은 그 작은 군인을 보았을 때 지금까지 경험해 보지 못한 무서운 생각으로 그 몸이 지진같이 떨렸다. 무엇인지 아주 남이라고는 말할 수 없는 듯한 친함을 주면서 도수장에 짐승을 이끌고 가는 백정도 저렇지 않을까 하는 의심을 일으켰다. 그 남자의 세포 하나하나가 전부 쇠나 돌로 되어 있지 않나 하는 의심을 일으켰다. 가늘고 작은 그 눈은 넘치는 듯한 정력을 모으고 또 모아서 빨갛고 검게 꼭 찔러놓은 듯하였다. 얼굴은 24, 25세 남자의 것으로는 극히 왜소하였으나 머리통은 오지동이같이 위가 퍼진 것이 지극히 컸다. 탄실은 이 어린 듯하고도 자기보다 10년이나 위 되는, 작은 남자의 머리와 눈이 맹수의 그것과 같이 무서우면서 경멸할 수 없어 보였다. 그런 중에 그 남자의 태도란 지극히 침착하고 냉정하면서도 말끝 돌릴 때마다 한마디씩 친함을 주었다. 게다가 또 그 남자는 눈웃음을 웃었다. 그 남자는 필경 잘나거나 곱지는 않았을지언정 어수룩한 촌 처녀의 마음을 끌기로서는 전부가 합격되어 있다고도 할 만하였다. 거기 따라오는 공부 잘한다는 명예와 혼인하자는 곳 많다는 인망이 적었을 것 같으면 그는 탄실의 마음에는 들어보이진 않았을 것이다. 그러나 태영세라는 남자는 어쩐지 탄실의 마음에는 무시무시하게 생각되었다. 그 조금씩 친함을 주는 듯한 말솜씨도 그 명예, 그 인망도 결코 탄실의 무시무시한 생각을 감해주지는 못했다. 그러면서도 그 냉정함과 침착함으로 사람을 이끌어 동댕이쳐버릴 듯한 것이 한없이 무서웠다.

"삼촌님한테서 편지를 하셨기에 찾아왔습니다."

"언제 서울서 떠나셨습니까? 8월 25일 날 남대문 역에서 떠나셨어요? 그럴 것 같으면 나보다 하루 뒤져서 오셨군……."

"그렇게 어머니 승낙도 없이 떠나오시느라고……. 무섭지 않으셨어요? 남자도 내기 어려운 용기를 내셨습니다그려."

"나는 전일에 삼촌님께서 계시던 학교에 있으니 혹시 무슨 일이 있거든 그리로 편지해주시오." 하는 말들이 약간 명령적이면서 그 큰 머리 속으로 우러나서 모춤한 입속을 굴러 나오는 것을 생각하면 치가 떨리도록 차고 매웠다.

탄실은 태영세가 처음으로 왔다 간 뒤에 이 복잡한 인상을 제치고 반가운 생각도 들었다. 그것은 타관에 나선 사람이 고향 사람을 보는 듯한 감정이었다. 그런 중에 동행한 정희순은 학교가 다른 탓인지 자주 만날 기회가 없었다. 다만 정희순의 오라버니가 지극히 준절한 얼굴과 큰오라버니가 어린 누이에게 대하는 듯한 태도로 하루건너 혹은 이

틀 건너 찾아와서 "하도 외로울 터이니까. 또 울지나 않나 하고 찾아왔소." 하고 한참 동안 옷 입는 것, 머리 빗는 것, 일본 사람 대하는 태도를 말하고 갔다.

이보다 조금 전에 탄실은 도쿄에 와서 그 마음이 누그러졌다. 거기는 많은 원인이 있었다. 첫째 일본 사람들은 대단히 친절했다. 동무들이고 선생들이고 탄실의 일이라면 아무리 어려운 일이라도 손 도움을 했다. 그리고 아무 곳에든지 데리고 가서 구경시켰다. 그들 중에 어떤 사람은 '귀여운 아이'라고 부르고 또 어떤 사람은 '아름다운 아이'라고 불렀다.

그는 서울 ○명 학교에서는 한 번도 경험해보지 않은 따뜻한 인정을 받는 느낌을 얻었다. 그는 지금에 이르러 그 모친의 애정이 극히 아름다운 것인 줄을 알게 되고 또 태영세가 좀 더 친절해도 좋을 줄 생각했다. 그러나 이러한 감정이 눈물 없이 사려 없이 술술 일어나지는 않았다.

<u>외로움</u>

아니라고 머리는 흔들어도
저녁이 되면은…….
눈물이 나도록 그리움에
뜻하지 않았던 슬픔을 안다

신시(新詩)

외 그림자조차 놀라운
외로운 여인의 방에는
전등조차 외로워함 같아
내 뒤를 다시 돌아다본다
외로운 전등 외로운 나
그도 말 없고 나도 말 없어
사랑하는 이들의 침묵 같으나
몹쓸 의심을 할 만도 못하다

26 (4의 3)

멀리 고향을 떠난 탄실은 그 모친에게서나 그 삼촌에게서 온 편지를 뜯어볼 때마다 도저히 눈물 없이는 지날 수 없는 두 가지의 감격을 받았다. 그 모친의 편지는 이왕간 바에는 열심히 공부를 잘해서 성공해가지고 오라고 하는 말이 거듭거듭 적혀서 탄실에게 무거운 짐을 지고 긴 고개를 넘어야 할 무거운 생각을 일으키고, 그 삼촌의 편지는 할 수 있는 대로 태영세의 말을 써서 저에게 친함을 갖도록 의심과 두려움에 시달리기가 지난한 것을 알게 했다.

탄실은 쓸쓸하고 적적한 생각에 쏠리어 먼 타향의 외로운 날들이 오래됨을 따라 사람의 정이 그리웠다. 어리던 때의 어머니가 품어주던 것, 아버지가 손목을 이끌어주던 것, 오빠가 업어주던 것, 서울 있을 때에 그 외조모가 틈틈이 먹을 것을 싸다가주던 것, 어렸을 때에 반갑던 생각이란 생각은 모조리 꿀에 재었던 밀감껍질같이 따뜻하고 달콤한 것을 그리는 처녀의 가슴속에서 하박하박 절여져 나왔다.

탄실은 모든 옛일을 생각할 때 어느 때, 서울 비원 안을 걸을 때 같은 황금빛 길을 배회하는 것 같았다. 지금에 이르러 그에게는 그의 옛일이 모두 다 훌륭한 영화였다.

그는 실상 지금은 금전상으로 받는 곤란도 적지 않았다. 매삭 내는 월사나 식비를 밀리도록 내는 형편은 아니었지만 용돈에 몰려서 남몰래 긴 소데(기모노의 옷소매)로 눈물 씻을 때도 많았다. 공부는 하노라고 해도 큰 번민을 등에 지고 또 처음으로 이성에 대해서 생각하게 된 그는 늘 일본 사람에게 친절을 받고 위로를 받으면서 조선에서 결심한 일본인에게 대한 복수, 또 그 큰 집과 빚쟁이에게 품었던 원혐까지라도 쉽사리 흐려졌다.

그는 조선 있을 때까지 입술을 깨물고 공부하지 않았다. 아니, 그런 것이 아니라 못했단 말이 옳을 것이다. 그는 공부하려고 책을 들면 태영세의 언어, 행동이 또다시 또다시 눈에 버리어서, 책을 그만 덮게 될 때도 많았다. 이때가 되어 아무 아름다운 곳도 없는 듯한, 게다가 키까지 무척 작은 듯한 남자를 아무 결점도 보지 않고 무척 그리기를 마지 않았다. 처녀의, 통히 남자를 보지 못하고 단지 혼인을 할 것 같으면 여러 곳에 이르지도 말고 꼭 마음에 맞는 한 곳에 일렀다가 되면 하고, 되지 않으면 평생을 독신으로 지내서 기생의 딸로서 난봉이 나기는 쉬우리라고 한 말대꾸를 하려고 생각하던 탄실의 마음이 다만 맹목적으로 키 작고 보잘것없는 태영세를 꽉 붙들고 싶었다.

허나 그 마음속 맨 밑에는 여전히 공부하고 싶었다. 모두 그것으로 온갖 일을 부탁하고 복수하려고 죽도록 공부하고 싶었다. 그러나 공부란 것은 사실 좀 여유가 있는 연극인 것을 그는 전혀 알지 못하고 경험했다. 다만 "내가 게을러졌다. 내가 타락하여 간다." 하는 깊은 반성에서 나오는 듯한 말이 자칫하면 사람 앞에서도 그 입모습을 움직일 듯이 그의 마음속에서 머리 꼭대기까지 개돌았다. 그는 어느 공일날 태영세가 왔을 때 그만 그 말을 입 밖에 내었다. 발뒤축까지 세 묶음으로 묶어서 늘어트린 머리채를 겨드랑이 아래로 끌어다 쓰다듬으며 "저는 아마 공부를 못 할 것 같아요. 타락한 까닭인지 전같이 공부가 되지를 않아요." 하고 타락이란 새 문자를 써보는 새 맛을 볼 때, 홀연히 태영세는 그 얼굴이 빨개지며 "도쿄가 넓기는 넓어 이런 곳에 이런 조선 것이 있을 줄 누가 알까. 요새도 그 동무의 오라비라는 불도그같이 생긴 것이 오오?" 했다.

이 말이 탄실은 예사롭지 못한 것을 깨달으면서도 얼른 "아이, 와요. 어느 때는 밤든 때에 와서 기숙사감의 눈치를 보아요." 했다. 그때에 남자는 입맛이 쓴 듯이 입맛을 다시다가 "나는 가볼 데가 있어서 가오." 하고 일어섰다. 탄실은 그 남자가 무슨 연고로 그렇게 쓸쓸히 일어서는지는 분명히 모르면서 그 말이 시작되기 전에 남자가 한 말을 그대로 받아서 "저 길참령 댁에 안 가세요? 저는 한 번 갔지만 길이 분명치 않아요." 했다. 허나 남자는 그대로 쓸쓸하게 "그럼 갑시다." 하고 문득 일어서면서 재미없는 얼굴을 하였다. 그러한 태영세의 행동을 탄실은 이상하다고 생각은 하면서도 그 원인을 알 길이 없었다. 그러나 이후 몇 해가 지나서 탄실과 영세 사이에 큰 변이 일어났을 때 모든 일이 발각되었다. 그는 약한 가슴을 우두고 모든 책임을 그 한 몸에 졌다. 세상도 그러하도록 그를 몰랐다

탄실은 얼마나 눈물 많은 처녀가 되었는지 일시는 정신 이상까지 생겼다.

27 (4의 4)

그것은 탄실이가 열여넓 살 나던 봄이었다. 일본 시부야라는 동리에 있는 상반여학교라는 고등여학교에서는 졸업식 할 때를 당해서 시험을 한 글자 헛하지 않고도 각 신문지에 아주 이상히 떠들리고, 또 당인이 어디로 숨어버린 고로 졸업장을 주지 못하고 선생들이 한편으로 신문사에 가서 묻기도 하고 그 학생이 있던 기숙사에 탐지도 하였다. 허나 사실을 살필수록 그 학생의 평시로 보면 어울리지 않는 추악한 일이 들출수록 쳐들리어 나왔다. 학교 선생들은 그만 그 학생의 이름을 졸업생 명부록에서 지워내었다. 그

학생의 이름은 김탄실이었다.

탄실은 이보다 1년 전 겨울에 학비 곤란으로 길참령 집에 가 있은 일이 있었다.

길참령 집에는 모든 것이 과부의 외로운 딸의 것으로 비교해보면 왕궁과 같이 호사하였다. 길참령의 처는 서른이 될락 말락한 독부 같은 일본 미인이었다. 한마디도 헛하지 않는 날카롭도록 민첩한 말솜씨, 나른나른 걸어다니는 버들 같은 몸매, 모든 것으로 모두 사람을 이끌지 않고는 가만있지 않는 태도였다. 동리에 늙은이들은 입을 비죽하면서도 그에게 "오쿠상, 오쿠상(아주머니)." 하고 머리를 숙였다. 장사들도 밖에서 말만 듣고는 조선 사람하고 사는 계집이라고 한층 내려다보다가 그를 만나보고는 그만 허리를 굽혔다. 또 도쿄 와서 공부하는 조선 유학생들도 처음에 말만 듣고는 "그까짓 것 길참령 같은 것에게 태운 여자가 무엇이 잘났을꼬." 하고 함부로 말짓거리 하다가는 동무가 하도 칭찬하는 바람에 이끌려서 길참령 집을 방문하고 돌아와서는 기어이 이구동성으로 입에 침이 마르도록 칭찬하면서 "여자는 일본 것이라야 쓰겠다. 우리 조선 여자들 그것이 뭐야 더러운 꼴들을 하고 게다가 뻣뻣하기는 왜 그렇게들 뻣뻣한지." 하고 자기들의 누이와 엄마와 할머니들을 욕했다.

처음에 길참령과 길참령 부인은 탄실을 심히 사랑해서 그가 학비 곤란으로, 그 어머니의 돈 보내지 못할 터이니 속히 돌아오라는 편지를 받아들고 울 때 그 집에 와서 머물게 하였다. 한 집에 있게 된 길참령 부인과 탄실은 퍽 친해서 어떤 때는 길참령 부인이 피아노를 치고 탄실이가 순한 음성으로 노래를 했다. 또 어떤 때는 시비공원과 아지부○연대 근처를 어스름 저녁때 단둘이 산보하였다. 길참령 부인은 탄실을 이끌고 다니면서 여러 사람에게 소개하기를 좋아했다. 탄실도 그와 같이 아름다운 부인과 친척 사이같이 하고 다니는 것이 결코 싫지 않은 일이었다.

그들은 그 겨울이 다 지나도록 사이가 좋았다. 허나 그 봄에 길참령 부인은 그 오라버니가 무슨 실패를 하고 빚에 몰려서 자살한 뒤에 그 조카딸을 데려다 돌보기로 했다. 그 여자는 이름을 하나코라 하고 살색 희고 눈이 우둥퉁한, 탄실과 같은 나이의 처녀였다.

이 처녀는 오사카에서 나서 오사카에서 겨우 고등소학교를 졸업했다.

그 처녀는 당연한 일이겠지만 그 아주머니의 눈에 알뜰히 들려고 하는 것 같았다. 탄실은 그것을 어찌 할 수 없는 일이라고 생각은 하면서도 이따금 그 처녀가 자기의 말을 해치려고 하는 것을 보면은 참을 수 없이 쓸쓸해서 눈물을 흘렸다. 그는 겨울 동안이 지나고 봄이 오기까지 수십여 차나 그 삼촌에게 편지를 해서 학비를 좀 도와달라고 청구하였으나, 아무 분명한 답장이 없었다. 태영세도 탄실의 초췌하여 하는 양을 동정해서 탄실의 삼촌에게 학비를 보내도록 편지를 하였으나 분명한 대답은 없고, 속히 태영세가 탄실과 결혼하기를 빙빙 돌려서 청구했다. 태영세는 그런 명망을 이고 그런 영화를 지고 도저히 탄실과 약혼할 희망은 부쩍 일어나지 않았다. 그는 탄실이가 마음속으로 바라는 것같이 단지 공부하고 싶어 했다. 그는 너무나 넘칠 듯한 지식욕과 그 후에 반드시 얻어질 자기의 영화 때문에 스스로 황홀해서 한 옛적에 자기 주인이 하던 젊은 첩같이 아리따운, 자기보다 20년 아래나 되는 계집을 꿈꾸었다. 저는 자기보다 아홉 살이나 아래 되는 탄실이가 키가 크고 좀 뼈마디가 늘진늘진하므로 좀 꺼리었다. 또 그때는 세상 사람들이 키 작고 가는 여자를 아름답게 보던 때였다.(미완)

임순득

딸과 어머니와

《문학예술》, 1949년 12월

"뭐 내 딸이 어디가 어쨌단 말인가.
다 세상 따라 남의 총중에 나가서 안 빠지고
일도 하겠다……."
이렇게 어머니는 당신 딸에게 한하여서 자신만만하고
더욱이 지극히 소박한 진보적인 사상을 가져
일체의 인습도 뛰어넘게 되는 것이었다.
"애야, 더러 혁명운동 한 사람들 중에는
늦게 초혼 자리도 있다더구나.
혹 마음 쏠리는 데라도 없니?"
어머니는 은근히 딸의 의향을 떠보며
재혼을 권하는 것이었다.

어머니는 이 근래 아들 현두 때문에 실없이 애가 탔다. 장가를 보내야겠는데 당자는 그런 생각도 안 하는 것 같고 또 마땅한 자리가 나서지를 않는 것이다. 누가 보아도 신랑감으로는 현두만한 사람도 드물다고 어머니는 생각한다. 사람 된 품이 듬직하고 외양도 끌끌하다. 학식도 전에야 생활이 힘겨워 별로 못 가르치었으나 해방 후에는 정치학교며 간부학교 골고루 거쳐 나왔다.

이웃 간에서들은 속도 모르고 너무 고르는 탓이라고 빈정대나 아닌 게 아니라 맏딸 현순이의 일로 크게 데고 난 참이라 혼사만큼은 아무리 때가 있다 하더라도 신중히 골라야 할 것이라고 믿는다.

왜정 말기 정신대 바람에 싫다는 현순을 부랴부랴 치운다는 게 징병 징용감을 빼놓고 보니 깨끗한 자리가 못 되었다. 아무리 다급한 김의 일이라 할지라도 술망나니 놀량패의 사위란 자에게 걸핏하면 눈언저리에 먹통을 앵기우는 것을 볼 때면 차라리 딸이 눈앞에서 없어지기를 바랐다. 그러던 것이 얼마 안 되어 딸 대신에 사위가 없어지고 만 것이다. 심한 주사 끝에 저도 모르는 개죽음을 한 것이다. 중간에 걸리는 것도 없어 몸 가벼이 돌아온 딸을 보고 어머니는 불행 중 다행이란 너를 두고 이르는 말이라고 몇 번이고 되뇌었다. 그러나 한편 젊은 것의 신세를 그르쳐 준 듯싶어 애처로운 것이었다. 해방 후로는 제대로 자립하여 딴 생각도 없는 듯 새로운 사회생활에 열중해 있지만 언제까지 지금 마음 같을 수도 없을 것이며 세월이 잠시인데 아침저녁으로 허리에 찬바람이라도 감돌 나이에 이르면 서로 사람이 의지할 데가 있어야 하지 않는가. 어머니의 마음은 한시도 구름이 가실 날이 없는 것이다. 그러니까 딸 듣는 데서는 아들의 혼인말도 버젓이 못 꺼내는 어머니는 차라리 현두가 시속 젊은이들처럼 연애라도 하여서 며느리를 보았으면 하기도 한다. 그렇다고 아들을 찾아오는 여자란 별로 없고 드나드는 딸의 친구들을 보면 나이가 동뜨거나 아니면 벌써 상대가 정해져 있거나 이편 딸처럼 한 번 불행을 겪은 사람이거나 하였다.

아들이 여러 날 지방출장이나 갔다 돌아온 때면 어머니는 가방에서 내놓는 헌 빨래를 주섬주섬 챙기면서, "아이구 이 수발도 힘이 부쳐야 해먹지, 이젠 근력도 오늘 다르고 내일 달라지니……." 하고 중얼거리건만 젊은 것들은 자기들끼리 주고받는 이야기가 많아서 들은 성도 아니한다.

한 번은 딸도 무슨 회의가 있다고 나간 때였다. 어머니는 단단히 마음먹고 아들이 무슨 보고서를 쓰노라 밤늦게까지 앉아 있는 책상머리에서 버선을 깁는다고 돋보기를 쓰고서도 바늘귀가 안 뵌다고 자꾸 아들에게 실바람을 내밀었다.

"놔두시지 않고, 누나 보고 꿰라면 되잖어요."

"네 누이가 언제 그럴 틈 있다더냐?"

"이제 어머니도 그런 것 신을라 마시고 양말을 신으세요. 저 배급 나온 것 있지 않어요?"

"듣기도 싫다. 그래 기껏해야 늙은 어미 생각한단 소리가 그 따위냐?"

"갑자기 왜 이러십니까. 허 참, 어머님도."

"남들은 내 나이에 손주를 몇씩 보고 있어. 이런 때도 무릎 아래 토실토실 기어다니는 게 있으면 이런 청승 안 떨지."

"하하……. 그럼 어머니 우선 강아지새끼나 한 마리 기르십시다."

겉으로 웃긴 하였으나 실상 현두는 가슴이 뜨끔하였다. 늙으신 삭신에 집안일을 도맡아하시는 것도 송구스러운 일이거니와 온종일 비다시피 한 집에 혼자 계시게 하는 것을 생각하면 항상 민망함을 참지 못하였던 것이다.

"현순이도 미쳤지. 동생 하나 있는 것 짝 지어줄 생각은 않고 밤낮 무에 그리 신바람이 나서 싸대는지."

앵돌아진 어머니는 평소에 안 하시던 일로 그 자리에 없는 딸까지 나무람하였다.

"누나야 뭐 어쨌습니까. 미처 어머니한테 여쭙지 못했지만 이야기 중인 사람이 있어요."

현두는 마침 잘되었다고 말허두를 꺼내었다. 실상인즉 언제 알려도 알려야 할 일이었으나 어머니의 성질을 잘 아는 터라 사실대로 직고를 하기에는 좀 자신이 없었던 것이다.

약간 놀란 어머니의 얼굴에는 갑자기 생기가 돌았으나 아직 마음을 옹송그린 참이라 면괴함을 감추려는 듯, "그래서……?" 할 뿐이었다.

"아직 공부 중이기도 해서 한 일 년 기다려야겠어요."

"온 그럼 진즉 말을 할 게지."

그제서야 웃음까지 짓는 것이었으나 한편 아들이 야속키도 하였다.

"네 누이도 알겠구나."

"사람만 알지 그것까지는 모를 것입니다."

"아니, 누군데?"

"차차 이야기하지요."

"일 년쯤이야 못 기다리겠느냐마는 그전에 날 한 번 뵈주어야 하잖니?"

그러나 아들은 웃기만 하였다.

"허기사 네가 고른 사람이라면 나도 마음 놓겠다만……이젠 네 누이가 걱정이다."

"그렇기나 말입니다."

그다음부터 어머니는 곧잘 새 며느리 될 처녀를 상상해 보는 즐거움이 이만저만이 아니었다. 더러 현순이 없는 틈을 타서, "네 누이 없는데서 한 번 만나게 해라." 하곤 한다.

현두가 혼인을 일 년 후에 미루는 것도 누이에게 안 되어서만 그러는 줄 짐작되는 어머니는 될 수 있는 대로 아들의 혼사에 대해서는 딸 앞에서는 닿지 않으려고 하였다. 그래서 현두에게 의중의 사람이 있다는 말도 하지 않고 어머니는 무슨 비밀처럼 딸 몰래 새 며느리 맞이할 준비를 하였다. 마음먹고 혼숫감을 골라서 떠 들이기도하고 길을 가다가도 언제 섰는지도 모르게 은방 진열장을 들여다보고 주먹구구를 대보는 것이었다.

그러나 항상 어머니 마음에 걸리는 것은 딸의 일이었다. 일단 아들을 마음 놓고 나니 더욱 딸 일이 답답한 것이다. 적당한 후처 자리라도 진작 자리 잡아 주었으면 하고 바라는 것이었다. 그러는가 하면 이왕이면 초혼 자리를 만나 묵은 시름 씻은 듯이 잊고 살도록 되었으면 하고 어머니는 안 그려보는 꿈이 없었다.

"뭐 내 딸이 어디가 어쨌단 말인가. 다 세상 따라 남의 총중에 나가서 안 빠지고 일도 하겠다……."

이렇게 어머니는 당신 딸에게 한하여서 자신만만하고 더욱이 지극히 소박한 진보적인 사상을 가져 일체의 인습도 뛰어넘게 되는 것이었다.

"애야, 더러 혁명운동 한 사람들 중에는 늦게 초혼 자리도 있다더구나. 혹 마음 쏠리는 데라도 없니?" 어머니는 은근히 딸의 의향을 떠보며 재혼을 권하는 것이었다.

"저야 뭐가 급해요? 어서 며느리나 보시도록 하세요."

"그래도 네 꼴이 그래서야 어디……."

"고부끼리 오붓하지 못하실까 봐서……. 그렇다면 전 합숙에 들어갈게요."

딸은 농담 삼아 한 말인데 어머니는 펄쩍 뛰었다.

"저 말하는 것 좀 봐. 생사람 잡겠네. 열 손가락 찍어 안 아픈 손가락이 어디 있다구. 너도 얼른 짝을 만나 어미 구실을 해봐야 아느니라."

"그러게 누가 어머니 마음 모르는 줄 아세요. 제 일은 제가 알아서 할 테니 걱정 마세요."

흐린 여름날이 진종일 찌는 듯하다가 저녁때가 되면서 더위가 좀 가시는 듯하였다. 어머니는 아침에 벗어놓고 나간 아들의 양복을 빨 생각으로 이리저리 뒤적이는데 윗저고리 수첩 속에서 사진 한 장이 떨어졌다. 무심코 주워보니 여자 사진이다. 다시 보니 다른 사람 아닌 연경이었다.

"아니, 이런 일이라니!"

어머니는 기절하듯 방바닥을 쳤으나 여간 기가 막혀 소리도 안 나왔다. 이렇게 졸지에 마음에 큰 타격을 받아보기란 일찍이 청상에 남편의 주검을 앞에 놓고는 잘 없었던 것만 같다.

알고 보니 이 사진을 품에 안고 다니며 일 년 후에 혼인을 하겠다느니, 자세한 이야기는 차차 하겠느니 능청을 피웠단 말인가?

어머니는 분하고 치가 떨렸다.

요즈음 무슨 법률학교인지 다닌다고 공부에 바빠서 통 보이지 않는 연경이니 현두가 말한 의중의 사람이란 바로 이 몰골이 분명한 것이다. 믿는 나무 고목이 핀다고 또 열 길 물속은 짐작해도 이편이 난 자식 속을 이다지도 몰랐던가. 이 억울함을 어느 누구에게 하소연할 수도 없고 천지가 까맣게 쪼그라드는 것 같은 말할 수 없는 공허감을 느꼈다. 금방같이 자식에 대한 사랑도, 긍지도 물러나고 사진 속의 계집이 한없이 요망스러워 낯바대기를 박박 긁어 내동댕이치고 돌아앉아 버렸다. 한철 먹는 젓갈도 펄펄 뛰는 생물째로 절궈두어야 제 맛인데 이건 평생 보아야 할 외며느리가 남의 헌 계집이고야 말이 되는가. 필시 숫된 아들이 속은 것만 같다.

"에라 이 등신 같은 녀석!" 하고 호통을 치며 이 양복 입고 그 계집과 어울려 어디든 싸돌아다녔을 생각까지 겹쳐 오매 혼자서 깔끔히 늙어온 과부의 본능으로, "에이 치사해!" 하고 침이라도 뱉을 듯 발길로 걷어차는 것만으로도 부족하여 바짓가랑이를 와락 잡아 째며, "내 집엔 못 들여놓지. 못들여놔!" 하고 안간힘을 썼다.

"아니, 어머니 웬일이세요?"

언제 들어왔는지 현순이가 눈이 휘둥그레해서 서 있다.

"온통 옷을 다 찢고 현두 아끼는 백세루 양복을……."

현순은 무슨 영문인지를 몰라 돌아가며 방을 치우다가 찢긴 옷자락 밑에서 할퀸 동무의 사진을 주워들었다.

"그래, 더럽다. 그 간나 사진 당장 아궁이에 집어넣어!"

"대체 웬 망녕이세요?"

"냉큼 못 갖다 넣겠니? 그래 너희들 하는 일이 요 뽄새냐?"

어머니는 딸의 팔목을 잡고 사진을 나꿔채려고 버둥거렸다. 그 서슬에 비녀가 빠져 반백의 머리가 흐트러진 모양은 낯선 노파처럼 스스롭게만 느껴졌다. 새삼스레 어머니와의 사이에 어느 거리가 생기고 있음을 발견하였다.

"에그, 이 일을 어찌하나."

현순의 가슴은 약간 설레었다. 그래도 딸은 어머니를 믿고 싶었다. 동네 사람들은 어머니를 두고 인민반의 열성분자라고 말하듯 사실 당신도 자식들의 낯을 봐서라도 남에게 뒤져서는 안 된다고 새로운 생각을 받아들이기에 앞장서는 편이다. 단지 어머니의 이해가 고르지 못한 탓이려니 딸은 애써 대수롭잖게 여기려 하면서도 이미 느끼고야 만 거리감은 부정할 수 없어 마음 괴로웠다. 어떻게 해서라도 이것을 메꾸지 않는다면 이는 어머니에 대한 도리도 아니려니와 아우나 연경의 일도 낭패인 것이다.

젊은 딸은 마치 어려운 고비에 막다른 길라잡이 모양 한동안 이마에 손을 얹고 눈을 멀리 들었다.

"내가 수절하고 너희 오누이 길러낼 땐 버젓한 세상 보고파 그랬지, 왜 어쩐다고 멀쩡한 자식 헌 짝을 맞춰줄까."

넋두리처럼 외우는 골똘한 어머니의 심정은 당장이라도 아들에게 달려가, '이 자식아, 어미 대접이 이럴 수가 있느냐.'고 멱살을 쥐고 실갱이라도 치고 싶도록 울화가 치미는 것이었다. 비록 구차한 살림일망정 단 하나의 아들이고 보니 매 생일마다 새 바가지 새 조리 기명 일습을 갖추어 오복을 벌어왔거늘 하구 많은 사람 중에 그 배필이 이미 출가한 헌 사람이라면 금 간 그릇 보듯 속인들 좀 짠할 것이며 또 그 께름함을 어찌 참는단 말인가.

머리를 걷어 올리는 어머니의 손은 자꾸 떨려 비녀가 도로 떨어진다. 딸은 어머니의 등 뒤로 다가앉아 사뿐 어깨 위에 손을 얹었다.

"좀 진정하세요, 어머니."

"오라, 놔라."

어머니는 매정스럽도록 두 팔을 가로 흔들었다. 그 파닥거리는 품이 아이들이 떼를 쓸 때와도 같이 매련하여 현순은 저절로 웃음까지 나왔다.

"글쎄, 어쩌자고 이러세요. 어머니가 제 기운을 당해내시겠어요?"

그리고 현순은 앞으로 돌아와서 어머니의 두 손을 모아서 꼭 쥐었다.

"어머니 말씀대로 하면 저도 쓰레기통 참례나 해야겠어요. 연경이처럼 헌것이긴 매일반 아니에요?"

웃으며 말했건만 금세 어머니의 안색이 달라진다. 딸에게 손목을 잡힌 채 차차 해쓱히 빛을 잃고 싸늘하게 굳어져가는 표정에는 마음의 당황을 감추려는 것이 역력히 읽을 수 있다. 그러나 현순은 이런 때에 알아듣기 쉽게 말해두는 것도 좋으리라 생각하고 좀 과한 듯싶었으나, "제가 만일 누구에게 사진을 주었다가 이런 봉변을 당하면 장히 어머니 마음 좋으실 테지." 하고 입을 쫑긋하였다.

"온 세상에, 입 좀 못 다무니?"

어머니는 두 귀라도 막고 싶은 듯 손을 확 뿌리치고 딸에게서 나 앉았다. 아물지도 않은 상처 딱지를 건드리는 것처럼 딸의 말은 미처 생각지도 못한 이녁 앞에 가로놓인 설움에 닿아 그만 가슴이 쓰라려오는 것이다. 연경이를 두둔하는 줄만 알고 있던 소리는 마디마디 제 신세 한탄이로

구나. 자식 둔 부모 막말을 못하지 싫어 차차 어머니의 마음은 가라앉는 것이다.

"대체 연경이가 어떻다고 저러시는지 몰라. 머잖아 판검사 되어 얼마나 보람 있게 살게라구."

현순은 눈앞에 동그마니 돌아앉은 어머니가 밝은 아우들의 생애에 있어서 만일 장해의 화신이라면 어머니를 변생(變生)케 하는 새로운 생명을 불어넣어야만 할 것이라고 생각한다.

일찍이 그에 대하여 조용히 이야기한 적은 없으나 현두가 연경을 어떻게 그의 마음속의 가장 좋은 자리에 살리고 있는 것인지쯤은 잘 알고 있다.

어머니의 성미인지라 유독 사내아이인 현두에게 한해서는 엄격하였다. '홀어미 자식 후레스럽단 소리 들렸단봐라.' 하고 웬만한 일에도 잡두렸다.

그렇게 자란 현두인지라 자연 소극적인 성격은 연경의 그 유다른 적극성과 강인한 지주성을 답답한 마음이 신선한 공기를 찾듯 갈구하여 마지않았다. 더구나 해방 후로 하늘만 보고 뻗어가는 청대처럼 자기 성장을 하는 연경을 볼 때 현두는 자기에 대한 불만을 마치 그녀가 상쇄나 해주는 것 같아 기쁘고 만족스러운 것이었다. 반드시 그와 함께 청춘을 같이할 때 두 사람의 힘은 얼마나 커질 것이며 자기는 자기대로 얼마나 또 새 기름 부은 기계처럼 신이 나서 속한 마력을 낼 것인가 하고, 그의 젊은 꿈은 연경에 대한 자력으로써 부풀어오를 대로 오른 것이었다.

이러한 아우의 새로운 인생을 위하여서 또 동무 연경의 지금까지의 쓰라린 과거에 대한 보상으로서도 그들의 결합은 꼭 성취시켜야만 할 것이라고 현순은 생각한다. 지금도 현순은 먼 지난날의 일이지만 전구(電球) 공작소에 다닌다는 연경을 오랜만에 목욕탕에서 만났을 때의 일을 잊지 못한다. 현기증이 나서 여윈 몸을 가누지 못하여 자꾸만 현순을 붙들고 식은땀을 흘렸던 것이다.

"왜 언제는 그 애를 데려다 우리 남매처럼 기르려고까지 하셨다면서도……."

아닌 게 아니라 어머니도 연경이 생각은 못 잊는 것이다. 그렇다. 날품팔이꾼이었던 그의 아버지가 얻어온 돌림병에 그의 어머니가 대신 죽었을 때 동생을 업고 어린것이 애처롭게 울며 지게 관 뒤에 따라갈 때 차마 울타리 새로 넘겨다만 볼 수 없어 어머니는 남들이 꺼리는 죽음이었건만 외로운 호상을 하였고 조금만 형편이 펴진다면 함께 데려다 기르고 싶었던 것이다. 그 뒤 뉘집 곁방살이로 떠나간 그들 부녀를 어느 공사마당에서 보았을 때 연경은 재강아지가 되어 흙 채질을 하는 것이었다. 먼지 속에 눈만 반짝이는 어린 것은 고달픈 홀아버지를 돕기에 물불을 모르는 것이었으나 해낮이 되면 빈속에 냉수만 들이키다 불볕 아래 쓰러지는 것이었다. 그 후로도 연경은 많은 어려운 집 자녀들이 그러하듯 생활의 혈로를 뚫기에 못 겪을 갖은 고비를 겪었거니와 그 어느 곳 하나가 원망을 세상에 할지언정 나무람 할 것이란 없는 것이다. 그러다가 마침내 그의 아버지마저 병석에 눕게 되자 단지 동생들을 건사하기 위하여 어떤 늙은 기업주의 후처로 들어갔던 것이다. 나이가 동떨어지기가 손주며느리뻘이었다.

"아무려나, 아슬아슬하게도 살아들왔지." 하고 중얼거리는 어머니는 지금 자기가 무슨 생각을 하게 되었는지 아까같이 연경의 사진을 가지고 몸부림치던 일이 같은 자기 같지 않았다.

"누가 아니래요."

이렇게 대꾸하는 현순은 또 현순대로 해방 이듬해 정월 평양서 열린 육도(六道)여성대회에서 몇 해 만엔가 연경을 만났을 때의 일을 생각하였다.

"언니, 가난이 웬수 아니면 내가 왜 이렇게 되었겠수." 하고 목이 메던 그……. 되게 열병을 치르고 난 사람처럼 한 움큼도 못되게 성근 머리털을 목도리로 흠싹 싸맨 그는 죽지 꺾인 날짐승처럼 처량하기도 하였다.

비록 불합리한 결혼인줄 번연히 알면서도 그래도 당초에는 육친을 위하여서라는 일종의 착각에서 오는 흥분된 영웅심까지 동반하였던 것이나 일단 들어가놓고 보니 숱한 물력(物力)은 연경으로 하여금 길들인 암고양이가 될 것을 강요하는 세계에 지나지 않았다. 그러나 어려서부터 세파에 시달리는 동안 본능처럼 그에게 따르는 것은 지주적인 정신이었다. 뿐만 아니라 한 사람의 여성으로서 무참한 청춘의 울분이 서리었다. 차라리 눈앞에 곤욕을 당할지언정 뒤채어보고 싶은 그는 하찮은 일에도 고이 체념할 수 없었다.

“늙고 무지한 게 제 말 안 들으면 두 말 끝엔 완력이구려. 정말 이 이상 머리채를 휘둘렸다간 내가 귀신이 되고 말까봐.”

그날 오후의 토론에 들어가 누구보다도 열렬히 연경은 여성의 인권옹호를 부르짖어 만장 부녀자의 폐부를 찔렀었다. 그 이튿날로 연경은 입은 그대로 그 집을 뛰쳐나왔던 것이다.

“우리 조선이 일제의 철쇄를 벗어났는데 난들 왜 해방 못 하겠수.”

억한 심정에 가까스로 웃음을 짓는 연경의 손을 맞잡고 현순은 얼마나 굳은 우의를 다짐했던가. 이제 그러한 연경을 어느 누가 한길을 막아놓고 물어본들 비웃을 사람이 있을 것인가. 또 그러한 연경이가 행복하지 않으면 대체 누구에게 그 권리가 있단 말인가. 그리고 그의 행복이 어찌 곧 현순 자신의 것과 구별된단 말인가. 오늘 민주개혁의 밝은 현실 앞에서 연경이 같은 여자가 한 사람의 지어미로서의 자격을 다투는 마당에서 햅쌀의 뉘처럼 튕김을 받아야 할 아무런 죄과가 있을 리 없다. 오히려 그 죄과는 튕기는 편의 우매함에 돌릴 수밖에 없는 것이다.

현순은 어머니 무릎 앞에 바싹 다가 대었다.

“그래도 그런 말씀 하시겠어요?”

“…….”

“네, 어머니?”

"……"

현순은 어머니의 대답을 듣기 전에는 물러나지 않겠다는 듯이 두 손을 깍지 끼고서 조용히 기다리고 있었다. 어머니의 여윈 가슴은 발딱거리는 잦은 숨소리뿐 좀처럼 말이 없다.

"그럴 바에는 다신 절 보고도 재혼하라고 마세요."

그제야 어머니의 긴 한숨이다.

"미친 것. 그럼 외도토리처럼 혼자 늙어죽을 텐가?"

거지반 입안에서 하는 소리다. 눈앞의 딸을 보니 진심인즉 헌것이고 새것이고 사람 추세할 것이 못되었다. 다만 하나, 마마 자국처럼 어머니의 낡은 생각 가운데 그런 기성 관념이 의미 없이 남아 있었을 따름이다.

"난들 떼어놓고 연경일 생각하면 흠잡을 건덕지도 없다." 하는 어머니는 해방 후 연경이가 새 세상 좋은 일 한다고 제 일신도 안 돌아보고 어느 남자에 지지 않게 부지런하던 모습이며, 더욱이 저녁으로 놀러오면 자기를 붙들고 늦도록 글 배워준다고 차라리 자식들보다 극성으로 재냥을 떨던 일까지 떠오르는 것이었다.

"단지 현두가 입때껏 있다 그렇게 되니 말이지. 것두 저희들 연분이라면 할 수 없다고도 하겠지만 어디 사람의 마음이란 그런가 말이다."

수굿한 어머니의 말은 그저 그렇단 술회일 뿐 이제는 오히려 딸의 무슨 말을 기다리는 것 같았다.

"온 연분이랄 게, 성격이 맞고 사상이 일치해, 서로 이상이 같아, 건강하겠다, 연분도 다 시대 따라 간답디다." 하고 현순은 호호 웃었다.

"사실 연경일 두고 현두 혼자서 애가 달지, 그 애야 공부 욕심에 눈코뜰새 없답니다. 그 사진도 제게 있는 걸 가져간 거예요. 좀 자세히 알기나 하시고 화를 내시잖고."

"그러니 내 당초부터 현두가 괘씸탄 말이다. 나도 연경일 두고 한 번이라도 그런 생각을 해봤어야 말이지."

"또 저러시네. 괘씸한가 안 한가 이다음 반상회 때라도 한 번 공개토론에 부쳐보세요. 평소의 어머니답지 않다고 모두 웃지들 않나."

한동안 장죽에 담배를 붙여 물고 있던 어머니는 천천히 입을 열었다.

"허기사 남이 그런 소리 하면 나도 아마 봉건이라고 할라……. 다 제 앞의 일은 등잔 밑이 어둡다고 한 벌 씌어 안 뵈니라." 하고 피식이 웃으며 다시 장죽을 문다.

내뿜는 연기가 옆에서 보기도 시원스러웠다.

"어머니 오늘 톡톡히 사상 검토 받으셨지? 이제 연경이 오면 자아비판하실 일이 큰일이야."

"몰라! ……현두가 양복을 찾으면 어쩌니?" 하고 열적은 듯이 딴청을 하였다.

"쥐가 쏠았다고나 하지요."

"아서, 재수없단다, 그런 소리."

"그보다도 사진을 찾지 않겠어요?"

현순은 고개를 움찔했으나 어머니는 대룽 털던 손을

잠시 멈추며, "이제라도 가서 네가 다시 한 장 얻어 오려무나." 하였다.

"참 그러기라도 해야지."

"친하다구 오늘 얘긴 입 밖에 내는 법 아니다."

어머니도 딸을 따라 일어나 사방 문을 열어제치며 후련하게 소낙비나 한 줄기 지나갔으면 좋겠다고 낮은 하늘을 내다보았다.

"오늘 날씨가 무더워서 괜히 어머니가 망녕을 피우셨지." 딸은 대야에 냉수를 가득 떠다 마루 위에 올려놓았다. "자, 개운하게 세수나 하세요."

그리고 밖으로 나가는 현순을 어머니는 갑자기 불렀다.

"웬만하면 같이 데리고 오렴!"

지하련

산길

《춘추》, 1942년 3월

"다른 건 다 이겨도 그분을 사랑하는 것만은
나한테 이기지 마세요,
여기까지 지게 되면 나는 스스로
타락할 길밖에 도리가 없습니다.
그분은 누구보다도 자기 생활의 질서를
소중히 아는 사람입니다.
설사 당신에 비해 나를 더 훨씬
사랑하는 경우라도 결코
현실에서 이것을 표현하지는 않을 겁니다."

신발을 신고, 대문께로 나가는 발자국 소리까지 들렸으니, 더 의심할 여지도 없었으나, 순재는 일부러 미닫이를 열고 남편이 있나 없나를 한 번 더 살핀 다음 그제사 자리로 와 앉았다.

앉아서 저도 모르게 호오, 한숨을 내쉬었다.

생각하면 남편이 다른 여자를 사랑한다는, 이 거추장스러운 문제를 안고, 비록 하룻밤 동안이라고는 하지만 남편 앞에서 내색하지 않은 것이 되레 의심쩍을 일이기도 하나 한편 순재로선 또 제대로 여기에 대한 다소간이나마 마음의 준비 없이 뛰어들 수는 없었던 것이다.

아직 단출한 살림이라 아침 볕살이 영창에서 챙 소리가 나도록 고요한 낮이다.

이제 뭣보다도 사태와 관련시켜 자기 처신에 대한 것을 먼저 정해야 할 일이었으나, 웬일인지 그는 모든 것이 한껏 붐비고 어지럽기만 해서 막상 머리에 떠오르는 생각이라는 것이 기껏 어제 문주와 주고받은 이야기의 내용이었다.

바로 어제 이맘때 일이다.

일요일도 아닌데 문주가 오기도 뜻밖이거니와, 들어서는 참으로 그 난처해하는 표정이라니 일찍이 문주를 두고 상상할 수는 없었다.

학교는 어쩌고 왔느냐고 순재가 말을 건네도 그저 "응? 엉." 하고 대답할 뿐, 통이 그 말에는 정신이 없었다. 그러더니 별안간 "너네 바깥분 그동안 늦게 들어오지 않았니?" 하고 불쑥 묻는 것이다.

순재는 잠깐 어리둥절한 채 "그건 왜 묻니?" 하고 물어볼 수밖에 없었다.

"그래, 넌 조금도 몰랐니." 문주는 제 말을 계속한다.

"모르다니, 뭘 몰라?"

"연희하고 만나는 걸 말이다."

"연희하고?"

순재는 뭔지 즉각적으로 가슴이 철렁했다. 그러나 너무도 꿈밖이고 창졸간이라 어찌 된 셈인지 끝내 머릿속을 정리하기가 어려웠다.

"벌써 퍽 오래전부터래."

문주는 처음 말을 시작하느라 긴장했던 마음이 잠깐 풀려 그런지, 훨씬 풀이 죽어 대답했다.

"누가 그러든?" 다시 순재가 묻는 말이다.

"연희가 그랬다."

"연희가?"

"그러믄."

순재는 한순간 뭐라고 말을 이을 수가 없었다. 문주가 말을 꺼내기도 벼락으로 꺼냈거니와, 너무도 거창한 사실이 그야말로 벼락으로 앞에 와 나자빠진 셈이다.

말없이 앉아 있는 순재를 보자 "어떻게 얘기를 꺼내야 할지 잘 엄두가 나지 않아서 주저했지만, 언제까지 모를 것도 아니고 그래서 오늘은……" 하고, 이번엔 문주가 말을 시작했다.

"그래, 오늘에서야 알리러 왔단 말이냐?"

순간 그는 여지껏 막연했던 남편에 대한 분함과 연희에 대한 노여움이 한꺼번에 쏟아진 것처럼 애꿎은 문주를 잡고 언성을 높였다.

"나무란대도 할 말은 없다만, 사실은 너 때문에만이 아니고 연희 때문에도……. 저야 무슨 짓을 했건 나를 동무로 알고 이야기하는 것인데 내 바람에 말할 순 없지 않니?"

문주는 처음과는 달리 훨씬 말이 차분해졌다.

"연희만이 동무냐?"

순재는 여전히 말소리가 어지러웠다.

"혹시 너가 먼저 알고 물어봤다면, 연희 말을 너한테 못하듯 나는 너들 속이지도 못했을지 모른다."

"지금은 물어봐서 얘길하니?"

이번에는 순재도 비교적 침착했다.

"너가 묻기 전에 먼저 연희가 부탁했다."

"나한테 알리라고?"

두 사람은 잠깐 동안 말이 없었다.

"나한테 알리란 부탁까진 난 암만 생각해도 잘 알 수가 없다. 연희한테 가건 장하다구 일러라!"

순재는 끝내 내뱉듯 일어섰으나, 다음 순간 어디로 가서 뭘 잡아야 할지 불안한 그대로 다시 자리에 앉고 말았다.

"이런 것을 혹여 운명이란 것에 돌린다면 누구 한 사람만 단지 미워할 수는 없을 거다."

조금 후 문주가 건넨 말이다.

순재는 얼른 대척이 없었으나, 이 순간 그에게 이것은 분명히 역한 수작이었다. 사실 그는 몹시 역했기 때문에 훨씬 침착할 수 있었는지도 모른다.

제법 한참 만에서야 순재는 "누가 미워한다디?" 하고 말을 받았다.

"이따금 몹시 미우니 말이다."

두 사람은 다시 말이 없었다.

순재는 평소에 문주를 자기네들 중 제일 원만한 성격으로 보아왔었다. 그렇기에 누구보다도 공평한, 때로는 어느 남성에게도 지지 않을 좋은 판단과 이해력을 가졌다고 믿어왔었다. 그러나 어쩐지 이 순간만은 이것을 그대로 받을 수가 없었다. 이제 자기를 앞에 두고 홀로 침착한 그 태도에 감출 수 없는 적의를 느낀다기보다도 점점 조용해지고 차근차근해지는 말투까지가 더 할 수 없이 비위를 거슬렀다.

"얘기 더 없니?" 급기야 순재가 건넨 말이다.

"혼자 있고 싶으냐?" 문주가 도로 물었다.

순재는 뭔지 더 참을 수가 없었다.

"가거라!"

지극히 별미쩍은 말이었으나, 문주는 별로 아무렇지도 않은 양, 가만히 웃었을 뿐이었다. 그 웃음이 결코 조소가 아닌 것을 알수록 그는 웬일인지 거듭 더 참을 수가 없었다.

책상 위에 턱을 고인 채 순재는 여전히 멍청하니 앉아 있었다. 문득 창 너머로 앞산이 메기 이마에 내려질듯 가까

웁다.

순재는 전일 이렇게 앉아서 보는 산이 그리 좋지가 않았다. 무엇보다 그 너무 차고, 쇄락한 것이 싫었다. 그러나 이제 이러고 앉아 있는 동안 웬일인지 산은 전과 달리 뭔지 아늑하고 너그러운 것 같기도 해서 다시 이것을 잡고 한 번 더 바라다보려는 참인데 퍼뜩 마음 한 귀퉁을 스치는, '산은 사람보다도 오랜 마음과 숱한 이야기를 지녔을 게다' 하는 우스운 생각과 함께 별안간 멀미를 쥐고 덤비는 고독을 그는 한순간 어찌할 수가 없었다.

조금 후, 그는 처음으로 남편이 자기와 관련되어 머리에 떠오르는 것이었으나, 역시 모를 일이다. 평소 남편을 두고는 도저히 상상할 수도, 믿을 수도 없는 일이다.

그러나 생각하면 이제 순재로서 믿기 어렵다는 뜻은 남편으로서 그런 짓을 해서는 못쓴다는 의미도 될지 모르고, 또 이것은 두 사람 마음의 평화한 요구이고, 거래일지도 몰랐다. 하지만 가령 이 믿을 수 없는 사실이 기실 믿어야만 할 사실일 때는 두 사람은 벌써 그 마음의 거래를 달리 할 수밖에 없다. 이러기에 만일 이것이 정말이라면 그는 지금 스스로 감당해야 할 노여움이라든가 곤란한 감정도 기실은 군색하기 짝이 없는 것이어서, 첫째 노여움의 감정이란 또 하나 구원의 표정이기도 하다면! 이제 그로서 남편에게 뭘 바라고 요구할 하등의 묘책이 없는 것이다.

생각이 점점 이렇게 기울수록 그는 무슨 타산에서보다도 아직 호리지 않은 젊은 여자의 자존심으로 해서도 연희에게는 물론, 남편에게까지, 뭘 노하고 분해할 면목이 없고 염치가 없을 것만 같다.

순재는 그대로 앉은 채 여전히 생각을 번거롭히고 있었다.

별로 어머니가 그리운 것도 같은 야릇한 심사를 겪으면서 우정 죽은 벗이라든가, 앓는 벗들의 쓸쓸한 자취를 더듬고 있었으나, 역시 그리 간단치 않고 만만치 않은 것은 남편이었다. 설사 순재로서, 그분은 "남편"인 동시에 "자기"였던 것이고 연희는 내 동무인 동시에 아름다운 여자였다고, 마음을 도사려 먹기쯤 그리 어려울 것도 없었으나 문제는 이게 아니라 이제 남편에게까지 이 싸늘한 이해라는 것을 하지 않고는 당장 저를 유지할 수 없는 사정이 더할 수 없이 유감이기보다도 야속하기 짝이 없다.

순재는 자기도 모르는 사이 (저를 의지하려는 마음이 남을 의심할 때보다 더 괴로운 이유는 대체 어디 있는가?) 하고 가만히 일러 보는 것이었으나, 생각이 여기까지 미치자 그는 웬일인지 몹시 피곤해져서 암만 해도 뭘 더 생각해나갈 수가 없었다.

베개를 내려베고 뭘 꼬집어 생각하는 것도 없이 멍청히 누워 있으려니 "아주머니, 점심 차려와요?" 하고 심부름하는 아이가 문을 연다. 그는 관두라고 하려다가 "그래, 가져온." 하고 대답했다. 그러나 쪼르르 저편으로 가던 아이가 되돌아오면서, 누군지 "김순재 씨 댁이에요?" 하고 외치는 소리가 들린다.

여데난 용달이다.

그는 편지를 손에 든 채 잠깐 주저했으나, 뜻밖에도 연희에게서 온 것을 알자, 놀라지 않을 수 없었다.

남편이 사랑하는 여자가 연희인 것을 어제 문주에게 들어 처음 알기는 했으나, 근근 두 달 동안이나 무단으로 소식을 끊고 궁금함을 끼친 연희를 두고는 참이라 믿기 어려웠던 것처럼 그는 다시금 안연해질 뿐, 미처 두서를 잡을 수가 없었다.

(무슨 까닭으로 편지는 했을까?)

그는 겉봉을 찢으면서도 종을 잡을 수가 없었다.

그러나 편지는 지극 간단해서 '街'라는 찻집에서 기다릴 테니 네 시 정각에 꼭 좀 만나달라는, 이것이 그 전부요 내용이었다.

쭈뼛이 서 있던 심부름꾼이 "가랍니까?" 하고 회답을 재촉했을 때야 비로소 그는, "전했다고 이르시오." 하고 방으로 들어왔다.

막 자리로 와 앉으려구 하는데, 이번엔 객쩍으리만큼 "네니 내니 하고 어려서부터 자라온 동무는 아니라도 그래도 친했었는데……" 하는, 당찮은 생각 때문에 한동안 그는 모든 것이 그저 야속하기만 했다.

"친했음 어쩌란 말이야."

그는 다시 중얼거려 보는 것이었으나 역시 무심해야 할 일이었다. 순재는 좌우간 아직 시간이 많이 남은 것을 다행으로, 아까처럼 베개를 베고 드러누웠다.

우두커니 천장을 향한 채, 어제 문주는 무슨 이야기를 하려고 했던가? 혹시 문주는 여기서 바로 연희에게 갔을지도 또 오늘 연희가 만나자는 것은 어제 문주를 만났기 때문인지도 모른다는, 이러한 생각을 한참 두서없이 늘어놓고 있는 참인데 웬일로 눈앞에 연희가 별안간 뛰어드는 것이다.

허둥허둥 연희를 쫓아 달음질할 수밖엔 없었다.

아무리 보아도 그 시원스러운 눈하고 뭔지 다급할 것도 같은 이쁜 입모습이라서, 대체 그 어느 곳에 이처럼 비상한 용기와 놀라운 개성(?)이 들어 있었는지 암만 생각해도 모를 일이었다.

그는 여전히 이 당돌하리만큼 정면으로 다가서는 아름다운 여자를 눈앞에 놓치려고 하지 않았다.

하긴 지금 순재 앞에 있는 이 짧은 편지로도 능히 지금 연희가 무엇에도 누구에게도 조금도 구애받고 있지 않단 것을 알아내기에는 그리 어렵지가 않을 뿐더러, 만일 연희로서 아무런 질서 등의 구속 없이 있을 때 순재로서 굳이 완고한 건 어리석은 일이다. 설사 순재의 어떤 고집스러운 비위가 만나기를 꺼려하는 경우라고 한대도 연희 입장에서 만일 저편이 노한 것이라고 생각을 한다면 이건 당찮은 손이다.

순재는 벌써 노하는 편이 약한 편인 것을 잘 알고 있기 때문이다.

거진 한 시간이나 앞서, 순재는 자리에서 일어났다. 화장도 하고, 일부러 장속에 있는 치마까지 내어 입었다. 그리고 한 번 더 거울을 본 다음에 집을 나섰다.

그러나 붐비는 거리만은 그래도 싫었던지, 광화문통에서 내려 황금정으로 가는 전차를 바꿔 탔다. 타고 가다가 어디서고 길이 과히 어긋나지 않을 지점에서 어느 좁은 길로 해 찾아갈 요량이다.

봄날이라고는 해도 고대 한식이 지났을 뿐, 더욱 해질 무렵이라 그런지 아직 겨울인 듯 쌀쌀하다.

두 여자는 여전히 말을 잃은 채 소화통(昭和通)으로 들어, 다시 산길을 잡었다.

순재는 조금 전 찻집에서도 그러하였거니와, 이제 거듭 보아도 연희는 그동안 놀랄 만큼 예뻐진 대신, 또 놀랄 만치 자기와는 멀어진 것만 같다.

단 두 달 동안인데 그처럼 가깝던 동무가 대체 무슨 조화로 이처럼 생소하냐고 스스로 물어본댔자 그저 당장 기이할 뿐이다.

첫째 만나면 손이라도 잡고 반겨해야 할 사람이 제법 정중히 일어선 채 깍듯이 위하며 인사하는 품이, 비록 순재로 하여 얼굴이 붉어지는 쑥스러움을 느끼게 했다고는 할 망정 웬일로 자기 역시 전처럼 대답할 수 없었던 것도 이기이함에 하나였거니와, 이러한 종잡을 수 없는 느낌이 한데 뭉쳐 점점 어두워지고 무거워지는 마음 위에 급기야 모든 것이 한껏 너절하게만 생각되는, 보다 먼 곳에의 고독감도 결국 이 순간에 있어 기이한 현상의 하나였다.

한동안 그는 아무것에도 격하고 싶지 않은 야릇한 상태를 겪으며 잠자코 걸었다.

어디를 들어왔는지 두 여자는 수목이 짙은 좁다란 길을 잡고 개천을 낀 채 올려 걸었다. 방금 지나온 곳이 유달리 번화한 거리라서 그런지 바로 유곡(깊은 산골)인 듯 호젓하다.

"나 이제 새로이 뭘 후회하고 있진 않습니다. 단지 여태 잠자코 있어 괴로웠을 뿐이에요!" 하고, 비로소 연희가 말을 건넨다.

순재는 여전히 쑥스러운 채, "잘 압니다." 하고, 연희 말에 대답을 했으나, 뭘 잘 안다는 것인지 스스로도 모를 말이다.

"날 비난하시려 건 마음대로 하세요. 하지만 이제 내게도 말이 있다면 그분을 사랑했다는 것, 사랑 앞에서 조금도 거짓말을 하지 않았다는 것입니다."

연희는 다시 말을 이었다.

순재는 연희가 전에 달리, 몹시 건방진 것 같아서, 그것이 가볍게 비위를 거슬리기도 했으나 이보다도 뭔지 그 말에서 느껴진 절박감 때문에 "네, 잘 알아요." 하고 똑같은 말을 되풀이했다.

그러나 이 약간 조소적인 말에도 연희는 별로 돌아볼 바 없이 "그분을 사랑하고 싶은, 그분이 사랑하는 단 한 사람이고 싶은 마음 때문에 나는 아무 겨를도 없었습니다. 하지만 역시 그분 앞에 아름다운 여자는 당신이었어요." 하고, 똑바로 앞을 향한 채 혼자 말하듯 가만가만 이야기를 계속했다.

순재는 힐끗 연희를 쳐다봤으나 그 깎아낸 듯 선이 분명한 측면 어느 곳에서도 예전의 예쁜 눈이 그저 다정하기만 하던 연희를 찾아낼 수는 없었다.

그가 잠깐 대답을 잊은 채 걷고 있는 동안 연희는 다시 말을 이었다. "어쩌면 이것이 내 최후의 감상일지도, 또 나보다 아름다운 사람에 대한 노여움의 표현인지도 알 수 없으나 아무튼 꼭 한번 뵙고 싶었습니다."

"만나 무슨 이야기를 하려고요?" 비로소 순재가 물어본 말이다. 두 사람은 처음으로 눈이 서로 마주쳤으나 웬일인지 피차 강인하게 무심한 표정이려니 했다.

"글쎄요. 결국 당신이 이겼다는, 내가 졌다는 이야기를 하려고 했는지요." 하면서, 연희는 뭔가 가벼이 웃었다.

순재는 별안간 얼굴이 화끈 달아올랐다. "그럴 리가 있나요?" 하고 우정 놓치면서도 애꿎이 발칵하는 감정을 어쩌는 수가 없었다.

"이제 우리 두 사람을 나란히 세워놓고 누구의 형상이 숭없는가 한번 바라다보십시오. 내 모양이 사뭇 고약할 테니."

연희는 여전히 같은 태도로 말한다.

"아내란 훨씬 늙고 파렴치한 겁니다."

순재는 결국 그 노여움을 이렇게 표현할 수밖엔 없었으나, 말이 멎자 연희의 표정 없는 얼굴이 무엇엔지 격노하고 있는 것을 놓칠 수는 없었다. 과연 모를 일이다. 이제 막 순재가 한 말은 순재로서 대단하지 않은 말일 뿐 아니라 또 어느 의미로 보아선 정말이기 때문이다.

"두 사람의 관계가 이미 삼자로선 상상 못할 정도로 깊어졌다면 어쩌겠어요?"

잠자코 있던 연희가 별안간 건넨 말이다.

아무리 호의로 해석한대도 이 말까지는 안 해도 좋을 말이다. 순간, 그의 머리를 스치는 연희는 내가 얼마나 비겁한가를 자기 방식으로 시험해보고 싶은게다 하는, 맹랑한 생각 때문에 그는 끝내 "깊고 얕고 간에 결국 같을 겁니다." 하고, 자기도 모를 말을 중얼거렸다.

그러나 이 애매한 말을 연희가 어떻게 들었는지 "그야 그렇겠지만, 난 그것보다도 그분을 얼마나 사랑하는가를 묻는 겁니다." 하고 다시 건너다봤다.

순재는 마치 덜미를 잡히고 휘둘리는 사람처럼 당황한 얼굴이기도 했으나 역시, "당신한테 지지 않을 겁니다." 하고 대답할 수밖엔 없었다.

머리를 숙인 채 잠자코 거르면서도 그는 일이 맹랑하기 짝이 없다. 조금 전까지도 오히려 쑥스러움을 느낄 정도였으니 무엇에 요동할 리 없었고 또 연희를 만나기까지도, 물론 저편이 연희라 다소간의 봉변은 예측한 바로 친대도 기실 은연 중 곤경에 빠질 사람은 연희라고 생각했기 때문이다. 뭣보다도 불쾌한 것은 점점 평온하지 못한 자기 마음의 상태다.

순재는 마음속으로 다시 조금 전 연희가 한 말을 곱씹고 있으려니, "다른 건 다 이겨도 그분을 사랑하는 것만은 나한테 이기지 마세요, 여기까지 지게 되면 나는 스스로 타락할 길밖에 도리가 없습니다." 하고, 뭔지 훨씬 서글픈 어조로 연희가 말을 이었다. 그러고는 이제는 순재가 뭐라고 대답할 나위도 없이 "그분은 누구보다도 자기 생활의 질서를 소중히 아는 사람입니다. 설사 당신보다 나를 더 훨씬 사랑하는 경우라도 결코 현실에서 이것을 표현하지는 않을 겁니다." 하고, 제 말을 계속했다. 이제야 이야기는 바른길로 들어섰다. 결국 이 한 말을 하기 위해, 연희는 순재를 불러낸 것인지도 몰랐다.

이리되면 세상 못할 말이 없다. 순재는 이제 당황하기보다도 대체 무슨 까닭으로 이런 말을 하는지가 알 수 없다. 그러나 불행히도 그는 이 욕된 경우에 있을 말의 준비가 없었다. 평소 남편의 사람 됨을 보아 방금 연희가 한말이 정말일지도 모르기 때문이었다.

순재가 의연히 잠자코 있는 것을 보자 이번에는 "아내인 것을 다행으로 아세요?" 하고 연희가 다시 채쳤다.

순재는 더 참을 수가 없었다. "꿈에도요!"

"정말요?"

"네."

"왜요?"

"당신과 같은 위치에 나란히 서보고 싶어서요."

"자유로운 선택이 있으라고요?"

"네."

유별나게 천천히 말을 주고받는 두 여자의 얼굴은 똑같이 핼쑥했다. 연희는 한동안 가만히 순재를 바라보고 있었다. 아무 표정도 없었으나 결코 무표정한 얼굴은 아니었다. 순재는 자기도 모르게 얼굴을 떨어뜨렸으나 순간 굴욕이 이 위에 더할 수가 없었다.

조금 후 "무서운 사람이에요. 가장 자신 있는 사람만이 능히 욕을 참을 수 있는 겁니다." 하고 연희가 혼잣말처럼 중얼거렸다.

순재는 거의 지쳐 그대로 입을 다물고 말았으나 연희야말로 무서운 여자였다. 단지 간이 큰 여자가 아니라, 어디까지나 자기를 신뢰하는 대답을 한 여자다. 인생에 있어 이처럼 과감할 수가 없다. 도저히 그 체력을 당할 수 없어 순재로선 감히 어깨를 겨눌 수가 없었다.

어디를 지나왔는지, 문득 넓다란 산길이 가로놓였다.

차차 어둠이 몰려와, 주변이 자욱했다.

심부름하는 아이가 우정 커다란 목소리로, "아주머니 이제 오세요." 하고 마주 나오는 품이 돌아온 모양이었다.

이제 막 문밖에서 다짐받은 마음과는 달리, 별안간 두근거리는 가슴을, 그는 먼저 부엌으로 들어가 "벌써 오셨구나! 진지는 어쨌니?" 하는 허튼 수작으로 겨우 진정한 후 그제야 방으로 들어왔다.

남편은 두 팔을 벤 채, 맨 방바닥에 그냥 번듯이 드러누워서는 웬일인지 아내가 들어와도 모른 척 그냥 누워 있었다. 순재가 바꿔입을 옷을 꺼내들고 나올 때쯤 해서, 그제사 남편은 "어디 갔었소?" 하고 돌아다봤다.

순재가 다시 들어오려니, 이번엔 철썩 엎어서 누운 채 뭔지 눈이 퀭해서 있다가 "어딜 갔었오?" 하고, 한 번 더 묻는 것이다.

"연희가 만나자 해서 다녀왔어요." 하고 아내가 대답을 했으나, 남편은 여기 대답 대신 이번엔 후딱 일어나 담배를 붙였다. 그러더니 "연희가 당신을 뭣허러……." 하고 혼자말처럼 중얼거리면서 "그래, 만나서 뭘 했소?" 하고 물었다.

순재는 뭐든 잠자코 있어선 안 된다고 생각하면서도 뭔지 지금껏 으박질렀던 감정이 스스로 위태로워 얼른 말을 꺼낼 수가 없었다.

아내가 잠자코 있는 것을 보자 "괜히 당신한테까지 이런저런 생각을 끼치기도 싫었고 또 나 혼자서도 충분히 해결 지을 자신도 있고 해서 잠자코 있었으나 결국 사람의 의지란 한도가 있었나보오. 생각하면 대단히 유감스러운 일이지만 이미 지나간 일이니 이해하시오." 하고, 남편은 유난히 천천히 말을 시작했다.

순재는 말을 할라면 한이 없었으나, 결국 할 말이 없어 역시 덤덤히 앉아 있으면서도, 이제 남편의 말과 연희의 말을 비춰 두 사람 관계의 끝간 데를 알기는 그리 어렵지가 않았다.

"사실은 당신으로서 이해하기가 어려운 게 아니라 이해를 아무리 해도 무사해지지 않는 '마음'이 어려운 거지만 사람은 많은 경우 힘으로 불행을 막을 수 없는 대신 닥쳐온 불행을 겪는 데 지혜가 있어야 할 거요." 하고 남편은 다시 말을 계속했다.

조금도 옳지 않은 말이나, 역시 옳은 말이기도 한 것이 딱했다. 그는 끝내 참기 어려운 역정으로 해서, 자기도 모를 당찮은 말을 "많이 괴로워요?" 하고, 빈정대듯 내던지고 말았다.

남편은 제법 한참 만에서야 "괴롭다면 어쩌겠소?" 하고 되물었다.

"괴롭지 않을 방도를 생각하셔야지."

"괴롭지 않을 방도란?"

"그걸 내가 알게 뭐예요."

여전히 빈정대는 말씨다.

조금 후 남편은 "당신 실수라는 것, 생각해본 일 없소?" 하고 다시 물었다.

"없어요."

"연애란 건?"

"……."

"있을 수 있습니까?"

남편은 재차 물었으나, 그는 잠자코 있었다. 어쩌면 둘 다 있을지도 모르기 때문이다. 그러나 다음 순간 그는 끝내, "그래, 실수를 했단 말예요?" 하고 물어볼 수밖엔 없었다.

이 훨씬 조소적인 말을 남편이 어떻게 받는 것인지 "그럼 연애라야만 쓰오?" 하고 마주 보면서, 이번엔 훨씬 혼잣말처럼 "아무것이고 해서는 못쓰는 겁니다." 했다.

"못쓰는 일을 왜 했어요?"

"그러니 사과하지 않소."

"사과를 해요?"

"맞소."

순재는 뭔지 더 참을 수가 없었다. 그는 무슨 까닭으로 이 순간 연희를 생각해냈는지 "연희가, 걔가 무슨 봉변이겠어요……. 당신 걔한테도, 나한테도 나쁜 사람이에요." 하고는 허둥허둥 모를 말을 중얼거렸다.

남편은 뭔지 한동안 물끄러미 아내를 보고 있더니, "그래, 맞소. 당신 말이." 하고 대답하는 것이다.

"뭐가 맞았어요. 그런 법이 어디 있어요?" 하고, 거반 대바질을 해도, 남편은 역시 같은 태도다. 그러더니 별안간 "사과할 길밖에 도리 없다는 사람 가지고 왜 자꾸 야단이요? 왜 따져선 뭘 하자는 거요? 당신 날 사랑한다는 것 거짓말 아니요? 왜 무조건 용서할 수 없소?" 하고 벌컥 하는 것이다.

이리 되면 이건 언어도단이다. 너무도 이기적이라니 그 정도를 넘는다. 그러나 알 수 없는 일은 지금까지의 어느 말보다도 오히려 마음을 시원하게, 후련하게 해주는 것이 스스로도 섬찟하고 남을 일이었다.

밤이 으슥해서 두 부부는 벗처럼 베개를 나란히 하고 여전히 이야기를 주고받았다. 차차 남편은 웃음의 말까지 하는 것이었으나, 순재는 여전히 뭔지 마음이 편치를 못했다. 이것은 밤이 점점 기울수록 더 날카로워만 갔다.

생각하면 남편은 역시 훌륭하다. 가만히 곁눈질을 해보아도 그 누워 있는 자세로부터 말하는 표정까지 그저 늠름하기 짝이 없다. 만사에 있어 능히 나무랠 건 나무래고 옹호할 건 옹호하고 살필 건 살피고 뉘우칠 건 뉘우쳐서, 세상에 거리낄 게 없다. 어느 한 곳에도 애여 남을 괴롭힐 군색한 인격이 들었을 것 같지 않고, 팔모로 뜯어봐야 생채기 한 곳 나 있을 것 같지 않다. 단지 전보다 또 하나의 '경험'이 더했을 뿐 이제 그 겪은 바를 자기로서 처리하면 그뿐이다.

"연희 보고 싶지 않우?"

별안간 쑥스럽고 돌연한 물음이었다. 그러나 남편은 이미 객쩍은 수작이라는 것처럼 시무룩히 웃어보일 뿐, 굳이 대답하려고도 않는다.

"어째서 그렇게 무사하냐 말이에요." 하고 한 번 더 재촉하려니 이번엔 뭐가 몹시 피곤한 것처럼 얼굴을 찡긴 채,

"사랑하는 사람을 두고 또 다른 여자를 사랑한다는 건 한갓 실수로 돌릴 수밖에. 당신네들 신성한 연애파들이 보면 변색을 하고 돌아설진 모르나, 연애란 결코 그리 많이 있는 게 아니고, 또 있대도 그것에 분별 있는 사람들이 오래 머물 순 없는 일이거든. 본시 어른들이란 훨씬 다른 것에 많은 시간이 분주해야 하니까." 하고 제법 농담조로 웃으면

서, "내가 만일 무사할 수 있다면 그것은 당신 덕택일거요. 하지만 이것보다도 다른 사람들 같으면 몇 달을 두고 법석을 할 텐데, 우리는 단 몇 시간에 능히 화해할 수 있지 않소." 하고 행복해하는 것이었다.

순재는 뭔지 기가 막혔다. 세상에 편리하게 되었다니, 천길 벼랑으로 걷어차버려도 무슨 수로든 다시 기어올라올 사람들이다. 그는 그저 잠자코 남편의 이야기를 듣고 있었으나, 다음 순간 (평화란 이런 데로부터 오는 것인가? 평화로워야만 하는 부부생활이란 이런 데로부터 시작되는 것인가?) 하는, 야릇한 생각에 섬득 걸린다. 문득 좌우로 무성한 수목을 헤치고 베폭처럼 희게 버려나간 산길을 성큼성큼 채쳐 올라가던 연희의 뒷모양이 눈앞에 떠오른다.

역시 총명하고, 아름다웠다.

누구보다 성실하고 정직했다.

해설

내게도 선택권이 있다

허윤
여성문학 연구자, 연세대학교 젠더연구소 연구원

식민지 시기 여성 작가는 '선각자'라 불리는 1세대와 그에 이어 등장하여 해방 이후까지 활발한 활동을 벌인 2세대로 구분된다. 김원주, 김명순, 나혜석이 문단과 사회의 지탄을 받으며 '도덕적 파멸'이나 '작품 없는 문사'로 불렸던 것에 비교한다면, 2세대인 강경애, 박화성, 백신애, 최정희, 이선희 등은 문단에서 활발한 활동을 펼쳤고, 작품의 양적, 질적 성장을 이루었다. 《신여성, 운명과 선택》은 이 1, 2세대 여성작가들을 망라한 선집으로, 해방 이전에 사망하거나 해방 이후 월북한 여성 작가들을 중심으로 조망하고 있다. 이들은 일본의 제국주의와 조선의 가부장제의 이중 억압에서 고통 받았으며, 자신의 현실을 개척하기 위해 싸운 선각자들이다. 《신여성, 운명과 선택》은 신여성 작가들의 소설을 대표하는 두 경향, 가족과 개인의 문제와 국가와 민족의 문제를 고루 섭렵한 작품을 선정하였다. 그 첫 번째는 신여성 되기로 인해 발생하는 모순이다.

• 신여성 되기의 패러독스 •

신여성은 식민지 조선에서 근대사회가 무엇인지 보여주는 존재였다. 집 밖을 나와 학교에 가는 것만으로, 여성들은 혁명적 존재로 거듭날 수 있었다. 고등교육을 받은 20년대의 신여성은 소설과 시, 논설 등 여러 영역에서 혁명적 여성주의를 선보였다. 식민지 시기 대표적인 여성잡지인 《여자계》와 《신여자》는 여성의 교육과 자립, 자유연애와 결혼 등의 이슈를 통해 여성 해방을 주장하였다. 이들은 구습으로 인해 핍박받는 '누이', '형님'들을 새로운 시대의 새로운 여성으로 소환하고 여성 역시 아내나 어머니이기 이전에 인간임을 주장하였다. 나혜석의 〈경희〉는 여성교육의 필요성을 역설한 글로, 당시 조선에서 근대적 여성 지식인이 되는 과정을 엿볼 수 있게 해준다. 소설에서 일본 유학생인 경희는 방학이 되어 조선에 돌아와 집안을 청소하고, 재봉틀을 이용해 가족들의 옷을 짓는 등 부지런히 몸을 놀린다. 아버지와 친척들은 여자가 결혼도 안 하고 공부를 하러 유학을 간다는 것이 가당키나 하냐며 반대하지만, 경희는 여자도 한 사람의 인간으로서 배워야 한다는 말을 반복하며 아버지가 구해온 좋은 혼처를 거절한다. 소설은 '경희도 인간이다'라는 외침을 통해 완성되지만, 작가 나혜석은 여성 교육의 필요성을 설득하기 위해 여러 장치를 배치한다.

경희는 인간은 평등하다는 말을 실천하려고 애쓰는 지식인이다. 하인인 시월의 일을 도와준다거나 시월의 아이들에게 좋은 장난감을 사주는 등 자신의 힘이 닿는 곳에서 계급차별을 줄이기 위해 노력한다거나 조선인을 위해 재봉틀 교재를 번역하는 등 남이 시키지 않은 일까지 솔선수범하는 것을 보면 이를 확인할 수 있다. 교육 받은 여성은 가사도 과학적으로 할 수 있다는 〈경희〉의 이야기는 지금 독자의 눈으로 보면, 다소 억지스러울지도 모른다. 하지만 식민지 시기 여성교육론에서 가장 중요한 것은 교육 받은 여성이 좋은 아내, 좋은 어머니가 될 수 있다는 담론이기도 했다. 신여성의 과학적 육아 담론 등은 나라의 기틀이 되는 아이를 생산하는 도구가 되었고, 그것을 통해서 여성들은 억압적 공론장에서 목소리를 낼 수 있었다. 식민지 조선사회는 신여성을 사치와 허영, 소비의 주체로만 보았다. 신여성을 둘러싼 소문은 담론이 되어 사람들의 입을 타고 전해졌고, 신여성들의 입지는 갈수록 좁아졌다. 김명순의 〈탄실이와 주영이〉는 신여성을 옭아맨 공론장을 보여준다.

김명순은 이 소설을 통해 자신을 두고 쑥덕이는 소문에 정면으로 대항한다. 부잣집의 서녀로 태어난 탄실이 도쿄로 유학을 가기까지의 과정을 보면, 그녀의 용기와 행동력에 놀라게 된다. 부모의 도움도 받을 수 없는 상황에서 비밀리에 일본으로 가출을 하고, 공부에 매진하는 모습을 보면 신여성 김명순의 모습을 확인할 수 있다. 식민지 시기 여성 작가들은 줄곧 신문과 잡지의 공격 대상이었다. 이들은 마치 지금의 연예인처럼 일거수일투족이 공론장에 오르내렸으며, 대중의 평가를 받게 되었다. 김동인이나 염상섭 등 한국의 근대문학을 대표하는 작가들은 신여성들을 모델로 삼아 소설을 썼다. 물론 김동인의 〈김연실전〉처럼 악의적인 것만 있는 것은 아니었음에도 소문과 담론은 신여성들의 행동을 제약하는 결과를 낳았다. 사회는 새로운 의미에서 얌전하고 귀여운 아내가 되고 어머니가 되는 여성을 원했을 뿐이었던 것이다.

신여성이 만든 '스위트홈'이 얼마나 허무한 것이었는지를 보여주는 것이 이선희의 〈계산서〉와 지하련의 〈산길〉이다. 두 소설은 남편의 연애를 의심하는 아내들의 내면을 통해 신가정의 허상을 폭로한다.

〈계산서〉는 아이를 잃고 왼쪽 다리마저 '절름발이'가 된 '나'가 새 넥타이를 매는 남편을 보면서 "우리 생활의 총결산"을 결심하는 내용이다. '나'는 아이를 낳으려다 절름발이가 되었고, 이후 애정이 넘치던 가정생활은 딴판이 된다. 남편의 태도 변화에 헤어지기로 결심한 '나'는 집을 나와 위자료로 "생명을 받아야 겨우 수지가 맞을 것"이라고 생각한다. "죽음 같은 고독"이 있는 북쪽으로 떠난 '나'는 '스위트홈'으로는 돌아갈 수 없다.

이는 〈산길〉의 순재 역시 마찬가지다. 친구와 남편이 연애를 했다는 것을 알게 된 순재는 남편과 친구에 대한 배신감으로 충격을 받는다. 이에 더해 연희는 순재를 직접 만나자고 도발하기까지 한다. 하지만 순재는 연희와는 이미 헤어졌으며, '실수'에 지나지 않는다며 눙치는 남편에게 기가 막혀 한다. 연희가 자신의 사랑을 당당하게 주장한 데 반해, 남편은 정직하지도 않고 책임감도 없었던 것이다. 이후 순재와 그의 남편이 어떻게 될지는 알 수 없다. 산길을 헤치며 자신의 길을 만들어간 연희와 달리, 남편과 그대로 "편리하게" 살아갈 수도 있을 것이다. 혹은 〈계산서〉의 '나'처럼 집을 나가 북국으로 떠날 수도 있다. 어떤 선택을 하든 가난 혹은 절망과 싸워야 한다.

• 식민지라는 현실과 싸우기 •

신여성 작가의 작품을 대표하는 또 하나의 경향은 식민지 현실과 계급에 천착한 문제작들이다. 2세대 여성작가들은 당시 식민지 조선의 대항 이데올로기였던 사회주의에 깊은 조예를 가지고 있었다. 강경애, 박화성, 백신애 등이 조선프롤레타리아문학동맹(KAPF) 주변에서 활동하거나 카프의 이데올로기에 일정 정도 동조하는 성향의 텍스트를 발표하였다. 백신애의 〈꺼래이〉는 가난한 조선인 가족을 통해서 식민지의 문제를 고발한 작품으로, 그의 대표작으로 일컬어진다. 계급의식을 바탕으로 민족 투쟁을 전개한 백신애는 식민지 조선을 억압하는 일본 제국주의와 그 안에서 수탈을 경험하는 여성 인물을 심도 있게 그려냈다. 〈꺼래이〉는 아버지의 유골을 찾으러 만주에 간 순이네 가족을 통해 생계를 위해 만주로 떠난 조선인들이 처한 현실을 처절하게 그려낸다. 국경에서 잡힌 사람들은 다시 추방될 운명에 처한다. 순이는 각박한 상황에서도 동포를 위해 목소리를 낼 수 있고, 중국인 쿨리까지 챙기는 인품의 소유자다. 그런 순이가 결국 북국의 한파에 할아버지를 잃고 식민지인의 현실에 절망하는 마지막 장면에서 독자들은 투쟁을 다짐하게 된다. 이 시기 많은 작가가 투쟁을 향해 상승하는 결말을 통해서 독자들의 마음을 움직이는 소설을 창작하였다. 박화성은 억압받는 민족을 위해 싸우고자 남편과 아이들이 있는 집을 떠나는 여성 주인공을 창작하기도 하고, 강경애는 이데올로기에 무지했던 촌부가 계급투쟁의 필요성을 깨닫게 되는 소설을 창작하였다. 이 선집에 실린 《어머니와 딸》 역시 그런 계열의 작품이다.

잡지 《혜성》에 연재되었던 강경애의 《어머니와 딸》은 일제 강점기 페미니스트 성장소설의 전범으로 불린 작품이다. 어머니와 딸의 삶을 비교하고 가족 안에 갇혀 있던 여성이 공적 영역의 주체로 거듭나는 과정을 그린 《어머니와 딸》에는 두 명의 어머니가 등장한다. 하나는 그녀를 낳아준 어머니인 예쁜이, 다른 하나는 그녀를 길러준 봉준 어머니, 산호주다. 두 명의 어머니는 극단적으로 분화되어 있는 동시에 겹쳐 있다. 예쁜이는 행복한 가정에서 귀하게 자랐지만 가난으로 인해 부잣집에 첩으로 갔다 쫓겨오는 과정에서 자포자기하여 술장사가 된다. 삶에 살뜰한 애정을 가지고 있던 예쁜이가 주변 환경이 몰락하면서 모성도 함께 방기하는 '나쁜 어머니'로 변화해가는 것이다. 이에 반해 또 다른 어머니인 산호주는 예쁜이와는 대조적으로 제시된다. 산호주는 기생 출신이지만 성실하고 근면한 탓에 시골 마을에서 큰살림을 하는 모가장으로 거듭난다. 산호주가 이처럼 강한 어머니로 거듭날 수 있었던 것은 그녀가 궁극적으로 바라는 것이 가족과 모성애이기 때문이다. 직접 농사를 짓고 아이를 키우며 가부장의 빈자리를 대신할 수 있는 긍정적인 어머니상인 것이다. 산호주의 모성애는 자신의 아이인 봉준뿐 아니라 예쁜이의 아이인 옥에게까지 이어진다. 그냥 '아기'라고 부르던 것을 '옥'이라고 이름을 붙이고 학교에도 보내주는 산호주는 옥을 다시 태어나게 만드는 또 하나의 어머니다.

소설은 두 어머니의 삶을 통해 여성의 삶이 이중 억압에 처해 있음을 고발한다. 가난으로 인해 부자의 첩이 된 예쁜이나 살뜰히 뒷바라지한 연인이 다른 여자와 결혼해버린 산호주는 남자로 인해 실패를 경험한다. 옥은 예쁜이의 삶을 반성하고 산호주의 삶을 따르면서 엄격한 자기 윤리를 갖춘 인물로 성장한다. 어머니의 유언을 지키면서 봉준을 남편으로 섬기며 살아온 옥에게 세계는 가족이 전부였다. 하지만 옥은 경성에 와서 신여성이 되면서 운동가로 성장한다. 옥은 운동가인 영실의 오빠가 호송되어 가는 것을 목격하고 이데올로기적 각성을 이룩한다. 남편 봉준은 신여성인 숙희를 쫓아다니느라 이혼을 종용하고, 원선이나 재일 같은 지식인 유학생들은 자신의 안위만을 도모하고, 연애에만 몰두한다. 봉준은 숙희에게 빠져서 식음을 전폐하고 위독한 상황에까지 이른다. 즉 식민지 근대의 남성 지식인들 역시 예쁜이와 산호주가 경험했던 남자들과 다르지 않은 것이다. 결국 옥은 노동자들을 위해 운동을 조직하다 잡혀 들어가는 영실의 오빠를 보고 봉준과 이혼하고 한 명의 투사가 되기로 결심한다.

이러한 갑작스러운 전환을, 옥의 주변 인물들은 이해하지 못한다. 봉준은 다른 남자가 생기지 않았는지 전전긍긍하고, 후견인인 영철 선생은 다시 시골로 내려가자며 옥을 채근한다. 하지만 옥은 구질서로 돌아갈 것을 선택하지 않는다. 그녀는 새로운 세계의 주체로서 거듭나는 것이다. 이 갑작스러운 전환은 식민지 시기 카프 계열 소설에서 종종 등장하던 상승형의 결말이다. 소설은 마지막 결말을 통해 이 두 명의 어머니를 극복한다. 사적 세계에서 갈등하며 소외된 여성들의 현실을 극복하고 민족을 위해 싸우는 인물로 거듭나는 것이다. 이때 여성은 이념적 자각을 통해서 이데올로기적 영웅으로 거듭난다. 이 과정은 열정적인 방식으로 서술된다. 하지만 강경애가 보여주는 여성해방의 전망에는 가시적인 한계가 존재한다. 계급철폐가 여성해방을 가능하게 한다는 강경애의 전망은 젠더 간의 계급차를 간과하고 있기 때문이다. 사회주의 계급해방과 여성의 해방 사이에는 간극이 존재한다는 것을 보여주는 강경애의 텍스트로 〈원고료 이백원〉이 있다. 이 텍스트에서 작가인 '나'는 운동가인 남편으로부터 '모던걸'의 욕망을 가졌다는 이유로 비판받는다. 자신이 번 돈으로 양산이나 신발을 사겠다는 것은 계급의식이 부족하기 때문인 것으로 단죄하고, 폭력을 휘두르는 것이다. 그가 아내에게 휘두르는 폭력의 절정은 "네 집으로 가"라는 것이다. 다른 '집'으로 내쫓는다는 위협은 여성에게 가장 큰 공격으로 다가온다. 때문에 아내는 남편의 폭력에 대해 저항하지 못하고, 자신이 사상적으로 미숙하였음을 깨닫고 반성한다. 그런 아내만이 아름다운 아내로 그려진다. 이는 강경애 소설에서 대다수 신여성이 부정적으로 그려지고 있다는 것과 대조해 볼 때 더욱 확실해진다.

강경애 소설 속에서 신여성은 '두리훼눙넌'이다. 신여성의 욕망은 반성의 대상이고, 그들은 의식적으로 각성해야 할 존재다. 《어머니와 딸》에서도 숙희와 연희 자매, 영실 등 신여성들은 학교에 다니며 공부는 하였지만, 여전히 결혼과 연애에 얽매여 있는 인물로 나타난다. 반면 영실의 오빠는 민중을 이끌고 계몽하는 인물이며, 《어머니와 딸》에서 가장 긍정적으로 그려지는 인물이다. 이 '오빠'의 세계로 나아갈 수 있는 것은 구여성에서 거듭난 옥이다.

• 그리하여 해방의 시대로 •

임순득의 〈딸과 어머니와〉는 조선 해방의 열기 속에 탄생한 작품이다. 1945~48년은 흔히 문학사에서 해방기라 부르는 시기다. 식민지 조선에서 해방은 모든 억압된 것들이 터져 나오는 기회이기도 했다. 민족 해방, 정치와 사상의 해방과 더불어 여성 해방 역시 다양한 방면으로 상상되었다. 〈딸과 어머니와〉는 이미 한 번 결혼했던 여자와 '총각' 사이의 결혼을 상상하는 소품으로, 구세대인 어머니가 신세대인 딸을 통해 구습을 깨고 진일보하는 내용을 담고 있다. 귀하게 키운 아들이 한 번 결혼했던 여성에게 구애하고 있다는 것을 알고 크게 노한 어머니를 설득하는 딸을 통해 해방된 나라에서는 여성도 남성과 마찬가지의 권리가 있다는 것을 주장한다. 이 소설은 선집에 수록된 작품들

중 가장 후기에 발표된 데다 유일하게 해방 이후 작품이기 때문에 소설의 분위기가 다른 작품들과는 다르다. 《어머니와 딸》이나 〈꺼래이〉가 다소 급작스럽게 투사가 되는 데 반해, 일상을 혁명하는 것을 통해 해방을 이룬다는 발상을 엿볼 수 있는 것이다. 이는 식민 지배라는 역사적 상황이 종식되었음을 보여주는 것이기도 하다.

식민지 조선은 여성으로 비유되었다. 식민지는 언제나 강한 제국주의 아버지의 지배를 받는 힘없는 여성, 혹은 주권이라는 아버지를 잃어버린 가족, 어머니만 남은 집 등으로 은유되었다. 말할 권리를 갖지 못하는 하위주체는 언제나 여성으로 치환되는 것이다. 그러나 《신여성, 운명과 선택》에 수록된 7명의 신여성들은 자신의 이야기를 말하고, 자신의 삶을 스스로 개척한다. 이들은 교육받을 권리, 결혼할 권리, 이혼할 권리, 투쟁할 권리를 선택한다. 이들은 일제와 젠더라는 이중 억압의 상황에서 여러 모순에 봉착한다. 여성도 교육을 받으면 더 훌륭한 주부가 된다거나 '오빠'의 뒤를 잇는 인물이 되자고 하기도 한다. 하지만 이 과정에서도 절대 포기하지 않는 것은 신여성들은 자신의 욕망을 말하고, 글로 썼다는 것이다. 김승희는 〈내가 없는 한국문학사〉에서 한국문학사라는 하얀 벽에 얼룩을 남기는 '여류 쥐벼룩'에 주목한다. 우리 모두 두려워하지 말고 '여류 쥐벼룩'이 되자. 글을 읽고 쓰는 욕망을 포기하지 말자. 신여성들의 삶과 글은 그렇게 말하고 있다.

신여성, 운명과 선택

인쇄일 2019년 1월 30일
발행일 2019년 2월 11일

지은이 백신애, 이선희, 나혜석, 강경애, 김명순, 임순득, 지하련
펴낸이 김순일
펴낸곳 에오스
등록번호 제2018-000104호
등록일자 2018년 6월 18일
주소 경기도 고양시 덕양구 고양대로 1916번길 50 스타캐슬 3동 302호
전화 02-715-4507 / 713-6647
팩스 02-713-4805
홈페이지 www.miraepub.co.kr

이 책에 후원해주신 분들 (가나다순)
강보미봄쌤, 고새별, 권 정, 권은실, 김다정, 김다희, 김미솔, 김민아, 김민하, 김보아, 김세나, 김예원, 김유리, 김재은, 김재희, 김지예, 김진희, 김청일, 김하늘, 김하연, 김현지, 남현이, 낮달, 노순영, 누군가의아빠, 다미, 달로, 루카, 림지언, 박경인, 박수미, 박정혜안나, 박진희, 박혜란, 배아름, 백혜민, ㅅㄹ, 샤, 서효영, 성인수, 소수현, 숨눈, 신재환, 신효진, 안혜영, 양은봉, 오리, 오인천, 유다은, 이규진, 이다래, 이서희, 이송이, 이수열, 이엔, 이이슬, 이주연, 이지은, 이학인, 이해은, 이희미, 이희민, 임석진, 임지형, 정다금, 정다운, 정민기, 정예은, 정해연, 젠버, 조은혜, 차다영, 차우경, 채초, 피어난, 하나둘, 하냐, 한정영, 허유정, 황지현, Bengi, J, JhJ@R, LAXY, RiRi, Temisia (외 27명, 총 113명 참여)

ISBN 979-11-964256-8-5 03810

- 에오스는 미래문화사의 문학 브랜드입니다. 여러분의 원고를 기다립니다.
  기획안과 원고를 miraepub@naver.com으로 보내주세요.
- 잘못 만들어진 책은 구입하신 곳에서 바꾸어 드립니다. 책값은 뒤표지에 있습니다.